D1720280

EMILIO SALGARI

**Die Tiger
von Mompracem**

WUNDERKAMMER

EMILIO SALGARI

Die Tiger von Mompracem

**Aus dem Italienischen
von Jutta Wurm**

**Mit einem Vorwort
von Michele Mari**

**Und einer Einführung von
Ann Lawson Lucas**

WUNDERKAMMER

Titel der italienischen Originalausgabe:
Le Tigri di Mompracem
Aus dem Italienischen von Jutta Wurm

Alle Rechte der deutschen Ausgabe
© 2009 by Wunderkammer Verlag GmbH
Neu-Isenburg

Besuchen Sie uns im Internet: www.wunderkammer-verlag.de

Dieser Übersetzung liegt der Text der von Mario Spagnol
besorgten kommentierten Ausgabe (Emilio Salgari: *Il primo ciclo
della jungla*. Edizione annotata. Vol. I: *I Misteri della Jungla nera.
Le Tigri di Mompracem*. A cura di M. Spagnol. Milano,
Mondadori Ed. 1969) zu Grunde.

Titel des italienischen Vorworts von Michele Mari:
Un mondo dove tutto è fiero
Aus dem Italienischen von Jutta Wurm

Introduzione von Ann Lawson Lucas
Aus dem Italienischen von Daniel Lehmann

Die Übersetzung dieser beiden Texte erfolgt
mit freundlicher Genehmigung des
Einaudi Verlages, Turin.

© 2003 Giulio Einaudi editore s.p.a., Torino

Illustrationen: Timo Fülber

Umschlaggestaltung: k und m design, Flörsheim
unter Verwendung einer Illustration von Alberto Della Valle

Satz: Hain-Team, Bad Zwischenahn

Printed in Germany

ISBN 978-3-939062-15-8

Inhaltsverzeichnis

Eine Welt voller Kühnheit und Stolz

Michele Mari

Walter Benjamin hat erzählt, dass seine Eltern ihm in jungen Jahren die Lektüre E.T.A. Hoffmanns untersagten, einem Autor, dessen Hang zum Makabren und Bizarren offensichtlich als gefährlich für Heranwachsende galt. Vom „Buch als Kuppler" für Lanzelot und Ginevra bis Baudelaire, von Poe bis Lovecraft steht die Kritik des virulenten Potentials eines Werkes als Synonym für seine Vorzüge und als Garant seiner literarischen Größe. Mit der zufriedenen Genugtuung, die wir bei der Konklusion eines Syllogismus verspüren, lesen wir die folgenden Sätze, die zwei Jugendliche an Emilio Salgari schrieben: „Mein Lehrer rät mir, Ihre Bücher nicht zu lesen; er sagt, sie machen den Kopf fiebrig"; „Unsere Väter und unsere Mütter lassen uns nur wenig in Ihren Bücher lesen; sie sagen, sie reizen die Nerven."

Der beeindruckende syntaktische Parallelismus dieser beiden Sätze legt nahe, dass *jeder* italienische Junge die gleichen Dinge geschrieben und also gedacht haben könnte. Darum hat mir die Behauptung niemals eingeleuchtet, wonach man damals entweder Vernianer oder Salgarianer war: Frankreich war Verne, Eltern und Schule waren Vernianer, aber alle italienischen Heranwachsenden hielten es mit Salgari. Und wie hätte es auch anders sein können, angesichts eines Autors, der an jedem seiner Geburtstage, zur Freude seiner Kinder, einen einfachen Papierballon befeuerte und mit den gebieterischen Worten aufsteigen ließ: „Bedenke nicht, dass du aus Papier bist, steige auf in Madonna del Pilone und überquere den

Atlantik!" *Bedenke nicht, dass du aus Papier bist*: hierin liegen der ganze Impetus und Wille, die es braucht, um die Kontinuität zwischen Literatur und Leben zu begründen, eine Kontinuität, die unentbehrlich ist für die Verwandlung von „Wissenschaft" in Abenteuer. Im Unterschied zu Verne, der das pädagogische Ziel niemals aus den Augen verliert und eine Verquickung der wissenschaftlichen Ebene mit der des Abenteuers programmatisch ablehnt, steht bei Salgari der Exkurs (sei er historischer, geographischer, zoologischer, botanischer oder nautischer Natur) niemals außerhalb der eigentlichen Erzählung, weil er längst *in corpore auctoris* übergegangen ist, in jenes von Lehrern und Eltern so gefürchtete „Fieber im Kopf" und jene „Reizung der Nerven". Und während es zuweilen selbst beim großen Melville vorkommt, dass der eine oder andere Frevler zerknirscht eine gewisse Ungeduld ob der naturwissenschaftlichen Exkurse über die Pottwale eingestehen muss, geht aus keiner der Geschichten um Salgari hervor, dass seine Exkurse jemals „übersprungen" wurden, nicht einmal von den ungeduldigsten Lesern. Denn Salgari, und das ist der zentrale Punkt, will uns nichts lehren, und wenn er sich auslässt über die Eigenschaften einer bestimmten Frucht oder die Gewohnheiten einer bestimmten Affenart, dann geschieht das nur, weil er noch vor dem Leser sich selbst mit dieser beschwörenden Litanei betört hat. Eine Litanei freilich, in der der Name eines Dings – wie mehrfach angemerkt wurde – mehr Gewicht hat als das Ding selbst, wo der Name das Ding *ist*, das Ramsinga-Ding, das Nagasbaum-Ding, das Mangroven-Ding. Viel ist über den salgarianischen Wortexotismus geschrieben worden, über seine d'annunzianische Poetik des wohlklingenden und spektakulären Wortes, ein Exotismus, der zuallererst eine

Form des Hedonismus ist, der aber aufgrund seiner Tendenz zur semantischen Abstraktion und klanglichen Bündelung auch an die Behandlung erinnert, die das Wort in jenen Jahren durch einen Dichter wie Mallarmé erfuhr: „nur vereinzelt erheben sich kleine Gruppen von Mango-, Jackfrucht oder Nagasbäumen aus den Sümpfen, nur dann und wann liegt in der Luft der zarte Duft von Jasmin, Champaca oder Mussaenda"; „unzählige Schiffe indischer Bauart, *Gurabs*, *Pallars*, *Baghlas* und Pinassen"; „pfeilschnelle *Fylt' Sharahs*"; „Arekaplamen mit riesenhaften Blättern, *Uncaria Gambir* sowie *Guttaperchabäume* und *Djentawan*".

Reduziert auf den reinen Klang verlieren die Worte ihren instrumentellen Charakter und gewinnen an suggestivem Reiz. Deshalb sind sie niemals nur Beiwerk des Abenteuers (die „Erzählung" eines Abenteuers), sondern sie selbst *sind* das Abenteuer. „Riesige *Rotangs*, die auf Borneo den Platz der Lianen einnehmen, und *Nepenthes* schlangen sich von einem Baum zum nächsten und bildeten wahre Netze, so dass der Maharate und der Portugiese gezwungen waren, sie mit Hieben ihrer *Kris* zu durchtrennen": Was bliebe von diesen Passagen ohne die so kraftvolle Literarizität und die so eindringliche Ritualität von *Rotang*, *Nepenthes* und *Kris*? *Kris* (oder *Proa* oder *Thug*) sind bei Salgari das, was bei Petrarca der „Hauch" oder bei Tasso der „Schauder" ist: die Bündelung eines Stils, ein Leitwort, eine hypnotische Affirmation. Wie in einer Litanei eben oder, seit der Epik, in jeder Art von formelhafter Diktion, in der die Wiederholung von Epitheta und festen Stilelementen dem Zuhörer die Authentizität und Qualität des Erlebten bestätigt. Und bei Salgari ist alles epithetisch, vom magnetisch anziehenden Blick des Protagonisten bis zum satanischen Grinsen des Ver-

räters, von Verben wie „beben" oder „brüllen" bis hin zum
„*Banyan*", von dem Wort „Rache" bis hin zu den Interjek-
tionen, der Einrichtung und Ausstattung, den Giften und
Gegengiften, von den verseuchten Miasmen bis hin zur
nautischen Terminologie. Wie ein Bühnenkünstler, der
sich vor einem brechtschen Verfremdungseffekt fürchtet,
betont Salgari emphatisch die illusionistischen Elemente
seiner Darstellung und verschreibt sich damit zwingend
jener unerhörten Herausforderung der fortwährenden Hy-
perbel, die typisch für das Märchen ist. Aber wohin führen uns die Litanei, die archaische Epik und das Märchen, wenn nicht zurück zur archetypischen Grundlage
einer jeden Erzählung, der Austreibung des Todes durch
die Mythographie eines Lebens, die lebendiger ist als das
Leben selbst? Darum durchbrechen Salgaris Exkurse das
Abenteuer nicht, denn als sein Schauplatz und sein *De-
kor* tragen sie das Abenteuer nicht nur in sich, sondern
verleihen ihm Ausdruck. Und dieser Ausdruck vollzieht
sich auf eine Weise, die höchst produktiv und zugleich
höchst ökonomisch ist: wie Monaden, von denen jede einzelne das ganze Universum in sich trägt. Und das ist es,
woran man schon immer die alchemistischen Tugenden
der großen Fabulierer gemessen hat, an der Fähigkeit, *ein
jedes Mal* die ganze eigene Welt in ein Bild hineinzule-
gen, in ein Adjektiv, einen Ortsnamen, so dass eines dieser Elemente genügt, um die Maschinerie des Zuhörens
und der eigenen Nachschöpfung – den Leser also – in
Gang zu setzen und einzuschwingen. In diesem Zusammenhang erscheint mir eine Betrachtung ganz vortrefflich zu passen, die Arpino und Antonetto, mit der ge-
wohnten Geringschätzung, in ihrer Salgari-Biografie
vorbringen: Salgaris Bücher haben Ähnlichkeit mit Opern-
libretti, nicht nur (worauf viele andere bereits hingewie-

sen haben) aufgrund ihrer Sprache, sondern weil sie gleich diesen eine Vertonung erwarten und voraussetzen, die in diesem Fall allein in der Bereitschaft der Leser besteht „Piraten zu spielen". In diesem Spiel werden die salgarianischen Texte musikalisch „interpretiert" und verwirklicht, und das erklärt vielleicht auch, warum es für denjenigen, der als Jugendlicher einer dieser „Interpreten" war, so schwierig ist, über Salgari im Gewand des Kritikers zu sprechen: so als berge das Nachdenken, das rein pflichtgemäße kritische Nachdenken, das Salgaris literarischen Qualitäten ja auch zusteht, etwas in sich, das zutiefst unvereinbar ist mit jenen weit zurückliegenden Aufführungen.

Die vorrangige Eigenschaft einer jeden Mythopoiesis ist die Demiurgie, Weltenerschaffung also. Im Gegensatz zum Erwachsenen gibt ein Kind, wenn es mit einem Zweig Säbelhiebe austeilt, nicht nur vor, der Zweig sei ein Schwert: es hat „wirklich", und zwar durch *Benennung*, ein Schwert erschaffen. Im Gegenzug hat das Schwert in ihm einen Fechter erschaffen, und als Fechter kann es sich einen Gegner erschaffen, dann einen Kampf, eine Geschichte, eine Szenerie.

Und jeder, der schon einmal eine Plastikmurmel Anquetil oder Merckx getauft hat, der auf einem Acker einem Ball hinterhergeflitzt ist und sich dabei selbst eine rauschende Live-Reportage geliefert hat, der weiß sehr wohl um die suggestive Macht von Eigennamen. Es gibt wenigstens drei Indizien dafür, dass Salgari seine Geschichten genau auf diese Weise erfand und niederschrieb. Das erste ist seine Angewohnheit, von seinen Figuren zu sprechen, als seien sie ein beständiger Teil seines Lebens (es ist müßig, bestimmen zu wollen, ob nun sie ein Teil seines oder er ein Teil ihres Lebens war:

wahrscheinlicher ist, dass beide sich in einer Zwischenwelt begegneten, im höheren Limbus der „fiebrigen Köpfe" und der „gereizten Nerven"): „Ich war dreiundzwanzig Jahre alt, als ich Sandokans Gefangener wurde ...", so schreibt er zum Beispiel, oder: „Ich bin Sandokans Sklave und Gefährte ...", und hierin tritt eine Komplizenschaft und eine Konfliktualität zu Tage, wie sie ähnlich auch Conan Doyle angetrieben haben muss, der Sherlock Holmes schließlich aus Eifersucht auf seine Beliebtheit sterben ließ.

Ein zweites Indiz ist die Analogie vieler *Incipits* zum Zeitalter der göttlichen Schöpfungen: erst die Szenerie, dann die Akteure. Wie bereits Ann Lawson Lucas herausgestellt hat, ist es unmöglich, nicht an die erste Seite der *Verlobten* zu denken, wenn man den Anfang der *Geheimnisse des schwarzen Dschungels* liest:

Der Ganges, jener legendäre Strom, den die Völker Indiens vergangener wie auch heutiger Tage verehren und dessen Wasser ihnen als heilig gelten, zieht seine weite Bahn, hinab von den schneebedeckten Bergen des Himalaja, durch die reichen Provinzen Srinagar, Delhi, Uttar, Bihar und Bengalen, bis er sich schließlich, zweihundertzwanzig Meilen bevor er das Meer erreicht, in zwei Arme teilt und ein dicht verzweigtes Delta von ungeheurem Ausmaß bildet, das wundersam und in seiner Art wohl einzig ist. Die beeindruckenden Wassermassen teilen sich weiter und weiter, unzählige größere und kleinere Wasserläufe durchziehen das unermesslich weite Land zwischen dem Hugli, dem ursprünglichen Ganges und dem Golf von Bengalen, und es entsteht eine bizarr geformte, zerfaserte Landschaft mit zahllosen Inseln, Werdern und Bänken, welche nahe dem Meer den Namen die

Sundarbans trägt. Nichts könnte trostloser, befremdlicher oder bedrohlicher sein als der Anblick dieser Sundarbans. Es gibt keine Städte, keine Siedlungen, keine Hütten, nicht irgendeinen Ort der Zuflucht. Von Süd nach Nord, von Ost nach West nichts als riesige Wälder von stechendem Bambusrohr, dessen hohe Wipfel im Hauch eines Windes wogen, der verseucht ist vom unerträglichen Geruch abertausender menschlicher Körper, die im vergifteten Wasser der Flüsse verwesen ...

Nachdem die Welt einmal erschaffen ist (eine Schöpfung, die sich einzig und allein aus dem ursprünglichen Klumpen sagenhafter Energie speist, die das Wort „Ganges" verkörpert), ist der Boden für die Einführung der Figuren und mit ihnen der Zeit bereitet: „Dennoch, am Abend des 16. Mai 1855 ..." – das Pendant zum manzonianischen „am Abend des 7. Tages im November des Jahres 1628".

Das dritte Indiz steht in engem Zusammenhang mit der zyklischen Natur der salgarianischen Erzählung. Salgari konzipiert seine Geschichten – und dies spiegelt sich auch weithin in der Aufnahme seiner Figuren durch Leser wie Nicht-Leser, die diese als vom Roman unabhängig begreifen – beinahe von Anfang an als etwas, das die Grenzen des Buches überschreiten wird (ich sage „beinahe", weil *Der Tiger von Malaysia*, die erste Version der *Tiger von Mompracem* noch mit Sandokans Tod endete): stromauf, da die Figuren bei ihrer Einführung bereits ein sagenhaftes Vorleben und eine geballte Gefühlswelt im Gepäck tragen, die unumgänglich, wie zwangsläufig, zur Erzählung der Begebenheit führt; stromab, da das Finale stets auf eine Fortsetzung verweist („Geht nur! ... Wir sehen uns im *Dschungel* wieder!", so lauten die Worte Suyodhanas, mit denen *Die Geheimnisse des schwarzen Dschungels* schließen). Nicht nur suggeriert dieser zyklische Entwurf ein Eigenleben der Figuren zwischen dem Ende des einen und dem Beginn des nächsten Buches, er verführt auch zu jenem Verbünden (diesem „Alle gegen einen", in das früher oder später auch das wohlgeordnetste Spiel verfällt), das so charakteristisch ist für die demiurgische Attitüde, die die Gesetze der Wahrscheinlichkeit ebenso hinwegfegt wie die der Philosophie, der Geschichte oder der Geographie. Der Gesamteindruck ist daher geprägt von Redundanz und Brechung, denn neben expliziten Verquickungen (die bornesische Geschichte um Sandokan verschmilzt mit der indischen um Tremal-Naik), erkennen wir im umfangreichen salgarianischen Corpus ein vieläugiges Miteinander aller Figuranten, genauso wie Alaska oder Paraguay, wo einige der weniger bekannten Geschichten angesiedelt sind, die Teilchen sind, die sich synoptisch in eine Welt einfügen, die bereits durch alle anderen Romane umfassend kartographiert worden ist: hier brechen Enzyklopädismus und Zyklizität mit ihrem gemeinsamen Etymon. Und paradoxerweise bestätigt sich das Gelingen des salgarianischen Unterfangens (d. h. sein innerer Zusammenhalt und seine organische Geschlossenheit) gerade auch durch die zahlreichen parasitären Nachahmungen und die ungenierte Verwertung unveröffentlichter Arbeiten, denn es ist eine Eigenheit der Epik, Fragen des Urheberrechts und der Autorschaft außer Acht zu lassen: Nur von wenigen überlieferten lyrischen Fragmenten wissen wir, dass sie von Mimnermos stammen, von Homer hingegen wissen wir nur, dass er niemals existiert hat. Und das bedeutet, dass – sicher nicht für die Philologie, aber sehr wohl aus „ontologischer" Sicht – keine wirkliche Unterscheidung zwischen der homerischen Dichtung und den posthomerischen Zyklen getroffen wird: diese wie jene bleiben anonym, kollektiv, apokryph. Und in diesem Sinne ist, von der Neugier einmal abgesehen, auch die Frage nach den salgarianischen Quellen nicht von allentscheidender Bedeutung, denn für ihn verwandeln sich jede Lektüre und jede Illustration unmittelbar in Stoff für seine Romane. Und auch diese absolute Gleichwertigkeit der Quellen (Stevenson und ein Atlas, ein pharmazeutisches Traktat und die Memoiren eines Bootsmanns) sowie die unmittelbare Übertragbarkeit der Quellen auf die Romandimensionen sind Formen der Kontinuität zwischen Wirklichkeit und Phantasie. Und Kontinuität versteht sich hier wie eine Verbreitung von Volksetymologien. Welchen Sinn hätte es auch sonst, angesichts eines Erzählers von Abenteuergeschichten, der Italien nie verlassen hat und, abgesehen von einer unbedeutenden Episode als Schiffsjunge, niemals zur See gefahren ist, auf einer Kontinuität zwischen Leben und Literatur zu bestehen? Als er im Jahre 1891 an seine Verlobte schrieb, er sei „geboren in einer stürmischen Nacht" und habe „gelebt in den Stürmen der Ozeane, wo man sich eine wilde Seele erwirbt", sprach Salgari die Wahrheit, und auch die Auto-Mythopoiesis des wackelnden Tischchens, der mit Manuskripten gefüllten Kassette und der mit einem Zwirnsfaden an einen Strohhalm gebundenen Schreibfeder ist ebenso wahr wie legendär. Man könnte auch sagen, der dramatische Wettstreit zwischen Realität (das trübe Italien zur Zeit Umbertos, die Schulden, der Krieg mit den Verlegern) und Illusion spielte sich nicht zwischen Leben und Literatur ab, sondern war dem Leben inhärent. Dem Leben desjenigen, der vorgab, seine Geschichten stammten aus dem Munde eines geheimnisvollen Zigeuners namens „Materia", dem Leben desjenigen, der wie Courtial des Pereires in *Tod auf Kre-*

dit, Papierballons erschuf und mit ihnen stritt. In diesem „Fieber im Kopf", in dieser Liebhaberei, in diesem kindlichen Selbstbetrug erkennen wir etwas wieder, das viel mehr als die vernianische wissenschaftliche und pädagogische Lehrhaftigkeit ein Kontinuum der Literatur darstellt.

Und wenn wir heute Mompracem auf jener Landkarte Borneos aus dem 19. Jahrhundert suchen, die Salgari als erster Orientierungspunkt diente (Mario Spagnol hat sie gefunden und veröffentlicht), so lernen wir, angesichts dieses winzigen Pünktchens, das gleich einem Sandkorn zur Perle, zur „wilden Insel von unheilvollem Ruf, Schlupfwinkel schrecklicher Piraten" wurde, die ganze Macht der Literatur zu würdigen, denn rückwirkend sind diese Worte mit jenem Punkt verschmolzen und nicht nur ergreift er uns, ist wie Musik, sondern er erscheint uns, unter den vielen Punkten, aus denen sich der Archipel zusammensetzt, als der einzig *reale*.

Anders als viele heutige Autoren, die erklären, dass sie das schreiben, was sie selbst gerne lesen würden, gestand Salgari einmal, sein „Geheimnis" sei, „das zu erzählen, was der Leser gerne wäre". Und was möchte wohl ein kindlicher Leser sein, wenn nicht ein Tier: wenn möglich, wie Borges in einer denkwürdigen Erzählung feststellte, ein Tiger? Schon der Titel verrät, dass Sandokan ein Tiger ist, von den funkelnden Augen bis hin zum Gebrüll, von den Raubtiersprüngen bis hin zur blutdürstigen Wildheit. Vermutlich um Eltern und Lehrer nicht über Gebühr aufzubringen, sah sich Salgari später genötigt, einige der Grausamkeiten abzumildern, aber wie sollte man vergessen, dass der erste Sandokan „mehr als nur einmal gesehen wurde, wie er menschliches Blut trank und, schrecklich es auszusprechen, das Hirn der Sterbenden schlürfte" und in seinem Zimmer folglich „mit Blut und Gehirnresten besudelte" Dolche zu bewundern waren. Und auch Tremal-Naik droht einem Gefangenen: „Sprich, oder ich werde dich mit meinen eigenen Zähnen in Stücke reißen!", um sich dann während der Folter doch für eine metonymische Zwinge zu entscheiden (den Protagonisten wird die Anthropophagie zwar genommen, aber obsessiv thematisiert wird sie in anderen Romanen dennoch, angefangen bei *Ein Drama im Pazifischen Ozean*). Und während Darma, ein leibhaftiger Tiger und eine der schönsten Figuren der *Geheimnisse des schwarzen Dschungels*, kaum anthropomorphisiert wird, sind die Menschen mit dem Instinkt, der Behändigkeit und sogar der Physiognomie von Tieren ausgestattet (im *Drama* spielen, in manieristischer Fasson, gleich zwölf Tiger eine bedeutende Rolle). Aber auch wo es zum Kampf zwischen Mensch und Tier kommt, spüren wir, dass die Ähnlichkeiten, wenn nicht gar völlige Gleichartigkeit, gegenüber dem Anderssein überwiegen: So wie in Guimarães Rosas Erzählung *Mein Onkel, der Jaguar*, in der der Jaguarjäger – und dies zeigt sich zuerst in seiner Ausdrucksweise – schließlich selbst zum Jaguar wird, packt Sandokan die Bestie und brüllt „Sieh mich an! Auch ich bin ein Tiger"; und der „Schlangenjäger" Tremal-Naik ist selbst eine Schlange:

Tremal-Naik, der im Dschungel geboren und aufgewachsen war, bewegte sich bemerkenswert schnell und gewandt und ohne dass noch das leiseste Rascheln zu hören war. Zwar lief er nicht aufrecht, denn das wäre gar nicht möglich gewesen, sondern in gebückter Haltung kroch und schlängelte er sich wie ein Reptil von Strauch

zu Strauch, ohne jemals innezuhalten, ohne jemals zu
zögern, welche Richtung er einschlagen musste.

Im Gegensatz zum zahmen oder domestizierten Tier war
das wilde Tier in der Kunst noch niemals von einer Ver-
menschlichung bedroht und folglich bleibt auch der wilde Mensch in der Kunst von der psychologischen Dimen-
sion unberührt. Auch aus diesem Grund ist bei Salgari
die „antike" Wirkung einer im schillerischen Sinne prä-
sentimentalen Literatur so ausgeprägt: So wie Achilleus
oder Diomedes, die nicht grundlos wegen ihrer Grausamkeit und Brutalität von den *Modernen* kritisiert wurden,
sind auch Sandokan und Tremal-Naik „Barbaren", und bei
der Lektüre ihrer grausamen Handlungen fühlt sich der
Heranwachsende von der Last der edlen Gefühle befreit.
Wie in den Western, wo ein „Guter" zu sein nur bedeutet, einen vorgeblichen Grund (zumeist die Rache für ein
begangenes Unrecht) zu haben, um dann ebenso blut-
rünstig sein zu dürfen – wenn nicht gar zu müssen – wie
die „Bösen". Der Schwarze Korsar wird gemeinhin als ein
romantisch-dekadenter Held angesehen und damit als für
Salgari untypisch – dann sollte man einmal nachlesen,
was von Maracaibos Festung nach dem Angriff des Korsaren und seiner Freunde übrigbleibt:

Überall lagen Berge von Toten, grausam entstellt von Sä-
bel- und Degenhieben, mit abgehackten Armen, durch-
bohrtem Brustkorb, gespaltenem Schädel, mit grauen-
haften Wunden, aus denen sich noch Ströme von Blut
ergossen, die die Wälle und die Stufen der Kasematten
hinabrannen und Lachen bildeten, die einen beißenden
Geruch verströmten. Einige sah man dort, denen die
Waffen, die sie getötet hatten, noch im Leib staken, an-

dere, die noch den Gegner umklammert hielten, die Zäh-
ne in die Kehle dieses oder jenen vergraben, und wieder
andere, die mit letzter Zuckung noch den Degen oder Sä-
bel umklammerten, der sie gerächt hatte.

Gewiss hat der Schwarze Korsar den schwermütigen
Habitus eines Melancholikers, aber abgesehen von den
Hinweisen, die ihn fest in der großen Raubtierfamilie
der salgarianischen Figuren verankern („Ein wahres
Brüllen war bei dieser feierlichen Beteuerung über die
Lippen des Schwarzen Korsaren gekommen. Man sah,
wie er langsam in sich zusammensank [...] aber dann
plötzlich richtete er sich blitzartig wie ein Tiger wieder
auf"), ist seine gepeinigte Komplexität ganz veräußer-
licht, gleichsam verdinglicht im wechselnden Schauspiel der Natur. Sein Gemüt bleibt *per definitionem* ein
Rätsel (Metapher hierfür ist seine schwarze Flagge, „mit
zwei goldenen Buchstaben, wunderlich gekreuzt von einem unerklärbaren Schnörkel"), und der Effekt des fantastischen Irisierens, der schon immer die Leser faszi-
niert hat, entspringt einem Gaukelspiel des Autors, der,
durch Deduktion und Extension, den zwielichtigen und
verborgenen Schein der Unterwasserwelt über dieses
Gemüt breitet. Und was wird uns anderes im gesamten
Roman gesagt, als dass der Schwarze Korsar „etwas unergründlich Melancholisches" hatte? Und doch füllt sich
dieses Unergründliche mit Gehalt und Farben, wenn
wir ein literarisches Chiaroscuro wie das folgende lesen (und diese wundervolle Seite mag zudem dazu an-
getan sein, all jene zu verwirren, die dem Autor stets
ein allenfalls unbedeutendes Talent fürs Geschichtener-
zählen zuerkannt haben):

In den Fluten schaukelten in großer Zahl seltsame Mollus-
ken und tummelten sich in diesem Meer aus Licht. Die
großen Medusen kamen zum Vorschein, Feuerquallen, die
wie lichte Kugeln im Hauch der nächtlichen Brise schweb-
ten, anmutige Fächerkorallen, die wie glühende Lava
leuchteten, mit ihren wie Malteserkreuze geformten Ver-
ästelungen, Schirmquallen, die blitzten, als seien sie mit
echten Diamanten besetzt, bezaubernde Segelquallen, de-
ren schimmernde Hauben ein bläuliches, unendlich sanf-
tes Licht verströmten, und Schwärme von Melonenqual-
len, ihr rundlicher Körper übersät mit Stacheln von
blassgrünem Schimmer. Fische aller Art erschienen und
verschwanden wieder, schimmernde Bahnen hinterlas-
send, vielgestaltige Kraken kreuzten in alle Richtungen
und verbreiteten ihren farbenfreudigen Glanz, während
an der Wasseroberfläche dicke Seekühe schwammen, die
mit ihren langen Schwänzen und wie Arme geformten
Flossen schimmernde Wellen aufwarfen [...] Der Leichnam
stürzte hinab in die Wellen und wie ein feuriger Strahl
spritzte das Wasser hoch auf. Alle Freibeuter hatten sich
über die Bordwand gebeugt. Durch das phosphoreszieren-
de Wasser war deutlich zu sehen, wie der tote Körper in
weiten Wellenbewegungen bis in die geheimnisvollen Tie-
fen der See hinabsank und dann plötzlich verschwand.

In unterschiedlichen Variationen durchzieht das (conra-
disch gefärbte) Motiv des „fantastischen" Chiaroscuro wie
ein musikalisches Thema alle Romane Salgaris. Im zweiten Kapitel des *Schwarzen Korsaren* lesen wir:

Vor ihnen erhob sich der Wald, finster wie eine uner-
messliche Höhle. Stämme von jeder Form und Größe
schossen in die Höhe, gekrönt von Blättern, die so riesen-

haft waren, dass sie jeglichen Blick auf das sternenbe-
deckte Himmelsgewölbe gänzlich verwehrten [...] Ein va-
ges Schimmern wie von großen leuchtenden Punkten,
die in Abständen wahre Lichtblitze aussandten, husch-
ten zwischen den tausenden und abertausenden Stäm-
men umher, tanzten mal über dem Boden und dann wie-
der durch das Blattwerk. Sie verlöschten jäh, flammten
wieder auf und bildeten wahre Ströme von Licht, die von
unvergleichlicher Schönheit waren und etwas Fantasti-
sches an sich hatten.

Betrachtet man die Linearität und Simplizität seiner Figuren, bekommt man den Eindruck, dass Salgari all seine Fähigkeiten in Bezug auf Modulation und Nuancie-
rung auf das Reich der Natur richtete, so wie es auch in
einigen Erzählungen Jack Londons der Fall ist. Farben-
froh, changierend, opulent, heilsam oder mefitisch, lingu-
istisch unerschöpflich, ist die Natur das wahre Reich des
Romanhaften, ein Reich, in dem die Charaktere sich bewegen wie der Golem, im Dienste einer einzigen leidenschaftlichen Mission, die von vornherein festgelegt ist:
die Rache (deren eindeutigem Gesetz sich nicht einmal
der gepeinigte Schwarze Korsar entziehen kann), der Verrat, die Eroberung eines Frauenherzens, die Vernichtung
der Rebellen, die rettende Flucht. Eine monolithische Geschlossenheit, die ebenfalls ein Produkt der Epik ist,
denn nur eine vom Autor „nicht kommentierte" Figur
kann einer Auseinandersetzung mit sich selbst ausweichen. Und Salgari kommentiert eben nicht, und mehr
noch, wie Emanuele Trevi sagt, „denkt er sich nichts" zu
den Dingen, die er schreibt, was die Voraussetzung ist für
jene erhabene Gleichgültigkeit, die traditionellerweise
zwar Homer, nicht aber dem pathetischen Vergil zuer-

kannt wird. Zwar mag es widersprüchlich erscheinen angesichts einer fiebrigen Fantasie und einer vitalistischen Handschrift wie der salgarianischen von Gleichgültigkeit zu sprechen, aber das ist es nicht, ebenso wenig wie das Kind „gleichgültig" ist, das bedenkenlos und spontan von der Rolle des Sheriffs in die des Banditen schlüpft. Indem er sich stets mit *all* seinen Charakteren und Tieren identifiziert, erhöht Salgari die Temperatur und vermittelt uns den Eindruck, dass selbst noch der kleinste Komparse seine Wichtigkeit und Würde hat. Im Unterschied zu anderen beliebten großen Romanciers wie Hugo oder Dumas, gibt es bei Salgari keine Figuren „am Rande", denn auch der geringste Matrose oder Thug, steht, während der wenigen Zeilen, in denen von ihm die Rede ist, im Mittelpunkt der Szenerie wie ein schicksalhafter Charakter:

„Negapatnan fürchtet sich niemals."

„Aber ich werde dich brechen wie ein dünnes Schilfrohr."

„Und die Thugs werden dich brechen wie einen jungen Bambus." [...]

„Du wirst anders sprechen an dem Tag, an dem sich die seidene Schlinge um deinen Hals legt."

„Und du wirst anders sprechen an dem Tag, an dem glühendes Eisen dein Fleisch verbrennt."

Eine Welt der Titanen also, in der alle brüllen und drohen und in der das Gleichgewicht paradoxerweise gewährleistet wird durch den Aufruhr und durch die Heftigkeit, mit der alle Charaktere, mit Ausnahme zuweilen von Yanez, zwischen „Gebrüll" und „endbetonten Wörtern" abwechseln: Eine Welt ohne unterschiedliche Perspektiven, in der alles hyperbolisch und absolut ist, weil das, wie auch im Melodram, die Sprache ist, der man sich anvertraut. Salgaris Vertrauen in die beschwörende Macht des Wortes ist bewegend: Darum denke ich, ohne paradox klingen zu wollen, dass solch einer unbefangenen Naivität zum Trotz seine Prosa zu den „literarischsten" unserer Tradition zählt. Und die Tatsache, dass ein Erwachsener zuweilen eine verlegenes Unbehagen dabei empfindet, wenn er später die Romane noch einmal zur Hand nimmt, sollte nicht als Beweis gegen diese Literarizität gewertet werden, sondern als Beweis für die Unfähigkeit, in sich den Sinn für den magischen Glanz des Rituals lebendig zu erhalten, einen Sinn, der bekanntlich bei den Kindern stärker ausgeprägt ist als bei den Erwachsenen und den die Heranwachsenden, kurz bevor er ihnen verloren geht, noch einmal zu Ehren kommen lassen, indem sie zum Beispiel Salgari lesen. Denn es ist eine große Ehrenbezeigung, wenn derjenige, der kurz davor steht, ins Erwachsenenleben einzutreten, trotz seiner Ungeduld noch einmal zurückblickt, um die reiche Selbstgenügsamkeit des Wortes „Mompracem" zu bewundern.

*

„Werdet ihr die Geduld haben, mir zuzuhören? Die Geschichte ist ebenso lang wie schrecklich."
„Schreckliche und blutige Geschichten gefallen dem Tiger."

Zur Einführung

Ann Lawson Lucas

*D*er *Tiger von Malaysia* (die Erzählung, die dann in *Die Tiger von Mompracem* ausgearbeitet wurde) war das dritte Werk Salgaris, das veröffentlicht wurde, und das zweite, das in Fortsetzungen in der Veroneser *Nuova Arena* erschien. Damals war der Autor 21 Jahre alt. Allerdings verfolgte er schon seit langem sehr aufmerksam den neuen Reisejournalismus, etwa der Zeitschrift *La Valigia (Der Koffer)*, die 1883 eine seiner Erzählungen mit dem Titel *Die Wilden des Papualandes* publizierte. Die Handlungen der ersten drei Geschichten waren also alle in jenem weiten, dem großen Publikum unbekannten Gebiet des Orients angesiedelt; sie durchmaßen den Raum vom südostasiatischen Kontinent bis zum Indonesischen Archipel, der sich zwischen dem alten Cochinchina (dem heutigen Vietnam) und Australien erstreckt.

Sehr viel später erklärte Salgari, dass er in seiner Jugend Abenteuerromane ausländischer Schriftsteller wie Mayne Reid, Verne, Aimard und Boussenard gelesen hat. Der irische Kapitän Mayne Reid hatte 1870 *The Castaways [Die Schiffbrüchigen]* veröffentlicht, einen Roman um einen Schiffbruch vor der Insel von Borneo, der 1875 ins Italienische übersetzt und in Mailand bei Guigoni verlegt wurde. (Vergessen wir nicht, dass 1887 der nämliche Guigoni den ersten Salgari-Band veröffentlichen sollte). Boussenard dagegen, der 1880 seine Leser mit dem *Gamin de Paris [Le Tour du monde d'un gamin de Paris: Ein Pariser Lausbub reist um die Welt]* die Welt umrunden ließ, wurde 1881 übersetzt und in Mailand bei Sonzogno verlegt *(Il giro del mondo di un birichino di Parigi)*. Aimard und Verne sollten später andere Romane Salgaris beeinflussen (insbesondere die Science-Fiction- und Wildwest-Romane), nicht aber den vorliegenden. Und es ist auf alle Fälle frappierend, dass der junge Salgari als Schauplatz für seine Erstlingswerke Borneo wählte, auch wenn nicht ausgeschlossen ist, dass tatsächlich die in Mayne Reids Roman enthaltenen Grundinformationen über dieses Land in ihm eine gewisse Neugier geweckt hatten. In Wirklichkeit sind die Bezüge zwischen *Die Tiger von Mompracem* und *The Castaways* spärlich. Bei letzteren handelt es sich um eine *Robinsonade* – die allerdings eine große Nähe zu *Die italienischen Robinsons* von 1896 aufweist, aus der Feder eben dieses Salgari –, in der vier Männer (drei Europäer und ein Malaie), ein Junge und ein Mädchen an der nordöstlichen Küste von Borneo stranden und überleben, indem sie sich von dem, was sie im Dschungel finden, ernähren, zu Fuß die Nordküste erreichen und zu guter Letzt auf die britische Insel Labuan gelangen. Mayne Reid ist der erste Romancier, der dem europäischen Leser vom *Durian*, vom *Upas*, vom Riesenstrauß, vom Nashornvogel und vom Orang-Utan erzählt (den er fälschlicherweise Gorilla nennt). Er versteht es, interessant und lehrreich zu sein und es gelingt ihm, den Leser mit einem gewissen Gefühl von Respekt und Verantwortung zu erfüllen. Lediglich einen Abschnitt widmet er den Piraten und einen weiteren James Brooke, doch vermag er nicht, uns ebenso zu verzaubern wie *Die Tiger von Mompracem*, wo die Piraten extravagante Helden sind und keine blutrünstigen Räuber oder unzivilisierten Feinde.

Im Gegensatz dazu ist, bei näherer Betrachtung, die Handlung der *Tiger* nicht in den Wäldern der großen Insel Borneo angesiedelt, von der kaum die Rede ist, sondern vielmehr auf zwei Inseln im offenen Meer vor der Nordküste: Mompracem, eine mehr oder weniger fiktive kleine Insel, und das winzige Labuan, das tatsächlich existiert. Den dritten Schauplatz des Romans bildet dann das Südchinesische Meer. Gleiches gilt für James Brooke, der großen und historisch belegten „grauen Eminenz" der Geschichte, den im vorliegenden Roman keiner der Charaktere zu Gesicht bekommt, geschweige denn persönlich kennt. Im Alter von 21 Jahren ist Salgari bereits ein Meister der Erzählkunst und weiß um die Bedeutung der Nicht-Präsenz, von Leerstellen: Diese Gabe wird er später noch weiterentwickeln, wird die Leere, das Nichtexistierende, das Negative noch ausweiten. In diesem Roman spüren wir, wie die unsichtbare Gegenwart des weißen *Rajah* und seines weiten Herrschaftsgebietes eine zweideutige und essentielle Atmosphäre erzeugt, ein Zwischenreich zwischen Realität und Fantasie.

Schon Mayne Reid hatte den berühmtesten europäischen Bewohner des nördlichen Borneo (im Süden gingen dagegen die Holländer ihren eigenen beträchtlichen wirtschaftlichen Interessen nach) ziemlich treffend porträtiert: Sein Territorium war eine „sonderbar gemischte Provinz, halb Kolonie, halb Königreich, die zu jener Zeit die Autorität des kühnen britischen Abenteurers Sir James Brooke akzeptierte, den man den ‚Rajah von Sarawak' nannte" (*The Castaways,* S. 81). Wie schon Mario Spagnol in der kommentierten Ausgabe der *Tiger* aus dem Jahre 1969 angemerkt hat, hätte der historische James Brooke eine fabelhafte salgarianische Figur abgegeben. Der Schriftsteller hätte demnach gut und gerne die Rollen vertauschen und die Geschichte andersherum erzählen, Brooke zum Helden und Sandokan zum grausamen Piraten machen und damit eine eindeutig eurozentrische Sichtweise widerspiegeln können. Freilich ist es heute für uns, die wir uns 100 Jahre nach seiner Hochphase der weniger ruhmreichen, um nicht zu sagen schändlichen Seiten des Kolonialismus nur allzu bewusst sind, schwer zu verstehen, wie brillant, originell und gewagt die Wahl des jungen Schriftstellers war, die Perspektive eines Einheimischen einzunehmen, zudem auch noch die eines geächteten und verfolgten indigenen Helden, und nicht etwa die eines integrierten Kolonisierten oder eines Asiaten, der mit den Europäern kollaborierte. Wir haben es hier mit einem meisterhaften Coup zu tun, durch den Salgari zu einem ungewöhnlichen Schriftsteller wird. Er zeugt von einem außergewöhnlichen literarischen Genie, auch wenn es sich nicht um das erste Beispiel für die Empathie eines abendländischen Autors gegenüber der kolonisierten indigenen Bevölkerung handelt. Wir wissen jedoch nicht, ob Salgari damals schon Werke wie James Fenimore Coopers *Der letzte Mohikaner*, erschienen im Jahre 1826 und im selben Jahr ins Französische übertragen, oder das epische Poem *Das Lied von Hiawatha*, 1855 verfasst von Henry Wadsworth Longfellow (der Verona besucht hatte), hatte lesen können: Beide Texte bringen den Leser dazu, sich mit einem rothäutigen Helden zu identifizieren, der ganz besonders mit der Natur verbunden ist.

Doch in einer Literatur dieses Typs entspringt das Abenteuer aus dem Konflikt, muss Salgari gezwungenermaßen die Figuren einander entgegenstellen und dabei einige wichtige Seiten von Brookes Persönlichkeit außer Acht lassen. Um den Leser dazu zu bringen, sich mit Sandokan zu identifizieren, spart der Autor beinahe die ganze Geschichte des „Vernichters der Piraten" aus, vermeidet es, von dessen Freundschaft mit dem Volk von Sarawak und von seinem respektvollem Verhalten ihnen gegenüber zu erzählen, ebenso wie er die Gründe für den Krieg gegen die Piraten im Dunkeln und uns seine charismatische und mutige Persönlichkeit durchaus nicht kennenlernen lässt. Die Person des historischen James Brooke unterscheidet sich dagegen deutlich vom typischen englischen Kolonialherrn; so legte er großen Wert auf das Wohlergehen der indigenen Bevölkerung, und bestand darauf, dass sie nicht von den Europäern ausgebeutet werden durfte. Und tatsächlich waren es die malaiischen Aristokraten, die James Brooke am 24. November 1841 zum ersten weißen *Rajah* – das heißt Verwalter – von Sarawak ernannten (damals eine Provinz des Sultanats Brunei). Sein Feldzug gegen die bornesischen Piraten wurde dann von der Bevölkerung sehr begrüßt, zu dessen Erfolg die Streitkräfte und die Erfahrung der britischen Marine maßgeblich beitrugen. Brooke war im August 1839 in Kuching, der Hauptstadt von Sarawak, mit zwanzig Gefährten und Seeleuten an Bord der bewaffneten und bis obenhin mit Handelswaren beladenen Schonerbark *Royalist* angekommen. Er war 1803 als Sohn eines englischen Richters im indischen Benares zur Welt gekommen und Offizier zur See im Dienste der britischen Ostindien-Kompanie gewesen. Aber zuletzt war er nicht mehr mit deren Zielen und Methoden einverstanden gewesen und hatte seinen Abschied eingereicht. Wenn Sandokan das Symbol einer gerechten Rebellion ist, so wies der historische Brooke einige Ähnlichkeit mit dem literarischen Helden auf, war er doch eine einzigartige Persönlichkeit, die zwischen der Kolonialmacht und der indigenen Obrigkeit stand, von welch letzterer seine Legitimität abhing.

Er hatte sich also auf Borneo niedergelassen in der Absicht, den internationalen Handel zu fördern – als Privatmann und nicht in der Eigenschaft als Gesandter der britischen Regierung oder der Kompanie. Nach vieljähriger Tätigkeit wurde der Erfolg des unabhängigen und individualistischen Abenteurers anerkannt, indem man ihn mit einer offiziellen diplomatischen Rolle betraute, was allerdings auch Anlass zu Zweifeln und Polemik gab. Im Grunde aber wollte er nur Handel treiben und allenfalls die englische Regierung dazu bringen, sich für das kommerzielle Potential Borneos zu interessieren, zu einer Zeit, als die Holländer weiter südlich bereits florierende Bergbau- und Handelsaktivitäten entfaltet hatten. In Kuching lebte eine malaiische Gemeinde, zu der sich rund achthundert chinesische Kaufleute gesellten, während die Bevölkerung von Sarawak multiethnisch war: Malaien, Chinesen und viele verschiedene Dayak-Stämme, die sowohl von der Küste als auch aus dem Landesinneren stammten. Brooke hatte in der Folge gute Beziehungen zum Gouverneur der Provinz, Makota, und zum *Rajah Muda* Hassim, dem Onkel des Sultans von Brunei und Thronerben, geknüpft. Er hatte Hassim geholfen, einen Dayak-Aufstand niederzuschlagen, indem es ihm gelang, die Bevölkerung zu beschwichtigen, hatte dann aber wieder aufbrechen wollen. Hassim musste ihn mehrere Male überreden zu bleiben. Brooke hatte inzwischen begriffen, dass die Haupthindernisse nicht nur für den internationalen, sondern auch für den regionalen Handel im Banditentum, den Plünderungen und den Ermordungen bestanden, die in großem Stil von den Piratenhorden betrieben wurden, die dank der vielen Flüsse auf der ganzen Insel ihr Unwesen treiben konnten. Solange es Piraten gab, konnten kein Dorf und keine Stadt überleben, geschweige denn gedeihen.

Die Gewässer um Borneo waren seit dem 17. Jahrhundert der Schauplatz von Piratenaktivitäten gewesen. Der koloniale und merkantile Aufschwung hatte die Zunahme dieser Plage unfreiwilligerweise begünstigt, bis sie schließlich besorgniserregende Ausmaße angenommen hatte. Die Piraten raubten die chinesischen, malaiischen, indischen und europäischen Handelsschiffe aus, die oftmals exotische und Luxusgüter transportierten, zuweilen sogar Schätze. Was Salgari nicht erzählt, ist, dass die Piraten Gefangene unter allen Nationalitäten machten – Eingeborene, Inder, Europäer – die sie dann als Sklaven verkauften. Die gefürchtetsten waren die Illanun, die vom philippinischen Mindanao kamen und deren Schlupfwinkel eine Festung in der Bucht von Marudu war, im äußersten Norden Borneos, und mit ihnen die Balanini, die von den nordöstlich gelegenen Sulu-Inseln stammten. Die gewaltige Flotte der Illanun, die in der Lage waren, drei oder vier Monate lang ununterbrochen zu reisen, ließ die europäischen Schiffe im Allgemeinen unbehelligt, da sie die der Chinesen und der Bugis von Celebes [Sulawesi], der besten Händler des Archipels, bevorzugten. Doch andere Piratenbünde setzten sich aus Malaien und See-Dayaks (auch Iban genannt) zusammen, die genau im Territorium von Brunei, einschließlich Sarawaks, siedelten. Die Piraterie war also ein internationales Phänomen, sowohl aus Sicht der Beraubten wie der Räuber; ihre Transportmittel waren die Kanus und die typischen Proas, und die Raubüberfälle fanden nicht nur auf See statt. Es ist gut möglich, dass die Piraterie unter den Eingeborenen, etwa der Dayaks gegen andere Gemeinschaften, Ausdruck einer gewissen Stammesrivalität oder sogar eines ethnischen Gegensatzes war.

Während die britischen Behörden die Piraterie auf hoher See zu bekämpfen gedachten, beschloss Brooke, Individualist, der er war, die Dörfer der Piraten auf dem Festland zu zerstören, und stützte seine Lagebeurteilung dabei auf profunde persönliche Kenntnis. Nach und nach hatte er in den vierziger Jahren ansehnliche Truppen um sich geschart, die sich neben den englischen Matrosen nicht selten auch aus hunderten eingeborener Krieger rekrutierten, die entweder zur Wiederaufrichtung des Friedens in der Region beitragen wollten, oder Opfer der Raubzüge und der Verwüstungen der Piraten gewesen waren, oder dem weißen *Rajah* ganz einfach aus Loyalität folgten. (Die Dayaks waren traditionell berüchtigte Kopfjäger, und um sie zufriedenzustellen, hatte Brooke beschlossen, sie nicht daran zu hindern, den Leichen der getöteten Feinde die Köpfe abzuschneiden, um ihre Häuser damit zu schmücken). Der erste Angriff auf die Piraten wurde von 700 Mann unternommen, Europäern und Eingeborenen, die Brooke auf den Flüssen ins Landesinnere bringen ließ; so war es ein Leichtes, die Piratendörfer aufzustöbern und zu zerstören. Manches Mal waren die Kämpfe sehr blutig, andere Male gelang den Piraten die Flucht, nur um am nächsten Tag wieder aus dem Dschungel hervorzukommen und Besserung zu geloben. Jedenfalls ging das Phänomen der Piraterie dank Brooke drastisch zurück und gleichzeitig begannen die Bevölkerung und das zivile Leben von Kuching wieder zuzunehmen und zu prosperieren. Während die Sicherheit von Sarawak in die Jurisdiktion des weißen *Rajahs* fiel, verpflichteten sich die englische Regierung und Marine dazu, sich zum Schutz des Handelsverkehrs der Piraterie auf See anzunehmen. 1847 unterzeichneten die Regierungen von Brunei und Großbritannien einen Vertrag, in dem sich Großbritannien verpflichtete, die Gewässer Borneos von der Piraterie zu befreien.

Gegen Ende des Jahrzehnts, in dessen Verlauf zahlreiche Schlachten geschlagen wurden, hatten die Piratenflotten, wenn sie auch nicht vollständig vernichtet worden waren, so doch jedenfalls schwere Schäden erlitten. Die Worte, mit denen *Die Tiger von Mompracem* beginnt – „In der Nacht des 20. Dezember 1849" –, beweisen einmal mehr die außergewöhnliche Geschicklichkeit Salgaris, der uns die Geschichte Sandokans, eines Piraten in seinen Dreißigern, nicht von seinen Anfängen, die zehn Jahre zurück liegen, sondern vom Ende her erzählt. Tatsächlich liegt der Schwerpunkt dieses Romans nicht auf der Geschichte, die man auf den ersten Blick erwarten könnte, nämlich der Entführung des geliebten Mädchens durch einen tapferen Piraten im Zenit seines Ruhms, sondern vielmehr, wie Roberto Fioraso nahegelegt hat, auf der Erzählung vom letzten Kampf eines besiegten Helden, isoliert und fern vom Land seiner Geburt.

Salgaris ausgezeichnete und ganz bewusste Entscheidung, diesen Roman im Dezember 1849 beginnen zu lassen, belegt, dass der Autor die Geschichte des nördlichen Borneos gründlich kannte. Zu Beginn lauscht Sandokan, beinahe schon besiegt, auf seiner kleinen Insel Mompracem, dem Schlupfwinkel der Piraten, dem fürchterlichen Sturm und wartet gespannt auf die Rückkehr seines Freundes Yanez von der britischen Insel Labuan. Es ist schon einige Jahre her, seit James Brooke mit den Sultanen von Brunei die Abtretung der Insel Labuan an England beschlossen hat (am 18. Dezember 1846), die dann am 24. Dezember desselben Jahres vollzogen wurde. Salgari hätte zu Recht davon ausgehen können, dass die Insel drei Jahre später über die typische Infrastruktur einer Kronkolonie (die erste britische

Kolonie in Borneo) verfügen würde, dass es eine Hauptstadt, Victoria (der Name zu Ehren der Königin) geben würde, dass in ihrem Hafen Schiffe der Marine vor Anker lägen, dass die Residenz des Gouverneurs errichtet und dass für die Personen von Rang „elegante Villen" zur Verfügung gestellt worden wären (in Wirklichkeit handelte es sich um schlichte Holzhütten für den Arzt, den Schatzmeister und Botaniker, und den Ingenieur der Steinkohlemine). Doch erst im November 1847 wurde James Brooke, der immer noch in Kuching residierte, von der Königin zum ersten Gouverneur von Labuan ernannt, und die ersten Kolonisten – in Wirklichkeit nur wenige Männer und Frauen –, brachen erst im Februar 1848 zu der mehrmonatigen Reise von Großbritannien auf. Im Herbst 1849 dann besuchte der Gouverneur Brooke die Insel und setzte William Napier ab, der in Victoria als Vizegouverneur mit Verwaltungsaufgaben residierte (und von einem gewissen John Scott abgelöst wurde). In der ersten Fassung (1883–84) hatte Salgari den Roman am 20. April 1847 beginnen lassen, das heißt vor der Ankunft der englischen Kolonisten. In den *Tigern* von 1900 änderte er das Datum in den 20. Dezember 1849 um; zu diesem Zeitpunkt war die Kolonie gerade einmal ein Jahr besiedelt und tatsächlich noch recht bescheiden. Aber Salgari beschreibt eine viel blühendere Kolonie, als dies in Wirklichkeit der Fall war, um die Vorstellung der britischen Macht zu verstärken. Historisch plausibel, wählte Salgari das Jahr 1849 vor allem wegen seiner symbolischen Bedeutung: Das Datum verwies auf zwei Dinge, die in derselben Periode Realität geworden waren, die Gründung der Kolonie auf Labuan und das Ende der Piraterie.

Die englischen Bewohner von Labuan im Roman sind fiktiv, von Salgari erfunden, wenngleich ihnen authentische Genealogien zu Grunde liegen, und stehen für die spartanische Lebensweise einer Gesellschaft, die nicht mehr existiert. Der Anführer der Piraten dagegen, der „unbesiegbare" Sandokan, der in seinen Gefühlen ebenso extrem ist wie in seinen Handlungen, so stark und zugleich verletzlich, könnte wie das Produkt einer rein literarischen Erfindung erscheinen, die der Mythologie des romantischen, byronischen Helden entsprungen ist und der der Autor eine eigenwillige *fin de siècle*-Note hinzugefügt hat. Ganz sicher haben wir es mit einem Protagonisten mit eher poetischen (und anachronistischen) als historischen Zügen zu tun, einer Art Inkarnation der europäischen Vorstellung eines überlebensgroßen, leidenschaftlichen, exotischen, orientalischen Helden. Doch repräsentiert er nicht den Fernen sondern eher den Mittleren Osten, oder höchstens die ganz allgemeine Vorstellung vom Osten, mit starkem islamischen und arabischen Anstrich. (Der Islam ist in der Tat eine der wichtigsten Religionen Borneos, doch ist seine Bedeutung hier eher kultureller als religiöser Art und viele Eigenheiten des Romans lassen eher an Indien, Persien und an die Türkei denken). Die Geschichte Sandokans ist die eines Sultans, der von den Engländern entthront wurde, die seine gesamte Familie ausgerottet haben. Und der Protagonist selbst erzählt uns, dass er nicht malaiischer Abstammung ist, wie die Mehrheit der Adligen von Brunei. Die Vorstellung vom Fürsten-Piraten, die einem europäischen Publikum unwahrscheinlich und märchenhaft erscheinen mag, ist allerdings historisch glaubhaft: Während die gewöhnliche Bevölkerung unter der Piraterie litt, bereicherten sich die malaiischen und muslimischen Adligen dank ihrer und des Sklavenhandels, auch wenn sie sich nicht direkt darin betätigten. Aber dieser Sandokan, der Moslem und Adliger aber nicht Malaie war, und der auch nicht mit Sklaven handelte – dann ist vielleicht dieser Sandokan mit seinen Perserteppichen, seinem türkischen Diwan, seinen Perlen aus Ceylon, seinem Krummsäbel und seinen mit Arabesken verzierten indischen Karabinern eine lupenreine orientalistische Erfindung? Teilweise ja, und es ist auch wichtig, dass diese titanische Figur nicht in die Grenzen der historischen Genauigkeit gezwängt wird, denn auf diese Weise verwandelt er sich sofort in eine islamisch-orientalische Symbolfigur mit einer indisch-persisch-arabischen Aura, und, durch die Verquickung all dieser Einzelheiten, in ein archetypisches und universelles Bild.

Obwohl ihn sein Name mit Borneo verbindet (der Hafen von Sandakan liegt an einer sehr schönen Bucht an der Nordostküste der Insel und war, zur Zeit der *Tiger von Malaysia*, der Hauptort von British-Borneo geworden), ist die erste Beschreibung Sandokans die eines Helden, der bereits ins Reich des Mythos gehört: Turban, lange Haare, Bart und Samt sind nicht die typischen Attribute eines Piraten oder Einwohners von Borneo. Wie Sandokan wechselten die Eingeborenen die Kleidung, wenn sie in den Krieg zogen, allerdings trugen die Anführer der Dayaks keinen Turban, wohl aber eine Kappe, die mit kostbaren, grellbunten Federn von Nashornvögeln und Argusfasanen geschmückt war. Außerdem war die Jacke, die man oftmals in der Schlacht trug, tatsächlich rot. Mithin erfasst der Autor die historische Bedeutung dieser Farbe und lädt sie überdies mit literarischer und symbolischer Bedeutung auf. Auch die breite, rotseidene Schärpe, die um Sandokans Hüften geschlungen ist, ist authentisch; bei den Piraten und den Adligen von Brunei dienten diese Schärpen dazu, eine breite Auswahl an Waffen zu beherbergen, wie etwa den Krummsäbel und die berühmten Kris unseres Helden. Die weiten Beinkleider Sandokans könnten die kurzen Hosen eines Malaien sein, die

Dayaks hingegen gingen immer barbeinig und -füßig. Wie auch Sandokans sichtlich kosmopolitische Bande setzten sich die Piratenbanden aus Angehörigen verschiedener ethnischer Gruppen zusammen, wobei jedoch in jeder Bande ein bestimmter Stamm oder eine bestimmten Ethnie dominierte. In unserem Fall unterstreicht der Autor die Heterogenität unter Sandokans „Tigerchen", während er die ethnische Abstammung ihres Anführers zum großen Teil mit einem Geheimnis umgibt.

Wir wissen, dass in den vierziger Jahren des 19. Jahrhunderts das historisch bekannteste und gefürchtetste Piratennest in der Bucht von Marudu (oder Malludu) im äußersten Norden Borneos lag; hier vereinigten sich berühmte Piratenbanden der Illanun, hochgewachsene Männer, schön und elegant. Ihr schrecklicher und bekanntester Anführer war ein Abenteurer, der vorzeiten von Brunei zu ihnen gekommen war, um mit ihnen zu leben. *Serip* (oder *Sharif*) Usman oder Osman war allerdings kein Illanun: Er war Moslem und halb Araber. Nach Tarling (1971), der die Piraterie in Asien erforscht hat, hatte diese Persönlichkeit Einfluss auf Balanini und seine Piraten von Tempasuk und hielt vor der Kolonialisierung de facto die Kontrolle über Labuan in seinen Händen. Er verwendete eine rote Standarte, auf die ein Tiger gemalt war (auch wenn auf Borneo keine Tiger existierten), und trug einen Turban. Hier haben wir das Vorbild für Sandokan: weder Dayak noch Malaie und von beinahe arabischem Aussehen. Der „Tiger" Sandokan hat das gleiche Banner wie Osman und herrscht über seine hunderte von Piraten, allesamt furchtlose Krieger und erfahrene Seeleute, nicht auf Marudu, sondern auf dem ebenso abseits wie verborgen gelegenen Mompracem. Allein, in den Jahren 1849 und 1850, in denen diese Erzählung

Salgaris spielt, kämpfte der Pirat Osman nicht mehr, denn er war bereits tot. Er war ein Verbündeter von Usop gewesen, dem Erzrivalen des *Rajah Muda* Hassim, des späteren *Sultan Muda* von Brunei und Freund und Gönner von James Brooke. Osman und Usop hatten einander geschworen, dem britischen Einfluss auf Borneo ein Ende zu machen und Osman hatte sogar öffentlich geschworen, *Rajah* Brooke zu töten. Der Hass, den er für seinen Feind hegte, stand dem Sandokans also nicht nach.

Zusammen mit Admiral Cochrane und Kapitän Bethune stach James Brooke also 1845 mit einer Flotte von sieben Schiffen in See, um die Illanun-Piraten zu zerschlagen. Im Verlauf der Schlacht von Marudu am 18. August 1845 wurde ihre Bastion zerstört. Sechs Engländer und hunderte Piraten fanden den Tod. Der schwer verwundete Osman starb wenig später im Dschungel. Die Macht der gefährlichsten Piratenflotte der Meere um Borneo war vernichtet worden. Andere Illanun setzten jedoch anderswo ihre Raubzüge fort, zum Beispiel in Tunku, einem Hafen an der Ostküste, und jedesmal wurde der unheilvolle Ruf von Marudu für einige Zeit aufs Neue belebt. Man schrieb das Jahr 1851, als Robert Burns, Kaufmann, Abenteurer und Enkel des gleichnamigen schottischen Dichters, auf Marudu vom Illanun Memadam getötet (und sein Segelschiff gestohlen) wurde, einer anderen Gestalt, die bei der Ausarbeitung der Details von Sandokans Äußerem und seiner Persönlichkeit als Anregung gedient haben mag. Wie einige andere Piraten auch, rühmte Memadam sich großspurig seiner Unbesiegbarkeit und setzte viel Vertrauen in gewisse magische Kräfte, über die er angeblich verfügte. Kurze Zeit nach dem Überfall auf Burns wurde er von dem reuigen und bekehrten Piraten *Serip* Yassin gestellt, der das geraubte Schiff von ihm beschlagnahmte, um es den britischen Behörden zu übergeben: Memadam gelang letztlich die Flucht in den Dschungel, in Begleitung eines javanesischen Matrosen und eines Kochs – eines Portugiesen.

Die politische und Sozialgeschichte Borneos und der Beziehungen zwischen Engländern und Eingeborenen ist äußerst kompliziert, voller offensichtlicher Widersprüche und wenig orthodoxer Verhältnisse auf beiden Seiten. Es ist nicht unsere Aufgabe, moralische Urteile zu fällen oder an dieser Stelle alle Ereignisse zu berichten, die belegt sind: Nicht zufällig spielte Salgari in *Die Tiger von Mompracem* lediglich auf einige historische Daten an (wobei er sich in seiner Wahl peinlich genau nur auf die allernötigsten beschränkt), und hob die komplizierte Geschichte um den Thron von Brunei für die Fortsetzungen auf. Der historische Minimalismus dieses Romans ist übrigens ein weiterer seiner Vorzüge. Wenn es für die Erzählung geradezu unabdingbar ist, das die Identität von Mompracem ein Geheimnis bleibt, so gilt die gleiche Erwägung ebenso sehr für Varauni, jenes Sultanat, das Sandokan genommen wurde; die Engländer, zusammen mit ihren eingeborenen Verbündeten, töteten gewiss nicht bloß einige Dayak-Anführer sondern auch Malaien, wenn sie diese der Piraterie verdächtigten, aber sie ermordeten niemals einen Sultan von Brunei (das „Varauni" De Rienzis, der Quelle, aus der Salgari häufig schöpfte), mit dem der *Rajah* und die britische Regierung freundschaftliche politische Beziehungen anknüpfen und Abkommen von gegenseitigem Nutzen schließen wollten. Ja, die Stellung der Briten auf Borneo hing zum großen Teil von der Königsfamilie von Brunei ab. Außerdem ist James Brooke (wie auch die englische Marine) für Salgaris gesamte Handlung unentbehrlich, selbst wenn man in diesem Roman reichlich wenig über seine Taten und seine Person erfährt. Das Motiv von Sandokans Hass nämlich, das mehr als eine Demonstration von Salgaris technischem Können Ausweis seines großen Erzähltalents ist, erweist sich als umso beeindruckender, je sparsamer die Erzählung ist, was die Neugier des Lesers nur weiter erregt.

Der Zweck dieser Einführung besteht also nicht darin, Salgaris „Irrtümer" aufzudecken (eine Übung, die in der Vergangenheit nicht nur exzessiv betrieben wurde, sondern bei der kritischen Untersuchung eines phantastischen Schriftstellers obendrein auch fast gänzlich überflüssig ist), vielmehr wollen wir andeuten, wie breit und facettenreich (und viel zu wenig gewürdigt) sein esoterisches Wissen war, auf dem sein äußerst geschicktes aposiopetisches Schreiben beruht. Wir wollen versuchen, die Feinheiten seines Schreibens zu durchdringen sowie die Art und Weise, mit der es ihm gelang, die historische Realität seinen bemerkenswert innovativen erzählerischen Intentionen zu unterwerfen. Vor ihm hatte niemand in Italien solche und so viele historische Romane geschrieben. Wobei die Bezeichnung „historischer Roman", auf Salgari angewandt, auf drei verschiedene Typologien verweist: die offensichtliche des *Schwarzen Korsaren* oder der *Pharaonentöchter*; jene, erst kürzlich anerkannte, in der der Autor von Ereignissen erzählt, deren Zeitgenosse er war *(Die Favoritin des Mahdi, Die Kapitänin der Yucatan)*; und jene typisch salgarianische, die eine Geschichte erzählt, die sich 30 oder 40 Jahre früher zugetragen hat, das heißt eine Generation vor ihm *(Die Tiger von Mompracem, Die Geheimnisse des schwarzen Dschungels)*.

Im Jahre 1886, dem Todesjahr des *Rajah* James Brooke, war Salgari sechs Jahre alt. Jener hatte in seinem letzten Lebensjahr, besorgt um die Zukunft von Sarawak und enttäuscht vom ewigen Zaudern der britischen Regierung, versucht, Verhandlungen mit der italienischen Regierung über ein mögliches Protektorat abzuschließen. 1870 stattete ein italienisches Kriegsschiff, die *Principessa Clotilde*, Labuan einen Besuch ab, doch das Vorhaben, eine italienische Strafkolonie auf Borneo einzurichten, wurde nicht weiter verfolgt. In den Jahren 1877 und 1878 (kurz bevor die Spanier das Sultanat von Sulu zur Kolonie machten) erhielt der österreichische Baron von Overbeck von den Sultanen von Brunei und Sulu zusammen mit dem Titel eines *Maharajah* von Saba und *Rajah* von Gaya und Sandakan auch die Rechte auf das Gebiet von Saba im Norden Borneos. Dasselbe Gebiet ging dann 1881 in den Besitz der englischen Handelsgesellschaft „North Borneo" über. Seit dem Abkommen von 1841 zwischen Hassim und James Brooke hatte sich das winzige Gebiet von Sarawak in den Jahren 1853 und 1861 vergrößert; 1882, ein Jahr vor Veröffentlichung der *Tiger von Malaysia*, genehmigte der Sultan eine letzte Gebietsannexion, die die Grenze sehr viel näher an die Stadt Brunei verlagerte. Vielleicht hatte der junge Salgari einige dieser Ereignisse seiner üblichen Lektüre von Reisejournalen entnommen. Hatte aber der erste weiße *Rajah* das Piratenunwesen vernichtet, so hatte der zweite – sein Neffe Charles – den Ehrgeiz, ein für allemal die eingefleischte Tradition der Sklaverei abzuschaffen, ein Thema, das auch Salgari hätte interessieren können. Doch für ihn war Borneo das Land der Piraten und er griff das Problem der Behandlung der Sklaven nicht vor 1896 auf, bei der Niederschrift eines Romans, der in Afrika spielt (und nicht in Asien), *Das Drama der Sklaverei*. Wie immer bei Salgaris angeborenem Talent, sind die Auslassungen höchst bedeutsam: Vielleicht hätte er auch einige Anspielungen auf Italien machen können, aber er wusste bereits, dass sein Heimatland nicht in seinen impliziten Diskurs über das Andere, das Anderswo hätte involviert sein wollen.

Die wesentlichen geopolitischen Informationen, die Salgari in *Der Tiger von Malaysia* einfließen lässt, betreffen ausschließlich das Leben der Piraten auf Mompracem und das der Engländer auf Labuan, und der Leser nimmt die nahegelegene große Insel mit ihrer leidvollen Geschichte permanenter innerer Konflikte beinahe gar nicht wahr.

Obwohl Salgari also so viel aussparen konnte, so ist doch das, was er uns erzählt, ungewöhnlich. Daher bedient er sich in diesem Buch einer untypischen Form des Erzählens, die dem nonkonformistischen Inhalt angemessen ist. Kurze Reisen, häufig gefährlich, die das genaue Gegenteil der großen Reisen zwischen den Kontinenten sind: auf dem Meer, von einer Insel zur anderen; im Dschungel, von der Küste zum Haus; im Park, vom Herrenhaus zu den Palisaden. Manchmal auch Reisen, die im Kreis verlaufen (vom Haus zum Haus; die Jagd auf den Tiger), Reisen, über die nichts erzählt wird (vom Herrenhaus nach Victoria, von Victoria zum Herrenhaus), oder unvollendete, wie die letzte – „Yanez, Kurs auf Java! ..." – (der Roman beginnt und endet mit einer Reise Yanez', auf die der Leser ihn nicht begleiten kann) und die Jagden, Mädchenjagden und Fluchten beinhalten. Und so haben wir es, durch ihre Häufigkeit und ihre unvermeidlichen Komplikationen, mit einer Erzählung zu tun, die vor Bewegung nur so vibriert, auch stilistisch: Die zahllosen Befehle, Fragen und Ausrufe erzeugen eine erregte Atmosphäre, ein ständiges und verworrenes Kommen und Gehen, welches das Motiv der Suche, der Verfolgungsjagd, der Entschlossenheit, sich nicht gefangen nehmen zu lassen, zu entkommen, mit heiler Haut und allen Hindernissen zum Trotz das Ziel zu erreichen, noch verstärkt. Die Transportmittel sind dabei denkbar unterschiedlich: Jeder mögliche Schiffstyp (indigener oder fremder Bauart), Karossen, Pferde, „Ponies"; bisweilen genügen auch die Füße, wenn es gilt, sich dem natürlichen Labyrinth des Dschungels zu stellen, aber ebenso erzählt dieser Roman davon, wie man mit denselben Mitteln den Schwierigkeiten, den Hindernissen und der Gefahr begegnen kann.

Dieses ständige Unterwegssein lässt uns eine große Vielfalt an Orten erblicken, obwohl Salgari sich darauf beschränkt, wenige Arten von Umgebung zu beschreiben, die er in seinen Schilderungen mit neuen Details anzureichern neigt. Offensichtlich überwiegen die Meeres- und Dschungelszenen, die dem Leser lebhaft in Erinnerung bleiben, doch nicht immer finden wir direkten Kontakt zur Natur, zum natürlichen Lebensraum der „Wilden", denn zwischendurch wird uns auch das Innere einer Behausung gezeigt, Symbol der Zivilisation. Beispielsweise bei der Beschreibung der Zimmer im Herrenhaus von Lord Guillonk, die, obwohl es für eine Insel wie Labuan ganz und gar unwahrscheinlich ist, das Höchstmaß an europäischer Eleganz in sich bergen, so dass Sandokan aus seinem Dornröschenschlaf erwacht, um wie in einem Traum zu leben. Er ahnt einen Hauch von Weiblichkeit und sieht ein Zimmer, das stilvoll und kultiviert eingerichtet ist: ein Piano, Bücher, Bilder, eine Stickarbeit und feinste Tapeten, bei denen es sich nicht einfach um schlichte Ornamente, sondern um notwendige Ingredienzien, um „Erlebtes" handelt, um den materiellen Beweis eines verfeinerten Lebensstils. Der Stil von Mariannas Villa auf Labuan bildet jedenfalls einen krassen (und beabsichtigten) Gegensatz zu dem von Sandokans Hütte auf

Mompracem, obwohl der Fürsten-Pirat eine reicher und gebildeter Mann sein soll – sein Raum ist voller Brokat, Samt, persischen Teppichen, Kristallen, Lampen, kostbaren Gemälden, die Stelle des Pianos vertritt ein Harmonium und es finden sich auch exotische Waffen –, sind die „großen Etageren" nicht angefüllt mit Büchern, sondern mit Haufen von Goldketten, Perlen und Smaragden: Sein Erbe? Oder seine Beute? Das Ensemble aus märchenhaften Juwelen und der Unordnung des Raums hat die Funktion, die tiefe Ambivalenz des Fürsten-Piraten zum Ausdruck zu bringen, denn all jener Luxus ist vernachlässigt, in Unordnung und spiegelt ein aus den Fugen geratenes Leben wider, das aus ruhmreichen Erfolgen, die in der Vergangenheit liegen, und einer Gegenwart, die (beinahe) nur aus Fehlschlägen besteht. Wozu dienen also diese unermesslich wertvollen Schätze? Und was ist das Ziel in Sandokans Leben? Einerseits ist dies der Roman zweier Inseln, andererseits aber auch der Roman zweier Häuser, von denen jedes das metaphorische Zentrum der eigenen Insel ist, das Symbol eines Lebensstils. In der Mitte zwischen beiden das Meer, ein Abgrund.

Neben dem Meer, dem Dschungel und den Interieurs beziehen sich die wenigen Beschreibungen von einiger Bedeutung auf die Kleidung, auf die Uniformen, die Waffen, die Tiere und die Schiffe. Während hier jedes einzelne Element mit einer bemerkenswerten Fülle an Einzelheiten beschrieben wird, konzentriert sich Salgari beim Äußeren hingegen einmal mehr auf das Wesentliche: Er gibt keine eingehenden Beschreibungen des Dschungels, sondern nur von dieser besonderen Lichtung oder von jenem speziellen Baum ganz in der Nähe der handelnden Figur, so wie auch die Eindrücke des Nebenschauplatzes Victoria und ein Panorama von ganz Mompracem fehlen. Wir haben es hier mit einer weiteren Form der Verschwiegenheit zu tun, die belegt, wie sehr der junge aber versierte Erzähler das Geschehen kontrolliert. Ebenso verhält es sich bei der Wahl der Figuren: Auf der Insel Labuan begegnen wir nur sehr wenigen Engländern (einem Mädchen, einem Onkel, einen Nebenbuhler und einem kleinen Trupp Soldaten, die wir oft nur einzeln sehen) während es auf Mompracem nur so von Piraten verschiedenster Nationalität wimmelt (die die narrative Funktion von „vergänglichem Material" haben). Auf Labuan herrscht immer eine Atmosphäre von Begrenzung, von Gefängnis. Kurze Hinweise führen uns zwar in das gesellschaftliche Leben der Insel ein (die stets gastfreundlich ist, innerhalb der vom Onkel gezogenen Grenzen), doch kennen wir nicht die Einwohner von Victoria, wir begegnen weder dem Gouverneur noch dem Vize-Gouverneur und vor allem gibt es keine Frauen. Auch haben wir den Eindruck, dass es sich um eine äußerst beschränkte Gemeinde handelt, was ein historisch verbürgter Sachverhalt ist, der Salgari hilft, den Stoff der Geschichte auszuarbeiten, die eine Kehrseite von feiner Ironie bekommt, wenn die – scheinbare – Minderzahl unter der sinnlosen Aufopferung so vieler Leben die zahlenmäßig Überlegenen vernichtet. (Das Gefühl des Verlustes, des Todes wird verstärkt durch die Tatsache, dass wir die Namen einiger Piraten kennen, während die englischen Matrosen anonym sind, gleichsam als ob sie keine individuelle Existenz hätten). Das tragische Ende der Geschichte beruht auf einer Illusion Sandokans, in dessen Person die Krise einer vergangenen, von Menschen gemachten Welt Gestalt annimmt, die sich einer modernen, maschinengemachten (von Kriegsschiffen) Welt entgegenstellt, Maschinen, die den Platz des Menschen eingenommen haben, ohne zu leiden, ohne zu sterben. Die Vielzahl, der Mut, der Wille, die Geschicklichkeit, die Schlauheit, das Gute selbst unterliegen der institutionellen und mechanisierten Macht.

Wenn zwischen dem bevölkerungsreichen Mompracem und dem beinahe verlassenen Labuan ein Ungleichgewicht herrscht, so wird dieses von den Figuren kompensiert, denn auf beiden Inseln leben vier einander entgegengesetzte Seeleute, auf der einen Seite Sandokan und sein Stellvertreter Yanez, auf der anderen Lord James Guillonk und sein junger Freund Rosenthal (spöttelnd dargestellt als unerfahrener Offizier von ebenfalls nur unbedeutendem militärischem Rang). Dazwischen steht Marianna, das Objekt der Begierde.

Salgaris Meisterschaft kommt auch in der Beschreibung des Eroberungskampfes um die Komtesse zum Ausdruck, in der die Stereotypen des Onkels, der das Mädchen beschützt, und des Liebhabers, der ein unzivilisierter Feind ist, modifiziert werden. Wenn Lord Guillonk zum ersten Mal die Bühne betritt, werden wir uns des Unterschieds zwischen Märchen und Roman bewusst: Lord James, der auch Marinekapitän ist, findet in der näheren Umgebung seines Gartens den leblosen Körper eines unbekannten Eingeborenen. Er trägt ihn in sein Haus, pflegt ihn, gibt ihm jeden Komfort und, als der Kranke zu sich kommt, beweist er ihm gegenüber große Höflichkeit und Großzügigkeit. Von dieser ersten Begegnung an zeichnet Salgari den Lord als eine sympathische Figur, und wenn Marianna und Sandokans Verhalten nicht wären, könnten wir sogar das Entstehen einer interessanten, weil sehr ungewöhnlichen Freundschaft erwarten. Mit großer Raffinesse beschreibt Salgari dann eine Tigerjagd – es macht nichts, dass es auf Labuan und Borneo niemals Tiger gegeben hat: kein anderes Tier hätte den Zweck so gut erfüllen können –, die zum Wendepunkt der Handlung wird. Danach verwandelt sich die Freundschaft in eine erbitterte Menschen-, will sagen Tigerjagd. Zwischen beiden Jagden erzählt das neunte Kapitel mit dem Titel *Der Verrat*, wie Baronet Rosenthal seinem Freund Lord Guillonk Sandokans wahre Identität enthüllt, wobei es sich allerdings nicht um einen Verrat handelt, sondern lediglich um eine intelligente Mutmaßung. Das unterscheidende Kennzeichen dieses Romans im Gegensatz zu vielen anderen Werken Salgaris ist, dass die Geschichte, mag sie auch in der dritten Person erzählt sein, aus der subjektiven Perspektive Sandokans erzählt und mithin auch unter diesem Blickwinkel vom Leser erlebt wird. Da der einzig wahre Verrat des Romans eben jener ist, den Sandokan selbst begeht, indem er die Großzügigkeit dessen, der ihm das Leben gerettet hat, mit einer Gemeinheit vergilt, so schlägt das Temperament des Lords ebenso wenig radikal von Großzügigkeit in Grausamkeit um, doch so erscheint es Sandokan – und folglich dem Leser.

Wenn zu Beginn Lord Guillonk wohlwollend und herzlich gegen Sandokan ist – ohne den leisesten Schatten eines Rassenvorurteils –, so ist es ebenfalls wahr, dass durch das Bild, das Salgari von Sandokan zeichnet, der Stereotyp des Abenteuerhelden von übermenschlicher physischer und psychischer Stärke deutlich an Komplexität gewinnt. Auf der ersten Seite steht Sandokan Ängste aus, während er darauf wartet, dass Yanez heil von der stürmischen See zurückkehrt. Später ist er drauf und dran, sich von seinem extremen Naturell zu verrückten und gefährlichen Aktionen hinreißen zu lassen und es bedarf Yanez' – der allerdings in diesem Roman noch nicht zu Salgaris *alter ego* geworden ist – gesunden Menschenverstandes, um ihn davon abzuhalten. Sandokan gerät schnell von tiefster Traurigkeit in höchste Begeisterung. Diese manisch-depressiven Züge stehen seiner Form des Heroismus gut zu Gesicht, ist er doch ein unvollkommener Held und deshalb umso faszinierender. Doch noch mehr berühren uns – und dies macht den Roman noch ungewöhnlicher – Sandokans private Gedanken. Mehrere Male befragt der beunruhigte Pirat sich nach der Moral seiner eigenen Absichten, fragt sich, ob sie hinreichend bedacht und zu rechtfertigen sind. Diese langen introspektiven Intervalle erhöhen nicht nur den Ton des Romans, sondern akzentuieren auch seine suggestiven Nuancen. Vor allem geben sie der abenteuerlichen Handlung mehr Tiefgang, die sich am Ende gleichsam zu einem psychologischen Roman entwickelt.

Kapitel 1

Die Piraten von Mompracem

I n der Nacht des 20. Dezember 1849 tobte ein gewaltiger Orkan über Mompracem, wilde Insel von unheilvollem Ruf, Schlupfwinkel schrecklicher Piraten, im malaiischen Meer, wenige hundert Meilen vor der Westküste Borneos gelegen.

Über den Himmel, von den entfesselten Winden getrieben, stoben wie zügellose Pferde und wild umeinander wirbelnd schwarze Wolkenmassen, aus denen sich dann und wann heftige Sturzbäche auf die dunklen Wälder der Insel ergossen. Auf dem Meer, ebenso vom Winde aufgewühlt, schlugen in wirrer Unordnung gewaltige Wellen aufeinander und brachen sich mit Macht, vereinten ihr Tosen mit dem zuweilen kurzen und heftigen und dann wieder schier nicht enden wollenden Krachen der Blitze.

Weder in den Hütten, die eine neben der anderen am Ende der Inselbucht aufgereiht standen, noch auf den Befestigungen, die zu ihrer Verteidigung dienten, noch auf den zahlreichen Schiffen, die hinter den Felsen vor Anker lagen, noch in den Wäldern, noch auf der sturmgepeitschten Oberfläche des Meeres war irgendein Licht zu sehen. Wäre aber jemand aus östlicher Richtung herangekommen und hätte hinaufgeschaut, dann hätte er hoch oben auf einer steilen Klippe, die jäh zum Meer hin abfiel, zwei leuchtende Punkte erblickt, zwei hell erleuchtete Fenster.

Wer mochte zu so später Stunde, bei solchem Unwetter, auf dieser Insel mordlustiger Piraten noch wachen? Inmitten eines verschlungenen Labyrinths aus tiefen Gräben und steilen Wällen, aus niedergerissenen Zäunen und zerschlagenen Schanzkörben, um die herum verstreut noch zerborstene Waffen und menschliche Knochen zu sehen waren, erhob sich eine stattliche, geräumige Hütte, auf der eine große rote Fahne mit einem Tigerkopf in der Mitte wehte.

Ein Raum dieser Wohnstatt ist beleuchtet, die Wände bedeckt schweres rotes Tuch, kostbarer Samt und Brokat, der jedoch hier und da zerknittert, verschlissen und fleckig ist, und der Boden verschwindet unter einer dichten Lage golden schimmernder, persischer Teppiche, die ebenfalls schäbig und zerschlissen sind. In der Mitte steht ein Tisch aus Ebenholz, verziert mit Einlegearbeiten aus Perlmutt und silbernen Ornamenten, bedeckt mit Flaschen und Gläsern aus reinstem Kristall. In den Ecken erheben sich große, zum Teil beschädigte Etageren, angefüllt mit Gefäßen, die überquellen vor goldenen Armreifen, Ohrschmuck, Ringen, Medaillons, vor kostbarem, verbogenem und zerbeultem Kultgerät, vor Perlen, die zweifellos aus den berühmten Fischereien von Ceylan stammen, vor Smaragden, Rubinen und Diamanten, die im Licht einer vergoldeten Deckenlampe funkeln wie tausend Sonnen.

In einer Ecke steht ein türkischer Diwan, dessen Fransen hier und da fehlen, in einer anderen ein *Harmonium* aus Ebenholz mit lädierter Tastatur, und ringsumher türmen sich in einem unbeschreiblichen Durcheinander eingerollte Teppiche, prächtige Kleider, Gemälde, die vielleicht von berühmter Hand stammen, umgestürzte Lampen, stehende und umgeworfene Flaschen, heile und zersprungene Gläser, sowie mit Arabesken verzierte indische Karabiner, spanische Donnerbüchsen, Säbel, Krummschwerter, Äxte, Dolche, Pistolen.

In diesem so merkwürdig ausgestatteten Raum sitzt ein Mann auf einem wackeligen Sessel: Er ist von großer, schlanker Gestalt und muskulösem Körperbau, mit energischen Gesichtszügen, männlich, stolz und von eigenartiger Schönheit. Langes Haar fällt ihm bis auf die Schultern herab, ein pechschwarzer Bart rahmt sein leicht gebräuntes Gesicht. Er hat eine hohe Stirn mit dunklen, wunderbar kühn geschwungenen Augenbrauen, einen schmalen Mund mit Zähnen, die scharf sind wie die eines Raubtiers und schimmern wie Perlen, und tiefschwarze Augen, in denen ein faszinierendes, feuriges Funkeln liegt, vor dem sich jeder andere Blick senkt.

Er saß bereits seit einigen Minuten dort, den Blick unverwandt auf die Lampe gerichtet, die Hände angespannt an den kostbaren Krummsäbel gelegt, der unter einer breiten, rotseidenen Schärpe hervorsah, die um seinen azurblauen, golddurchwirkten Samtrock geschlungen war.

Ein heftiges Brausen, das die große Hütte bis in die Grundfesten erschütterte, riss ihn unvermittelt aus seiner Reglosigkeit. Er warf sein langes, gelocktes Haar zurück, rückte den Turban zurecht, den ein kostbarer, walnussgroßer Diamant schmückte, sprang auf und sah sich um mit einem Blick, in dem etwas unergründlich Finsteres und Bedrohliches lag.

„Es ist Mitternacht", murmelte er. „Mitternacht und er ist noch nicht zurückgekehrt!"

Bedächtig leerte er ein mit einem bernsteinfarbenen Getränk gefülltes Glas, dann öffnete er die Tür, entfernte sich mit raschen Schritten zwischen den Gräben und Palisaden, die zur Verteidigung der Hütte angelegt waren, und machte am Rand der großen Klippe Halt, zu deren Füßen das Meer wütend brüllte. Einige Minuten blieb er dort mit vor der Brust verschränkten Armen stehen, unbeweglich wie der Felsen, der ihn trug, atmete genussvoll die wilde, stürmische Luft ein und ließ seinen Blick über das aufgewühlte Meer schweifen. Dann ging er langsam zurück, betrat wiederum die Hütte und blieb vor dem *Harmonium* stehen. „Welch ein Widerstreit!", rief er aus. „Dort draußen der Orkan und hier ich! Welcher von beiden ist furchterregender?"

Geschwind ließ er seine Finger über die Tasten gleiten, denen er Klänge von eigenartiger Wildheit entlockte, dann verlangsamte er sein Spiel, bis sie schließlich im Krachen der Blitze und dem Brausen des Windes erstarben.

Plötzlich wandte er den Kopf ruckartig zur Tür, die noch halb offen stand. Einen Augenblick lang stand er leicht vorgebeugt und lauschte angestrengt, dann trat er rasch hinaus und eilte an den Rand der Klippe.

Im kurzen Aufzucken eines Blitzes sah er, wie ein kleines Schiff, dessen Segel fast vollständig eingeholt waren, in die Bucht einlief und sich zu den bereits dort vor Anker liegenden Schiffen gesellte.

Der Mann führte ein goldenes Pfeifchen an die Lippen und ließ drei schrille Töne erklingen. Einen Augenblick später antwortete ihm ein durchdringender Pfiff.

„Er ist es", murmelte er bewegt. „Es wurde auch Zeit!"

Fünf Minuten später erschien eine Gestalt, gehüllt in einen weiten, durchnässten Umhang, bei der Hütte.

„Yanez!", rief der Mann mit dem Turban und schlang seine Arme um ihn. „Sandokan!", rief der Neuankömmling mit ausgeprägt fremdländischem Akzent. „Brrr! Was für eine höllische Nacht, mein Bruder."

„Komm!"

Geschwind überquerten sie die Gräben, betraten den erleuchteten Raum und schlossen die Tür hinter sich.

Sandokan füllte zwei Gläser und reichte eines dem Fremden, der seinen Umhang und auch das Gewehr, das er über der Schulter trug, abgelegt hatte, und sagte in beinahe zärtlichem Tonfall:

„Trink, mein guter Yanez."

„Auf deine Gesundheit, Sandokan."

„Auf die deine."

Sie leerten die Gläser und setzten sich an den Tisch.

Der Neuankömmling war ein Mann um die dreißig, also etwas älter als sein Gefährte. Er war von mittlerer Statur, äußerst kräftig gebaut, von sehr heller Hautfarbe, mit gleichmäßigen Gesichtszügen, klugen, grauen Augen und einem spöttischen Zug um die feinen Lippen, ein Zeichen unbeugsamen Willens. Auf den ersten Blick war zu erkennen, dass er Europäer war und einer südlichen Rasse angehören musste.

„Nun, Yanez", fragte Sandokan und seine Stimme ließ eine gewisse Gefühlsregung erkennen, „hast du das Mädchen mit dem goldenen Haar gesehen?"

„Nein, aber ich weiß, was du wissen wolltest."

„Dann bist du nicht nach Labuan gesegelt?"

„Doch, aber du wirst verstehen, dass es für Leute unseres Schlags schwierig ist, an der von englischen Kreuzern bewachten Küste zu landen."

„Erzähl mir von dem Mädchen. Wer ist sie?"

„Ich kann dir sagen, dass sie ein Wesen von unglaublicher Schönheit ist, so schön, dass sie auch den schrecklichsten Piraten zu verhexen vermag."

„Ah!", rief Sandokan aus.

„Man sagte mir, dass ihr Haar blond wie Gold sei, ihre Augen blauer als das Meer, ihre Haut weiß wie Alabaster. Ich weiß, dass Alamba, einer unserer wildesten Piraten, sie sah, als sie eines Abends in den Wäldern der

Insel spazieren ging, und so berührt war von ihrer Schönheit, dass er sein Schiff stoppen ließ, um sie besser betrachten zu können, selbst auf die Gefahr hin, von den englischen Kreuzern niedergemacht zu werden."

„Doch zu wem gehört sie?"

„Von einigen hört man, sie sei die Tochter eines Colonels, von andren, die eines Lords, und von wieder andren, sie sei nichts Geringeres als eine Verwandte des Gouverneurs von Labuan."

„Rätselhaftes Wesen", murmelte Sandokan und rieb sich die Stirn mit den Händen.

„Nun? ...", fragte Yanez.

Der Pirat antwortete nicht. Von einem heftigen Gefühl ergriffen war er jäh aufgesprungen und an das *Harmonium* getreten, wo er seine Finger geschwind über die Tasten gleiten ließ.

Yanez lächelte nur, nahm eine alte Mandola von einem Haken und begann, die Saiten zu zupfen.

„Gut. Musizieren wir ein wenig", sagte er.

Doch gerade hatte er eine portugiesische Weise angestimmt, als er sah, wie Sandokan unvermittelt an den Tisch trat und seine Hände mit solcher Kraft darauf niederfahren ließ, dass er sich bog.

Er war mit einem Mal ein anderer Mann: Seine Stirn lag in grimmigen Falten, seine Augen sprühten finstere Blitze, seine Lippen waren verzerrt und entblößten seine heftig knirschenden Zähne, seine Glieder bebten. In diesem Augenblick war er der gefürchtete Anführer der schrecklichen Piraten von Mompracem, der Mann, der seit zehn Jahren die malaiischen Küsten mit Blut tränkte, der Mann, der allenthalben fürchterliche Schlachten gefochten hatte, der Mann, dessen außergewöhnliche Kühnheit und unbezähmbarer Mut ihm den Namen *Tiger von Malaysia* eingebracht hatten.

„Yanez!", rief er mit einer Stimme, die nichts Menschliches mehr an sich hatte. „Was tun die Engländer in Labuan?"

„Sie sammeln ihre Kräfte", erwiderte der Europäer ruhig.

„Führen sie vielleicht etwas gegen mich im Schilde?"

„Ja, das denke ich."

„Ah! Das glaubst du? Wehe ihnen, wenn sie es wagen, auch nur einen Finger gegen mein Mompracem zu erheben! Sag ihnen, sie sollen ruhig versuchen, die Piraten in ihrer eigenen Höhle herauszufordern! Der Tiger wird sie bis auf den letzten Mann vernichten und ihr Blut trinken. Sprich, was sagen sie über mich?"

„Dass es an der Zeit sei, einem solch kühnen Piraten den Garaus zu machen."

„Und hassen sie mich sehr?"

„So sehr, dass sie bereitwillig all ihre Schiffe hergäben, wenn sie dich nur hängen könnten."

„Pah!"

„Du zweifelst daran? Mein Bruder, seit vielen Jahren begehst du eine Untat nach der anderen. Alle Küsten tragen die Spuren deiner Streifzüge, jedes Dorf und jede Stadt hast du überfallen und geplündert, jedes holländische, spanische und englische Fort hat deine Kugeln zu spüren bekommen und der Grund des Meeres ist übersät mit Schiffen, die du versenkt hast."

„Das ist wahr, aber bei wem liegt die Schuld? Waren die Männer der weißen Rasse nicht unerbittlich gegen mich? Haben sie mich nicht vom Thron gestoßen, weil sie behaupteten, ich sei zu mächtig geworden? Haben sie nicht meine Mutter ermordet, meine Brüder, meine Schwestern, um mein ganzes Geschlecht auszulöschen? Was hatte ich ihnen Böses getan? Niemals hatte die weiße Rasse durch mich Leid erfahren und dennoch wollten sie mich vernichten. Nun hasse ich sie alle, seien es Spanier, Holländer oder Engländer, oder deine Landsmänner, die Portugiesen, ich verabscheue sie alle und werde mich furchtbar an ihnen rächen, das habe ich bei den Leichnamen meiner Familie geschworen und ich werde meinen Schwur nicht brechen!

Und wenn ich unbarmherzig zu meinen Feinden war, so hoffe ich, es wird auch solche geben, die sagen, dass ich manches Mal großmütig war."

„Nicht einer, Hunderte, ja Tausende können wahrhaftig sagen, dass du gegenüber den Schwachen sogar zu großmütig gewesen bist", entgegnete Yanez. „All die Frauen, die in deine Hände fielen und die du, auf die Gefahr hin, von den Kreuzern versenkt zu werden, in die Häfen der weißen Männer gebracht hast, all die wehrlosen Stämme, die du gegen die Beutezüge der Anmaßenden verteidigt hast, all die armen Seeleute, die in Stürmen ihre Schiffe verloren und die du aus den Wellen errettet und mit Geschenken überhäuft hast, und Hunderte, ja Tausende mehr werden sich auf immer deiner Wohltaten erinnern, Sandokan.

Aber sag mir, Bruder, worauf willst du hinaus?"

Der Tiger von Malaysia antwortete nicht. Er ging im Zimmer auf und ab, die Arme verschränkt, den Kopf auf die Brust gesenkt. Woran dachte dieser außergewöhnliche Mann? Der Portugiese Yanez, wenn er ihn auch seit langer Zeit kannte, vermochte es nicht zu erraten.

„Sandokan", sprach er nach einigen Minuten, „was geht dir durch den Sinn?"

Der Tiger blieb stehen und blickte ihn unverwandt an, antwortete aber immer noch nicht.

„Gibt es einen Gedanken, der dich quält?", begann Yanez von Neuem. „Bald könnte man glauben, du grämst dich, weil die Engländer dich so sehr hassen."

Wieder schwieg der Pirat.

Der Portugiese stand auf, zündete sich eine Zigarette an, ging zu einer Tür hinüber, die von der Wandverkleidung verdeckt wurde, und sagte:

„Gute Nacht, mein Bruder."

Bei diesen Worten fuhr Sandokan auf. Er hielt den Portugiesen zurück und sagte:

„Auf ein Wort, Yanez."

„Sprich nur."

„Weißt du, dass ich nach Labuan segeln will?"

„Du! ... Nach Labuan! ..."

„Warum so entgeistert?"

„Weil du zu verwegen bist und in der Höhle deiner erbittertsten Feinde irgendeine Dummheit begehen würdest."

Sandokan sah ihn mit blitzenden Augen an und stieß ein leises Grollen aus.

„Mein Bruder", begann der Portugiese wieder, „fordre das Schicksal nicht zu sehr heraus. Sei auf der Hut! Die Engländer haben ihre gierigen Blicke auf Mompracem gerichtet und vielleicht warten sie nur auf deinen Tod, um sich auf deine Tigerchen zu stürzen und sie zu vernichten. Sei auf der Hut, denn ich habe einen Kreuzer, randvoll mit Kanonen und bewaffneten Männern gesehen, der sich in unseren Gewässern herumtrieb, und nichts anderes ist er als ein Löwe, der auf Beute lauert."

„Doch er wird auf den Tiger treffen!", rief Sandokan, ballte die Fäuste und bebte von Kopf bis Fuß.

„Ja, er wird auf ihn treffen und vielleicht im Kampf unterliegen, aber sein Todesschrei wird bis an die Ufer von

Labuan gellen und andere werden gegen dich zu Felde ziehen. Viele Löwen werden sterben, denn du bist stark und schrecklich, aber auch der Tiger wird sterben!"

„Ich! ..."

Sandokan war vorgesprungen, mit wutverzerrten Lippen, wild funkelnden Augen, die Hände krampfhaft geschlossen, so als hielten sie eine Waffe umklammert. Es war jedoch nur ein kurzes Aufblitzen. Er setzte sich an den Tisch, leerte in einem einzigen Zug ein noch gefülltes Glas und sagte mit vollkommen ruhiger Stimme:

„Du hast Recht, Yanez. Und dennoch werde ich nach Labuan gehen. Eine unwiderstehliche Macht treibt mich an diese Gestade und eine Stimme flüstert mir zu, dass ich dieses Mädchen mit dem goldenen Haar sehen muss, dass ich ..."

„Sandokan! ..."

„Still, mein Bruder. Lass uns schlafen gehen."

Kapitel 2

Grausamkeit und Großmut

A m nächsten Morgen, einige Stunden nachdem die Sonne aufgegangen war, trat Sandokan aus der Hütte heraus, bereit, das gewagte Unternehmen zu vollbringen.

Er hatte seine Kriegskleidung angelegt: hohe Lederstiefel in Rot, seiner liebsten Farbe, einen prächtigen, ebenfalls roten Samtrock, verziert mit Stickereien und Fransen, und weite Hosen aus blauer Seide. Über die Schulter trug er einen reich mit Arabesken verzierten indischen Karabiner von großer Reichweite, am Gürtel einen schweren Krummsäbel mit einem Heft aus massivem Gold und dahinter einen *Kris,* jener Dolch mit schlangenförmiger, giftiger Klinge, der den malaiischen Völkern so teuer ist.

Einen Moment lang verharrte er am Rand der großen Klippe und sein Adlerblick wanderte über die Oberfläche des Meeres, die jetzt ruhig und klar wie ein Spiegel war, bevor er dann in östlicher Richtung verweilte.

„Dort ist sie", murmelte er nach einigen Augenblicken versunkener Betrachtung. „Oh, seltsames Schicksal, das mich dorthin zieht, sag mir, ob du mir den Tod bringen wirst! Sag mir, ob jene Frau mit den blauen Augen und dem goldenen Haar, die jede Nacht meine Träume stört, mein Untergang sein wird! ..." Er schüttelte den Kopf, so als wolle er einen bösen Gedanken vertreiben, dann stieg er mit bedächtigen Schritten eine schmale, in den Fels gehauene Treppe hinunter, die zum Strand führte.

Unten wartete ein Mann auf ihn: Es war Yanez.

„Alles ist bereit", sagte er. „Ich habe die zwei besten Schiffe unserer Flotte rüsten und sie mit zwei großen Donnerbüchsen bestücken lassen."

„Und die Männer?"

„Alle Banden haben sich mit ihren Anführern am Strand aufgestellt. Du brauchst nur noch die Besten zu wählen."

„Danke, Yanez."

„Danke mir nicht, Sandokan, vielleicht habe ich den Weg zu deinem Untergang bereitet."

„Keine Angst, mein Bruder, die Kugeln fürchten sich vor mir."

„Du musst vorsichtig sein, sehr vorsichtig."

„Das werde ich und ich verspreche dir, dass ich, sobald ich das Mädchen gesehen habe, hierher zurückkehren werde."

„Vermaledeite Frau! Ich könnte den Piraten erwürgen, der sie zuerst sah und dir davon erzählte."

„Komm, Yanez."

Sie überquerten einen großen Platz, der von starken Befestigungen geschützt, mit großen Geschützen bestückt und von hohen Erdwällen und tiefen Gräben umgeben war, und gelangten an die Mündung der Bucht, in der etwa zwölf bis fünfzehn jener Segelschiffe, welche man *Proas* nennt, auf dem Wasser schaukelten.

Vor einer langen Reihe von Hütten und festen Gebäuden, die aussahen wie Lagerhäuser, hatten sich dreihundert Männer in Reih und Glied aufgestellt, die nur auf einen Befehl warteten, um wie eine Legion von Dämonen an Bord der Schiffe zu stürzen und Angst und Schrecken auf den malaiischen Meeren zu verbreiten.

Was für Männer und was für Charaktere!

Da gab es Malaien von eher kleiner Statur, kräftig und behände wie die Affen, mit kantigem, knochigem Gesicht und dunkler Hautfarbe, Männer, die für ihre Wildheit und ihren Wagemut bekannt waren. Es gab *Bataks,* von noch dunklerer Hautfarbe, denen, obschon sie eine recht fortgeschrittene Kultur besaßen, der Ruf ihrer Gier nach Menschfleisch vorauseilte, *Dayaks* von der nahegelegenen Insel Borneo, von hohem Wuchs und mit feinen Gesichtszügen, berüchtigt für ihre Massaker, die ihnen den Namen *Kopfabschneider* eingebracht hatten, Siamesen mit gelblicher Haut und einem Kopfschmuck in Form eines Pferdeschwanzes von ungeheurer Länge, und des Weiteren Inder, Bugis, Javaner, Tagalen von den Philippinen und schließlich *Negritos* mit ungeheuer großen Köpfen und unansehnlichen Gesichtern.

Beim Erscheinen des Tigers von Malaysia ging ein Beben durch die langen Reihen der Piraten. In allen Augenpaaren schien ein Feuer zu entbrennen und alle Hände umklammerten die Waffen.

Sandokan warf einen wohlwollenden Blick auf seine „Tigerchen", wie er sie gerne nannte, und sagte:

„Patan, tritt vor."

Ein Malaie von recht großer Statur, mit kräftigen Gliedern, olivfarbener Haut und einem Gewand, das aus einem einfachen roten Rock, geschmückt mit ein paar Federn, bestand, trat vor mit jenem wiegenden Gang, der den Seeleuten eigen ist.

„Wie viele Männer zählt deine Bande?", fragte Sandokan.

„Fünfzig, Tiger von Malaysia."

„Gute Männer?"

„Blutdürstige Männer."

„Sie sollen die beiden *Proas* dort bemannen und überlass die Hälfte von ihnen dem Javaner Giro-Batol."

„Wohin segeln wir? ..."

Sandokan warf ihm einen Blick zu, der den Vorlauten erzittern ließ, auch wenn er einer jener Männer war, die für eine Gewehrsalve nur verächtliches Gelächter übrig hatten.

„Gehorche und kein Wort mehr, wenn du leben willst", sagte Sandokan.

Der Malaie entfernte sich mitsamt seiner Bande von Männern, deren Mut an Tollheit grenzte und die auf ein Wort von Sandokan nicht gezögert hätten, Mohammeds Grabstätte zu plündern, obschon sie allesamt Mohammedaner waren.

„Komm, Yanez", sagte Sandokan, als er sah, dass alle an Bord waren.

Gerade wollten sie den Strand hinuntergehen, als ein hässlicher Schwarzer zu ihnen trat, der mit seinem riesigen Kopf und seinen unproportioniert großen Händen und Füßen ein anschauliches Exemplar jener abscheulichen *Negritos* war, die man im Inland fast aller malaiischen Inseln findet.

„Was willst du und woher kommst du, Kili-Dalú?", fragte Yanez ihn.

„Ich komme von der Südküste", antwortete der *Negrito* heftig schnaufend.

„Und was bringst du?"

„Eine gute Neuigkeit, weißer Häuptling. Ich habe bei den Romades-Inseln eine große *Dschunke* kreuzen sehen."

„War sie beladen?", fragte Sandokan.

„Ja, Tiger."

„Gut. In drei Stunden wird sie in meiner Hand sein."

„Und dann segelst du nach Labuan?"

„Geradewegs, Yanez."

Sie hatten bei einem prächtigen Doppelender Halt gemacht, der von vier Malaien bemannt wurde.

„Leb wohl, Bruder", sagte Sandokan und legte die Arme um Yanez.

„Leb wohl, Sandokan. Und dass du mir keine Dummheiten begehst."

„Sorge dich nicht, ich werde vorsichtig sein."

„Leb wohl und möge dein guter Stern dich behüten."

Sandokan sprang in das Boot und hatte nach wenigen Ruderschlägen die *Proas* erreicht, wo gerade die großen Segel entrollt wurden.

Vom Strand her ertönte lautes Geschrei:

„Es lebe der Tiger von Malaysia!"

„Wir legen ab", befahl der Pirat den beiden Mannschaften.

Zwei Trupps olivgrüner und schmutzig-gelber Teufel holten die Anker ein, zwei Breitseiten wurden abgefeuert, und dann schnellten die beiden Schiffe über die blauen Wellen des malaiischen Meeres auf die offene See hinaus.

„Welcher Kurs?" fragte Sabau Sandokan, der das Kommando über das größere Schiff übernommen hatte.

„Geradewegs zu den Romades-Inseln", erwiderte der Anführer.

Dann rief er den Mannschaften zu:

„Haltet die Augen auf, Tigerchen, es gilt eine Dschunke zu plündern."

Der Wind stand günstig, da er aus Südwest wehte, und auch das Meer, nur leicht bewegt, behinderte das Fortkommen der beiden Schiffe nicht, die bald eine Geschwindigkeit von mehr als zwölf Knoten machten, was bei Segelschiffen im Allgemeinen wahrlich nicht üblich ist, aber bei den malaiischen Schiffen, die enorme Segel und einen äußerst schlanken und leichten Rumpf besitzen, durchaus nichts Außergewöhnliches.

· Die beiden Schiffe, mit denen der Tiger das gewagte Unternehmen durchführen wollte, waren keine *Proas* im eigentlichen Sinne, denn diese sind gewöhnlich klein und haben keine Decks. Sandokan und Yanez, die in allem was nautische Dinge betraf in ganz Malaysia nicht ihresgleichen hatten, hatten all ihre Segler umgerüstet, um gegenüber den Schiffen, die sie verfolgten, im Vorteil zu sein.

Die enormen Segel, deren Länge bis an die vierzig Meter reichte, hatten sie beibehalten, ebenso wie die starken, aber dennoch recht biegsamen Masten und die Taue aus Fasern von *Gamuti* und *Rotang,* die widerstandsfähiger als Stricke und auch leichter zu beschaffen sind. Aber sie hatten den Rumpf vergrößert, den Kiel verschlankt und den Bug auf bewährte Weise verstärkt. Zudem hatten sie auf allen Schiffen Decks einziehen und an den Seiten Ruderpforten anbringen lassen, hatten eines der beiden Ruder, die die *Proas* für gewöhnlich besitzen, entfernt und den Ausleger beseitigt, beides Vorrichtungen, die ein Entern erschweren konnten.

Auch wenn die beiden *Proas* noch weit von den Romades-Inseln entfernt waren, wohin, so vermuteten sie, die *Dschunke* segelte, die Kili-Dalú gesichtet hatte, machten sich die Piraten gleich nachdem sich die Neuigkeit über die Anwesenheit des Schiffes verbreitet hatte an die Arbeit, um für den Kampf gerüstet zu sein. Mit größter Sorgfalt wurden die beiden Kanonen und die beiden großen Donnerbüchsen geladen, an Deck wurde eine große Zahl Kugeln und Wurfgranaten bereitgelegt, dazu Gewehre, Äxte, Entermesser, und an den Bordwänden legte man die Enterhaken zurecht, um sie in die Takelage des feindlichen Schiffes zu werfen.

Nachdem all dies getan war, begaben sich diese Teufel, in deren Augen bereits wilde Gier funkelte, auf Beobachtungsposten, einige auf dem Schanzkleid, andere in den

Webleinen und wieder andere rittlings auf den Rahen, und hielten sehnsüchtig Ausschau nach der *Dschunke,* die eine reiche Beute versprach, denn solche Schiffe kamen gewöhnlich aus den chinesischen Häfen.

Auch Sandokan schien angesteckt von der erwartungsvollen Erregung und Rastlosigkeit seiner Männer. Unruhig lief er vom Bug zum Heck, spähte hinaus auf die unermessliche Weite des Meeres und umklammerte grimmig das goldene Heft seines prächtigen Krummsäbels.

Um zehn am Morgen war Mompracem am hinteren Horizont verschwunden, aber das Meer lag immer noch leer und verlassen da. Kein Felsen war in Sicht, keine Rauchfahne, die die Anwesenheit eines Dampfers angezeigt hätte, kein weißer Punkt, der die Nähe eines Segelschiffs verriet.

Eine große Ungeduld machte sich unter den Mannschaften der beiden Schiffe breit. Fluchend kletterten die Männer die Takelage hinauf und wieder hinab, machten sich an den Gewehren zu schaffen, ließen die Klingen ihrer giftigen *Kris* und ihrer Krummsäbel funkeln.

Plötzlich, kurz nach Mittag, ertönte oben vom Großmast her ein Ruf:

„He! Seht nach Lee!"

Sandokan blieb stehen, warf rasch einen Blick auf das Deck seines eigenen Schiffes, dann auf das von Giro-Batol befehligte, und rief:

„Tigerchen! Auf eure Gefechtsposten!"

Wie der Blitz kamen die Piraten, die die Masten hinaufgeklettert waren, zurück an Deck und nahmen ihre Posten ein.

„Meeresspinne", sagte Sandokan an den Mann gewandt, der auf Beobachtungsposten in den Masten geblieben war, „was siehst du?"

„Ein Segel, Tiger."

„Ist es eine *Dschunke*?"

„Es ist das Segel einer *Dschunke,* ich täusche mich nicht."

„Ein europäisches Schiff wäre mir lieber gewesen", murmelte Sandokan und runzelte die Stirn. „Gegen die Männer aus dem Himmlischen Reich hege ich keinen Hass. Aber wer weiß ..." Er ging wieder auf und ab und schwieg.

Es verging eine halbe Stunde, während derer die beiden *Proas* noch einmal fünf Knoten zulegten. Dann ertönte erneut die Stimme von Meeresspinne.

„Kapitän, es ist eine *Dschunke*!", rief er. „Gebt Acht, sie hat uns entdeckt und dreht ab."

„Ah!", rief Sandokan aus. „He! Giro-Batol, sorge dafür, dass sie nicht entkommt."

Einen Augenblick später trennten sich die beiden Schiffe, beschrieben einen weiten Halbkreis und bewegten sich mit vollen Segeln auf das Handelsschiff zu.

Es war eines jener breiten, schweren Schiffe von zweifelhafter Stabilität, die man *Dschunke* nennt und die in den chinesischen Gewässern gebräuchlich sind.

Kaum hatte sie die beiden verdächtigen Schiffe bemerkt, mit deren Geschwindigkeit sie es nicht aufnehmen konnte, hatte sie beigedreht und eine große Fahne gehisst.

Beim Anblick des Banners tat Sandokan einen Sprung nach vorn.

„Die Flagge von *Rajah* Brooke, dem *Vernichter der Piraten*!", rief er mit unsäglichem Hass in der Stimme. „Tigerchen! Fertigmachen zum Entern! ..."

Ein wildes, grausames Geschrei erhob sich unter den beiden Mannschaften, denn nur zu gut kannten sie den Ruf des Engländers James Brooke, den man zum *Rajah* von Sarawak gemacht hatte, eines unerbittlichen Feindes aller Piraten, von denen eine große Zahl unter seinen Geschützen zu Tode gekommen war.

Mit einem Satz war Patan an der Bugkanone, während die anderen die Donnerbüchsen ausrichteten und die Karabiner luden.

„Soll ich beginnen?", fragte er Sandokan.

„Ja, aber deine Kugel darf nicht fehlgehen."

„Abgemacht!"

Kurz darauf war an Bord der *Dschunke* eine Detonation zu hören und eine kleinkalibrige Kugel sauste mit scharfem Zischen durch die Takelage.

Patan beugte sich über seine Kanone und gab Feuer. Die Wirkung ließ nicht lange auf sich warten: Der Großmast der *Dschunke,* dessen Fuß zertrümmert war, schwankte gewaltig vor und zurück und stürzte dann mitsamt Segeln und Tauwerk auf das Deck.

An Bord des unseligen Schiffes sah man Männer an die Bordkante eilen und gleich darauf wieder verschwinden.

„Schau, Patan!", schrie Meeresspinne.

Ein kleines Boot, besetzt mit sechs Männern, hatte von der *Dschunke* abgelegt und flüchtete in Richtung der Romades-Inseln.

„Ah!", rief Sandokan zornig. „Es gibt Männer, die fliehen anstatt zu kämpfen! Patan, ziel auf die Feiglinge!"

Der Malaie schickte einen Geschosshagel dicht über die Wasseroberfläche, der das Boot versenkte und alle, die darin saßen, tötete.

„Gut gemacht, Patan!", rief Sandokan. „Und nun feg alles von dem Schiff, auf dem ich noch zahlreiche Männer sehe, bis es so flach ist wie ein Ponton. Ha, und dann schicken wir es zur Überholung in die Werften des *Rajah!"*

Die beiden Korsarenschiffe nahmen ihre höllische Musik wieder auf, feuerten Kugeln, Granaten und Gewehrsalven gegen das beklagenswerte Schiff, zerstörten seinen Fockmast, durchschlugen die Seiten und Spanten, zerfetzten seine Taue und töteten seine Männer, die sich verzweifelt mit ihren Gewehren verteidigten.

„Gut so, ihr Tapferen!", rief Sandokan, der den Mut der wenigen noch an Bord der *Dschunke* verbliebenen Männer bewunderte.

„Schießt, schießt weiter auf uns! Ihr seid würdig, gegen den Tiger von Malaysia zu kämpfen!"

Gehüllt in dichte Rauchwolken, aus denen unentwegt helle Blitze zuckten, rückten die beiden Korsarenschiffe unaufhaltsam vorwärts und waren bald in Reichweite der Schiffswand der *Dschunke*.

„Ruder hart nach Lee!", schrie Sandokan und ergriff seinen Krummsäbel.

Sein Schiff legte längsseits in Höhe der Backbordwindvierung des Handelsschiffs an und machte mithilfe der Enterhaken, die man unterdessen geworfen hatte, fest.

„Zum Angriff, Tigerchen!", donnerte der furchterregende Pirat. Er duckte sich wie ein Tiger, der bereit ist, sich auf die Beute zu stürzen, und setzte zum Sprung an, aber eine starke Hand hielt ihn zurück.

Er fuhr herum und stieß einen zornigen Schrei aus. Der Mann, der es gewagt hatte, ihn festzuhalten, war nach vorn gesprungen und versperrte ihm mit seinem Körper den Weg.

„Du, Meeresspinne!", schrie Sandokan und erhob den Krummsäbel gegen ihn.

Genau in diesem Augenblick wurde von der *Dschunke* her ein Schuss abgefeuert und die arme Meeresspinne fiel getroffen auf das Deck.

„Ah! Danke, mein Tigerchen", sagte Sandokan, „du wolltest mich retten!"

Er stürmte vorwärts wie ein verwundeter Stier, schwang sich auf die Mündung einer Kanone, sprang hinüber auf das Deck der *Dschunke* und warf sich mit jener tollkühnen Verwegenheit, für die alle ihn bewunderten, unter die Kämpfenden.

Die gesamte Mannschaft des Handelsschiffes warf sich ihm entgegen, um ihm den Weg zu versperren.

„Zu mir, Tigerchen!", schrie er und streckte zwei Männer mit dem Rücken seines Krummsäbels nieder. Zehn oder zwölf Piraten kletterten affengleich in die Takelage hinauf, sprangen auf die Bordkante hinüber und stürzten an Deck, während die andere *Proa* ihre Enterhaken warf.

„Ergebt euch!", rief der Tiger den Seemännern der *Dschunke* zu.

Als die überlebenden sieben oder acht Männer sahen, dass noch weitere Piraten auf das Deck stürmten, warfen sie ihre Waffen nieder.

„Wer ist der Kapitän?", fragte Sandokan.

„Ich", antwortete ein Chinese und trat zitternd vor.

„Du bist ein tapferer Recke und deine Männer sind deiner würdig", sagte Sandokan. „Wohin warst du unterwegs?"

„Nach Sarawak."

Eine tiefe Falte erschien auf der hohen Stirn des Piraten.

„Ah!", rief er mit finsterer Stimme. „Du fährst nach Sarawak. Und was treibt *Rajah* Brooke, der *Vernichter der Piraten*?"

„Das weiß ich nicht, da ich seit vielen Monaten nicht in Sarawak war."

„Es ist auch gleich, aber sag ihm, dass ich eines Tages in seiner Bucht den Anker werfen und auf seine Schiffe warten werde. Und dann werden wir sehen, ob der *Vernichter der Piraten* auch die meinen besiegen kann!"

Dann riss er sich vom Hals einen Strang Diamanten, der wohl drei- oder vierhunderttausend Lire wert sein mochte, reichte ihn dem Kapitän der *Dschunke* und sagte: "Nimm dies, mein Tapferer. Ich bedaure, dass ich deine *Dschunke,* die du so mutig verteidigt hast, so übel zugerichtet habe, aber mit diesen Diamanten kannst du dir zehn neue kaufen."

"Wer seid Ihr?", fragte der Kapitän verwundert.

Sandokan trat näher, legte ihm die Hände auf die Schultern und sagte:

"Schau mir ins Gesicht: Ich bin der Tiger von Malaysia."

Und ehe der Kapitän und seine Seemänner sich von Staunen und Schrecken erholt hatten, waren Sandokan und seine Piraten auf ihre Schiffe zurückgekehrt.

"Welcher Kurs?", fragte Patan.

Der Tiger streckte den Arm gen Osten und mit eiserner Stimme, die vor Erregung bebte, rief er:

"Tigerchen, nach Labuan! Auf nach Labuan!"

Kapitel 3

Der Kreuzer

D ie beiden Freibeuterschiffe ließen die entmastete und
zerschossene *Dschunke,* die jedoch nicht Gefahr lief,
zu sinken, zumindest nicht im Augenblick, zurück und
setzten ihre Fahrt nach Labuan fort, jener Insel, auf der
das Mädchen mit dem goldenen Haar lebte, das Sandokan
um jeden Preis sehen wollte.

Ein frischer Wind blies beständig aus Nordwest und
das Meer war weiterhin ruhig, so dass die beiden *Proas*
mit zehn oder elf Knoten pro Stunde gut vorankamen.

Sandokan ließ das Deck freiräumen, die von feindlichen Kugeln zerfetzten Taue flicken, die Leichname von
Meeresspinne und einem weiteren Piraten, der im Kugelhagel getötet worden war, ins Meer werfen, die Gewehre und Donnerbüchsen laden und zündete sich dann
eine prächtige *Nargileh* an, die zweifellos von einem indischen oder persischen Basar stammte. Dann rief er Patan.

Sogleich kam der Malaie herbei.

„Sag mir, Malaie", fragte der Tiger und durchbohrte ihn
mit einem furchteinflößenden Blick, „du weißt, wie Meeresspinne gestorben ist?"

„Ja", entgegnete Patan und ein Schauder lief durch seinen Körper, als er sah, wie ergrimmt der Pirat war.

„Und du weißt, wo dein Posten ist, wenn ich zum Entern ansetze?"

„Hinter Euch."

„Aber dort warst du nicht und Meeresspinne starb an
deiner Stelle."

„Das ist wahr, Kapitän."

„Ich sollte dich für deine Verfehlung erschießen lassen, aber du bist ein kühner Mann und ich opfere die Mutigen nicht gerne unnötig. Aber beim nächsten Entern wirst du dich an der Spitze meiner Männer töten lassen."

„Danke, Tiger."

„Sabau!", rief Sandokan dann.

Ein weiterer Malaie mit einer klaffenden Wunde über das ganze Gesicht trat vor.

„Du warst der erste, der nach mir auf die *Dschunke* gesprungen ist?", fragte Sandokan.

„Ja, Tiger."

„Gut, wenn Patan tot ist, wirst du seinen Posten übernehmen."

Nach diesen Worten ging er mit bedächtigen Schritten über das Deck und stieg in seine Kabine hinunter, die sich im Heck befand. Den Tag über segelten die beiden *Proas* weiter durch jenes Meer mit Mompracem und den Romades-Inseln im Westen, der bornesischen Küste im Osten und Nordosten und Labuan und den Drei Inseln im Norden, ohne irgendeinem Handelsschiff zu begegnen. Der finstere Ruf des Tigers hatte sich in diesen Gewässern verbreitet und daher wagten sich nur sehr wenige Schiffe hierher. Die meisten mieden dieses Gebiet, in dem sich ständig Korsarenschiffe tummelten und hielten sich eng an die Küste, um beim ersten Anzeichen von Gefahr an Land eilen und wenigstens ihr Leben retten zu können.

Bei Einbruch der Nacht refften die beiden Schiffe ihre mächtigen Segel, um vor plötzlichen Böen geschützt zu sein, und hielten sich dicht beieinander, damit sie einander nicht aus den Augen verloren und sich gegenseitig schnell zu Hilfe kommen konnten.

Gegen Mitternacht, als sie an den Drei Inseln vorübersegelten, die Labuan wie Wachposten vorgelagert sind, erschien Sandokan an Deck.

Immer noch war er von einer fiebrigen Unruhe ergriffen. Mit verschränkten Armen und in ein grimmiges Schweigen gehüllt lief er zwischen Bug und Heck auf und ab. Dann und wann hielt er inne, um die schwarze Oberfläche des Meeres zu betrachten, stieg auf die Bordkante, um weiter schauen zu können, beugte sich vor und lauschte. Worauf lauschte er? Vielleicht auf das Dröhnen von Maschinen, das die Anwesenheit eines Kreuzers verriet, oder auf das Tosen der Wellen, die sich am Strand von Labuan brachen?

Gegen drei am Morgen, als die Sterne langsam verblassten, rief Sandokan plötzlich:

„Labuan!"

Und tatsächlich war in östlicher Richtung, dort wo Meer und Horizont ineinander verschwammen, ein feiner, dünner Streifen zu sehen.

„Labuan", wiederholte der Pirat und seufzte erleichtert, so als fiele eine große Last von seinem Herzen.

„Segeln wir weiter?", fragte Patan.

„Ja", erwiderte der Tiger. „Wir werden den kleinen Fluss hinaufsegeln, den du bereits kennst."

Der Befehl wurde an Giro-Batol weitergegeben und lautlos näherten sich die beiden Schiffe der ersehnten Insel.

Zu jener Zeit war Labuan, dessen Oberfläche nicht mehr als 116 Quadratkilometer misst, noch nicht der wichtige Schifffahrtsort, der es heute ist. Als es im Jahre 1847 von Sir Rodney Mandy, Kommandant der *Iris,* im Auftrag der englischen Regierung mit dem Ziel besetzt wurde, der Piraterie ein Ende zu bereiten, zählte es nur etwa eintausend

Einwohner, der größte Teil von ihnen Malaien und daneben etwa zweihundert Weiße. Diese hatten zu der Zeit gerade eine Zitadelle gegründet, die sie Victoria genannt und mit einer Reihe von Forts umgeben hatten, um zu verhindern, dass die Piraten von Mompracem, die schon mehrmals zuvor die Küsten verwüstet hatten, sie zerstörten. Die übrige Insel bedeckten dichte Wälder, in denen noch Tiger hausten, und nur wenige kleine Bauernhöfe hatten sich an den Hängen und im Grasland angesiedelt.

Die beiden *Proas* segelten einige Meilen die Küste entlang, dann glitten sie lautlos einen kleinen, von üppiger Vegetation gesäumten Fluss hinauf, folgten seinem Lauf sechs- oder siebenhundert Meter, und ankerten dann im dunklen Schatten großer Bäume.

Ein vor der Küste patrouillierender Kreuzer hätte sie weder entdecken, noch die Anwesenheit dieser Tigerchen vermuten können, die sich wie die Tiger der indischen *Sundarbans* im Dickicht verbargen.

Am Mittag nahm Sandokan, nachdem er zuvor zwei Männer an die Flussmündung und zwei weitere in die Wälder geschickt hatte, um Überraschungen vorzubeugen, seinen Karabiner und ging, gefolgt von Patan, von Bord.

Er war etwa einen Kilometer weit in den dichten Wald vorgedrungen, als er plötzlich zu Füßen eines riesigen *Durianbaumes* innehielt, dessen köstliche, mit spitzen Stacheln gespickte Früchte unter den Schnabelstößen einer Schar Tukane hin und her schaukelten.

„Habt Ihr jemand gesehen?", fragte Patan.

„Nein, horch!", erwiderte Sandokan.

Der Malaie lauschte angestrengt und vernahm ein fernes Bellen.

„Da ist jemand auf der Jagd", sagte er und erhob sich wieder.

„Wir wollen nachsehen."

Sie liefen weiter, unter Pfefferpflanzen, deren Zweige voller roter, beerenartiger Früchte hingen, unter *Artocarpi* oder Brotfruchtbäumen, und Zuckerpalmen, in deren Blattwerk Scharen von fliegenden Eidechsen herumschwirrten.

Das Gekläff kam näher und näher und bald sahen sich die beiden Piraten einem unansehnlichen *Negrito* in roten Hosen gegenüber, der einen Hetzhund an der Leine führte.

„Wohin des Wegs?", fragte Sandokan und versperrte ihm den Weg.

„Ich suche nach der Fährte eines Tigers", erwiderte der Schwarze.

„Und wer gab dir die Erlaubnis in meinen Wäldern zu jagen?"

„Ich stehe bei Lord Guldek in Diensten."

„Nun gut. Sag mir, elender Sklave, hast du von einem Mädchen sprechen hören, das man die *Perle von Labuan* nennt?"

„Wer auf dieser Insel kennt dieses schöne Wesen nicht? Sie ist der gute Stern von Labuan, den alle lieben und bewundern."

„Ist sie schön?", fragte Sandokan lebhaft.

„Ich denke, dass keine andere Frau ihr gleichkommt."

Sandokan durchfuhr ein heftiger Schauer.

„Sag", fuhr er nach kurzem Schweigen fort. „Wo wohnt sie?"

„Zwei Kilometer von hier, inmitten einer großen Grasebene."

„Das genügt. Geh und wenn dir dein Leben lieb ist, dann dreh dich nicht um."

Er gab ihm eine Handvoll Gold und als der Schwarze verschwunden war, ließ er sich zu Füßen eines großen Brotfruchtbaums nieder und sagte:

„Wir wollen auf die Nacht warten und dann die Gegend ein wenig auskundschaften."

Patan tat es ihm gleich und streckte sich unter einer Arekapalme aus, hielt jedoch den Karabiner griffbereit.

Es mochte gegen neun am Abend sein, als ein unerwartetes Ereignis ihr Warten unterbrach. Aus der Richtung der Küste hallte ein Kanonenschuss herüber und ließ für kurze Zeit alle Vögel des Waldes schweigen.

Sandokan sprang auf, mit dem Karabiner in der Hand und völlig verändertem Gesichtsausdruck.

„Ein Kanonenschuss!", rief er aus. „Komm, Patan, ich sehe Blut! ..."

Mit Sprüngen wie ein Tiger durchquerte er den Wald, gefolgt von dem Malaien, der, obschon flink wie ein Hirsch, Mühe hatte, Schritt zu halten.

Kapitel 4

Tiger und Leoparden

In weniger als zehn Minuten hatten die beiden Piraten das Ufer des kleinen Flusses erreicht. All ihre Männer waren an Bord der beiden *Proas* gegangen und waren gerade dabei, die Segel auszureffen, da der Wind sich gelegt hatte.

„Was geschieht hier?", fragte Sandokan und sprang an Deck.

„Kapitän, wir werden angegriffen!", erwiderte Giro-Batol. „Ein Kreuzer versperrt uns an der Flussmündung den Weg."

„Ah!", rief der Tiger. „So greifen mich diese Engländer auch hier an? Nun gut, Tigerchen, nehmt eure Waffen, wir fahren aufs Meer hinaus. Wir werden diesen Männern zeigen, wie die Tiger von Mompracem kämpfen!"

„Es lebe der Tiger!", schrien die beiden Mannschaften mit grimmiger Begeisterung. „Auf zum Entern! Auf zum Entern!"

Wenige Augenblicke später segelten die beiden Schiffe den kleinen Fluss hinab und drei Minuten später aufs offene Meer hinaus.

Sechshundert Meter vor der Küste kreuzte mit halber Kraft ein großes Schiff mit einer Kapazität von über eintausendfünfhundert Tonnen, bestückt mit schweren Geschützen, das den Weg nach Westen versperrte. An Deck hörte man das Dröhnen der Trommeln, die die Männer an ihre Gefechtsstationen beorderten, und die Rufe der Offiziere.

Mit kühlem Blick betrachtete Sandokan den mächtigen Gegner und anstatt zurückzuschrecken vor diesem Riesen, vor seinen zahlreichen Geschützen und seiner Mannschaft, die ihnen vielleicht vierfach überlegen sein mochte, rief er mit donnernder Stimme:

„An die Ruder, meine Tigerchen!"

Die Piraten stürmten unter Deck an die Ruder, während die Geschützmänner die Kanonen und Donnerbüchsen ausrichteten.

„Nun zu uns beiden, du verfluchtes Schiff", sagte Sandokan, als er sah, dass die *Proas* unter der Kraft der Ruder pfeilschnell dahinflogen.

Kurz darauf war an Deck des Kreuzers ein Feuerblitz zu sehen und eine Kugel von großem Kaliber pfiff zwischen den Masten der *Proa* hindurch.

„Patan!", schrie Sandokan. „An deine Kanone!"

Der Malaie, der einer der besten Kanoniere war, deren die Piraterie sich rühmen konnte, legte Feuer an seine Kanone und das Geschoss flog zischend davon, zertrümmerte die Kommandobrücke und brachte dabei auch den Fahnenmast zu Fall.

Das Kriegsschiff erwiderte das Feuer nicht, sondern drehte bei, so dass es ihnen nun seine Backbordseite zuwandte, aus deren Luken ein halbes Dutzend Kanonenmündungen hervorragten.

„Patan, kein Schuss darf fehlgehen", sagte Sandokan, während eine Kanonenkugel auf der *Proa* von Giro-Batol einschlug. „Zerschlag den Elenden die Masten, zertrümmere die Räder, zerstöre ihre Geschütze und wenn du nicht mehr sicher zielen kannst, lass dich töten."

Plötzlich sah es so aus, als stünde der Kreuzer in Flammen. Ein wahrer Orkan an Geschossen flog durch die Luft heran, traf mit voller Wucht auf die beiden *Proas* und fegte sie kahl wie einen Ponton. Unter den Piraten erhoben sich furchtbare Zornes- und Schmerzensschreie, die jedoch untergingen in einer zweiten Breitseite, die Ruderer, Geschützmänner und Geschütze wild durcheinanderwirbelte.

Nach vollbrachter Tat drehte das Kriegsschiff, das, gehüllt in Wirbel aus schwarzem und weißem Rauch, weniger als vierhundert Schritte von den *Proas* entfernt war, ab und zog sich einen Kilometer weiter zurück, bereit, das Feuer wieder aufzunehmen.

Sandokan, der unversehrt geblieben, jedoch von einer Rah niedergestreckt worden war, sprang sogleich wieder auf.

„Elender!", donnerte er und schüttelte die Faust in Richtung des Feindes. „Schurke, du fliehst, aber ich werde dich einholen!"

Mit einem Pfiff rief er seine Männer an Deck.

„Rasch, errichtet Barrikaden vor den Kanonen und dann vorwärts!"

In Windeseile wurden im Bug beider Schiffe Stücke von Masten, mit Kugeln gefüllte Fässer, alte, demontierte Kanonen und allerlei Schiffstrümmer aufgetürmt, die eine standfeste Barrikade bildeten. Zwanzig der kräftigsten Männer stiegen wieder an die Ruder hinab, während sich die übrigen, die Karabiner fest im Griff, die funkelnden Dolche zwischen den zornig gebleckten Zähnen, hinter den Barrikaden versammelten.

„Vorwärts!", befahl der Tiger.

Der Kreuzer hatte seinen Rückzug beendet und kam nun langsam, schwarze Rauchwolken ausstoßend, wieder näher.

„Feuert was ihr könnt!", schrie der Tiger.

Auf beiden Seiten hob das höllische Konzert wieder an, Schuss für Schuss, Kugel für Kugel, Salve für Salve. Die drei Schiffe, alle entschlossen, eher die Schlacht zu ver-

lieren als zurückzuweichen, waren kaum mehr auszumachen, so dicht war der Rauch, der sie umgab, und während auf den Decks grimmiges Schweigen herrschte, ließ
der wütende Donner nicht nach und Feuerblitz folgte auf
Feuerblitz und Einschlag auf Einschlag. Der Kreuzer war
durch seine enormen Ausmaße und seine Geschütze im
Vorteil, aber die beiden *Proas* wichen nicht zurück, sondern hielten unter der Führung des kühnen Tigers geradewegs auf ihn zu. Kahlgefegt wie ein Ponton waren sie,
übersät mit Löchern, bis zur Unkenntlichkeit zerstört,
schon stand unter Deck das Wasser, schon mehrten sich
an Deck die Toten und Verwundeten, und dennoch gaben sie, dem unaufhörlichen Kugelhagel trotzend, nicht
auf. Ein Rausch hatte sich der Männer bemächtigt, die
an nichts anderes mehr dachten, als daran, an Deck des
gewaltigen Schiffes zu gelangen und, wenn auch nicht
den Sieg davonzutragen, so doch wenigstens auf feindlichem Boden zu sterben. Patan hatte sich, getreu seinem
Wort, hinter seiner Kanone töten lassen, aber ein anderer
fähiger Kanonier hatte seinen Posten eingenommen. Weitere Männer waren gefallen, andere aufs Grausamste verwundet worden und wanden sich mit abgetrennten Armen oder Beinen verzweifelt in Lachen von Blut. Eine der
Kanonen auf Giro-Batols *Proa* war gefechtsunfähig und
eine der Donnerbüchsen kaum mehr einsatzbereit, aber
wen kümmerte das alles? An Deck der beiden Schiffe gab
es noch mehr blutdürstige Tiger, die tapfer ihre Pflicht
erfüllten. Eisen zischte auf diese Tapferen hernieder, riss
Arme ab und durchbohrte Brustkörbe, zerfurchte die
Decks, zerriss die Schiffsseiten, legte alles in Trümmer,
aber niemand sprach von Rückzug, im Gegenteil, sie ver-
höhnten den Feind noch und forderten ihn heraus, und
als ein Windstoß die dichten Rauchwolken vertrieb, die

die beklagenswerten Schiffe einhüllten, sah man hinter den halb zerschlagenen Barrikaden finstere, wutverzerrte Mienen, blutunterlaufene Augen, aus denen bei jeder Salve Blitze zuckten, knirschende Zähne, die Dolchklingen umschlossen, und inmitten dieser Horde wahrhaftiger Tiger ihren Anführer, den unbezwingbaren Sandokan, der mit glühendem Blick und wehendem Haar, den Krummsäbel in der Hand, seine Mitstreiter antrieb mit einer Stimme, die im Donner der Geschütze erschallte wie eine Trompete.

Zwanzig Minuten währte der schreckliche Kampf, dann zog der Kreuzer sich wiederum sechshundert Schritte zurück, um nicht geentert zu werden. Wütendes Geheul erhob sich an Bord der beiden *Proas* ob dieses neuerlichen Rückzugs. Nun war es nicht mehr möglich, gegen diesen Feind zu kämpfen, der unter Einsatz seiner Maschinen jeglichem Entermanöver auswich.

Sandokan aber wollte noch nicht aufgeben. Mit unwiderstehlicher Kraft schob er die Männer, die ihn umringten, beiseite, beugte sich über eine geladene Kanone, zielte und gab Feuer. Wenige Sekunden später stürzte der Großmast des Kreuzers, dessen Fuß zertrümmert worden war, mitsamt der in den Marsen und Salingen postierten Soldaten ins Meer.

Der Kreuzer drehte bei, um die Männer zu retten, die zu ertrinken drohten, und stellte das Feuer vorübergehend ein. Diesen Augenblick nutzte Sandokan, um die Mannschaft von Giro-Batol auf sein eigenes Schiff zu holen.

„Und jetzt so schnell ihr könnt zur Küste!", rief er.

Die *Proa* von Giro-Batol, die sich nur noch wie durch ein Wunder über Wasser hielt, wurde eilig geräumt und den Wellen überlassen, mitsamt ihrer Fracht von Leichnamen und unbrauchbar gewordenen Geschützen. Die Piraten begaben sich sogleich an die Ruder und nutzten die Untätigkeit des Kriegsschiffes aus, um sich eilig zu entfernen und den kleinen Fluss hinauf zu fliehen.

Gerade noch rechtzeitig! Das beklagenswerte Schiff, in das trotz der Stopfen, die man hastig in die von den Kugeln des Kreuzers gerissenen Löcher gepresst hatte, von allen Seiten das Wasser einlief, begann zu sinken. Wie ein Todgeweihter ächzte es unter dem Gewicht dieses flüssigen Eindringlings, schwankte und neigte sich nach Backbord. Sandokan, der das Ruder übernommen hatte, steuerte es in Richtung des nahen Ufers und ließ es auf eine Sandbank auflaufen.

Kaum hatten die Piraten begriffen, dass das Schiff nicht mehr zu sinken drohte, stürzten sie mit fest umklammerten Waffen und zornverzerrten Gesichtern wie ein Rudel hungriger Tiger an Deck, bereit, den Kampf mit gleicher Grausamkeit und Entschlossenheit wieder aufzunehmen. Sandokan hielt sie mit einer Geste zurück. Er sah auf die Uhr, die er am Gürtel trug, und sagte:

„Jetzt ist es sechs: in zwei Stunden wird die Sonne untergehen und Dunkelheit wird sich auf das Meer herabsenken. Macht euch eifrig an die Arbeit, damit die *Proa* um Mitternacht bereit ist, wieder in See zu stechen."

„Werden wir den Kreuzer angreifen?", riefen die Piraten und schwenkten ihre Waffen.

„Das kann ich euch nicht versprechen, aber ich schwöre euch, dass bald der Tag kommen wird, an dem wir unsere Niederlage rächen. Im Blitzen der Kanonen werden wir unsere Fahne auf den Festungen von Victoria wehen sehen."

„Es lebe der Tiger!", schrien die Piraten.

„Ruhe!", donnerte Sandokan. „Man soll zwei Männer zur Flussmündung schicken, um den Kreuzer zu beobachten und weitere zwei in die Wälder, damit man uns nicht überrascht, die Verwundeten sollen versorgt werden und dann machen sich alle an die Arbeit."

Während die Piraten sich beeilten, die Wunden zu verbinden, die ihre Gefährten davongetragen hatten, begab Sandokan sich nach achtern, um Ausschau zu halten und ließ seinen Blick in Richtung der Bucht wandern, deren Wasserspiegel durch eine lichte Schneise im Wald zu erkennen war. Zweifellos versuchte er, den Kreuzer zu entdecken, aber allem Anschein nach hatte der es nicht gewagt, allzu nah an die Küste heranzukommen, vielleicht aus Furcht, auf eine der zahlreichen Sandbänke aufzulaufen, die es dort gab.

„Er hält uns hin", murmelte der berüchtigte Pirat. „Er wartet darauf, dass wir wieder aufs Meer hinausfahren, um uns zu niederzumachen, aber wenn er glaubt, dass ich meine Männer zum Entern führe, dann täuscht er sich. Der Tiger kann auch vorsichtig sein."

Er setzte sich auf die Kanone und rief nach Sabau.

Einer der tapfersten Piraten, der bereits zwanzig Mal die eigene Haut riskiert und sich dadurch den Titel eines Unterführers erkämpft hatte, eilte herbei.

„Patan und Giro-Batol sind tot", sagte Sandokan und seufzte, „sie wurden auf ihren *Proas* getötet, an der Spitze der Tapferen, die versuchten, dem verfluchten Schiff zu Leibe zu rücken. Jetzt fällt das Kommando dir zu und ich übertrage es dir hiermit."

„Danke, Tiger von Malaysia."

„Du wirst ebenso tapfer sein wie sie es waren."

„Wenn mein Anführer mir befiehlt, in den Tod zu gehen, so werde ich bereit sein."

„Und nun geh mir zur Hand."

Mit vereinten Kräften schoben sie die Kanone und die Donnerbüchsen nach achtern und richteten sie nach der kleinen Bucht hin aus, um diese unter Beschuss zu nehmen, sollten die Schaluppen des Kreuzers versuchen, in den Fluss vorzudringen.

„Jetzt sind wir sicher", sagte Sandokan. „Hast du zwei Männer zur Mündung geschickt?"

„Ja, Tiger von Malaysia. Sie halten sich dort im Schilf verborgen."

„Sehr gut."

„Werden wir die Nacht abwarten, um aufs Meer hinauszusegeln?"

„Ja, Sabau."

„Wird es uns gelingen, den Kreuzer hinters Licht zu führen?"

„Der Mond wird spät aufgehen oder vielleicht zeigt er sich auch gar nicht. Ich sehe im Süden Wolken heraufziehen."

„Werden wir Kurs auf Mompracem nehmen, Kapitän?"

„Ja, direkten Kurs dorthin."

„Ohne Rache zu nehmen?"

„Wir sind zu wenige, Sabau, um es mit der Mannschaft des Kreuzers aufzunehmen, und wie sollen wir ihren Beschuss erwidern? Unser Schiff ist nicht mehr in der Lage, eine zweite Schlacht zu überstehen."

„Das ist wahr, Kapitän."

„Vorerst müssen wir Geduld haben. Der Tag der Vergeltung wird bald kommen."

Während die beiden Anführer sich unterhielten, arbeiteten ihre Männer mit fieberhaftem, grimmigem Eifer. Sie alle waren tüchtige Seeleute und auch Tischler und Zimmerleute befanden sich unter ihnen. In nur vier Stunden stellten sie zwei neue Masten auf, besserten die Seiten-

wände aus, dichteten alle Löcher ab und flickten das Tauwerk, denn sie hatten ausreichend Seil, Fasern, Ketten
und Trossen an Bord. Um zehn war das Schiff nicht nur
wieder seetüchtig, sondern auch kampfbereit, denn sogar
Barrikaden aus Baumstämmen waren zum Schutz der Kanone und der Donnerbüchsen errichtet worden.

Während dieser vier Stunden hatte keine Schaluppe
des Kreuzers es gewagt, sich in der Bucht zu zeigen. Der
englische Kommandant, wohlwissend mit welcher Art
von Männern er es zu tun hatte, hatte es nicht für vor-
teilhaft erachtet, seine Männer in einen Bodenkampf zu
schicken. Zudem war er sicherlich davon überzeugt, die
Piraten zur Aufgabe zwingen oder an die Küste zurück-
treiben zu können, sollten sie versuchen, ihn anzugreifen
oder zu fliehen.

Gegen elf ließ Sandokan, der entschlossen war, den Versuch zu unternehmen, aufs Meer hinauszusegeln, die
Männer zurückrufen, die er zur Bewachung der Flussmündung ausgeschickt hatte.

„Ist die Bucht frei?", fragte er sie.

„Ja", antwortete einer der beiden.

„Und der Kreuzer?"

„Liegt draußen vor der Bucht."

„Wie weit entfernt?"

„Eine halbe Meile."

„Dann werden wir genügend Platz haben, an ihm vorbeizukommen", murmelte Sandokan. „Die Dunkelheit
wird unseren Rückzug decken."

Dann sagte er zu Sabau gewandt:

„Wir segeln ab."

Sogleich sprangen fünfzehn Männer ans Ufer und
schoben mit einem kräftigen Stoß die *Proa* in den Fluss
hinaus.

„Dass niemand, aus welchem Grund auch immer, einen Schrei ausstößt", sagte Sandokan gebieterisch. „Haltet stattdessen die Augen gut offen und die Waffen bereit. Wir spielen ein gefährliches Spiel."

Er setzte sich ans Ruder, mit Sabau an seiner Seite, und steuerte das Schiff entschlossen zur Mündung des kleinen Flusses.

Die Finsternis begünstigte ihre Flucht. Kein Mond stand am Himmel, kein einziger Stern war zu sehen und nicht einmal jenes vage Licht, das die Wolken verbreiten, wenn das Nachtgestirn sie von oben erhellt. Gewaltige Wolken waren am Himmelsgewölbe aufgezogen und hielten jegliche Helligkeit fern. Zudem warfen die riesigen *Durianbäume,* die Palmen und die immensen Blätter der Bananenbäume solch tiefe Schatten, dass Sandokan kaum die Ufer des kleinen Flusses zu erkennen vermochte. Eine tiefe Stille, die nur das leise Plätschern des Wassers durchbrach, herrschte auf dem kleinen Strom. Nicht einmal das Rascheln von Blättern war zu hören, denn unter der finsteren Kuppel der großen Pflanzen regte sich kein Hauch, und auch an Deck des Schiffes hörte man nicht einmal ein Flüstern. Es schien, als ob die zwischen Bug und Heck verteilten Männer nicht einmal atmeten, aus Furcht, diese Ruhe zu stören.

Die *Proa* war nicht mehr weit von der Flussmündung entfernt, als sie mit einem leisen Knirschen zum Stehen kam.

„Aufgelaufen?", fragte Sandokan kurz.

Sabau beugte sich über die Bordwand und sah forschend ins Wasser hinab.

„Ja", sagte er dann. „Unter uns ist eine Sandbank."

„Können wir loskommen?"

„Die Flut steigt rasch und ich denke, in wenigen Minuten werden wir unsere Fahrt den Fluss hinab fortsetzen können."

„Warten wir also."

Die Mannschaft, auch wenn sie den Grund, weshalb die *Proa* gestoppt hatte, nicht kannte, hatte sich nicht gerührt. Aber Sandokan hatte das wohlbekannte Geräusch der Karabiner, die geladen wurden, vernommen und gesehen, wie die Kanoniere sich lautlos über die Kanone und die beiden Donnerbüchsen beugten.

Es vergingen einige Minuten angespannten Wartens, dann war am Bug und unter dem Kiel ein leichtes Knarren zu hören. Die *Proa,* angehoben von der rasch steigenden Flut, bewegte sich auf der Sandbank hin und her.

Plötzlich kam sie von dem trägen Untergrund frei und begann leicht zu schaukeln.

„Zieht ein Segel auf", befahl Sandokan den Männern an den Fallen.

„Wird das ausreichen?", fragte Sabau.

„Vorerst ja."

Einen Augenblick später wurde am Fockmast ein Lateinersegel aufgezogen. Man hatte es schwarz angemalt, damit es ganz mit der Dunkelheit der Nacht verschwamm.

Die *Proa* nahm Fahrt auf und folgte den Windungen des Flusses. Glücklich überwand sie die Untiefe, segelte zwischen Sandbänken und Riffen hindurch, durchquerte die kleine Bucht und glitt lautlos aufs Meer hinaus.

„Der Kreuzer?", fragte Sandokan und sprang auf.

„Dort hinten ist er, eine halbe Meile von uns entfernt", antwortete Sabau.

In der angegebenen Richtung war undeutlich eine dunkle Masse zu sehen, über der dann und wann kleine leuchtende Punkte aufwirbelten, sicherlich heiße Schlacke, die der Kamin ausspuckte. Wenn man aufmerksam lauschte, war auch das tiefe Bullern der Heizkessel zu hören.

„Die Kessel brennen noch", murmelte Sandokan. „Er wartet also auf uns."

„Werden wir unbemerkt vorbeikommen, Kapitän?", fragte Sabau.

„Das hoffe ich. Siehst du eine Schaluppe?"

„Nein, Kapitän."

„Wir werden uns zunächst nah am Ufer halten, wo wir gegen das Dickicht der Pflanzen schlechter auszumachen sind, dann fahren wir aufs Meer hinaus."

Es ging nur ein schwacher Wind und das Meer lag so ruhig da, als sei es aus Öl.

Sandokan befahl, auch am Großmast ein Segel aufzuziehen, dann steuerte er das Schiff in südliche Richtung, immer den Einbuchtungen der Küste folgend. Die Ufer waren dicht bestanden mit großen Bäumen, die einen tiefen Schatten auf das Wasser warfen, und so war die Wahrscheinlichkeit gering, dass das kleine Korsarenschiff entdeckt wurde.

Sandokan blieb weiterhin am Ruder und verlor den mächtigen Gegner nicht aus den Augen, der jeden Augenblick erwachen und das Meer und die Küste mit einem Orkan aus Eisen und Blei überziehen konnte. Er tat alles, um ihn hinters Licht zu führen, aber im Grunde seines Herzens schmerzte es den stolzen Mann, diesen Ort ohne Vergeltung zu verlassen. Er hätte sich gewünscht, bereits auf Mompracem zu sein, aber ebenso wünschte er sich eine weitere schreckliche Schlacht. Er, der große Tiger von Malaysia, der unbezwingbare Anführer der Piraten von Mompracem, schämte sich beinahe, sich heimlich wie ein Dieb in der Nacht davonzustehlen. Allein der Gedanke brachte sein Blut in Wallung und ließ in seinen Augen ein heißes, zorniges Feuer auflodern. Oh, wie hätte er einen Kanonenschuss willkommen geheißen, selbst irgendeinen Vorboten einer neuerlichen und noch verheerenderen Niederlage!

Die *Proa* hatte sich bereits fünf- oder sechshundert Schritte von der Bucht entfernt und schickte sich an, aufs offene Meer hinaus zu segeln, als achtern im Kielwasser ein seltsames Leuchten erschien. Es war, als ob Myriaden kleiner Flammen aus den dunklen Tiefen des Meeres emporstiegen.

„Es wird uns verraten", sagte Sabau.

„Umso besser", erwiderte Sandokan mit einem grimmigen Lächeln. „Nein, dieser Rückzug war unser nicht würdig."

„Das ist wahr, Kapitän", entgegnete der Malaie. „Lieber mit der Waffe in der Hand sterben als wie Schakale zu fliehen."

Immer heller funkelte das Meer. Vor dem Bug und hinter dem Heck des Schiffes vermehrten sich die leuchtenden Punkte zusehends und das Kielwasser schimmerte immer kräftiger. Es schien, als ziehe die *Proa* eine Bahn aus glühendem Bitumen oder flüssigem Schwefel hinter sich her. Diese Spur, die hell in der Dunkelheit ringsum leuchtete, konnte den Wachposten auf dem Kreuzer nicht entgehen. Jeden Augenblick konnte plötzlich Kanonendonner erklingen.

Auch die an Deck verteilten Piraten hatten das Phosphoreszieren bemerkt, aber keiner von ihnen hatte ein Wort gesprochen noch irgend mit einer Geste Beunruhigung verraten. Auch sie konnten sich nicht damit abfinden, abzusegeln, ohne einen einzigen Schuss abgefeuert zu haben. Einen Geschosshagel hätten sie mit Freudenschreien begrüßt.

Es waren gerade einmal zwei oder drei Minuten vergangen, als Sandokan, der seinen Blick unverwandt auf den Kreuzer geheftet hatte, sah, dass die Positionslampen angezündet wurden.

„Ob sie uns bemerkt haben?", fragte er.

„Ja, das denke ich", antwortete Sabau.

„Schau!"

„Ja, es steigen mehr Funken aus dem Schornstein. Sie heizen die Kessel an."

Plötzlich sprang Sandokan mit gezücktem Krummsäbel in der Hand auf.

„An die Geschütze!", war es von Bord des Kriegsschiffs herüber geschallt.

Sogleich sprangen die Piraten auf und die Geschützmänner eilten an die Kanone und zu den Donnerbüchsen. Alle waren bereit, sich in die letzte Schlacht zu stürzen.

Nach dem ersten Ruf war an Bord des Kreuzers ein kurzes Schweigen eingetreten, aber dann rief dieselbe Stimme, die der Wind deutlich bis zur *Proa* trug, erneut:

„An die Geschütze! An die Geschütze! Die Piraten fliehen!"

Kurz drauf war an Deck des Kreuzers das Rollen einer Trommel zu hören. Die Männer wurden an ihre Gefechtsposten gerufen.

Von den Piraten, die dicht an den Bordwänden und hinter den Barrikaden aus Baumstämmen kauerten, war kein Atemzug zu hören, aber ihre wild verzerrten Gesichter verrieten ihren Gemütszustand. Fest umklammerten ihre Hände die Waffen und voller Ungeduld warteten sie darauf, die Abzüge ihrer gefürchteten Karabiner zu betätigen.

Auf dem feindlichen Schiff erklang weiterhin das Rollen der Trommel. Man hörte die Ankerketten über die Klüsen rasseln und das trockene Knacken der Spille. Der

Dampfer schickte sich an, seinen Ankerplatz zu verlassen, um das kleine Korsarenschiff anzugreifen.

„An deine Kanone, Sabau!", befahl der Tiger von Malaysia. „Acht Männer an die Donnerbüchsen!"

Kaum hatte er diese Befehle gegeben, als am Bug des Kreuzers, über der Back, eine Flamme aufblitzte, die kurz Fockmast und Bugspriet erleuchtete. Eine heftige Detonation war zu hören, gefolgt vom metallischen Surren eines Geschosses, das durch die Luft zischte. Das Geschoss streifte die Spitze der Großrah und tauchte dann mit einer hoch aufspritzenden Fontäne ins Wasser.

Wildes Geheul erklang an Bord des Korsarenschiffes. Jetzt mussten sie die Herausforderung zur Schlacht annehmen und nichts anderes ersehnten diese kühnen Freibeuter des malaiischen Meeres.

Rötlicher Rauch stieg aus dem Schornstein des Kriegsschiffes. Man hörte das Geräusch der Räder, die sich immer schneller durchs Wasser gruben, das raue Brummen der Kessel, die Kommandos der Befehlshaber, die eiligen Schritte der Männer. Alle liefen hastig an ihre Gefechtsposten. Man sah, wie die Positionslichter die Richtung änderten. Der Dampfer hielt auf das kleine Korsarenschiff zu, um ihm den Weg abzuschneiden.

„Machen wir uns bereit, wie Helden zu sterben!", rief Sandokan, der sich keine Illusionen über den Ausgang dieser schrecklichen Schlacht machte.

Ein einstimmiger Ruf war die Antwort:

„Es lebe der Tiger von Malaysia!"

Mit einer kräftigen Bewegung riss er das Ruder herum und während seine Männer geschwind die Segel umsetzten, trieb er das Schiff auf den Dampfer zu, denn er wollte versuchen, anzulegen, damit seine Männer an Deck des feindlichen Schiffes stürmen konnten.

Bald wurde auf beiden Seiten mit Kanonen und Gewehren das Feuer eröffnet.

„Auf, Tigerchen, fertig machen zum Entern!", donnerte Sandokan. „Es ist ein ungleiches Spiel, aber wir sind die Tiger von Mompracem!"

Der Kreuzer rückte rasch immer näher, präsentierte seinen spitzen Rammsporn und zerriss Stille und Dunkelheit mit donnerndem Kanonenfeuer.

Die *Proa,* wahrhaftig ein bloßes Spielzeug im Vergleich zu diesem Ungetüm, dem ein einziger Stoß genügt hätte, um sie in zwei Teile zu spalten und zu versenken, erwiderte den Angriff mit unglaublichem Wagemut und feuerte so gut sie konnte.

Es war jedoch, wie Sandokan gesagt hatte, ein ungleiches Spiel, um nicht zu sagen ein allzu ungleiches. Nichts vermochte dieses kleine Schiff gegen dieses gewaltige, aus Eisen gebaute und schwer bewaffnete Schiff auszurichten. Trotz der verzweifelten Tapferkeit der Tiger von Mompracem war es nicht schwer zu erraten, wie die Schlacht ausgehen würde. Dennoch verloren die Piraten nicht den Mut, sondern feuerten ihre Ladungen mit erstaunlicher Geschwindigkeit, beschossen wütend die Back, das Achterdeck und Marsen, um die Kanoniere an Deck niederzumähen und die Matrosen in der Takelage abzuschießen.

Zwei Minuten später jedoch war ihr Schiff, überwältigt von den Salven der feindlichen Geschütze, nurmehr ein Wrack. Die Masten waren umgestürzt, die Schiffswände durchlöchert und selbst die Barrikaden aus Baumstämmen boten keine Deckung gegen diesen Sturm von Geschossen. Durch zahlreiche Risse trat bereits Wasser ein und überschwemmte den Laderaum. Dennoch sprach niemand von Kapitulation. Alle waren sie bereit zu sterben, aber dort drüben, auf dem feindlichen Deck.

Unterdessen wurde der Beschuss immer heftiger. Sabaus Kanone war längst zerstört und die Hälfte der Mannschaft lag von den Geschossen niedergemetzelt an Deck.

Sandokan begriff, dass die letzte Stunde der Tiger von Mompracem geschlagen hatte. Die Niederlage war vernichtend. Sie waren nicht mehr in der Lage, gegen diesen Riesen, der unentwegt einen Hagel an Geschossen ausspie, anzukommen. Das einzige was ihnen blieb, war der Versuch zu entern, eine schiere Tollheit, denn nicht einmal an Deck des Feindes konnte den Tapferen der Sieg noch gelingen.

Nicht mehr als zwölf Männer waren noch auf den Beinen, aber es waren zwölf Tiger mit einem Anführer von unglaublicher Tapferkeit.

„Zu mir, meine Recken!", rief er.

Mit wirrem Blick, schäumend vor Zorn, die Hände wie eherne Zangen um die Waffen geklammert und die Leichname ihrer Gefährten als Schutzschilde vor sich haltend, versammelten sich die zwölf Piraten um ihn.

Der Kreuzer hielt jetzt mit Volldampf auf die *Proa* zu, um sie mit seinem Rammsporn zu versenken, aber als Sandokan sah, dass er nur noch wenige Meter entfernt war, riss er das Ruder herum, entging einer Kollision und warf sein eigenes Schiff gegen das Backbordrad des Feindes.

Der Aufprall war gewaltig. Das Korsarenschiff neigte sich so tief nach Steuerbord, dass das eindringende Wasser Tote und Verwundete ins Meer spülte.

„Werft die Enterhaken!", donnerte Sandokan.

Zwei Enterhaken krallten sich in die Webleinen des Kreuzers.

Die dreizehn Piraten, rasend vor Zorn, nach Rache dürstend, stürmten wie ein Mann zum Entern. Mit Händen und Füßen suchten sie Halt, umklammerten die Pforten des Zwischendecks und die Trossen, kletterten am Seitenrad bis an die Bordkante hinauf und stürmten an Deck des Kreuzers, ehe es den Engländern, verblüfft über so viel Verwegenheit, auch nur in den Sinn gekommen war, sie zurückzuschlagen. Mit dem Tiger von Malaysia an der Spitze warfen sie sich auf die Kanoniere und metzelten sie an ihren Geschützen nieder, töteten die Gewehrschützen, die herbeiliefen, um ihnen den Weg zu versperren, und arbeiteten sich dann, mit ihren Krummsäbeln nach rechts und nach links gewaltige Hiebe verteilend, in Richtung des Hecks vor. Dort hatten sich auf die Rufe der Offiziere hin die Männer des Geschützdecks versammelt. Es waren etwa sechzig oder siebzig, aber die Piraten nahmen sich nicht die Zeit, sie zu zählen, sondern warfen sich wütend den Spitzen der Bajonette entgegen und begannen einen titanischen Kampf. Mit der Kraft der Verzweiflung hieben sie um sich, schlugen Arme ab, spalteten Schädel, brüllten, um größeren Schrecken zu verbreiten, fielen, standen wieder auf, wichen zurück, drängten vorwärts, und so gelang es ihnen für einige Minuten, ihren Feinden die Stirn zu bieten, aber unter dem Beschuss der Männer aus den Marsen und von den feindlichen Säbeln im Rücken vor die Bajonette getrieben, mussten die Tapferen schließlich fallen.

Sandokan und vier weitere, übersät mit Wunden, ihre Waffen bis zum Heft mit Blut getränkt, bahnten sich mit aller Macht einen Weg und versuchten, zum Bug vorzudringen, um mithilfe der Kanone die Lawine von Männern aufzuhalten.

Auf halbem Wege stürzte Sandokan, von einer Karabinerkugel mitten in die Brust getroffen, zu Boden, stand aber sogleich wieder auf und brüllte:

„Tötet sie! Tötet sie! ..."

Im Sturmschritt rückten die Engländer mit gefällten Bajonetten vor. Der Zusammenstoß war tödlich. Die vier Piraten, die sich schützend vor ihren Kapitän geworfen hatten, gingen im Kugelhagel unter und waren auf der Stelle tot. Nicht so der Tiger von Malaysia.

Dieser erstaunliche Mann schwang sich, trotz der Wunde, aus der Ströme von Blut flossen, mit einem riesigen Satz backbord auf die Bordkante, schlug mit dem Stumpf seines Säbels einen Toppsmatrosen nieder, der ihn aufhalten wollte, sprang kopfüber in die See und verschwand in den dunklen Fluten.

Kapitel 5

Die Perle von Labuan

E in Mann von solch erstaunlicher Kraft, solch außergewöhnlicher Willensstärke und solchem Mut sollte nicht sterben.

Während der Dampfer mit den letzten Drehungen der Räder seinen Weg fortsetzte, kam der Pirat mit einem kraftvollen Stoß wieder an die Oberfläche und entfernte sich von dem Schiff, um nicht vom feindlichen Rammsporn zerteilt zu werden oder unter Beschuss zu geraten.

Er unterdrückte die Schmerzenslaute, die die Wunde ihm abnötigte, zügelte den Zorn, der ihn schier verzehren wollte, duckte sich beinahe vollständig unter Wasser und wartete auf einen günstigen Augenblick, um in Richtung der Inselküste zu schwimmen.

Unterdessen entfernte sich das Kriegsschiff um mindestens dreihundert Meter. Dann hielt es auf die Stelle zu, an der der Pirat ins Meer getaucht war, in der Hoffnung, ihn mit seinen Rädern in Stücke zu reißen, dann drehte es sich wieder ab. Einen Moment lang stoppte es, so als wolle es das von ihm aufgewühlte Wasser absuchen, dann nahm es wieder Fahrt auf und zerteilte die See dort in alle Richtungen, während die Matrosen in das Bugsprietnetz und in die Wanten kletterten und mit Lampen überallhin leuchteten. Überzeugt, dass die Suche vergeblich war, entfernte es sich schließlich in Richtung Labuan.

Da stieß der Tiger einen zornigen Schrei aus.

„Fahr nur, verfluchtes Schiff!", rief er, „Fahr, aber der Tag wird kommen, an dem ich dir zeige, wie furchtbar meine Rache ist!"

Er band ein Tuch um seine Wunde, um die Blutung zu stoppen, die ihn töten konnte, dann sammelte er seine Kräfte und schwamm in Richtung der Inselküste davon.

Zwanzig Mal jedoch hielt dieser erstaunliche Mann ein, um dem Kriegsschiff nachzusehen, das er gerade noch ausmachen konnte, und ihm schreckliche Drohungen hinterher zu schicken. Mehrere Male schon wollte der Pirat, vielleicht auf den Tod verwundet und vielleicht noch weit von der Inselküste entfernt, dem Schiff folgen, das ihm solch eine Niederlage beigebracht hatte, und forderte es mit Schreien heraus, die nichts Menschliches mehr hatten.

Doch schließlich obsiegte die Vernunft. Sandokan spähte hinaus in die Dunkelheit, die die Küste von Labuan vor ihm verbarg und setzte seinen beschwerlichen Weg fort.

So schwamm er eine ganze Weile, hielt ab und zu an, um Atem zu schöpfen und sich der Kleider zu entledigen, die ihn behinderten, aber schließlich fühlte er seine Kräfte immer rascher schwinden. Seine Glieder wurden steif, das Atmen fiel ihm zunehmend schwer, und zu allem Unglück begann die Wunde wieder zu bluten und das eintretende Salzwasser verursachte ihm heftige Schmerzen. Er kauerte sich zusammen, ließ sich von der Strömung treiben und machte nur noch leichte Bewegungen mit den Armen. Er versuchte, sich auszuruhen so gut es ging, um wieder zu Atem zu kommen.

Plötzlich verspürte er einen Stoß. Etwas hatte ihn berührt. War es vielleicht ein Hai gewesen? Trotz seines löwenhaften Mutes ließ der Gedanke ihn erschauern.

Instinktiv streckte er eine Hand aus und stieß an einen unebenen Gegenstand, der dort auf der Wasseroberfläche trieb. Er zog ihn zu sich heran und sah, dass es sich um ein Wrackteil handelte. Es war ein Teil des Decks der *Proa,* an dem noch Taue und eine Rah hingen.

„Das wurde auch Zeit", murmelte Sandokan. „Mir schwanden bereits die Kräfte."

Mühsam hievte er sich auf das Wrackteil und entblößte die Wunde, aus deren Rändern, die vom Meerwasser ausgefranst und angeschwollen waren, noch immer ein kleiner Blutstrom rann.

Eine weitere Stunde lang kämpfte dieser Mann, der nicht sterben wollte, der sich nicht geschlagen geben wollte, mit den Wellen, die das Wrackteil immer wieder überschwemmten, dann ließen seine Kräfte nach und er sank erschöpft nieder, hielt aber mit den Händen weiterhin die Rah umklammert.

Es begann bereits zu dämmern, als ein heftiger Stoß ihn aus seiner Erschöpfung riss, die man beinahe auch als Ohnmacht bezeichnen konnte. Mühsam richtete er sich ein wenig auf und sah sich um. Lärmend und schäumend spritzten die Wellen gegen das Wrackteil. Es klang, als rollten sie über eine Untiefe. Wie durch einen blutroten Nebel erkannte der Verwundete in geringer Entfernung eine Küste.

„Labuan", murmelte er. „So komme ich hier an Land, auf feindlichem Boden?"

Er zögerte kurz, aber dann nahm er seine Kräfte zusammen und ließ die Bretter los, die ihn vor dem fast sicheren Tod bewahrt hatten, spürte unter seinen Füßen eine Sandbank und bewegte sich auf die Küste zu. Die Wellen schlugen von allen Seiten auf ihn ein, tobten um ihn herum wie wütende Molosser, die versuchten, ihn niederzureißen, indem sie ihn abwechselnd nach rückwärts zogen oder vorwärts warfen. Es schien, als wollten sie ihn daran hindern, auf die verfluchte Insel zu gelangen. Er taumelte über Sandbänke voran, kämpfte mit den letzten Wellen der Brandung und erreichte das mit großen Bäumen bestandene Ufer, wo er schwer zu Boden sank.

Obwohl er durch die lange Kraftanstrengung und den großen Blutverlust völlig erschöpft war, entblößte er erneut die Wunde und betrachtete sie eingehend. Eine Kugel, vielleicht aus einer Pistole, war auf der rechten Seite unter der fünften Rippe eingedrungen. Das Bleigeschoss war zwischen den Knochen hindurch ins Körperinnere gedrungen, hatte aber, wie es schien, kein lebenswichtiges Organ berührt. Möglicherweise war die Wunde nicht gefährlich, sie konnte es aber werden, wenn sie nicht sofort versorgt wurde und Sandokan, der ein wenig davon verstand, wusste das. Als er in der Nähe das Rauschen eines Baches vernahm, schleppte er sich dorthin, zog die vom Meerwasser geschwollenen Wundränder zurück, reinigte die Wunde sorgfältig und presste noch einige Tropfen Blut heraus. Dann schob er die Wundränder wieder dicht zusammen und verband die Wunde mit einem Streifen seines Hemdes, dem einzigen Kleidungsstück, das er neben der Schärpe, in der der *Kris* steckte, noch am Leibe trug.

„Ich werde genesen", murmelte er als er fertig war, und mit solcher Vehemenz sprach er diese Worte, als sei er tatsächlich der alleinige Gebieter über die eigene Existenz.

Dieser Mann aus Eisen, wenn er sich auch allein und verlassen auf jener Insel befand, wo er nur auf Feinde treffen konnte, ohne einen Unterschlupf, ohne Mittel, blutend, ohne eine freundliche, helfende Hand, glaubte unerschütterlich daran, dass er siegreich aus dieser schrecklichen Lage hervorgehen werde.

Er trank ein paar Schlucke Wasser, um das Fieber zu stillen, das in ihm aufzukeimen begann und schleppte sich dann unter eine Arekapalme, deren riesige Blätter, nicht weniger als fünfzehn Fuß lang und fünf oder sechs Fuß breit, ringsumher kühlen Schatten spendeten. Kaum hatte er den Baum erreicht, da fühlte er erneut seine Kräfte schwinden. Er schloss die Augen, vor denen es blutrot kreiste, versuchte vergeblich, sich aufrecht zu halten, fiel ins Gras nieder und blieb reglos liegen.

Erst viele Stunden später, als die Sonne den Süden bereits wieder verlassen hatte und sich gen Westen neigte, kam er wieder zu sich. Brennender Durst quälte ihn und die ungekühlte Wunde bereitete ihm heftigste, unerträgliche Schmerzen. Er versuchte, sich aufzurichten, um sich zu dem Bach zu schleppen, fiel aber gleich wieder nieder. Da erhob sich dieser Mann, der so stark sein wollte wie das wilde Tier, dessen Namen er trug, mit aller Kraft auf die Knie und rief beinahe herausfordernd:

„Ich bin der Tiger! ... Kommt zu mir, meine Kräfte! ...“

Er stützte sich am Stamm einer *Betelpalme* ab und zog sich daran hoch, hielt sich mit erstaunlichem Willen im Gleichgewicht und auf den Beinen und ging bis zu dem kleinen Wasserlauf, an dessen Ufer er wiederum niederfiel. Er stillte seinen Durst, badete noch einmal die Wunde, stützte den Kopf in die Hände und richtete den Blick auf das Meer, das wenige Schritte entfernt mit leisem Rauschen brandete.

„Ah!“, rief er aus und knirschte zornig mit den Zähnen. „Wer hätte je gedacht, dass die Leoparden von Labuan eines Tages die Tiger von Mompracem besiegen? Wer hätte gedacht, dass ich, der unbezwingbare Tiger von Malaysia, hier strande, besiegt und verwundet? Und wann kommt die Rache? Rache! ... All meine *Proas,* meine Inseln, meine Männer, meine Schätze gäbe ich her, könnte ich nur diese verhassten weißen Männer vernichten, die mir dieses Meer streitig machen! Was macht es, wenn sie mich heute bezwingen, denn in einem Monat oder zweien werde ich mit meinen Schiffen wieder herkommen und meine schrecklichen, blutdürstigen Banden gegen diese Gestade werfen! Was macht es, wenn der englische Leopard heute hochmütig seinen Sieg feiert? Er wird es sein, der schließlich sterbend zu meinen Füßen liegt! Alle Engländer auf Labuan sollen erzittern, denn im Widerschein der Feuer werde ich meine blutrote Fahne hissen!"

Während er so sprach, hatte der Pirat sich aufgerichtet, seine Augen blitzten und drohend schwang er seine Rechte, so als hielte sie noch den schrecklichen Krummsäbel umklammert, er zitterte und bebte. Wenn auch verwundet, so war er doch immer noch der unbezähmbare Tiger von Malaysia.

„Geduld, Sandokan", begann er von Neuem und sank wieder nieder auf die Gräser und Zweige. „Ich werde genesen, sollte ich auch einen, zwei oder drei Monate in diesem Wald zubringen müssen und mich von Austern und Früchten ernähren, aber sobald ich wieder im Besitz meiner Kräfte bin, werde ich nach Mompracem zurückkehren, müsste ich auch ein Floß bauen oder ein Kanu angreifen und mithilfe meines *Kris* erobern."

Viele Stunden blieb er ausgestreckt unter dem breiten Blätterdach der Arekapalme liegen und starrte finster in die Wellen, die mit tausendfachem Murmeln beinahe zu seinen Füßen erstarben. Es schien, als suche er in den Wassern nach den zerschlagenen Rümpfen seiner Schiffe, die hier auf Grund gesunken waren, oder nach den Leichnamen seiner beklagenswerten Gefährten.

Unterdessen hatte ein heftiges Fieber sich seiner bemächtigt und das Blut stieg ihm in Wellen ins Gehirn. Die Wunde verursachte unaufhörliche Krämpfe und doch kam kein Laut der Klage über die Lippen dieses erstaunlichen Mannes.

Um acht neigte sich die Sonne rasch zum Horizont und nach einer kurzen Dämmerung sank dunkle Nacht auf das Meer hinab und breitete sich über den Wald.

Diese Dunkelheit legte sich wie ein unerklärlicher Schrecken auf Sandokans Seele. Die Nacht ängstigte den stolzen Piraten, ihn, der sich niemals vor dem Tod gefürchtet hatte und der mit dem Mut der Verzweiflung den Gefahren der Schlacht und dem Tosen der Wellen entgegengetreten war.

„Die Finsternis!", rief er aus und grub seine Nägel in den Erdboden. „Ich will nicht, dass es Nacht wird! ... Ich will nicht sterben! ..."

Er presste beide Hände auf die Wunde, dann sprang er jäh auf. Er sah auf das Meer, das jetzt so schwarz wie Tinte war. Er sah auf die Bäume und erforschte mit seinem Blick ihre dunklen Schatten. Dann, vielleicht in einem plötzlichen Anfall von Delirium, lief er wie ein Irrsinniger geradewegs in den Wald hinein.

Wohin lief er? Warum floh er? Eine seltsame Angst musste von ihm Besitz ergriffen haben. In seinem Wahn schien es ihm, als höre er in der Ferne das Gebell von Hunden, die Schreie von Männern, das Brüllen wilder Tiere. Vielleicht glaubte er, man hätte ihn bereits entdeckt und verfolge ihn.

Immer schwindelerregender wurde sein Lauf. Völlig außer sich stürmte er wie wahnsinnig vorwärts, stürzte sich in die Büsche, sprang über umgestürzte Bäume, watete durch Bäche und Tümpel, brüllte, fluchte und schwang wie rasend den *Kris*, dessen mit Diamanten besetztes Heft in der Dunkelheit aufblitzte.

So lief er zehn oder fünfzehn Minuten lang, immer tiefer in den Wald hinein und weckte mit seinen Schreien die Echos des finsteren Waldes. Dann blieb er keuchend und nach Atem ringend stehen.

Schaum stand vor seinem Mund und sein Blick war wirr. Er fuchtelte wild mit den Armen und stürzte dann wie ein vom Blitz getroffener Baum zu Boden.

Er fantasierte. Er glaubte, jeden Augenblick müsse ihm der Schädel zerspringen und ihm war, als schlügen zehn Hämmer gegen seine Schläfen. Sein Herz schlug so wild in seiner Brust, als wollte es herausspringen und aus seiner Wunde schien ein flammender Strom zu fließen.

Überall sah er Feinde. Unter den Bäumen, in den Büschen, inmitten der losen Erde und den Wurzeln, die sich über den Boden schlängelten, glaubte er Männer zu sehen, die sich dort verbargen, und durch die Luft wirbelten Scharen von Gespenstern und Skeletten, die vor den großen Blättern der Bäume umher tanzten. Aus dem Erdreich stiegen stöhnende und schreiende Gestalten empor, manche mit blutenden Köpfen, andere mit Stümpfen anstelle der Glieder oder mit Löchern in der Seite. Sie alle lachten höhnisch, so als spotteten sie über die Hilflosigkeit des Tigers von Malaysia.

Ein furchtbarer Anfall von Wahnsinn hatte von Sandokan Besitz ergriffen. Er rollte auf dem Boden herum, stand auf, fiel nieder, schüttelte drohend die Fäuste gegen alle und jeden.

„Weg mit euch, ihr Hunde!", schrie er. „Was wollt ihr von mir? ... Ich bin der Tiger von Malaysia und fürchte mich nicht vor euch! ... Greift mich an, wenn ihr den Mut dazu habt! ... Ah! Ihr lacht? ... Ihr denkt, ich sei machtlos, weil die Leoparden den Tiger verwundet und besiegt haben? ... Nein, ich fürchte mich nicht! ... Was seht ihr mich mit euren feurigen Augen an? ... Warum tanzt ihr vor mir herum? ... Auch du, Patan, bist gekommen, mich zu verspotten? ... Auch du, Meeresspinne? ... Ihr Verfluchten, ich werde euch wieder in die Hölle zurückwerfen, aus der ihr gekommen seid! ... Und du, Kimperlain, was willst du? ... War also mein Krummsäbel nicht stark genug, dich zu töten! ... Fort mit euch allen, kehrt zurück auf den Meeresgrund ... ins Reich der Finsternis ... in die Tiefen der Erde oder ich werde euch alle noch einmal töten! ... Und du, Giro-Batol, was willst du? Rache? Die sollst du bekommen, denn der Tiger wird genesen ... nach Mompracem zurückkehren ... seine *Proas* bewaffnen ... und hierher kommen, um all die englischen Leoparden zu vernichten ... alle, bis auf den letzten Mann! ..."

Der Pirat hielt inne, seine Hände in die Haare gekrallt, sein Blick wirr, seine Gesichtszüge schrecklich verzerrt. Dann sprang er plötzlich auf und der Reigen des Wahnsinns begann von Neuem:

„Blut! ...", schrie er. „Gebt mir Blut, dass ich meinen Durst stille! ... Ich bin der Tiger des malaiischen Meeres ..."

So lief er einige Zeit brüllend und tobend herum. Er verließ den Wald und rannte über eine Graslandschaft, an deren Ende er verschwommen eine Palisade zu erkennen glaubte, dann blieb er stehen und sank auf die Knie. Er war völlig erschöpft und keuchte.

Einige Augenblicke lang hockte er zusammengekauert dort, dann versuchte er aufzustehen, aber plötzlich schwanden seine Kräfte vollends, ein blutiger Schleier legte sich vor seine Augen, er stürzte zu Boden und stieß noch einen letzten Schrei aus, der sich in der Dunkelheit verlor.

Kapitel 6

Lord James Guillonk

Als er wieder zu sich kam, befand er sich zu seiner großen Verwunderung nicht mehr auf der kleinen Grasebene, die er in der Nacht überquert hatte, sondern in einem geräumigen Zimmer, dessen Wände eine mit Tungblüten gemusterte Tapete bedeckte, auf einem bequemen, weichen Bett liegend.

Zuerst glaubte er, das alles sei ein Traum und rieb sich mehrmals die Augen, um daraus zu erwachen, aber bald war er davon überzeugt, dass all dies Wirklichkeit war.

Er setzte sich auf und fragte sich immer wieder:

„Wo bin ich nur? Lebe ich noch oder bin ich tot?" Er sah sich um, konnte aber niemanden entdecken, den er fragen konnte.

Also nahm er das Zimmer genauer in Augenschein: es war sehr groß, elegant, mit zwei großen Fenstern, durch die das Licht hereinfiel und hinter deren Glas riesige Bäume zu sehen waren.

In einer Ecke sah er ein Piano, auf dem Noten verstreut lagen, in einer anderen eine Staffelei, auf der ein Bild mit einer Küstenlandschaft stand, in der Mitte einen Tisch aus Mahagoniholz, auf dem eine Stickarbeit lag, zweifellos die Arbeit einer Frauenhand, und neben dem Bett einen kostbaren Schemel mit Intarsien aus Ebenholz und Elfenbein, auf dem Sandokan zu seiner großen Freude seinen *Kris* liegen sah, und daneben ein Buch mit einer getrockneten Blüte zwischen den Seiten.

Er lauschte, konnte aber nirgends Stimmen hören. Aus der Ferne klangen jedoch zarte Klänge herüber, wie die Akkorde einer Mandola oder Gitarre.

„Wo bin ich nur?", fragte er sich wieder. „Im Haus von Freund oder Feind? Und wer hat meine Wunde versorgt und verbunden?"

Unvermittelt fielen seine Augen erneut auf das Buch, das auf dem Schemel lag, und von unwiderstehlicher Neugier getrieben streckte er eine Hand aus und griff danach. Auf dem Einband stand in goldenen Buchstaben ein Name.

„Marianna!", las er. „Was bedeutet das? Ist das ein Name oder ein Wort, das ich nicht verstehe?"

Noch einmal las er das Wort und ein seltsames, unbekanntes Gefühl ergriff ihn. Etwas Sanftes legte sich auf das Herz dieses Mannes, diesem Herz aus Stahl, das selbst den schrecklichsten Gefühlen verschlossen blieb.

Er öffnete das Buch: Die Seiten füllte eine leichte, anmutige und klare Handschrift, aber die Worte waren ihm unverständlich, wenngleich einige von ihnen der Sprache des Portugiesen Yanez ähnelten. Unwillkürlich, von einer sonderbaren Macht getrieben, nahm er vorsichtig die Blume, die er zuvor gesehen hatte, und betrachtete sie lange. Mehrmals roch er daran, wobei er darauf achtete, sie nicht zu beschädigen mit seinen Händen, die nie etwas anderes umschlossen hatten als das Heft des Krummsäbels, und zum zweiten Male ergriff ihn ein seltsames Gefühl, ein geheimnisvoller Schauer, der an sein Herz rührte. Und dann überkam diesen mordlustigen Mann, diesen Krieger und Kämpfer, der Wunsch, sie an seine Lippen zu führen! ...

Beinahe mit Bedauern steckte er sie zurück zwischen die Seiten, schloss das Buch und legte es zurück auf den Schemel. Gerade noch rechtzeitig: Der Türknauf drehte sich und ein Mann kam herein. Er bewegte sich gesetzt und mit jener Steifheit, wie sie den Männern der angelsächsischen Rasse eigen ist.

Der Hautfarbe nach zu urteilen war er ein Europäer, von recht großem und kräftigem Wuchs. Er mochte etwa fünfzig Jahre zählen, sein Gesicht rahmte ein rötlicher, aber bereits mit Grau durchsetzter Bart, seine Augen waren blau und unergründlich und in seiner Haltung erkannte man einen Mann, der es gewohnt war, Befehle zu erteilen.

„Es freut mich, Euch gelassen anzutreffen. Seit drei Tagen ließ der Fieberwahn Euch keine ruhige Minute."

„Drei Tage!", rief Sandokan verwundert aus. „Seit drei Tagen bin ich hier? ... Und ich träume nicht?"

„Nein, Ihr träumt nicht. Ihr seid bei guten Menschen, die Euch liebevoll pflegen und alles für Eure Genesung tun."

„Aber wer seid Ihr?"

„Lord James Guillonk, Kapitän zur See Ihrer Majestät der gnädigen Königin Victoria."

Sandokan fuhr zusammen und seine Stirn verfinsterte sich, aber rasch hatte er die Beherrschung wieder gewonnen und mit aller Macht gelang es ihm, den Hass zu verbergen, den er für alles Englische empfand, und er sagte:

„Ich danke Euch, Mylord, für alles, was Ihr für mich getan habt, für einen Unbekannten, der genauso gut Euer Todfeind hätte sein können."

„Es war meine Pflicht, einen bedauernswerten und vielleicht auf den Tod verwundeten Mann in meinem Haus aufzunehmen", entgegnete der Lord. „Wie fühlt Ihr Euch?"

„Ich fühle mich wieder gut bei Kräften und habe keine Schmerzen mehr."

„Das freut mich zu hören, doch sagt mir, wenn Ihr mögt, wer hat Euch so zugerichtet? Neben der Kugel, die ich aus Eurer Brust entfernte, war Euer ganzer Körper bedeckt von Wunden, die von Stichwaffen herrührten."

Auch wenn er auf diese Frage gefasst war, zuckte Sandokan unwillkürlich heftig zusammen. Dennoch gelang es ihm, sich nicht zu verraten und auch der Mut verließ ihn nicht.

„Ich weiß es tatsächlich nicht zu sagen", erwiderte er. „Ich sah Männer, die des Nachts über meine Schiffe herfielen, sie enterten und die Seeleute niedermachten. Wer sie waren? Das weiß ich nicht, denn gleich beim ersten Angriff stürzte ich von Wunden übersät ins Meer."

„Ohne Zweifel seid Ihr von den Piraten des Tigers von Malaysia angegriffen worden", sagte Lord James.

„Von Piraten! ...", rief Sandokan aus.

„Ja, jene von Mompracem, die sich vor drei Tagen in der Nähe der Insel herumtrieben, die aber dann von einem unserer Kreuzer zerstört wurden. Sagt mir, wo wurdet Ihr angegriffen?"

„Bei den Romades."

„Seid Ihr an unsere Küste geschwommen?"

„Ja, an ein Wrackteil geklammert. Aber wo habt Ihr mich gefunden?"

„Ihr lagt am Strand, in einem schlimmen Anfall von Fieberwahn. Wohin wart Ihr unterwegs, als Ihr angegriffen wurdet?"

„Ich war auf dem Weg, dem Sultan von Varauni Geschenke meines Bruders zu überbringen."

„Und wer ist Euer Bruder?"

„Der Sultan von Shaja."

„Dann seid Ihr ein malaiischer Prinz!", rief der Lord aus und streckte ihm seine Hand entgegen, die Sandokan nach kurzem Zögern beinahe widerwillig ergriff.

„Ja, Mylord."

„Ich bin sehr froh, Euch aufgenommen zu haben und werde alles tun, damit Ihr Euch, wenn Ihr genesen seid, hier gut unterhalten. Wenn es Euch nicht missfällt, könnten wir auch gemeinsam dem Sultan von Varauni einen Besuch abstatten."

„Ja gern und ..."

Er hielt inne und hob den Kopf, so als lausche er auf ein fernes Geräusch.

Von draußen drangen die Akkorde einer Mandola herein, vielleicht der gleiche Klang, den er bereits zuvor vernommen hatte.

„Mylord!", rief er mit einer inneren Erregung, die er sich selbst nicht zu erklären vermochte, „Wer spielt da?"

„Warum fragt Ihr, mein lieber Prinz?", sagte der Engländer und lächelte.

„Ich kann es nicht sagen ... aber ich verspüre ein großes Verlangen, die Person zu sehen, die so zu spielen versteht ... Man könnte sagen, dass diese Musik mein Herz berührt ... und mich Neues und Unerklärliches fühlen lässt."

„Wartet einen Augenblick." Er bedeutete ihm, sich wieder niederzulegen und ging hinaus.

Sandokan sank in die Kissen zurück, aber gleich schnellte er wie von einer Feder getrieben wieder hoch.

Das unerklärliche Gefühl, das sich wenig zuvor in ihm geregt hatte, ergriff ihn von Neuem und sogar noch stärker. Sein Herz schlug so heftig als wolle es aus seiner Brust springen, das Blut rauschte wild durch seine Adern und durch seine Glieder lief ein seltsamer Schauer.

„Was geschieht mit mir?", fragte er sich. „Vielleicht wieder ein Anfall von Fieber?"

Kaum hatte er diese Worte gesprochen, als der Lord das Zimmer wieder betrat, aber er war nicht allein. Hinter ihm trat, mit Schritten so leicht, dass sie den Teppich kaum berührten, ein wunderschönes Wesen herein, bei dessen Anblick unwillkürlich ein Ausruf des Staunens und des Entzückens über Sandokans Lippen kam.

Es war ein Mädchen von sechzehn oder siebzehn Jahren, nicht sehr groß, aber schlank, anmutig und wunderschön geformt, mit so schmaler Taille, dass eine Hand gereicht hätte, sie zu umfassen, und mit einer Haut so frisch und rosig wie eine eben erblühende Blume. Sie hatte ein bezauberndes kleines Köpfchen mit Augen so blau wie das Meer und eine unvergleichlich klare Stirn mit anmutig geschwungenen Brauen, die einander beinahe berührten. Ihr blondes Haar fiel in malerischer Unordnung wie ein Goldregen auf das Mieder herab, das ihre Brust umfing.

Der Anblick dieser Frau, die trotz ihres Alters wie ein kleines Mädchen anmutete, erschütterte den Pirat bis auf den Grund seiner Seele. Dieser so stolze, bluthungrige Mann, der den schrecklichen Namen Tiger von Malaysia trug, war zum ersten Mal in seinem Leben verzaubert, verzaubert von diesem holden Wesen, von dieser lieblichen, in den Wäldern von Labuan gesprossenen Blume.

Sein Herz, das zuvor so heftig gepocht hatte, schien nun in Flammen zu stehen und durch seine Adern züngelte wildes Feuer.

„Nun, mein lieber Prinz, was sagt Ihr zu diesem hübschen Fräulein?", fragte der Lord. Sandokan antwortete nicht. Reglos wie eine Bronzestatue betrachtete er das junge Mädchen mit Augen, aus denen Blitze glühender Begierde schossen, und der Atem schien ihm zu stocken.

„Fühlt Ihr Euch nicht wohl?", fragte der Lord, der ihn beobachtete.

„Doch! ... Doch! ...", rief der Pirat heftig und schrak auf.

„Dann erlaubt, dass ich Euch meine Nichte Lady Marianna Guillonk vorstelle."

„Marianna Guillonk! ... Marianna Guillonk! ...", wiederholte Sandokan wie betäubt.

„Was ist so seltsam an meinem Namen?", fragte die junge Frau lächelnd. „Man könnte meinen, dass er Euch sehr verwundert."

Beim Klang ihrer Stimme fuhr Sandokan heftig zusammen. Niemals zuvor hatten seine Ohren, die an die höllische Musik der Kanonen und die Todesschreie der Kämpfer gewöhnt waren, solch eine liebliche Stimme vernommen.

„Nichts ist seltsam daran", sagte er mit völlig veränderter Stimme. „Es ist nur, dass Euer Name mir so vertraut klingt."

„Oh!", rief der Lord. „Wo habt Ihr ihn gehört?"

„Ich habe ihn auf diesem Buch hier gelesen und hatte mir ausgemalt, welch ein wunderschönes Wesen diejenige sein muss, die ihn trägt."

„Ihr scherzt", sagte die junge Lady und errötete. Dann fragte sie ernst:

„Ist es wahr, dass Piraten Euch so schlimm verwundet haben?"

„Ja, das ist wahr", erwiderte Sandokan mit belegter Stimme. „Sie haben mich besiegt und verwundet, aber eines Tages werde ich wieder genesen sein und dann Gnade denen, die mich niedergerungen haben."

„Habt Ihr schlimme Schmerzen?"

„Nein, Mylady, und jetzt noch weniger als zuvor."

„Ich hoffe, Ihr werdet bald gesund."

„Unser Prinz hier ist kräftig", sagte der Lord. „Es würde mich nicht wundern, wenn er binnen zehn Tagen wieder auf den Beinen ist."

„Das hoffe ich", entgegnete Sandokan.

Unverwandt blickte er in das Gesicht der jungen Frau, über deren Wangen dann und wann eine rosige Wolke huschte. Dann richtete er sich plötzlich ungestüm auf und rief:

„Mylady! ...“

„Oh mein Gott, was ist mit Euch?“, fragte die Lady und trat näher.

„Sagt mir, Ihr habt noch einen anderen, unendlich schöneren Namen als Marianna Guillonk, ist es so?“

„Aber welchen denn nur?“, fragten gleichzeitig der Lord und die junge Gräfin.

„Doch, doch!“, rief Sandokan noch heftiger. „Nur Ihr könnt jenes Wesen sein, das die Eingeborenen die Perle von Labuan nennen! ...“

Der Lord machte eine erstaunte Geste und eine tiefe Falte erschien auf seiner Stirn.

„Mein Freund“, sagte er mit ernster Stimme, „Wie kann es sein, dass Ihr das wisst, wo Ihr mir doch sagtet, Ihr kämet von der fernen malaiischen Halbinsel?“

„Es kann unmöglich sein, dass dieser Name bis in Euer Land gedrungen ist“, fügte Lady Marianna hinzu.

„Nein, ich habe ihn in Shaja gehört“, erwiderte Sandokan, der sich beinahe verraten hätte, „aber auch auf den Romades, an deren Gestaden ich vor vielen Tagen an Land ging. Dort erzählte man mir von einem Mädchen von unvergleichlicher Schönheit, mit blauen Augen, mit Haaren, die so lieblich duften wie der Jasmin von Borneo, von einem Wesen, das wie eine Amazone zu reiten versteht und wagemutig auf die Jagd nach wilden Tieren geht, von einer liebreizenden jungen Frau, die an manchen Abenden bei Sonnenuntergang an den Ufern von Labuan zu sehen ist, mit einer Stimme süßer noch als das Murmeln der Bäche an den Küsten. Ach Mylady, auch ich möchte eines Tages diese Stimme hören.“

„Soviel Liebreiz schreibt man mir also zu", antwortete die Lady lachend.

„Ja, und ich sehe, dass jene Männer, die zu mir von Euch sprachen, die Wahrheit sagten!", rief der Pirat leidenschaftlich.

„Ihr seid ein Schmeichler", entgegnete sie.

„Meine liebe Nichte", sagte der Lord, „du wirst auch noch unseren Prinzen verhexen."

„Davon bin ich überzeugt!", rief Sandokan. „Und wenn ich dieses Haus verlasse, um in mein fernes Land zurückzukehren, werde ich meinen Landsleuten erzählen, dass eine Frau mit hellem Antlitz das Herz eines Mannes erobert hat, der glaubte, es sei unberührbar."

Das Gespräch ging noch eine Weile fort, über Sandokans Heimat, über die Piraten von Mompracem, über Labuan. Dann war es Nacht geworden und der Lord und die Lady zogen sich zurück.

Als der Pirat wieder allein war, blieb er noch lange reglos dort stehen, seine Augen auf die Tür geheftet, durch die die liebreizende junge Frau verschwunden war. Er schien tief in Gedanken versunken und heftig bewegt. Vielleicht tobte in diesem Herz, das bisher nie für eine Frau geschlagen hatte, in diesem Augenblick ein schrecklicher Sturm.

Dann rührte Sandokan sich plötzlich und tief in seiner Kehle erklang ein seltsam heiserer Laut, bereit hervorzubrechen, aber seine Lippen blieben verschlossen und noch fester pressten sich seine Zähne mit einem langgezogenen Knirschen aufeinander.

Noch einige Minuten stand er dort, reglos, mit blitzenden Augen und verzerrtem Gesicht, Schweißperlen standen auf seiner Stirn und seine Hände gruben sich in sein dichtes, langes Haar, dann öffneten sich gegen seinen

Willen die Lippen einen Spalt breit und ein Name entfloh ihnen:

„Marianna!"

Da hielt der Pirat sich nicht mehr zurück. „Ah!", rief er beinahe zornig und rang die Hände, „Ich fühle, dass ich verrückt werde ... dass ich ... sie liebe!"

Kapitel 7

Genesung und Liebe

ady Marianna Guillonk war unter dem schönen
Himmel Italiens geboren, an den Ufern des wunderschönen Golfs von Neapel, als Kind einer italienischen Mutter und eines englischen Vaters. Mit elf Jahren verwaist und Erbin eines beträchtlichen Vermögens, war sie von ihrem Onkel James aufgenommen worden, dem einzigen Verwandten, der ihr damals in Europa noch verblieben war.

Zu jener Zeit war James Guillonk einer der furchtlosesten Seewölfe auf den Meeren beider Welten und Eigentümer eines Schiffs, das für Krieg und Schlacht gerüstet war, um James Brooke, den man später zum *Rajah* von Sarawak machte, bei der Vernichtung der Piraten zu unterstützen, jener gefürchteten Feinde des englischen Handels in diesen fernen Gewässern. Auch wenn Lord James, raubeinig wie alle Seemänner und unfähig, Zuneigung zu empfinden, keine übermäßig zarten Gefühle für seine junge Nichte hegte, so hatte er sie dennoch eher auf sein Schiff und mit nach Borneo genommen und damit den schlimmen Gefahren der Seefahrt ausgesetzt, als sie fremden Händen anzuvertrauen. Drei Jahre lang war das Mädchen Zeugin jener blutigen Schlachten gewesen, in denen tausende von Piraten den Tod fanden und die dem zukünftigen *Rajah* Brooke jene traurige Berühmtheit verliehen, die selbst seine eigenen Landsleute zutiefst erschütterte und empörte.

Eines Tages jedoch hatte Lord James, der Gemetzel und Gefahren müde, und vielleicht auch, weil er sich daran erinnerte, dass er eine Nichte hatte, dem Meer den Rücken gekehrt und sich in Labuan niedergelassen, wo er sich dann in die weiten Wäldern im Inneren der Insel zurückzog.

Lady Marianna, die damals gerade erst vierzehn Jahre alt war und durch das gefahrvolle Leben einen unvergleichlichen Stolz und Willen entwickelt hatte, auch wenn sie wie ein zerbrechliches Kind schien, hatte versucht, sich dem Willen des Onkels zu widersetzen, da sie glaubte, sich nicht an die Abgeschiedenheit und dieses beinahe unzivilisierte Leben gewöhnen zu können, aber der Seewolf, der scheinbar keine große Zuneigung für sie hegte, war unerbittlich geblieben.

Gezwungen, diese seltsame Gefangenschaft zu erdulden, hatte sie sich ganz ihrer weiteren Erziehung und Bildung gewidmet, etwas, für das sie bisher keine Zeit gefunden hatte.

Sie besaß Beharrlichkeit und Willensstärke und allmählich hatte sie die wilden Anwandlungen, die sie durch die erbitterten und blutigen Schlachten, sowie auch eine gewisse Grobheit, die sie durch den beständigen Umgang mit den Seemännern angenommen hatte, abgelegt. So war sie, dank der Unterweisungen durch eine frühere Vertraute ihrer Mutter, die später dem heißen tropischen Klima erlegen war, zu einer leidenschaftlichen Liebhaberin der Musik, der Blumen und der schönen Künste geworden. Mit dem Fortschreiten ihrer Erziehung war sie zunehmend gutmütig, freundlich und wohltätig geworden, hatte sich aber dennoch im Grunde ihrer Seele etwas von ihrem einstigen Stolz bewahrt.

Ihre Leidenschaft für Waffen und wilde Unternehmungen hatte sie nicht aufgegeben und häufig durchstreifte diese unbezähmbare Amazone die großen Wälder und jagte sogar Tiger, oder stürzte sich gleich einer Najade in die blauen Wellen des malaiischen Meeres. Aber weit häufiger war sie dort anzutreffen, wo Elend und Unglück herrschten, ließ ihre Hilfe allen Eingeborenen der Umgebung zuteil werden, jenen Eingeborenen, die Lord James auf den Tod hasste, da sie von ehemaligen Piraten abstammten.

Und so hatte sich dieses Mädchen durch ihre Furchtlosigkeit, ihre Güte und ihre Schönheit den Namen Perle von Labuan erworben, jenen Namen, der so weit getragen worden war, dass er das Herz des furchterregenden Tigers von Malaysia hatte höher schlagen lassen. Inmitten der Wälder, beinahe ohne jeden Umgang mit kultivierten Lebewesen, war aus dem Kind ein Mädchen geworden, das noch gar nicht bemerkt hatte, dass es nun eine Frau war. Aber der Anblick dieses kühnen Piraten, hatte sie, ohne dass sie recht wusste warum, auf seltsame Art verwirrt.

Was das war? Das wusste sie nicht zu sagen, aber immer hatte sie sein Bild vor Augen und des Nachts erschien ihr im Traum dieser stolze Mann, der so edelmütig war wie ein Sultan und so galant wie ein europäischer Kavalier, dieser Mann mit den funkelnden Augen, dem langen schwarzen Haar und jenem Antlitz, in dem so deutlich ein mehr als unbezähmbarer Mut und eine einzigartige Willenskraft zu lesen waren.

Sie hatte ihn mit ihren Augen, ihrer Stimme und ihrer Schönheit verzaubert und war nun ihrerseits von ihm verzaubert und eingenommen.

Zunächst hatte sie versucht, gegen dieses Herzklopfen, das für sie genauso neu war wie für Sandokan, anzugehen, aber vergeblich. Immer fühlte sie einen unwiderstehlichen Drang, diesen Mann wiederzusehen und nirgends fand sie ihre einstige Ruhe wieder als in seiner Nähe. Sie war nur glücklich, wenn sie an seinem Bett saß und die heftigen Schmerzen seiner Wunde durch ihre Worte, ihr Lächeln, ihre unvergleichliche Stimme oder die Klänge ihrer Mandola linderte.

Und ihn, Sandokan, hätte man in diesen Momenten sehen sollen, wenn sie zu den zarten Klängen ihres wohlklingenden Instruments die lieblichen Lieder ihrer fernen Heimat sang. Dann war er nicht mehr der Tiger von Malaysia, nicht mehr der mordlustige Pirat. Stumm, schwer atmend und in Schweiß gebadet verhielt er sich ganz still, um mit keinem Hauch diese silberhelle und melodiöse Stimme zu stören, wie ein Träumender lauschte er, so als wolle er die Worte der fremdartigen Sprache in sein Gehirn einbrennen, sie berauschte ihn, überdeckte den quälenden Schmerz der Wunde, und wenn die Stimme mit einem letzten Beben gemeinsam mit dem letzten Ton der Mandola verklang, dann verharrte er noch lange in dieser Haltung, die Arme vorgestreckt, als wolle er das Mädchen an sich ziehen, sein feuriger Blick unverwandt auf den schüchternen des Mädchens geheftet, mit bangem Herzen und gespitzten Ohren, so als lausche er immer noch.

In diesen Augenblicken erinnerte er sich nicht mehr daran, dass er der Tiger war, er vergaß sein Mompracem, seine *Proas,* seine Tigerchen und den Portugiesen, der vielleicht gerade zu dieser Stunde, da er ihn für immer verloren glaubte, seinen Tod mit wer weiß welch blutigen Taten rächte.

So flogen die Tage schnell dahin und seine Genesung, noch begünstigt durch die Leidenschaft, die in seinem Inneren brannte, schritt rasch voran.

Am Nachmittag des fünfzehnten Tages betrat der Lord überraschend das Zimmer und sah, dass der Pirat auf den Beinen war und bereit, auszugehen.

„Oh, mein werter Freund!", rief er guter Dinge. „Wie schön, Euch wieder auf den Beinen zu sehen!"

„Mich hielt es nicht mehr im Bett, Mylord", erwiderte Sandokan. „Und im Übrigen fühle ich mich so stark, dass ich mit einem Tiger kämpfen könnte."

„Sehr gut! Dann werde ich Euch bald auf die Probe stellen."

„Auf welche Weise?"

„Ich habe einige gute Freunde zur Jagd auf einen Tiger eingeladen, der oft vor den Mauern meines Parks herumstreift. Und da ich sehe, dass Ihr genesen seid, werde ich sie heute Abend wissen lassen, dass wir morgen früh auf die Jagd nach dem Raubtier gehen."

„Ich werde dabei sein, Mylord."

„Ja, das dachte ich mir. Übrigens hoffe ich, dass Ihr noch eine Weile mein Gast sein werdet."

„Mylord, dringende Angelegenheiten erfordern andernorts meine Anwesenheit und es ist vonnöten, dass ich Euch bald verlasse."

„Verlassen! Das kommt gar nicht in Frage, für Eure Angelegenheiten ist immer noch Zeit und bevor nicht einige Monate vergangen sind, werde ich Euch nicht gehen lassen. Kommt, versprecht, dass Ihr bleiben werdet."

Sandokan sah ihn mit blitzenden Augen an. Hier in dieser Villa zu bleiben, in der Nähe der jungen Frau, die ihn so verzaubert hatte, bedeutete ihm alles, war sein Leben. Mehr verlangte er vorerst nicht. Was kümmerte es ihn, dass die Piraten von Mompracem ihn als tot beweinten, wenn er noch viele Tage dieses göttliche Mädchen sehen konnte? Was kümmerte ihn der treue Yanez, der vielleicht voller Sorge die Ufer der Insel nach ihm absuchte und dabei sein Leben aufs Spiel setzte, wenn Marianna begann, ihn zu lieben? Und was kümmerte es ihn, nicht länger den Donner rauchender Geschütze zu hören, wenn er nur der zarten Stimme der geliebten Frau lauschen konnte, oder die schrecklichen Gefühle der Schlacht zu verspüren, wenn sie ihn weitaus erhabenere Gefühle empfinden ließ? Und was kümmerte es ihn schließlich, wenn er Gefahr lief, entdeckt zu werden, vielleicht in Gefangenschaft zu geraten, vielleicht getötet zu werden, wenn er weiterhin dieselbe Luft wie seine geliebte Marianna atmen und inmitten der großen Wälder sein konnte, wo auch sie war? Alles hätte er vergessen, um noch weitere hundert Jahre so zu leben, sein Mompracem, seine Tigerchen, seine Schiffe und sogar seine blutige Rache.

„Ja, Mylord, ich werde bleiben, so lange Ihr wollt", sagte er lebhaft. „Ich nehme die Gastfreundschaft an, die Ihr mir so großzügig anbietet und sollten wir eines Tages – vergesst diese Worte nicht, Mylord – nicht mehr als Freunde, sondern als erbitterte Feinde aufeinandertreffen, mit den Waffen in der Hand, dann werde ich mich an den Dank erinnern, den ich Euch schulde."

Der Engländer sah ihn erstaunt an.

„Warum sprecht Ihr so zu mir?", fragte er.

„Eines Tages werdet Ihr es vielleicht verstehen", erwiderte Sandokan mit ernster Stimme.

„Nun, vorerst will ich nicht versuchen, Eure Geheimnisse zu ergründen", entgegnete der Lord mit einem Lächeln. „Ich werde jenen Tag abwarten."

Er zog seine Uhr hervor und schaute darauf.

„Ich muss mich sogleich auf den Weg machen, wenn ich meine Freunde benachrichtigen will, dass wir auf die Jagd gehen. Lebt wohl, mein teurer Prinz", sagte er.

Er war schon fast zur Tür hinaus, da drehte er sich noch einmal um und sagte:

„Wenn Euch der Sinn danach steht, in den Park hinunterzugehen, werdet Ihr dort meine Nichte finden, die Euch, so hoffe ich, gute Gesellschaft leisten wird."

„Danke, Mylord."

Das war es, wonach Sandokan sich sehnte, mit der jungen Frau, wenn auch nur für wenige Minuten, allein zu sein, vielleicht, um ihr die gewaltige Leidenschaft zu offenbaren, die sein Herz verzehrte.

Kaum war er allein, ging er eilig zu einem der Fenster hinüber, von dem aus man den weitläufigen Park überblickte.

Dort, im Schatten einer chinesischen Magnolie, die über und über mit kräftig duftenden Blüten bestanden war, saß auf dem Stamm einer umgestürzten Zuckerpalme die junge Lady. Sie war allein und schien in Gedanken versunken, auf ihren Knien lag die Mandola.

Sandokan schien sie wie eine himmlische Erscheinung. Das Blut stieg ihm in den Kopf und sein Herz begann mit unbeschreiblicher Heftigkeit zu pochen. Er blieb dort stehen, den glühenden Blick unverwandt das Mädchen geheftet, und hielt sogar den Atem an, so als fürchte er, das Bild zu zerstören.

Aber plötzlich trat er zurück und stieß einen unterdrückten Schrei aus, der wie ein fernes Brüllen klang. Sein Gesicht veränderte sich auf furchterregende Weise und nahm einen wilden Ausdruck an.

Bisher verzaubert und verhext, erwachte, jetzt da er genesen war, mit einem Mal der Tiger von Malaysia. Er wurde wieder der grausame, erbarmungslose, mordlustige Mann mit einem Herz, das jeglicher Leidenschaft verschlossen war.

„Was tue ich nur?", rief er mit heiserer Stimme, und fuhr sich mit der Hand über die glühende Stirn. „Soll es wirklich wahr sein, dass ich dieses Mädchen liebe? Ist es ein Traum oder ein unerklärlicher Wahn? Bin ich nicht länger der Pirat von Mompracem, dass ich mich von einer unwiderstehlichen Macht zu einer Tochter jener Rasse hingezogen fühle, der ich ewigen Hass geschworen habe? Ich soll lieben? ... Ich, der ich nie etwas anderes verspürte als den größten Hass und der den Namen eines blutrünstigen Tieres trägt! ... Soll ich mein wildes Mompracem vergessen, meine treuen Tigerchen und meinen Yanez, die mich mit wer weiß welcher Sorge erwarten? Habe ich vergessen, dass die Landsleute dieses Mädchens nur auf einen günstigen Augenblick warten, um meine Macht zu zerstören? Fort mit dir, du Trugbild, das mich so viele Nächte verfolgt hat, fort mit diesem Taumel, der des Tigers von Malaysia unwürdig ist! Der Vulkan, der mein Herz verbrennt, soll erlöschen und an seiner Stelle sollen sich tausend Abgründe auftun zwischen mir und dieser betörenden Sirene! ... Auf, Tiger, lass dein Gebrüll hören, begrab den Dank, den du diesen Menschen schuldest, die dich aufgenommen und gesund gepflegt haben, fliehe, geh weit fort von diesem Ort, kehre auf das Meer zurück, dass dich gegen deinen Willen an diese Gestade getrieben hat, werde wieder der gefürchtete Pirat des schrecklichen Mompracem!"

Bei diesen Worten hatte Sandokan sich am Fenster aufgerichtet, die Fäuste geballt, mit knirschenden Zähnen und am ganzen Körper zitternd vor Zorn. Ihm war, als sei er zu einem Hünen geworden und könnte in der Ferne die Schreie seiner Tigerchen hören, die ihn in die Schlacht riefen, und das Dröhnen der Geschütze.

Dennoch blieb er wie angewurzelt am Fenster stehen, denn eine Macht, die größer war als sein Zorn, hielt ihn zurück und mit glühendem Blick betrachtete er unverwandt die junge Lady.

„Marianna!", rief er plötzlich. „Marianna!"

Beim Klang des geliebten Namens verflog der Ausbruch von Zorn und Hass wie Nebel im Sonnenschein. Der Tiger wurde wieder zum Menschen und, mehr noch, zum liebenden Mann.

Unwillkürlich wanderten seine Hände an den Griff und hastig öffnete er das Fenster.

Ein laues Lüftchen trug den Duft tausender Blüten ins Zimmer hinein.

Der Pirat atmete den wohltuenden, berauschenden Duft ein und spürte, wie in seinem Herzen, stärker als je zuvor, jene Leidenschaft wieder erwachte, die er einen Augenblick zuvor hatte ersticken wollen. Er lehnte sich auf das Fensterbrett und betrachtete schweigend, bebend und verzückt die anmutige Lady. Ein heftiges Fieber verzehrte ihn, Flammen züngelten durch seine Adern und ergossen sich in sein Herz, rote Wolken huschten vor seinen Augen vorüber, aber auch darin sah er immer nur die, die ihn verhext hatte.

Wie lange mochte er dort gestanden haben? Zweifellos eine lange Weile, denn als er sich schließlich aufrüttelte, befand sich die junge Lady nicht mehr im Park, die Sonne war untergegangen, die Dunkelheit war hereingebrochen und am Himmel funkelten Myriaden von Sternen.

Mit vor der Brust verschränkten Armen und gesenktem Haupt ging er im Zimmer auf und ab, in düstere Gedanken versunken.

„Schau!", rief er aus, trat wieder ans Fenster und ließ die frische Nachtluft seine heiße Stirn kühlen. „Hier liegt Glück, liegt ein neues Leben, ein neues Berauschtsein, sanft und ruhig. Dort liegt Mompracem, ein stürmisches Leben, Kugelhagel, Kanonendonner, blutige Gemetzel, meine schnellen *Proas,* meine Tigerchen, mein guter Yanez! ... Welches dieser beiden Leben? Ja, mein Blut kocht, wenn ich an jenes Mädchen denke, das mein Herz schon pochen ließ, bevor ich es gesehen hatte, und flüssige Bronze strömt durch meine Adern, wenn ich an sie denke! Man könnte meinen, ich stelle sie über meine Tigerchen und meine Rache! Und dennoch fühle ich Scham in mir, wenn ich daran denke, dass sie eine Tochter jener Rasse ist, die ich so sehr hasse! Was, wenn ich sie vergesse? Ah! Du blutest, mein armes Herz, das willst du also nicht? Einst war ich der Schrecken dieser Meere, hatte nie erfahren, was Liebe ist, kannte nur den blutigen Rausch der Schlachten ... und nun spüre ich, dass mich nichts mehr erfreuen könnte, wenn sie nicht bei mir ist! ..."

Er schwieg, lauschte dem Rascheln der Blätter und dem Rauschen seines Blutes.

„Und wenn ich den Wald, das Meer und schließlich Hass zwischen mich und diese göttliche Frau brächte? ...", begann er wieder. „Hass! Könnte ich sie denn hassen? Und doch muss ich fliehen und nach Mompracem zurückkehren, zu meinen Tigerchen ...! Wenn ich hier bliebe, würde dieses Fieber all meine Kräfte aufzehren, ich spüre, dass es meine Macht für immer auslöschen würde, dass ich nicht mehr der Tiger von Malaysia wäre ... Auf! Ich muss fort!"

Er sah hinab: Nur drei Meter trennten ihn vom Boden. Er lauschte, konnte aber nirgends ein Geräusch vernehmen. Er kletterte auf das Fensterbrett, sprang leichtfüßig in das Beet hinab und lief hinüber zu dem Baum, wo wenige Stunden zuvor Marianna gesessen hatte.

„Hier saß sie", murmelte er traurig. „Oh! Wie schön du warst, Marianna! ... Und nie werde ich dich wiedersehen! ... Niemals mehr deine Stimme hören, niemals ... niemals! ..."

Er beugte sich zu dem Baum herab und hob eine Blume auf, eine wilde Rose, die die junge Lady hatte fallen lassen. Er betrachtete sie lang, roch mehrmals daran, verbarg sie inbrünstig an seiner Brust und bewegte sich dann rasch auf die Umfriedung des Parks zu.

„Fort, Sandokan. Alles ist zu Ende! ..."

Er hatte die Palisaden erreicht und wollte sich gerade hinaufschwingen, als er heftig zurückwich. Er vergrub seine Hände in den Haaren, sein Blick verfinsterte sich und er stieß eine Art Schluchzen aus.

„Nein! ... Nein! ...", rief er verzweifelt. „Ich kann nicht, ich kann nicht! ... Soll Mompracem untergehen, sollen sie meine Tigerchen töten, soll meine Macht vergehen, ich bleibe! ..."

Er lief durch den Park davon, so als fürchte er, erneut auf die Palisaden der Umfriedung zu stoßen, und blieb erst stehen, als er unter dem Fenster seines Zimmers angelangt war. Noch einmal zögerte er, dann ergriff er mit einem Sprung den Ast eines Baumes und schwang sich hinauf auf das Fensterbrett.

Als er sich wieder in dem Haus befand, das er in der festen Absicht verlassen hatte, niemals wieder zurückzukehren, erklang zum zweiten Mal tief in seiner Kehle ein leises Schluchzen.

Ah!", rief er aus. „Der Tiger von Malaysia wird untergehen! ..."

Kapitel 8

Die Jagd auf den Tiger

Als der Lord im frühen Morgengrauen an die Tür klopfte, hatte Sandokan noch kein Auge zu getan.

Jetzt fiel ihm die Jagdgesellschaft wieder ein und eilig sprang er aus dem Bett, steckte seinen treuen *Kris* zwischen die Falten seiner Schärpe, öffnete die Tür und sagte: „Hier bin ich, Mylord."

„Sehr gut", sagte der Engländer. „Ich hatte nicht erwartetet, Euch so früh auf den Beinen zu sehen. Wie fühlt Ihr Euch?"

„Ich fühle mich stark genug, einen Baum umzustürzen."

„Dann wollen wir uns beeilen. Im Park warten fünf gute Jäger voller Ungeduld darauf, den Tiger aufzuspüren, den meine Treiber in ein Waldstück gescheucht haben."

„Ich bin bereit. Wird Lady Marianna uns begleiten?"

„Oh ja, ich denke, sie erwartet uns bereits."

Mit Mühe unterdrückte Sandokan einen freudigen Ausruf.

„Gehen wir, Mylord", sagte er. „Ich verspüre ein brennendes Verlangen, dem Tiger zu begegnen."

Sie verließen das Zimmer und gingen in einen Salon, an dessen Wänden allerlei Arten von Waffen hingen. Dort traf Sandokan auf die junge Lady, liebreizender denn je, frisch wie eine Rose, strahlend schön in ihrem hellblauen Kleid, gegen das sich ihre blonden Locken lebhaft abhoben.

Als er sie sah, blieb Sandokan einen Augenblick wie geblendet stehen, dann ging er ihr rasch entgegen, nahm ihre Hände und sagte: „Ihr werdet uns begleiten?"

„Ja, Prinz. Man hat mir berichtet, dass Euer Volk in solchen Jagden sehr geschickt ist und ich möchte Euch gerne sehen."

„Ich werde den Tiger mit meinen *Kris* zur Strecke bringen und Euch sein Fell schenken."

„Oh nein! ... Nein!", rief sie erschrocken. „Es könnte Euch ein Unglück geschehen."

„Für Euch, Mylady, würde ich mich in Stücke reißen lassen, aber habt keine Angst, der Tiger von Labuan wird mich nicht bezwingen."

Unterdessen war der Lord näher getreten und reichte Sandokan einen kostbaren Karabiner.

„Nehmt dies, mein Prinz", sagte er. „Eine Kugel ist manchmal wirkungsvoller als noch der spitzeste *Kris*. Und nun lasst uns gehen, die Freunde erwarten uns."

Sie gingen hinunter in den Park, wo fünf Jäger auf sie warteten, vier von ihnen waren Siedler aus der Umgebung, aber der fünfte war ein eleganter Marineoffizier.

Als Sandokan ihn sah, verspürte er, ohne recht zu wissen warum, sogleich eine heftige Abneigung gegen den jungen Mann, aber er unterdrückte sein Gefühl und reichte allen die Hand.

Bei dieser Begegnung sah ihn der Offizier lange und auf seltsame Weise an, dann nutzte er den Moment, als niemand ihn beachtete, ging hinüber zum Lord, der gerade das Zaumzeug eines Pferdes in Augenschein nahm und raunte ihm zu:

„Kapitän, ich denke, ich habe diesen malaiischen Prinzen schon einmal gesehen."

„Wo?", fragte der Lord.

„Ich kann mich nicht recht entsinnen, aber ich bin mir sicher."

„Ach, Ihr müsst Euch irren, mein Freund."

„Das wird sich noch zeigen, Mylord."

„Wie dem auch sei. In die Sättel, Freunde, alles ist bereit! ... Seid auf der Hut, es ist ein sehr großer Tiger mit kräftigen Pranken."

„Ich werde ihn mit einer einzigen Kugel erlegen und sein Fell soll Lady Marianna gehören", sagte der Offizier.

„Ich hoffe, ihn vor Euch zu erlegen, mein Herr", sagte Sandokan.

„Wir werden sehen, meine Freunde", sagte der Lord. „Auf, in die Sättel!"

Die Jäger schwangen sich auf die Pferde, die von einigen Dienern dorthin geführt worden waren, und Lady Marianna bestieg ein wunderhübsches *Pony* mit schneeweißem Fell.

Auf ein Signal des Lords verließen sie den Park, angeführt von einer Reihe von Treibern und zwei Dutzend kräftiger Hunde.

Gleich nachdem sie den Park verlassen hatten, teilte sich die Gruppe auf, denn es galt, ein großes Waldstück zu durchkämmen, das sich bis zum Meer hin erstreckte.

Sandokan, der ein feuriges Tier ritt, schlug einen schmalen Pfad ein und preschte kühn voran, denn er wollte der erste sein, der das Raubtier aufspürte. Die übrigen verstreuten sich in andere Richtungen und schlugen andere Pfade ein.

„Schneller! Schneller!", rief der Pirat und gab dem edlen Tier, das einer Meute kläffender Hunde folgte, kräftig die Sporen. „Ich muss diesem vorlauten Offizier beweisen, was ich vermag. Nein, nicht er wird Lady Marianna das Fell schenken, sollte ich auch meine Arme verlieren oder zerfleischt werden."

In diesem Augenblick erscholl inmitten des Waldes eine Trompete.

„Man hat den Tiger entdeckt", murmelte Sandokan. „Schneller, mein Guter, schneller! ..."

Wie der Blitz durchquerte er ein Waldstück, in dem dicht an dicht *Durianbäume,* Kohlpalmen, Arekapalmen und mächtige Kampferbäume wuchsen, und traf auf sechs oder sieben fliehende Treiber.

„Wohin lauft ihr?", fragte er.

„Der Tiger!", riefen die Fliehenden.

„Wo ist er?"

„Dort, in der Nähe des Teichs!"

Der Pirat stieg aus dem Sattel, band das Pferd an einen Baum, nahm den *Kris* zwischen die Zähne, den Karabiner in die Hand und drang in Richtung des Teichs vor. In der Luft lag jener durchdringende Geruch, der den Raubkatzen eigen ist, und der noch eine ganze Weile, nachdem die Tiere vorübergezogen sind, in der Luft verbleibt. Er sah hinauf in die Äste der Bäume, von wo aus der Tiger auf ihn herab springen konnte, und ging vorsichtig die Ufer des Teichs ab, dessen Wasser unzweifelhaft bewegt worden war.

„Das Raubtier ist hier gewesen", sagte er. „Das schlaue Tier ist durch den Teich gelaufen, damit die Hunde seine Spur verlieren, aber Sandokan ist ein noch listigerer Tiger."

Er ging zu seinem Pferd zurück und stieg wieder in den Sattel. Gerade wollte er losreiten, als er ganz in der Nähe einen Schuss vernahm, gefolgt von einem Ausruf, der ihn zusammenfahren ließ.

Eilig ritt er in die Richtung, aus der der Schuss gekommen war, und entdeckte in der Mitte einer kleinen Lichtung die junge Lady auf ihrem weißen *Pony* mit dem noch rauchenden Karabiner in der Hand. Wie der Blitz war er an ihrer Seite und stieß einen Freudenschrei aus.

„Ihr … hier … allein! …" rief er.

„Und Ihr, Prinz, wie kommt Ihr hierher?", fragte sie und errötete.

„Ich folgte den Spuren des Tigers."

„So wie ich."

„Aber worauf habt Ihr geschossen?"

„Auf das Raubtier, aber es floh, ohne getroffen zu sein."

„Großer Gott! … Warum setzt Ihr Euer Leben gegen solch eine Bestie aufs Spiel?"

„Um Euch daran zu hindern, die Unvorsichtigkeit zu begehen, sie mit Eurem *Kris* zu erdolchen."

„Das war ein Fehler, Mylady. Aber die Bestie lebt noch und mein *Kris* ist bereit, ihr Herz zu durchbohren."

„Das werdet Ihr nicht tun! Ihr seid mutig, ich weiß, ich sehe es in Euren Augen, Ihr seid stark und wendig wie ein Tiger, aber ein Zweikampf mit dem Raubtier könnte Euch töten."

„Wen kümmert das? Ich wünschte, es würde mir solch grausame Verletzungen beibringen, dass sie ein ganzes Jahr lang nicht heilen."

„Warum denn das?", fragte die junge Frau verwundert.

„Mylady", sagte der Pirat und trat näher an sie heran. „Wisst Ihr nicht, dass mein Herz zerspringt, wenn ich daran denke, dass der Tag kommen wird, an dem ich Euch verlassen muss, um Euch niemals wiederzusehen? Wenn der Tiger mich in Stücke risse, könnte ich unter Eurem Dach bleiben, könnte mich noch einmal jener süßen Gefühle erfreuen, die ich verspürte, als ich besiegt und verwundet auf dem Krankenbett lag. Ich wäre glücklich, so glücklich, wenn mich weitere grausame Wunden dazu zwängen, in Eurer Nähe zu bleiben, die gleiche Luft wie Ihr zu atmen, Eure liebliche Stimme zu hören und mich an Euren Blicken und Eurem Lächeln zu berauschen! Mylady, Ihr habt mich verhext, ich spüre, dass ich fern von Euch nicht mehr leben könnte, keinen Frieden mehr fände, ein Unglücklicher wäre. Was habt Ihr mit mir gemacht? Was habt Ihr mit meinem Herz gemacht, das einst jeglicher Leidenschaft verschlossen war? Seht, allein bei Eurem Anblick bebe ich und das Blut kocht in meinen Adern."

Marianna schwieg verwundert angesichts dieses leidenschaftlichen und unerwarteten Geständnisses, aber ihre Hände, die der Pirat ungestüm ergriffen hatte und heftig drückte, zog sie nicht zurück.

„Zürnt mir nicht, Mylady", begann der Tiger von Neuem mit einer Stimme, die wie liebliche Musik in das Herz der Waisen drang. „Zürnt mir nicht, wenn ich Euch meine Liebe gestehe, wenn ich Euch sage, dass ich Euch, wenn ich auch der Sohn einer dunklen Rasse bin, wie eine Gottheit verehre und dass auch Ihr mich eines Tages lieben werdet. Seit dem ersten Augenblick da Ihr mir erschient, finde ich kein Glück auf dieser Erde, mein Sinn ist verwirrt, immer seid Ihr in meinen Gedanken, Tag und Nacht.

Hört mich an, Mylady, so stark ist die Liebe, die in meiner Brust brennt, dass ich für Euch gegen alle Männer kämpfen würde, gegen das Schicksal, gegen Gott! Wollt Ihr die meine sein? Ich werde Euch zur Königin dieser Meere machen, zur Königin von Malaysia! Nur ein Wort von Euch und dreihundert Männer, wilder als Tiger, die weder Blei noch Stahl fürchten, werden sich erheben und die Länder Borneos einnehmen, um Euch einen Thron zu geben. Sagt, wonach auch immer Euch verlangt und Ihr sollt es haben. Ich besitze soviel Gold, dass ich zehn Städte kaufen könnte, ich habe Schiffe, Soldaten und Kanonen, und ich bin mächtig, mächtiger als Ihr vielleicht denkt."

„Mein Gott, wer seid Ihr?", fragte das Mädchen, wie benommen von diesem Wirbel an Versprechungen und verzaubert von jenen Augen, in denen wildes Feuer loderte.

„Wer ich bin!", rief der Pirat und seine Stirn verfinsterte sich. „Wer ich bin! ..."

Er trat noch näher an die junge Lady heran, sah ihr tief in die Augen und sagte mit schwerer Stimme:

„Mich umgibt eine Finsternis, und es ist besser, sie vorerst nicht zu zerreißen. Aber Ihr sollt wissen, dass sich hinter dieser Finsternis schreckliche, entsetzliche Dinge verbergen, und Ihr sollt wissen, dass ich einen Namen trage, der nicht nur alle Völker dieser Meere mit Schrecken erfüllt, sondern auch den Sultan von Borneo und sogar die Engländer dieser Insel erzittern lässt."

„Und Ihr sagt, Ihr liebt mich, Ihr, der Ihr so mächtig seid?" flüsterte das Mädchen mit erstickter Stimme.

„So sehr, dass ich für Euch alles tun würde. Ich empfinde für Euch jene Liebe, die gleichzeitig Wunder vollbringen und Verbrechen begehen kann. Stellt mich auf die Probe. Sprecht und ich werde gehorchen wie ein Sklave, ohne einen Laut der Klage. Wollt Ihr, dass ich König werde, damit ich Euch einen Thron geben kann? Ich werde es tun. Wollt Ihr, dass ich, der Euch bis zum Wahnsinn liebt, in jenes Land zurückkehre, aus dem ich kam? Ich werde dorthin zurückkehren, sollte es auch für mein Herz ewige Martern bedeuten. Wollt Ihr, dass ich mich vor Euren Augen töte? Ich werde mich töten. Sprecht zu mir, mein Sinn wird wirr, mein Blut steht in Flammen, sprecht zu mir, Mylady, sprecht! ..."

„Nun ... dann liebt mich", flüsterte sie, ganz überwältigt von so viel Liebe.

Der Pirat stieß einen Schrei aus, aber einen jener Schreie, wie sie nur selten aus einer menschlichen Kehle kommen. Fast im gleichen Augenblick schallten zwei oder drei Gewehrschüsse herüber.

„Der Tiger!", rief Marianna.

„Er gehört mir!", schrie Sandokan.

Er schlug die Sporen in die Flanken des Pferdes und sprengte mit kühn funkelndem Blick und dem *Kris* in der geballten Faust davon wie der Blitz, gefolgt von der jungen Frau, die sich zu diesem Mann hingezogen fühlte, der so mutig sein Leben aufs Spiel setzte, um ein Versprechen zu halten.

Dreihundert Schritte weiter trafen sie auf die Jäger. Ihnen voran bewegte sich der Marineoffizier zu Fuß und mit dem Gewehr im Anschlag auf eine Baumgruppe zu.

Sandokan sprang aus dem Sattel und schrie:

„Der Tiger gehört mir!"

Er schien selbst wie ein Tiger, schnellte mit Sprüngen von zehn Fuß voran und brüllte wie ein wildes Tier.

„Prinz!", rief Marianna, die ebenfalls vom Pferd gestiegen war.

Sandokan hörte nichts und niemandem in diesem Augenblick, sondern preschte weiter voran.

Als der Marineoffizier, der zehn Schritte vor ihm war, ihn heraneilen hörte, legte er rasch das Gewehr an und feuerte auf den Tiger, der zu Füßen eines mächtigen Baums stand, mit lauerndem Blick, die starken Krallen ausgefahren, bereit zum Sprung.

Der Rauch hatte sich noch nicht ganz verzogen, da sah man ihn mit unwiderstehlicher Kraft vorspringen und den unbesonnenen und ungeschickten Offizier zu Boden reißen. Dann wollte er sich auf die Jäger stürzen, aber Sandokan war zur Stelle. Mit dem *Kris* fest in der Hand stürmte er dem Raubtier entgegen und ehe es sich, überrascht von soviel Kühnheit, verteidigen konnte, riss er es zu Boden und drückte ihm mit solcher Kraft die Kehle zu, dass sein Gebrüll erstarb.

„Sieh mich an!", sagte er. „Auch ich bin ein Tiger!"

Dann senkte er blitzschnell die gewundene Klinge seines *Kris* in das Herz der Bestie, die wie von einem gezielten Schuss niedergestreckt liegen blieb.

Die Heldentat wurde mit lautem Hurra begrüßt. Der Pirat, unverletzt aus dem Kampf hervorgegangen, warf einen abschätzigen Blick auf den jungen Offizier, der gerade wieder auf die Beine kam, wandte sich dann an die junge Lady, die vor Schreck und Sorge verstummt war, und mit einer Geste stolz wie ein König, sagte er:

„Mylady, das Fell des Tigers gehört Euch."

Kapitel 9

Der Verrat

D as Mahl, das Lord James seinen Gästen bereitete, wurde zu einem der prächtigsten und heitersten, die je in der Villa stattgefunden hatten.

Die englische Küche, vertreten durch riesige *Beefsteaks* und mächtige *Puddings,* und die malaiische Küche, vertreten durch Tukanspieße, riesige Austern aus Singapur, zarten Bambus, dessen Geschmack an den europäischen Spargel erinnert, sowie einen Berg köstlicher Früchte, wurden von allen genossen und gelobt.

Natürlich wurde das Ganze auch mit vielen Flaschen Wein, *Gin, Brandy* und *Whisky* begossen, mit denen immer wieder auf Sandokan und die ebenso liebenswerte wie furchtlose Perle von Labuan angestoßen wurde.

Beim *Tee* entspann sich eine äußerst angeregte Konversation über Tiger und Jagden, Piraten und Schiffe, England und Malaysia. Nur der Marineoffizier schwieg und schien einzig damit beschäftigt, Sandokan eingehend zu betrachten, denn tatsächlich ließ er ihn nicht einen Moment aus den Augen und keines seiner Worte und keine seiner Gesten entging ihm.

Plötzlich wandte er sich an Sandokan, der gerade über die Piraterie sprach, und fragte ihn brüsk:

„Entschuldigt, Prinz, wie lange ist es her, dass Ihr nach Labuan kamt?"

„Seit zwanzig Tagen bin ich hier, mein Herr", erwiderte der Tiger.

„Wie kommt es, dass Euer Schiff nicht in Victoria gesehen wurde?"

„Weil die Piraten die beiden *Proas* entführten, mit denen ich reiste."

„Die Piraten! ... Ihr wurdet von Piraten überfallen? Aber wo?"

„In der Nähe der Romades."

„Und wann?"

„Wenige Stunden bevor ich diese Küste erreichte."

„Sicherlich täuscht Ihr Euch, Prinz, denn genau zu dieser Zeit fuhr unser Kreuzer durch dieses Gebiet und wir hörten nicht einen einzigen Kanonenschuss."

„Möglich, dass der Wind von leewärts blies", erwiderte Sandokan, der begann auf der Hut zu sein, da er nicht wusste, worauf der Offizier hinaus wollte.

„Aber wie seid Ihr hierher gekommen?"

„Ich schwamm."

„Und Ihr wart nicht in ein Gefecht zwischen zwei Korsarenschiffen, die, so heißt es, der Tiger von Malaysia anführte, und einem Kreuzer verwickelt?"

„Nein."

„Das ist seltsam."

„Mein Herr, wollt Ihr meine Worte anzweifeln?", fragte Sandokan und sprang auf.

„Gott bewahre, Prinz", entgegnete der Offizier in einem leicht ironischen Tonfall.

„Oho!", mischte der Lord sich ein. „Baronet William, ich bitte Euch, in meinem Haus keinen Streit anzuzetteln."

„Vergebt, Mylord, das war nicht meine Absicht", entgegnete der Offizier.

„Dann sprechen wir nicht mehr davon. Versucht stattdessen ein Glas dieses köstlichen *Whiskys* und dann wollen wir die Tafel aufheben, denn die Nacht ist bereits hereingebrochen und die Wälder der Insel sind in der Dunkelheit kein sicherer Ort."

Ein letztes Mal taten sich die Gäste an den Flaschen des großzügigen Lords gütlich, dann erhoben sich alle und gingen, begleitet von Sandokan und der Lady, hinunter in den Park.

„Meine Herren", sagte Lord James, „ich hoffe, Sie werden mich bald wieder beehren."

„Das werden wir gewiss", erwiderten die Jäger einstimmig.

„Und ich hoffe, Ihr werdet beim nächsten Mal mehr Glück haben, Baronet William", sagte er an den Offizier gewandt.

„Ich werde besser zielen", antwortete dieser und warf Sandokan einen zornigen Blick zu. „Gewährt mir noch ein Wort, Mylord."

„Auch zwei, mein Bester."

Der junge Offizier flüsterte ihm einige Worte ins Ohr, die niemand sonst hören konnte.

„Einverstanden", sagte der Lord darauf. „Und nun, gute Nacht, meine Freunde und möge Gott Euch vor unliebsamen Begegnungen bewahren."

Die Jäger stiegen in die Sättel und galoppierten aus dem Park hinaus.

Sandokan verabschiedete sich vom Lord, der mit einem Mal übler Stimmung zu sein schien, drückte leidenschaftlich die Hände der jungen Frau und zog sich in sein Zimmer zurück.

Doch anstatt sich niederzulegen lief er heftig erregt auf und ab. Eine vage Unruhe spiegelte sich in seinen Gesichtszügen und seine Hände krampften sich um den Griff seines *Kris.*

Zweifellos dachte er über diese Art von Verhör nach, dem der Marineoffizier ihn unterzogen hatte und hinter dem sich eine geschickt gestellte Falle verbergen konnte.

Wer war dieser Offizier? Was hatte ihn bewegt, ihn auf diese Art auszufragen? War er ihm vielleicht in jener blutigen Nacht an Deck des Dampfers begegnet? Hatte der Offizier ihn erkannt oder hegte er nur einen Verdacht? Wurden vielleicht in diesem Augenblick irgendwelche Ränke gegen den Piraten geschmiedet?

„Pah!", sagte Sandokan schließlich und zuckte mit den Schultern. „Sollte man einen verräterischen Plan gegen mich schmieden, dann werde ich ihn zu vereiteln wissen, denn ich fühle, dass ich immer noch jener Mann bin, der sich noch niemals vor diesen Engländern gefürchtet hat. Jetzt werde ich ruhen und morgen wird man sehen, was zu tun ist."

Er warf sich auf das Bett ohne sich auszukleiden, legte den *Kris* neben sich und schlief ruhig und mit Mariannas lieblichem Namen auf den Lippen ein.

Gegen Mittag, als die Sonne bereits durch die geöffneten Fenster hereinschien, erwachte er. Er rief einen Diener herbei und fragte ihn, wo der Lord sei. Er erhielt zur Antwort, dass dieser im frühen Morgengrauen auf sein Pferd gestiegen und Richtung Victoria geritten war.

Diese unerwartete Neuigkeit verblüffte ihn.

„Fortgeritten!", murmelte er. „Fortgeritten und ohne, dass er mir gestern Abend etwas gesagt hat? Aus welchem Grund? Ob man doch etwas gegen mich im Schilde führt? Was, wenn er am Abend nicht mehr als Freund, sondern als erbitterter Feind zurückkehrt? Was werde ich dann tun mit diesem Mann, der für mich gesorgt hat wie ein Vater und der der Onkel der Frau ist, die ich anbete? Ich muss Marianna sehen und etwas erfahren."

Er ging in den Park hinunter in der Hoffnung, sie zu treffen, sah aber niemanden. Unwillkürlich ging er zu dem abgeschlagenen Baum hinüber, auf dem sie gewöhnlich saß, blieb davor stehen und stieß einen tiefen Seufzer aus.

„Ah! Wie schön du warst, Marianna, an jenem Abend, an dem ich an Flucht dachte", flüsterte er und fuhr sich mit der Hand über die glühende Stirn. „Ich Tor, und ich wollte für immer von dir fort, anbetungswürdiges Wesen, während auch du mich liebtest! Oh, seltsames Schicksal! Wer hätte je gedacht, dass ich eines Tages eine Frau lieben werde? Und wie sehr ich sie liebe! In meinen Adern ist Feuer, in meinem Herzen ist Feuer, in meinem Hirn ist Feuer und sogar in meinem Mark ist Feuer, und mit wachsender Leidenschaft nimmt es immer noch zu. Ich fühle, dass ich für diese Frau Engländer werden würde, für sie würde ich mich als Sklave verkaufen, würde für immer das wilde Abenteurerleben aufgeben, würde meine Tigerchen verfluchen und dieses Meer, über das ich herrsche und das wie das Blut in meinen Adern ist."

Er neigte den Kopf auf die Brust und versank tief in Gedanken, aber plötzlich riss er den Kopf wieder hoch, seine Augen funkelten und seine Zähne knirschten.

„Und was, wenn sie den Piraten zurückweist!", zischte er.

„Oh! Das ist nicht möglich, nicht möglich! Und müsste ich den Sultan von Borneo besiegen, um ihr einen Thron zu geben oder ganz Labuan in Brand stecken, sie wird mein sein, mein! ..."

Mit aufgewühlter Miene begann der Pirat im Park auf und ab zu laufen, ergriffen von einer heftigen Erregung, die ihn von Kopf bis Fuß beben ließ. Eine wohlbekannte Stimme, die den Weg zu seinem Herzen auch durch diese Stürme fand, rief ihn wieder zu sich.

Lady Marianna war an der Kehre eines Weges erschienen, begleitet von zwei Eingeborenen, die bis an die Zähne bewaffnet waren, und hatte ihn gerufen.

„Mylady!", rief Sandokan und eilte ihr entgegen.

„Mein kühner Freund, ich habe Euch gesucht", sagte sie und errötete. Dann legte sie einen Finger auf seine Lippen, um ihm zu bedeuten, dass er schweigen sollte, nahm ihn bei der Hand und führte ihn in einen kleinen chinesischen Pavillon, der halb versteckt in einem Orangenhain lag.

Die beiden Eingeborenen postierten sich ganz in der Nähe mit schussbereiten Karabinern.

„Hört mir zu!", sagte die junge Frau, die ganz bestürzt schien. „Ich habe Euch gehört gestern Abend ... Es kamen ungewollt einige Worte über Eure Lippen, die meinen Onkel sehr beunruhigt haben ... Mein Freund, mir ist mit einem Mal ein Verdacht gekommen und Ihr müsst ihn von meinem Herzen nehmen. Sagt mir, mein tapferer Freund, wenn die Frau, der Ihr Liebe geschworen habt, Euch darum bäte, ihr etwas zu gestehen, würdet Ihr das tun?"

Der Pirat, der sich der Lady während sie sprach genähert hatte, wich bei diesen Worten jäh zurück. Seine Gesichtszüge verrieten, dass er um Fassung rang und er wankte wie unter einem schweren Schlag.

„Mylady", sagte er nach einigen Augenblicken des Schweigens und ergriff die Hände der jungen Frau, „Mylady, für Euch täte ich alles, alles: sprecht! Wenn ich Euch etwas gestehen muss, und sollte es auch schmerzlich für uns beide sein, ich schwöre, ich werde es tun."

Marianna schaute zu ihm auf. Ihre Blicke, der ihre flehentlich und tränenreich, der des Piraten wild funkelnd, trafen sich und sie sahen sich lange an. Diese beiden Menschen hatte ein banges Gefühl ergriffen, das beide gleichermaßen quälte.

„Täuscht mich nicht, Prinz", sagte Marianna mit erstickter Stimme. „Wer und was Ihr auch seid, die Liebe, die

Ihr in meinem Herzen geweckt habt, wird niemals mehr erlöschen. König oder Bandit, ich werde Euch dennoch lieben."

Ein tiefer Seufzer kam über die Lippen des Piraten.

„Es ist also mein Name, meinen wahren Namen willst du wissen, himmlisches Wesen?", fragte er heftig.

„Ja, deinen Namen, deinen Namen!"

Sandokan fuhr sich mehrmals mit der Hand über die Stirn, auf der dicke Schweißperlen standen, und die Adern an seinem Hals schwollen ganz erstaunlich an, so als müsste er übermenschliche Kraft aufbringen.

„Hör mir zu, Marianna", sagte er schließlich wild. „Es gibt einen Mann, der über dieses Meer herrscht, das die Küsten der malaiischen Inseln benetzt, einen Mann, der die Geißel der Seefahrer ist, der die Völker erzittern lässt und dessen Name den Klang einer Totenglocke hat. Hast du jemals von Sandokan gehört, den man auch den Tiger von Malaysia nennt? Sieh mich an. Ich bin der Tiger! ..."

Unwillkürlich stieß das Mädchen einen entsetzten Schrei aus und bedeckte ihr Gesicht mit den Händen.

„Marianna!", rief der Pirat, fiel vor ihr nieder und streckte die Arme nach ihr aus. „Weise mich nicht zurück, fürchte dich nicht vor mir! Ein verhängnisvolles Schicksal war es, das mich zum Piraten machte, dasselbe Schicksal, das mir auch diesen blutigen Namen auferlegte. Die Männer deiner Rasse waren unerbittlich gegen mich, obwohl ich ihnen nichts Böses getan hatte, sie waren es, die mich von den Stufen eines Throns in den Dreck stürzten, die mir mein Reich nahmen, meine Mutter, meine Brüder und meine Schwestern mordeten und mich auf das Meer hinaustrieben. Ich bin kein Pirat aus Habgier, ich bin ein Richter, der Rächer meiner Familie und meines Volkes, nicht mehr. Und nun, wenn du mir glaubst, weise mich zurück und ich werde für immer von hier fortgehen, damit du dich nicht vor mir fürchten musst."

„Nein, Sandokan, ich weise dich nicht zurück, weil ich dich zu sehr liebe, denn du bist tapfer, du bist stark, du bist gewaltig wie die Stürme, die den Ozean aufwühlen."

„Ah! Also liebst du mich noch? Sag es mir mit deinem Mund, sag es noch einmal."

„Ja, ich liebe dich, Sandokan, und jetzt noch mehr als zuvor."

Der Pirat zog sie zu sich und drückte sie an seine Brust. Eine grenzenlose Freude leuchtete auf seinem männlichen Gesicht und seine Lippen umspielte ein unendlich seliges Lächeln.

„Mein! Du bist mein!", rief er verzückt, außer sich. „Sprich, meine Angebetete, sag mir, was ich für dich tun soll, nichts ist mir unmöglich. Wenn du es wünschst, werde ich einen Sultan stürzen, um dir ein Reich zu geben, willst du unglaublich reich sein, dann werde ich die Tempel Indiens und Birmas plündern, um dich mit Gold und Diamanten zu überhäufen, wenn du es willst, werde ich Engländer werden, wenn du willst, dass ich auf immer von meiner Rache lasse und der Pirat verschwindet, werde ich meine *Proas* in Brand stecken, damit sie nicht mehr auf Kaperfahrt gehen können, ich werde meine Tigerchen zerstreuen, meine Kanonen vernageln, damit sie nicht mehr donnern können, und meinen Schlupfwinkel zerstören. Sprich, sag mir, was du dir wünschst, bitte mich um das Unmögliche und ich werde es vollbringen. Für dich wäre ich in der Lage, die Welt aus den Angeln zu heben und sie in die Weiten des Alls zu schleudern."

Die junge Frau neigte sich lächelnd zu ihm und umfasste mit ihren zarten Händen seinen starken Hals.

„Nein, mein Tapferer", sagte sie. „Ich verlange nichts weiter als an deiner Seite glücklich zu sein. Bring mich weit fort, auf irgendeine Insel, wo du mich ohne Gefahren, ohne Angst und Sorgen lieben kannst."

„Ja, wenn du es willst, werde ich dich auf eine ferne Insel bringen, die bedeckt ist von Blumen und Wäldern, wo niemand dein Labuan oder mein Mompracem kennt, eine verzauberte Insel im weiten Ozean, wo wir wie zwei verliebte Täubchen leben können, der schreckliche Pirat, der Ströme von Blut fließen ließ, und die holde Perle von Labuan. Wirst du mit mir kommen, Marianna?"

„Ja, Sandokan, das werde ich. Aber nun hör mir zu. Dir droht Gefahr, vielleicht plant man gerade in diesem Augenblick, dich zu verraten."

„Ich weiß!", rief Sandokan. „Ich kann den Verrat spüren, aber ich fürchte ihn nicht."

„Du musst mir gehorchen, Sandokan."

„Was soll ich tun?"

„Du musst sogleich fort von hier."

„Fort! ... Fort! ... Aber ich fürchte mich nicht!"

„Sandokan, du musst fliehen, solange noch Zeit ist. Ich habe eine dunkle Ahnung, ich befürchte, dir könnte ein Unglück geschehen. Mein Onkel ist nicht aus einer bloßen Laune heraus fortgeritten. Er muss eine Nachricht von Baronet William Rosenthal erhalten haben, der dich vielleicht erkannt hat. Ah Sandokan! Du musst fort, kehre auf deine Insel zurück und bringe dich in Sicherheit, bevor der Sturm über dein Haupt hereinbricht."

Anstatt zu gehorchen, hob Sandokan die junge Frau in seine Arme. Sein Gesicht, eben noch voller Rührung, hatte seinen Ausdruck verändert: Seine Augen blitzten zornig, seine Schläfen pochten heftig, seine Lippen verzerrten sich und entblößten seine Zähne.

Einen Augenblick später stürzte er wie ein wildes Tier durch den Park davon, sprang über Bäche, Gräben und die Umfriedung, so als fürchte er sich oder sei auf der Flucht.

Er machte erst Halt, als er den Strand erreicht hatte, wo er lange ziellos umherlief ohne zu wissen, wohin er ging oder was er tat. Als er sich schließlich entschloss, zurückzukehren, war die Nacht bereits hereingebrochen und der Mond stand am Himmel. Kaum hatte er die Villa betreten, erkundigte er sich, ob der Lord eingetroffen sei, erhielt aber zur Antwort, dass man ihn noch nicht gesehen hätte.

Er ging in den Salon hinauf und fand Lady Marianna mit tränenüberströmtem Gesicht vor einem Bild kniend.

„Meine geliebte Marianna!", rief er und hob sie auf. „Weinst du um mich? Vielleicht, weil ich der Tiger von Malaysia bin, der Mann, den deine Landsleute hassen?"

„Nein, Sandokan. Aber ich habe Angst, es wird ein Unglück geschehen, flieh, flieh von hier!"

„Ich habe keine Angst, der Tiger von Malaysia hat noch nie gezittert und ..."

Er hielt inne und erschauerte unwillkürlich. Jemand kam durch den Park geritten und machte vor dem Herrenhaus halt.

„Mein Onkel! ... Flieh, Sandokan!", rief die junge Frau.

„Ich! ... Ich! ..."

Genau in diesem Augenblick betrat Lord James den Salon. Er war nicht mehr derselbe Mann wie tags zuvor: Er war ernst, düster und missgestimmt, und er trug seine Marineuniform. Mit einer verächtlichen Geste schlug er die Hand aus, die der Pirat ihm kühn entgegenstreckte und sagte kalt:

„Wäre ich ein Mann von Eurer Sorte gewesen, hätte ich nicht einen Todfeind um Gastfreundschaft gebeten, sondern mich von den Tigern im Wald töten lassen. Nehmt Eure Hand zurück, die einem Piraten und Mörder gehört!"

„Mein Herr!", rief Sandokan, der begriffen hatte, dass er entdeckt worden war und der sich darauf gefasst machte, seine Haut teuer zu verkaufen. „Ich bin kein Mörder, ich bin ein Richter!"

„Kein Wort mehr von Euch in meinem Haus: Fort mit Euch!"

„Ich gehe", erwiderte Sandokan. Er warf einen langen Blick auf seine Geliebte, die beinahe ohnmächtig auf den Teppich niedergesunken war, und schickte sich an, hinauszustürzen, doch dann bezähmte er sich und mit hoch erhobenem Haupt und stolzem Blick, die rechte Hand am Heft seines *Kris,* verließ er gesetzten Schrittes den Salon und stieg die Stufen hinab, wobei er mit aller Macht sein heftig pochendes Herz und das tiefe Gefühl, das ihn überkam, im Zaum hielt.

Als er jedoch hinunter in den Park kam, blieb er stehen und zog seinen *Kris,* dessen Klinge im Licht des Mondes schimmerte.

Dreihundert Schritte entfernt stand eine lange Reihe Soldaten mit den Karabinern im Anschlag, bereit, auf ihn zu feuern.

Kapitel 10

Die Jagd auf den Piraten

Zu anderen Zeiten hätte Sandokan, wenn auch so gut wie unbewaffnet und einem Feind gegenüber, der fünfzig Mal so viele Männer zählte, nicht einen einzigen Augenblick gezögert, sich den Spitzen der Bajonette entgegenzuwerfen, um sich, koste es was es wolle, einen Weg hindurch zu bahnen, aber nun da er liebte, nun da er wiedergeliebt wurde und wusste, dass das göttliche Wesen ihm vielleicht ängstlich mit den Blicken folgte, wollte er nicht solch eine Dummheit begehen, die ihn das Leben und sie wer weiß wie viele Tränen kosten konnte.

Dennoch musste er einen Weg finden, in den Wald zu gelangen und von dort aus ans Meer, seiner einzigen Möglichkeit zu entkommen.

„Ich kehre um", sagte er. „Und dann werden wir sehen."

Er stieg die Stufen wieder hinauf, ohne dass die Soldaten ihn bemerkt hatten und betrat, mit dem *Kris* in der Hand, erneut den Salon.

Der Lord war noch dort, mit finsterer Miene und mit verschränkten Armen, die junge Lady hingegen war verschwunden.

„Mein Herr", sagte Sandokan und trat näher. „Wenn Ihr mein Gast gewesen wärt, wenn ich Euch Freund genannt und dann entdeckt hätte, dass Ihr ein Todfeind seid, ich hätte Euch die Tür gewiesen, aber ich hätte Euch keinen feigen Hinterhalt gelegt. Dort hinten, auf dem Weg, den ich nehmen muss, stehen fünfzig, vielleicht hundert Männer, bereit, mich zu erschießen. Sagt ihnen, sie sollen sich zurückziehen und mir den Weg freigeben."

„Der unbezwingbare Tiger fürchtet sich also?", fragte der Lord mit kalter Ironie.

„Ich mich fürchten! Nein, wahrhaftig nicht, Mylord, aber hier geht es nicht um Kampf, sondern darum, einen unbewaffneten Mann zu ermorden."

„Das geht mich nichts an. Hinaus, entehrt mein Haus nicht länger, oder bei Gott ..."

„Droht mir nicht, Mylord, denn der Tiger wäre fähig, die Hand zu beißen, die ihn gepflegt hat."

„Hinaus, sage ich!"

„Sagt zuerst den Männern, dass sie sich zurückziehen sollen."

„Dann also Ihr gegen mich, Tiger von Malaysia!", brüllte der Lord, zog seinen Säbel und verschloss die Tür.

„Ah! Ich wusste, dass Ihr versuchen würdet, mich hinterhältig zu ermorden", sagte Sandokan. „Gebt den Weg frei, Mylord, oder ich werde mich auf Euch stürzen."

Aber stattdessen nahm der Lord ein Horn von einem Haken und ließ einen durchdringenden Ton erklingen.

„Ah! Verräter!", schrie Sandokan, dem das Blut in den Adern kochte.

„Es ist an der Zeit, Ruchloser, dass du in unsere Hände fällst", sagte der Lord. „In wenigen Minuten werden die Soldaten hier sein und binnen vierundzwanzig Stunden wirst du hängen."

Ein tiefes Grollen kam aus Sandokans Kehle. Mit einem katzengleichen Satz ergriff er einen schweren Sessel und sprang auf den Tisch, der in der Mitte des Salons stand.

Er war furchterregend anzusehen: Seine Gesichtszüge waren wutverzerrt, in seinen Augen blitzten zornige Flammen, und wie ein Raubtier fletschte er die Zähne.

In diesem Augenblick ertönte draußen das Schmettern einer Trompete und im Gang eine Stimme, Mariannas Stimme, die verzweifelt schrie:

„Flieh Sandokan! ...“

„Blut! ... Ich sehe Blut! ...“, brüllte der Pirat.

Er nahm den Sessel und warf ihn mit aller Wucht gegen den Lord, der, mitten auf der Brust getroffen, wie ein Stein zu Boden fiel.

Wie der Blitz war Sandokan mit erhobenem *Kris* über ihm.

„Töte mich, du Mörder“, röchelte der Lord.

„Erinnert Euch, was ich vor Tagen zu Euch sagte“, erwiderte der Pirat. „Ich werde Euch schonen, aber ich muss Euch kampfunfähig machen.“

Und mit außerordentlichem Geschick packte er den Lord, drehte ihn herum und band seine Arme und Beine fest mit einem Tuch zusammen. Dann nahm er ihm den Säbel ab, stürzte in den Gang hinaus und rief:

„Marianna, hier bin ich! ...“

Die junge Lady stürzte in seine Arme, zog ihn in ihr Zimmer und sagte unter Tränen:

„Sandokan, ich habe die Soldaten gesehen. Oh mein Gott, du bist verloren!“

„Noch nicht“, erwiderte der Pirat. „Ich werde den Soldaten entkommen, du wirst sehen.“

Er fasste sie beim Arm und führte sie ans Fenster, wo er sie einige Augenblicke voller Verzückung im Schein des Mondes betrachtete.

„Marianna“, sagte er, „schwöre, dass du meine Frau sein wirst.“

„Ich schwöre es beim Andenken meiner Mutter“, erwiderte die junge Frau.

„Und du wirst auf mich warten?“

„Ja, ich verspreche es dir."

„Gut. Ich werde fliehen, aber in ein oder zwei Wochen werde ich mit meinen tapferen Tigerchen hierher zurückkehren, um dich zu holen.

Und nun zu euch, ihr englischen Hunde!", rief er und richtete sich stolz auf. „Ich kämpfe für die Perle von Labuan!"

Behände kletterte er auf das Fensterbrett und sprang hinunter, mitten hinein in ein dichtbewachsenes Beet, das ihn vollständig verbarg.

Die Soldaten, sechzig oder siebzig an der Zahl, hatten den Park umstellt und rückten langsam, die Gewehre schussbereit in der Hand, bis an das Herrenhaus vor. Sandokan, der sich wie ein Tiger im Gebüsch verborgen hielt, mit dem Säbel in der Rechten und dem *Kris* in der Linken, hielt den Atem an und rührte sich nicht, kauerte in geduckter Haltung, bereit, sich auf die Soldaten zu stürzen und ihre Reihen mit unwiderstehlicher Kraft zu durchbrechen.

Die einzige Bewegung, die er machte, war, nach oben zu dem Fenster zu schauen, an dem, wie er wusste, seine geliebte Marianna stand und mit wer weiß welchen Ängsten den Ausgang dieses entscheidenden Kampfes erwartete.

Schon bald waren die Soldaten nur noch wenige Schritte von dem Beet entfernt, in dem er sich verborgen hielt. Aber als sie dort angekommen waren, blieben sie stehen, so als seien sie unentschlossen, was zu tun sei und fürchteten sich davor, was geschehen könnte.

„Gemach, Männer", sagte ein Korporal. „Warten wir auf das Signal, ehe wir weiter vorrücken."

„Fürchtet Ihr, dass der Pirat sich versteckt hat?", fragte ein Soldat.

„Ich fürchte eher, dass er alle Bewohner der Villa niedergemacht hat, denn es ist kein Geräusch zu hören."

„Ob er dazu fähig ist?"

„Er ist ein Bandit, der zu allem fähig ist", entgegnete der Korporal. „Ah! Wie würde es mich freuen, ihn an der Spitze einer Rah zappeln zu sehen, mit einem starken Strick um den Hals."

Sandokan, dem kein Wort entging, knurrte leise und starrte mit blutunterlaufenen Augen auf den Korporal.

„Warte nur", raunte er und knirschte mit den Zähnen. „Du wirst der erste sein, der fällt."

In diesem Augenblick erklang aus dem Herrenhaus das Horn des Lords.

„Wieder ein Signal", murmelte Sandokan.

„Vorwärts!", befahl der Korporal. „Der Pirat ist in der Nähe des Hauses."

Die Soldaten kamen langsam näher und blickten sich beunruhigt in alle Richtungen um. Sandokan maß mit einem Blick die Entfernung ab, erhob sich auf die Knie und stürzte sich dann mit einem Satz auf die Feinde. Dem Korporal den Schädel zu spalten und im nahen Gebüsch zu verschwinden war eine Sache von Sekunden.

Den Soldaten, verblüfft ob solcher Verwegenheit und entsetzt über den Tod ihres Korporals, kam es nicht gleich in den Sinn zu feuern. Dieses kurze Zögern genügte Sandokan, um die Umfriedung zu erreichen, sie mit einem einzigen Satz zu überwinden und auf der anderen Seite zu verschwinden.

Bald erklang wütendes Gebrüll, begleitet von Gewehrsalven. Wie ein Mann stürzten Offiziere und Soldaten aus dem Park heraus, schwärmten in alle Richtungen aus und feuerten überall hin in der Hoffnung, den Flüchtigen zu erwischen, aber es war bereits zu spät. Sandokan, auf

wundersame Weise der bewaffneten Umzingelung entkommen, preschte schnell wie ein Pferd davon, immer
tiefer in die Wälder hinein, die das Landgut von Lord
James umgaben.

Frei und im dichten Gehölz, wo er tausenderlei Listen
anwenden, sich überall verstecken und jede Art von Widerstand leisten konnte, fürchtete er die Engländer nicht
länger. Was kümmerte es ihn, dass sie ihn verfolgten,
dass sie überall nach ihm suchten, wenn vor ihm freier
Raum lag und eine Stimme in seinem Ohr ihm ständig
zuflüsterte: „Flieh, denn ich liebe dich."

„Sollen sie mich nur suchen, hier inmitten der wilden Natur", sagte er während er immer noch weiter lief. „Sie werden auf den freien Tiger treffen, zu allem bereit, zu allem
entschlossen. Sollen nur ihre rauchenden Kreuzer die Gewässer der Insel durchpflügen, sollen sie nur ihre Soldaten
durchs Gehölz jagen, sollen sie nur alle Einwohner von Victoria zu Hilfe rufen, ich werde dennoch zwischen ihren Bajonetten und Kanonen hindurch gelangen. Aber bald werde
ich zurückkehren, himmlisches Wesen, das schwöre ich dir,
an der Spitze meiner Tapferen werde ich hierher kommen,
nicht als Besiegter, sondern als Sieger und werde dich auf
immer von diesem verhassten Ort fortbringen!"

Mit jedem Schritt den er sich weiter entfernte, wurden
die Rufe der Verfolger und die Schüsse ihrer Gewehre
immer leiser, bis sie schließlich nicht mehr zu hören waren.

Er blieb einen Moment zu Füßen eines riesigen Baumes
stehen, um Atem zu schöpfen und nach einem Weg durch
das Gewirr der Pflanzen zu suchen, eine immer noch größer und gewundener als die andere.

Die Nacht war sternenklar, denn der Mond schien von
einem wolkenlosen Himmel herab und goss sein bläuli-

ches, unendlich sanftes und wie durchsichtiges Licht bis unter das Laub des Waldes.

„Also", sagte der Pirat und sah zu den Sternen auf, um sich zu orientieren, „im Rücken habe ich die Engländer, vor mir in westlicher Richtung das Meer. Wenn ich gleich in diese Richtung gehe, könnte ich auf einen Trupp stoßen, denn sie werden vermuten, dass ich versuche, die nächstgelegene Küste zu erreichen. Es wird besser sein, vom geraden Weg abzuweichen, mich in südliche Richtung zu halten und weit entfernt von hier ans Meer zu gelangen. Dann also auf, und Augen und Ohren offen gehalten."

Er nahm all seine Kraft und seinen Willen zusammen, wandte sich von der Küste ab, die nicht sehr weit sein konnte, und begab sich wieder in den Wald hinein, bahnte sich mit aller Vorsicht einen Weg durchs Gebüsch, stieg über Stämme, die aus Altersschwäche umgestürzt oder vom Blitz gefällt worden waren, und kletterte Bäume hinauf, wenn die Wand aus Pflanzen so dicht wurde, dass selbst ein Affe nicht hätte hindurch kommen können.

So lief er drei Stunden lang, hielt inne, wenn ein Vogel, aufgeschreckt durch seine Gegenwart, kreischend aufstieg oder ein wildes Tier fauchend floh, und machte schließlich an einem Wildbach, der schwarzes Wasser führte, Halt. Er stieg hinein und folgte seinem Lauf etwa fünfzig Meter, wobei er tausende von Larven zertrat, und gelangte schließlich an eine breiten Ast, an dem er sich in einen dicht belaubten Baum hinauf zog.

„Das wird ausreichen, um meine Spuren auch für die Hunde zu verwischen", sagte er. „Jetzt kann ich, ohne Angst aufgespürt zu werden, ausruhen."

Seit etwa einer halben Stunde befand er sich dort, als er in geringer Entfernung ein leises Geräusch vernahm, das einem weniger scharfen Gehör als dem seinen wohl entgangen wäre. Vorsichtig schob er die Blätter zur Seite, hielt den Atem an und ließ seinen Blick suchend durch den dunklen Schatten des Waldes wandern.

Zwei Männer näherten sich, bis zur Erde hinab gebeugt und aufmerksam nach rechts und nach links spähend. Sandokan sah, dass es zwei Soldaten waren.

„Der Feind!", flüsterte er. „Habe ich mich verirrt oder waren sie mir so dicht auf den Fersen?"

Die zwei Soldaten, die augenscheinlich nach den Spuren des Piraten suchten, machten nach einigen Metern Halt und blieben beinahe unmittelbar unter dem Baum stehen, auf dem Sandokan Zuflucht gesucht hatte.

„Weißt du, John", sagte einer der beiden, „dass ich mich fürchte in diesem finsteren Wald?"

„Ich fürchte mich auch, James", entgegnete der andere. „Der Mann, den wir suchen, ist schlimmer als ein Tiger, jeden Moment kann er sich plötzlich auf uns stürzen und uns beide erledigen. Hast du gesehen, wie er im Park unseren Gefährten getötet hat?"

„Nie werde ich das vergessen, John. Es schien, als sei er kein Mann, sondern ein Ungeheuer, das uns alle in winzig kleine Stücke reißen will. Glaubst du, es wird uns gelingen, ihn zu fassen?"

„Ich habe meine Zweifel, auch wenn der Baronet William Rosenthal fünfzig nagelneue Pfund Sterling auf seinen Kopf ausgesetzt hat. Während wir alle ihn in westlicher Richtung verfolgen, damit er nicht an Bord irgendeiner *Proa* gehen kann, läuft er vielleicht nach Norden oder nach Süden."

„Aber morgen oder spätestens übermorgen wird ein Kreuzer in See stechen, um seine Flucht zu verhindern."

„Du hast Recht, mein Freund. Also, was tun wir?"

„Lass uns erst einmal bis zur Küste gehen, dann sehen wir weiter."

„Sollen wir auf Sergeant Willis warten, der hinter uns ist?"

„Wir werden an der Küste auf ihn warten."

„Hoffen wir, dass er dem Piraten entkommt. Lass uns weitergehen."

Die beiden Soldaten schauten noch einmal ringsumher, dann schlichen sie in westliche Richtung davon und verschwanden im Dunkel der Nacht.

Sandokan, dem keine Silbe ihrer Unterhaltung entgangen war, wartete noch eine halbe Stunde ab, dann ließ er sich sanft auf den Boden hinuntergleiten.

„Nun gut", sagte er. „Alle verfolgen mich in westlicher Richtung, dann werde ich weiter nach Süden gehen, da ich nun weiß, dass ich dort auf keine Feinde treffen werde. Aber ich muss auf der Hut sein: Sergeant Willis ist mir noch auf den Fersen."

Er nahm seinen lautlosen Marsch in südliche Richtung wieder auf, durchquerte nochmals den Wildbach und bahnte sich einen Weg durch den dichten Vorhang der Pflanzen.

Gerade wollte er um einen mächtigen Kampferbaum herum gehen, der ihm den Weg versperrte, als eine drohende, gebieterische Stimme rief:

„Keinen Schritt weiter und keine Bewegung, sonst töte ich Euch wie einen Hund!"

Kapitel 11

Giro-Batol

Der Pirat, unerschrocken ob der barschen Aufforderung, die ihn sehr wohl das Leben kosten konnte, drehte sich langsam herum und legte eine Hand an den Säbel, um sich, falls nötig, seiner zu bedienen.

Sechs Schritte von ihm entfernt hatte sich hinter einem Gebüsch ein Mann erhoben, ein Soldat, zweifellos der Sergeant Willis, den die zwei Fährtenleser erwähnt hatten, und der ihn kaltblütig ins Visier nahm, entschlossen, wie es schien, seine Drohung wortwörtlich wahrzumachen.

Sandokan sah in seelenruhig an, aber seine Augen blitzten sonderbar in der tiefen Dunkelheit, dann brach er in schallendes Gelächter aus.

„Warum lacht Ihr?", fragte der Sergeant erstaunt und verwirrt. „Dies scheint mir nicht der richtige Augenblick dafür."

„Ich lache, weil es mir so seltsam erscheint, dass du mir mit dem Tode drohst", erwiderte Sandokan. „Weißt du, wer ich bin?"

„Der Anführer der Piraten von Mompracem."

„Bist du ganz sicher?", fragte Sandokan, und in seiner Stimme lag ein seltsames Zischen.

„Oh! Ich würde einen Wochenlohn gegen einen Penny wetten, dass ich mich nicht täusche."

„In der Tat, ich bin der Tiger von Malaysia!"

„Ah! ..."

Die beiden Männer betrachteten sich einige Minuten schweigend, Sandokan spöttisch, bedrohlich und selbstsicher, der andere erschrocken, allein diesem Mann von legendärer Tapferkeit gegenüber zu stehen, aber dennoch entschlossen, nicht zurückzuweichen.

„Also, Willis, komm und ergreif mich", sagte Sandokan.

„Willis!", rief der Soldat aus, von abergläubischem Entsetzen gepackt. „Woher wisst Ihr meinen Namen?"

„Nichts entgeht einem Mann, der der Hölle entsprang", erwiderte der Tiger mit einem bösen Lächeln.

„Ihr macht mir Angst."

„Angst!", rief Sandokan. „Willis, ich sehe Blut! ..."

Verblüfft und erschrocken hatte der Soldat sein Gewehr gesenkt, da er nicht mehr wusste, ob er es mit einem Mann oder einem Dämon zu tun hatte. Jetzt wich er eilig zurück und wollte wieder anlegen, aber Sandokan hatte ihn nicht aus den Augen gelassen, war wie der Blitz bei ihm und warf ihn zu Boden.

„Gnade! Gnade!", stammelte der arme Sergeant als er die Spitze des Säbels auf sich gerichtet sah.

„Ich schenke dir das Leben", sagte Sandokan.

„Kann ich Euch glauben?"

„Der Tiger von Malaysia macht keine leeren Versprechen. Steh auf und hör mir zu."

Zitternd erhob sich der Sergeant und betrachtete Sandokan mit ängstlichem Blick.

„Sprecht", sagte er.

„Ich habe gesagt, dass ich dir das Leben schenke, aber du musst auf all meine Fragen antworten."

„Fragt!"

„Wohin glaubt man, dass ich geflohen sei?"

„In Richtung der westlichen Küste."

„Wie viele Männer folgen mir?"

„Das kann ich nicht sagen, es wäre Verrat."

„Da hast du Recht und ich tadele dich nicht, ich achte dich sogar dafür."

Der Sergeant sah ihn voller Staunen an.

„Was seid Ihr für ein Mann?", fragte er. „Ich dachte, Ihr wäret ein elender Mörder, aber nun sehe ich, dass die anderen sich irren."

„Das tut nichts zur Sache. Zieh deine Uniform aus."

„Was wollt Ihr damit?"

„Ich brauche sie zur Flucht, nichts weiter. Sind indische Soldaten unter den Männer, die mich verfolgen?"

„Ja, *Sepoy*."

„Gut. Zieh dich aus und wehr dich nicht, wenn du willst, dass wir als gute Freunde auseinandergehen."

Der Soldat gehorchte. Sandokan zwängte sich in die Uniform, schnallte sich den Degen und den Patronengurt um, setzte sich die Mütze auf den Kopf und warf sich den Karabiner über die Schulter.

„Jetzt lass dich fesseln", sagte er dann zu dem Soldaten.

„Wollt Ihr, dass die Tiger mich fressen?"

„Pah! Hier gibt es nicht so viele Tiger wie du glaubst. Außerdem muss ich Vorkehrungen treffen, damit du mich nicht verraten kannst."

Mit seinen starken Armen packte er den Soldaten, der nicht wagte, sich zu wehren, band ihn mit einem festen Strick an einen Baum und entfernte sich dann mit raschen Schritten, ohne noch einmal zurückzublicken.

„Jetzt aber rasch", sagte er. „Heute Nacht muss ich die Küste erreichen und in See stechen, denn morgen wird es zu spät sein. Mit der Kleidung, die ich jetzt trage, kann ich vielleicht den Verfolgern entkommen und an Bord eines Schiffes gehen, das zu den Romades segelt. Von dort aus kann ich nach Mompracem gelangen und dann ... Ah! Marianna, du wirst mich bald wiedersehen, aber als furchterregenden Sieger! ..."

Beim Klang dieses Namens, der beinahe unwillkürlich über seine Lippen gekommen war, verfinsterte sich die

Stirn des Piraten und sein Gesicht verzog sich schmerzlich. Er legte die Hände auf sein Herz und seufzte.

„Schweig! Schweig still!", flüsterte er betrübt. „Arme Marianna, wer weiß, welche Ängste gerade ihr Herz bewegen. Vielleicht denkt sie, ich sei besiegt, verwundet, oder läge in Ketten wie ein wildes Tier, oder gar ich sei tot.

Ich gäbe jeden einzelnen Tropfen meines Blutes, wenn ich sie nur einen Augenblick sehen könnte, um ihr zu sagen, dass der Tiger noch lebt und zurückkehren wird!

Nur Mut, denn den werde ich brauchen. Heute Nacht werde ich diese ungastlichen Gestade verlassen und ihr Schwur wird mich begleiten. Dann werde ich zu meiner wilden Insel zurückkehren.

Und dann, was werde ich tun? Werde ich meinem Abenteurerleben Lebewohl sagen, meiner Insel, meinen Piraten, meinem Meer? All das habe ich ihr geschworen, und für dieses himmlische Wesen, die das unbezwingbare Herz des Tigers von Malaysia in Ketten gelegt hat, werde ich alles tun.

Still, ich darf nicht mehr von ihr sprechen, sonst werde ich verrückt. Vorwärts, ich muss weiter!"

Er beschleunigte seine Schritte und presste seine Hände fest auf die Brust, so als wolle er sein ungestüm pochendes Herz zum Schweigen bringen.

Er lief die ganze Nacht hindurch, versuchte, sich an den Gestirnen zu orientieren, durchquerte Wälder mit riesenhaften Bäumen, kleinere Haine und hügelige, von Bächen und Teichen durchzogene Graslandschaften.

Als die Sonne aufging, machte er bei einer Gruppe von mächtigen *Durianbäumen* Halt, um ein wenig Atem zu schöpfen und sich zu vergewissern, dass der Weg frei war.

Gerade wollte er sich in ein Geflecht aus Lianen schwingen, als er eine Stimme rufen hörte:

„Heda, Kamerad! Was sucht Ihr dort drinnen? Gebt Acht, dass sich dort nicht ein Pirat verbirgt, der schrecklicher ist, als die Tiger Eurer Heimat."

Sandokan, nicht im Mindesten überrascht und sicher, dass er durch die Uniform, die er trug, nichts zu befürchten hatte, drehte sich herum und sah ganz in der Nähe im kühlen Schatten einer Arekapalme zwei Soldaten liegen. Er betrachtete sie näher und glaubte, in ihnen die beiden zu erkennen, die Sergeant Willis vorausgegangen waren.

„Was tut ihr hier?", fragte Sandokan mit kehliger Stimme in gebrochenem Englisch.

„Wir ruhen ein wenig aus", entgegnete einer der beiden. „Wir waren die ganze Nacht auf Verfolgungsjagd und sind erschöpft."

„Wart ihr auch auf der Suche nach dem Pirat? ..."

„Ja, und ich kann Euch sagen, Sergeant, dass wir seine Spuren entdeckt haben."

„Oh!", sagte Sandokan und tat erstaunt. „Und wo habt ihr sie entdeckt?"

„In dem Wäldchen, das wir gerade durchquert haben."

„Und dann habt ihr sie wieder verloren?"

„Wir konnten sie nirgends mehr finden", sagte einer der Soldaten verärgert.

„In welche Richtung verliefen sie?"

„Zum Meer hin."

„Dann sind wir uns völlig einig."

„Was wollt Ihr damit sagen, Sergeant?", fragten die beiden und sprangen auf.

„Dass ich und Willis ..."

„Willis! ... So habt Ihr ihn getroffen?"

„Ja, vor zwei Stunden haben wir uns getrennt."

„Sprecht weiter, Sergeant."

„Ich wollte euch sagen, dass ich und Willis sie in der Nähe des roten Hügels wiedergefunden haben. Der Pirat versucht, die Nordküste der Insel zu erreichen, das steht fest."

„Dann haben wir eine falsche Fährte verfolgt! ..."

„Nein, Freunde", sagte Sandokan, „Vielmehr hat uns der Pirat geschickt an der Nase herumgeführt."

„Aber wie denn?", fragte der ältere der beiden.

„Indem er, dem Bett eines Baches folgend, wieder nach Norden gelaufen ist. Er hat listig seine Spuren im Wald hinterlassen, um vorzutäuschen, er fliehe nach Osten, aber dann hat er stattdessen Kehrt gemacht."

„Was sollen wir jetzt tun?"

„Wo sind eure Kameraden?"

„Sie durchkämmen zwei Meilen entfernt von hier den Wald und arbeiten sich in östliche Richtung vor."

„Kehrt sofort zurück und gebt ihnen den Befehl, sich ohne Zeit zu verlieren in Richtung der Nordküste der Insel zu bewegen. Beeilt euch: Der Lord hat demjenigen, der den Piraten entdeckt, hundert Pfund Sterling versprochen."

Mehr brauchte es nicht, um die beiden Soldaten anzuspornen. Hastig nahmen sie ihre Gewehre, stopften die Pfeifen, die sie eben geraucht hatten, in ihre Taschen, verabschiedeten sich von Sandokan und verschwanden eilig unter den Bäumen.

Der Tiger von Malaysia folgte ihnen mit dem Blick, bis sie nicht mehr zu sehen waren, dann machte er sich wieder auf den Weg durch das Dickicht und murmelte:

„Solange sie mir den Weg frei halten, kann ich ein paar Stunden schlafen. Danach sehen wir weiter."

Er trank etwas von dem *Whisky,* mit dem Willis' Feldflasche prall gefüllt war, aß ein paar Bananen, die er im

Wald gepflückt hatte, bettete dann seinen Kopf auf ein Büschel Gras und schlief tief und fest ein, ohne sich weiter um seine Feinde zu bekümmern.

Wie lange er schlief? Sicher nicht länger als drei oder vier Stunden, denn als er die Augen aufschlug, stand die Sonne noch hoch am Himmel. Gerade wollte er aufstehen, um sich wieder auf den Weg zu machen, als er ganz in der Nähe einen Gewehrschuss vernahm, gefolgt vom eiligen Galopp eines Pferdes.

„Ob sie mich entdeckt haben?", murmelte Sandokan und duckte sich wieder ins Dickicht.

Eilig lud er den Karabiner, schob vorsichtig die Blätter beiseite und spähte hinaus. Zunächst konnte er nichts sehen, sondern hörte nur den rasch näher kommenden Galopp des Pferdes. Er dachte, es handle sich wohl um irgendeinen Jäger auf der Fährte eines Babirusa, aber bald sah er, dass er sich getäuscht hatte. Die Jagd galt einem Mann.

Und tatsächlich kam nur einen Augenblick später jemand, nach seiner rötlich-dunklen Hautfarbe zu urteilen ein Eingeborener oder Malaie, in schnellem Lauf über die kleine Lichtung gerannt und versuchte, ein Dickicht aus Bananenstauden zu erreichen. Er war von kleinem Wuchs, kräftig gebaut und fast nackt, denn er trug nur einen zerfetzten Schurz und eine Kopfbedeckung aus *Rotang*-Fasern, aber in der rechten Hand hielt er einen knorrigen Stock und in der linken einen *Kris* mit gewundener Klinge.

Er lief so schnell, dass Sandokan ihn nicht genauer erkennen konnte. Doch er sah, wie er sich mit einem Satz zwischen die Bananenbäume warf und unter den riesigen Blättern verschwand.

„Wer mag das sein?", fragte sich Sandokan verwundert. „Ganz sicher war es ein Malaie."

Plötzlich schoss ihm ein Gedanke durch den Kopf.

„Was, wenn es einer meiner Männer ist?", fragte er sich. „Ob Yanez einige Männer an Land gesetzt hat, um nach mir zu suchen? Er wusste ja, dass ich nach Labuan wollte."

Gerade wollte er das Dickicht verlassen, um dem Fliehenden zu folgen, als am Rande des Wäldchens ein Reiter erschien.

Es war ein bengalischer Reitersoldat. Er schien außer sich vor Wut, denn er fluchte, malträtierte sein Pferd mit den Sporen und zerrte wild am Zaumzeug. Fünfzig Schritte von dem Bananenwäldchen entfernt sprang er behände aus dem Sattel, band das Pferd an die Wurzel eines Baumes, lud seine Muskete, blickte forschend auf die nahen Bäume und lauschte.

„Alle Donner des Himmels!", rief er aus. „Er wird ja wohl nicht im Erdboden verschwunden sein! ... Irgendwo muss er sich versteckt halten und bei Gott, er wird meiner Muskete nicht ein zweites Mal entgehen. Ich weiß wohl, dass ich es mit dem Tiger von Malaysia zu tun habe, aber John Gibbis hat keine Angst. Wäre dieses verdammte Pferd nicht hochgestiegen, dann würde der elende Pirat jetzt nicht mehr leben."

Während er so vor sich hin redete, hatte der Kavallerist auch den Säbel gezogen und war in ein kleines Dickicht aus Arekapalmen und Büschen vorgedrungen, wo er vorsichtig die Zweige beiseite bog. Diese Gruppe von Bäumen grenzte an das Bananenwäldchen, aber es schien zweifelhaft, ob er den Flüchtling aufspüren würde. Der hatte sich, über Lianen und Wurzeln kriechend, weiter entfernt und ein Versteck gefunden, in dem er vor jeder Suche in Sicherheit war.

Vergeblich versuchte Sandokan, der sich nicht aus dem Dickicht fortbewegt hatte, zu ergründen, wo der Malaie sich verborgen hielt. So sehr er sich auch reckte, um über und unter die großen Blätter zu spähen, er konnte ihn nirgends entdecken. Aber er hütete sich wohl davor, den Reitersoldat auf die richtige Fährte zu locken, denn er wollte den armen Eingeborenen nicht verraten, der ohne eigene Schuld zum Verfolgten geworden war.

„Ich will lieber versuchen, ihn zu retten", murmelte er. „Es kann einer von meinen Männern sein, oder ein Späher, den Yanez hergeschickt hat. Man muss den Kavalleristen auf eine andere Fährte schicken, sonst findet er ihn am Ende doch."

Gerade wollte er in das Dickicht vordringen, als er sah, wie sich eine Liane bewegte.

Rasch drehte er sich herum, und da sah er den Malaien. Aus Angst entdeckt zu werden, war der Arme dabei, an jenen pflanzlichen Seilen empor zu klettern, um in die Spitze eines Mangobaumes zu gelangen, dessen dichtes Blattwerk ein ausgezeichnetes Versteck abgab.

„Er ist schlau", murmelte Sandokan.

Er wartete darauf, dass er die Zweige erreichte und sich herumdrehte. Als er schließlich das Gesicht erkannte, konnte er nur mit Mühe einen Schrei der Freude und Überraschung unterdrücken.

„Giro-Batol!", hauchte er. „Ah! Mein tapferer Malaie! ... Wie kommt es, dass er hier ist, und noch lebt? ... Ich erinnere mich doch, dass ich ihn sterbend und todgeweiht auf der sinkenden *Proa* zurückließ. Welch ein Glück! ... Seine Seele muss sehr fest in seinem Körper sitzen. Auf, ich will ihn retten! ..."

Er lud den Karabiner, ging um das Dickicht herum, erschien dann plötzlich am Rande des Wäldchens und rief:

„Heda, Freund! ... Was sucht Ihr da so emsig? Habt Ihr ein Babirusa angeschossen? ..."

Beim Klang der Stimme sprang der Reitersoldat behände mit gezückter Muskete aus dem Gebüsch hervor und stieß einen überraschten Schrei aus.

„Sieh an! Ein Sergeant!", rief er.

„Überrascht Euch das, mein Freund?"

„Wo kommt Ihr so plötzlich her?"

„Aus dem Wald. Ich hörte einen Gewehrschuss und beeilte mich hierher zu kommen, um zu sehen, was geschehen ist. Habt Ihr auf ein Babirusa geschossen?"

„Oh ja, auf ein Babirusa, das gefährlicher ist als ein Tiger", entgegnete der Kavallerist mit unterdrücktem Zorn.

„Was für ein Tier war das?"

„Wart Ihr nicht auch auf der Suche nach jemandem?", fragte der Soldat.

„Doch."

„Nach dem Tiger von Malaysia, nicht wahr, Sergeant?"

„Ganz genau."

„Habt Ihr den schrecklichen Pirat gesehen?"

„Nein, aber ich habe seine Spur entdeckt."

„Und ich, Sergeant, habe den Piraten selbst aufgespürt."

„Nicht möglich! ..."

„Er war es, auf den ich geschossen habe."

„Und ... Ihr habt ihn verfehlt?"

„Wie ein grüner Jägersbursche."

„Wo hat er sich versteckt?"

„Ich fürchte, er hat bereits das Weite gesucht. Ich sah, wie er über die Lichtung lief und sich in dieses Dickicht schlug."

„Dann werdet Ihr ihn nicht mehr finden."

„Das befürchte ich auch. Dieser Mann ist flinker als ein Affe und furchterregender als ein Tiger."

„Und fähig, uns beide ins Jenseits zu befördern."

„Ich weiß, Sergeant. Wären da nicht die von Lord Guillonk ausgesetzten hundert Pfund Sterling, auf die ich zähle, um einen Bauernhof zu gründen, wenn ich einst den Säbel niederlege, hätte ich niemals gewagt, ihn zu verfolgen."

„Was wollt Ihr jetzt tun?"

„Ich weiß es nicht. Ich denke, weiter dieses Dickicht zu durchstöbern, wäre vergeudete Zeit."

„Wollt Ihr einen Rat?"

„Sprecht, Sergeant."

„Steigt wieder auf Euer Pferd und reitet den Rand des Waldes ab."

„Wollt Ihr Euch mir anschließen? Zu zweit wird unser Mut größer sein."

„Nein, Kamerad."

„Warum nicht, Sergeant?"

„Wollt Ihr, dass der Pirat entkommt?"

„Erklärt Euch."

„Wenn wir beide auf einer Seite suchen, wird der Tiger auf der anderen entkommen. Ihr reitet um den Wald herum und überlasst mir die Aufgabe, das Dickicht zu durchforsten."

„Einverstanden, aber unter einer Bedingung."

„Und die wäre?"

„Wir teilen das Kopfgeld, falls Ihr das Glück haben solltet, den Tiger niederzustrecken. Ich will nicht die ganzen hundert Pfund Sterling verlieren."

„Ich willige ein", sagte Sandokan mit einem Lächeln.

Der Reitersoldat steckte seinen Säbel in die Scheide, stieg in den Sattel, legte sich davor die Muskete zurecht und rief dem Sergeant zum Abschied zu:

„Wir treffen uns am gegenüberliegenden Rand des Waldes."

„Da kannst du lange auf mich warten", murmelte Sandokan.

Er wartete, bis der Kavallerist im Dickicht verschwunden war, trat dann unter den Baum, auf dem der Malaie sich versteckt hielt und sagte:

„Komm herunter, Giro-Batol."

Kaum hatte er zu Ende gesprochen, war der Malaie schon zu seinen Füßen und rief mit gebrochener Stimme:

„Ah ... mein Kapitän! ..."

„Bist du überrascht, mich lebend wiederzusehen, mein Tapferer?"

„Das könnt Ihr wohl glauben, Tiger von Malaysia", erwiderte der Pirat, dem Tränen in den Augen standen. „Ich glaubte, ich würde Euch niemals wiedersehen, denn ich war sicher, die Engländer hätten Euch getötet."

„Getötet! Alles Eisen der Engländer reicht nicht aus, um das Herz des Tigers von Malaysia zu treffen", erwiderte Sandokan. „Sie hatten mich schwer verletzt, das ist wahr, aber wie du siehst, bin ich genesen und bereit, den Kampf wieder aufzunehmen."

„Und all die anderen?"

„Ruhen in den Tiefen der See", erwiderte Sandokan mit einem Seufzen. „All die Tapferen, die ich zum Entern auf das verfluchte Schiff führte, sind unter den Schüssen der Leoparden gefallen."

„Aber wir werden sie rächen, nicht wahr, Kapitän? ..."

„Ja, und sehr bald schon. Aber welchem glücklichen Umstand ist es zu verdanken, dass du noch lebst? Ich erinnere mich, dass ich dich während der ersten Schlacht sterbend auf das Deck deiner *Proa* stürzen sah."

„Das ist wahr, Kapitän. Ein Geschosssplitter hatte mich am Kopf getroffen, aber er hat mich nicht getötet. Als ich wieder zu mir kam, sah ich die beklagenswerte *Proa,* die Ihr den Wellen überlassen hattet, durchsiebt von den Kugeln des Kreuzers sinken. Ich klammerte mich an ein

Wrackteil und schwamm in Richtung der Küste. Mehrere Stunden irrte ich auf dem Meer umher, dann verlor ich das Bewusstsein. Ich kam in der Hütte eines Eingeborenen wieder zu mir. Dieser gute Mann hatte mich fünfzehn Meilen vom Strand entfernt entdeckt, in sein *Kanu* gehoben und an Land gebracht. Er pflegte mich fürsorglich, bis ich wieder ganz gesund war."

„Und wohin warst du eben auf der Flucht?"

„Ich befand mich auf dem Weg zur Küste, wo ich ein *Kanu,* das ich selbst ausgehöhlt habe, zu Wasser lassen wollte, als mich jener Soldat angriff."

„Oh! Du besitzt ein *Kanu?*"

„Ja, mein Kapitän."

„Wolltest du nach Mompracem zurückkehren?"

„Ja, heute Nacht."

„Dann werden wir zusammen fahren, Giro-Batol."

„Wann?"

„Heute Abend werden wir an Bord gehen."

„Wollt Ihr mit in meine Hütte kommen, um Euch ein wenig auszuruhen?"

„Oh! ... Du besitzt sogar eine Hütte! ..."

„Ein Verschlag, den mir die Eingeborenen überlassen haben."

„Lass uns gleich dorthin aufbrechen. Wenn wir hier bleiben, laufen wir Gefahr, von dem Reitersoldaten überrascht zu werden."

„Wird er zurückkehren?"

„Ganz sicherlich."

„Dann lasst uns fliehen, Kapitän."

„Wir haben keine Eile. Wie du siehst, bin ich jetzt ein Sergeant der bengalischen Infanterie und kann dich daher beschützen."

„Ihr habt einem Soldaten die Kleider weggenommen?"

„Ja, Giro-Batol.“

„Welch ein Meisterstreich!“

„Still, lass uns aufbrechen, sonst bekommen wir es mit dem Kavalleristen zu tun. Ist es weit bis zu deiner Hütte?“

„In einer Viertelstunde sind wir da.“

„Gehen wir uns ein wenig ausruhen und später werden wir uns dann davonmachen.“

Die beiden Piraten verließen das Dickicht und nachdem sie sich vergewissert hatten, dass niemand in der Nähe war, überquerten sie rasch die Lichtung, um am anderen Ende wieder in den Wald einzutauchen. Gerade wollten sie sich unter dessen hohe Bäume begeben, als Sandokan einen wilden Galopp vernahm.

„Ah! Schon wieder dieser lästige Kavallerist“, rief er aus. „Rasch, Giro-Batol, spring dort ins Gebüsch! ...“

„Heda! ... Sergeant! ...“, brüllte der Kavallerist wutschnaubend. „Helft Ihr mir so, diesen Schurken von Pirat zu fangen? Während ich mein Pferd fast zuschanden reite, habt Ihr Euch nicht von der Stelle gerührt.“

Bei diesen Worten gab er seinem Ross die Sporen, so dass es aufstieg und vor Schmerzen wieherte.

Er hatte bereits die Lichtung überquert und bei einer vereinzelten Baumgruppe Halt gemacht.

Sandokan wandte sich ihm zu und erwiderte gelassen:

„Da ich die Spuren des Piraten wieder entdeckt habe, dachte ich, es sei unnütz, ihn durch den Wald zu verfolgen. Im Übrigen habe ich auf Euch gewartet.“

„Ihr habt seine Spuren entdeckt? ... Tausend Teufel! ... Wie viele Fährten hat der Schurke gelegt? ... Ich denke, er hat sich einen Spaß daraus gemacht, uns in die Irre zu führen.“

„Das vermute ich auch.“

„Wer hat sie Euch gezeigt? …"

„Ich habe sie selbst gefunden."

„Na, na, Sergeant! …", rief der Kavallerist in spöttischem Tonfall.

„Worauf wollt Ihr hinaus? …", fragte Sandokan und runzelte die Stirn.

„Dass sie Euch jemand gezeigt hat."

„Und wer? …"

„Ich sah einen Dunkelhäutigen bei Euch."

„Ich traf ihn zufällig und er hat mir Gesellschaft geleistet."

„Seid Ihr ganz sicher, dass es ein Eingeborener war?"

„Ich bin nicht blind."

„Und wo ist er hin?"

„In den Wald hinein. Er war auf der Fährte eines Babirusa."

„Ihr hättet ihn nicht gehen lassen sollen. Er hätte uns wichtige Hinweise geben können und dafür sorgen, dass wir uns doch noch die hundert Pfund Sterling verdienen."

„Hm … Ich fürchte beinahe, die sind bereits verloren, Kamerad. Ich für meinen Teil verzichte darauf und kehre zur Villa von Lord Guillonk zurück."

„Ich fürchte mich nicht, Sergeant!"

„Hehe … Kamerad! …"

„Und werde den Piraten weiter verfolgen."

„Wie Ihr meint."

„Glückliche Heimkehr!", rief der Kavallerist spöttisch.

„Schert Euch zum Teufel", murmelte Sandokan.

Der Reitersoldat war bereits davon geprescht, gab seinem Pferd wütend die Sporen und sprengte zurück in den Wald hinein, den er kurz zuvor durchquert hatte.

„Lass uns gehen", sagte Sandokan als er außer Sichtweite war. „Wenn er noch einmal zurückkehrt, werde ich ihn mit einem hübschen Karabinerschuss begrüßen."

Er ging hinüber zu Giro-Batols Versteck und die beiden machten sich auf den Weg durch den Wald. Sie überquerten eine weitere Lichtung und schlugen sich mitten hinein in das Dickicht der Pflanzen, wo sie sich mühsam einen Weg bahnten durch das Gewirr von dicht miteinander verflochtenen *Kalmus* und *Rotang* und einem wahren Netz aus Wurzeln, die sich in alle Richtungen über den Boden schlängelten. Sie gingen eine gute Viertelstunde, überquerten zahlreiche Bäche, an deren Ufern die Spuren der Männer zu sehen waren, die vor kurzem dort entlang gelaufen waren, und gelangten an ein Wäldchen, das so dicht und undurchdringlich war, dass beinahe kein Tageslicht hineindrang.

Giro-Batol blieb einen Augenblick stehen, um zu lauschen und sagte dann zu Sandokan:

„Dort, inmitten der Bäume, steht meine Hütte."

„Ein sicherer Unterschlupf", entgegnete der Tiger von Malaysia mit einem kleinen Lächeln. „Ich bewundere deine Umsicht."

„Kommt, mein Kapitän. Niemand wird uns hier stören."

Kapitel 12

Giro-Batols Kanu

G iro-Batols Hütte erhob sich inmitten des undurchdringlichen Dickichts, zwischen zwei gewaltigen
Pampelmusenbäumen, deren dichtes, üppiges Blätterdach
sie vollständig gegen die Strahlen der Sonne abschirmte.
Eher war es ein Bretterverschlag als eine Wohnstatt, gerade groß genug, um ein Eingeborenenpaar zu beherbergen,
niedrig und eng, mit einem Dach aus übereinander ge-
schichteten Bananenblättern und Wänden aus grob miteinander verflochtenen Ästen. Die einzige Öffnung war eine
Tür, von Fenstern keine Spur. Das Innere war wenig besser. Dort gab es nichts außer einem Bett aus getrockneten
Blättern, zwei groben Töpfen aus schlecht gebranntem
Lehm und zwei Steinen, die wohl als Feuerstelle dienten.
Es gab jedoch reichlich Lebensmittel, alle Arten von Früchten und sogar ein halbes Babirusa, erst wenige Monate alt,
das an den Hinterbeinen von der Decke herabhing.

„Meine Hütte ist nichts Besonderes, Kapitän", sagte Giro-Batol. „Aber hier könnt Ihr Euch ganz entspannt ausruhen, ohne Sorge, gestört zu werden. Nicht einmal die
Eingeborenen der Umgebung wissen, dass sich hier ein
Unterschlupf befindet. Wenn Ihr ein wenig schlafen wollt,
kann ich Euch dieses Bett aus Blättern, die ich heute Morgen frisch geschnitten habe, anbieten. Wenn Ihr Durst
habt, findet Ihr einen Kübel mit frischem Wasser und
wenn Ihr Hunger habt, gibt es Früchte und köstliche Ko-
teletts."

„Mehr brauche ich nicht, mein guter Giro-Batol", erwiderte Sandokan. „Auf so viel hatte ich gar nicht zu hoffen gewagt."

„Gebt mir eine halbe Stunde, dann röste ich Euch ein Stück Babirusa. Inzwischen könnt Ihr meine Speisekammer plündern. Hier habe ich ausgezeichnete Ananas, wohlschmeckende Bananen, *Pampelmusen,* so saftig, wie Ihr sie noch nie auf Mompracem gekostet habt, Früchte des Brotfruchtbaums von unglaublicher Größe und *Durianfrüchte,* die weicher sind als Rahm. Alles steht zu Eurer Verfügung."

„Danke, Giro-Batol. Ich werde zugreifen, denn ich bin so hungrig wie ein Tiger, der seit einer Woche nichts gefressen hat."

„Ich werde inzwischen Feuer machen."

„Wird man den Rauch nicht sehen? ..."

„Oh! ... Keine Sorge, mein Kapitän. Die Bäume sind so hoch und so dicht belaubt, dass nichts hindurchdringen wird."

Sandokan, der von den langen Märschen durch den Wald sehr ausgehungert war, machte sich an einen Palmkohl von nicht weniger als zwanzig Pfund und pflückte daraus jene weiße, süßliche Substanz, die an den Geschmack von Mandeln erinnert.

Unterdessen legte der Malaie trockene Zweige auf die Feuerstelle und zündete sie mithilfe zweier gespaltener Bambusstöcke an.

Die Malaien bedienen sich zum Feuer machen einer recht bemerkenswerten Methode, bei der sie keine Schwefelhölzchen benötigen. Sie nehmen zwei gespaltene Bambusstöcke und in die gewölbte Seite des einen schneiden sie eine Kerbe. Mit dem anderen beginnen sie nun, diese Kerbe zu reiben, zunächst langsam, dann immer schneller. Der feine Staub, der durch diese Reibung entsteht, entzündet sich allmählich und fällt auf ein wenig Zunder aus *Gamuti*-Fasern. Der Vorgang ist einfach und schnell und man benötigt dazu keine große Fingerfertigkeit, denn auch ich habe es einige Male so gemacht.

Giro-Batol machte sich daran, ein großes Stück Babirusa, gespießt auf einen grünen Stock und gehalten von zwei gegabelten Zweigen, die im Boden staken, zu rösten, dann zog er unter einem Haufen grüner Blätter ein Gefäß hervor, das einen wenig vielversprechenden Geruch verströmte, bei dem sich die jedoch die Nüstern des wilden Sohnes der malaiischen Wälder erwartungsvoll blähten.

„Was hast du da Gutes, Giro-Batol?", fragte Sandokan.

„Eine Köstlichkeit, mein Kapitän."

Sandokan sah in das Gefäß hinein und verzog das Gesicht.

„Ich ziehe das geröstete Babirusa vor, mein Freund. *Blachan* ist nichts für mich, aber ich danke dir trotzdem für das Angebot."

„Ich hatte es für besondere Gelegenheiten aufbewahrt, mein Kapitän", erwiderte der Malaie gekränkt.

„Du weißt ja, ich bin kein Malaie. Ich plündere deine Früchte und du kannst deine denkwürdige Spezialität verspeisen. Auf dem Meer würde sie noch verderben!"

Das ließ sich der Malaie nicht zweimal sagen und machte sich begierig und mit offensichtlichem Genuss über den Inhalt des Topfes her.

Blachan ist unter den Malaien ein äußerst beliebtes Gericht, die, was ihre Speisen angeht, den Chinesen, dem am wenigsten wählerischen Volk von allen, noch den Rang ablaufen. Sie verschmähen weder Schlangen noch halb verweste Tiere, weder Würmer in Soße noch Termitenlarven, nach denen sie in der Tat ganz verrückt sind. Das *Blachan* jedoch übertrifft jegliche Vorstellungskraft. Es ist eine Mischung aus gehackten Krabben und Kleinfischen, die erst in der Sonne ein wenig faulen gelassen und dann gesalzen wird. Der Geruch, den dieses Gemisch verströmt, ist unerträglich, ja, er erregt Übelkeit. Dennoch sind die Malaien und auch die Javaner ganz versessen auf dieses faulige Gericht und ziehen es dem Geflügel und den saftigen Rippen der Babirusas vor.

Während das Fleisch röstete, nahmen sie ihr Gespräch wieder auf.

„Heute Nacht werden wir uns also aufmachen, mein Kapitän?", fragte Giro-Batol.

„Ja, sobald der Mond untergegangen ist", erwiderte Sandokan.

„Wird der Weg frei sein?"

„Das hoffe ich."

„Ich fürchte mich vor einer weiteren unerfreulichen Begegnung, mein Kapitän."

„Mach dir keine Sorgen, Giro-Batol. Ein Sergeant wird ihnen nicht verdächtig vorkommen."

„Und wenn Euch trotz Eurer Kleider jemand erkennt?"

„Es gibt nur sehr wenige Personen, die mich kennen, und ich bin sicher, dass sie mir nicht über den Weg laufen werden."

„Dann habt Ihr Bekanntschaften geknüpft?"

„Sogar mit wichtigen Personen, mit Baronen und Grafen", erwiderte Sandokan.

„Ihr, der Tiger von Malaysia?", fragte Giro-Batol erstaunt.

Dann sah er Sandokan ein wenig verlegen an und fragte zögerlich:

„Und das weiße Mädchen?"

Der Tiger von Malaysia hob jäh den Kopf, blickte den Malaien mit düster funkelnden Augen an, seufzte tief und sagte:

„Still, Giro-Batol, still! Wecke in mir keine schlimmen Erinnerungen! ..."

Er schwieg eine Weile, den Kopf in die Hände gestützt, den Blick ins Leere gerichtet, dann sagte er, als spräche er zu sich selbst:

„Bald werden wir zurückkehren, hierher auf diese Insel. Das Schicksal wird mächtiger sein als mein Wille und dann ... selbst auf Mompracem, unter meinen Tapferen, wie könnte ich sie vergessen? So war die Niederlage nicht genug? Auch mein Herz musste ich auf dieser verfluchten Insel zurücklassen! ..."

„Wovon sprecht Ihr, mein Kapitän?", fragte Giro-Batol zutiefst verwundert.

Sandokan fuhr sich mit der Hand über die Augen, so als wolle er ein Traumbild fortwischen, schüttelte sich und sagte:

„Frag mich nicht, Giro-Batol."

„Aber wir werden hierher zurückkehren, ist es so?"

„Ja."

„Und werden die Gefährten rächen, die an den Ufern dieser verhassten Insel im Kampf starben."

„Ja, obwohl es vielleicht besser für mich wäre, diese Insel niemals wiederzusehen."

„Was sagt Ihr da, Kapitän?"

„Ich sage, dass diese Insel der Macht von Mompracem den Todesstoß versetzen und den Tiger von Malaysia für immer in Ketten legen könnte."

„Euch, der Ihr so stark und so furchterregend seid? Oh! Ihr werdet Euch doch nicht vor den englischen Leoparden fürchten!"

„Nein, vor ihnen nicht, aber ... wer kann schon im Buch des Schicksals lesen? Meine Arme sind stark, aber wird auch mein Herz es sein?"

„Das Herz? Ich verstehe Euch nicht, mein Kapitän."

„Es ist auch besser so. Zu Tisch, Giro-Batol ... Lass uns nicht an die Vergangenheit denken."

„Ihr macht mir Angst, Kapitän."

„Still, Giro-Batol!", sagte Sandokan gebieterisch.

Der Malaie wagte es nicht, weiter zu fragen. Er nahm das geröstete Fleisch herunter, das einen appetitlichen Geruch verbreitete, legte es auf ein großes Bananenblatt und reichte es Sandokan, dann kramte er in einem Winkel der Hütte herum und zog aus einem Loch eine halb zersprungene, aber sorgfältig mit einem Stopfen in Form einiger geschickt geflochtener *Rotang*-Fasern verschlossene Flasche hervor.

„Hier ist etwas *Gin,* mein Kapitän", sagte er und betrachtete die Flasche mit funkelnden Augen. „Es hat mich einige Mühe gekostet, sie den Eingeborenen zu entlocken und ich habe sie aufgehoben, um mich auf dem Meer damit zu stärken. Ihr könnt sie bis auf den letzten Tropfen leeren."

„Danke, Giro-Batol", erwiderte Sandokan mit einem traurigen Lächeln. „Wir werden sie brüderlich teilen."

Sandokan aß schweigend und schien die Mahlzeit weniger zu genießen, als der gute Malaie gehofft hatte, trank einige Schlucke *Gin* und streckte sich dann auf den frischen Blättern aus.

„Lass uns einige Stunden ruhen. Bis dahin ist es Abend geworden und dann werden wir darauf warten, dass der Mond untergeht."

Sorgfältig verschloss der Malaie die Hütte, löschte das Feuer, rollte sich, nachdem er die Flasche geleert hatte, in einer Ecke zusammen und träumte davon, bereits auf Mompracem zu sein.

Sandokan hingegen tat, obwohl er sehr müde war, da er die ganze vorherige Nacht hindurch gelaufen war, kein

Auge zu. Nicht weil er fürchtete, jeden Moment von den Feinden überrascht zu werden, denn es war unmöglich, dass diese eine so gut vor allen Blicken versteckte Hütte finden würden. Es waren vielmehr die Gedanken an die junge Engländerin, die ihn wach hielten. Was war nach den vorhergehenden Ereignissen mit Marianna geschehen? Was war zwischen ihr und Lord James vorgefallen? ... Und welche Absprachen hatten der alte Seewolf und der Baronet William Rosenthal getroffen? Würde er das Mädchen bei seiner Rückkehr noch auf Labuan und in Freiheit antreffen? Welch eine Eifersucht brannte im Herzen des schrecklichen Piraten! Und nichts für die geliebte Frau tun zu können! Nichts, außer zu fliehen, um nicht durch die Hand der verhassten Gegner zu fallen! ...

„Ah!", rief Sandokan und warf sich auf dem Bett aus Blättern hin und her. „Ich gäbe die Hälfte meines Blutes, könnte ich noch einmal bei jenem Mädchen sein, das das Herz des Tigers von Malaysia so heftig schlagen ließ! ... Arme Marianna! Wer weiß, welche Ängste sie quälen! Vielleicht glaubt sie, ich sei besiegt, verwundet, oder gar tot! ... Meine Schätze, meine Schiffe, meine Insel gäbe ich her, könnte ich ihr sagen, dass der Tiger von Malaysia noch lebt und sie niemals vergessen wird! ...

Nur Mut! ... Heute Nacht werde ich diese verfluchte Insel verlassen und ihr Versprechen mitnehmen, aber ich werde zurückkehren, sollte ich mich auch mit meinem letzten Mann hierher schleppen, müsste ich auch eine verzweifelte Schlacht gegen alle Truppen von Labuan kämpfen, müsste ich eine weitere Niederlage erleiden und erneut verwundet werden."

Mit solchen Gedanken wartete Sandokan auf den Sonnenuntergang und als sich schließlich Dunkelheit über das Dickicht und die Hütte gebreitet hatte, weckte er Giro-Batol, der wie ein Tapir schnarchte.

„Lass uns gehen, Malaie", sagte er. „Der Himmel ist bewölkt, so dass wir nicht warten müssen, bis der Mond untergegangen ist. Lass uns gleich aufbrechen, denn wenn ich nur wenige weitere Stunden hier bliebe, das fühle ich, dann würde ich mich weigern, dich zu begleiten."

„Und Ihr würdet Mompracem für diese verfluchte Insel aufgeben?"

„Still, Giro-Batol!", sagte Sandokan beinahe zornig. „Wo liegt dein *Kanu?* ..."

„Zehn Minuten von hier entfernt."

„So nahe sind wir am Meer? ..."

„Ja, Tiger von Malaysia."

„Hast du Lebensmittel an Bord gebracht?"

„Ich habe an alles gedacht, Kapitän. Nichts fehlt, weder Früchte noch Wasser noch Ruder und auch nicht das Segel."

„Lass uns gehen, Giro-Batol."

Der Malaie nahm ein Stück geröstetes Fleisch, das er beiseite gelegt hatte, bewaffnete sich mit einem knorrigen Stock und folgte Sandokan.

„Die Nacht könnte nicht günstiger sein", sagte er und schaute in den Himmel, der ganz mit Wolken bedeckt war. „Wir werden entkommen, ohne dass man uns entdeckt."

Nachdem sie das Dickicht durchquert hatten, blieb Giro-Batol einen Augenblick stehen, um zu lauschen, aber ringsumher herrschte tiefe Stille und beruhigt nahm er den Marsch in westliche Richtung wieder auf.

Unter den großen Bäumen war die Dunkelheit besonders tief, aber der Malaie konnte auch nachts beinahe besser sehen als die Katzen und zudem kannte er sich in der Gegend aus. Ohne einmal vom Weg abzukommen ging Giro-Batol immer tiefer in den finsteren Wald hinein, kletterte über hunderte von Wurzeln, die den Pfad versperrten, drang durch dicht verschlungene Geflechte aus endlos langen *Kalmus* und *Nepenthes* und stieg über mächtige, vielleicht aus Altersschwäche umgestürzte Baumstämme.

Sandokan, finster und schweigsam, lief dicht hinter ihm und folgte ihm in all seinen Bewegungen. Hätte das Licht des Mondes das Antlitz des stolzen Piraten erhellt, dann wäre darin ein tiefer Schmerz zu lesen gewesen. Diesen Mann, der noch vor zwanzig Tagen alles gegeben hätte, um wieder auf Mompracem zu sein, quälte es nun unsäglich, diese Insel zu verlassen und die Frau, die er bis zum Wahnsinn liebte, allein und wehrlos zurückzulassen. Jeder Schritt, mit dem er sich weiter dem Meer näherte, versetzte ihm einen Dolchstoß in die Brust und es schien ihm, als wachse die Entfernung, die ihn von der Perle von Labuan trennte, mit jeder Minute um ein Vielfaches. Manchmal blieb er stehen, unschlüssig, ob er zurückkehren oder weitergehen sollte, aber der Malaie, dem der Boden unter den Füßen brannte und der den Augenblick herbeisehnte, da sie endlich an Bord gingen, bewegte ihn zum Weitergehen, indem er ihm vor Augen hielt, wie gefährlich ihnen selbst die kleinste Verzögerung werden konnte.

Sie waren seit einer halben Stunde gelaufen, als Giro-Batol plötzlich stehen blieb und lauschte.

„Hört Ihr das Brausen?", fragte er.

„Ich höre es, das ist das Meer", erwiderte Sandokan. „Wo ist das *Kanu?"*

„Ganz in der Nähe."

Der Malaie führte Sandokan durch ein dichtbelaubtes Waldstück und als sie am anderen Ende heraustraten, lag dort das Meer, das sich rauschend an den Ufern der Insel brach.

„Irgendetwas zu sehen?", fragte er.

„Nein, nichts", erwiderte Sandokan, der mit raschem Blick den Horizont absuchte.

„Das Glück ist auf unserer Seite: Die Kreuzer schlafen noch."

Er stieg zum Ufer hinab, bog die Zweige eines Baumes zur Seite und zeigte auf ein Boot, das träge in einer kleinen Bucht hin und her schaukelte.

Es war ein Einbaum, gefertigt aus dem Stamm eines großen Baumes, den man mit Feuer und Äxten ausgehöhlt hatte, ähnlich denen, die die Indianer des Amazonas und die Polynesier des Pazifischen Ozeans benutzen. Sich mit einem Boot solch wuchtiger Bauart aufs Meer hinauszuwagen, grenzte an Tollkühnheit, denn es konnte beim leichtesten Wellengang kentern, aber die beiden Piraten schreckte das nicht.

Giro-Batol sprang als erster hinein und richtete einen schmalen Mast auf, an dem er ein kleines Segel aus geschickt geflochtenen Pflanzenfasern angebracht hatte.

„Kommt, mein Kapitän", sagte er und machte sich bereit, an die Ruder zu gehen. „Schon bald könnte uns der Weg versperrt sein."

Mit finsterem Blick, gesenktem Kopf und verschränkten Armen stand Sandokan immer noch an Land und starrte nach Osten, so als versuche er, durch die tiefe Dunkelheit hindurch hinter den hohen Bäumen die Wohnstatt der Perle von Labuan zu entdecken. Es schien, als wisse er nicht, dass nun der Augenblick der Flucht gekommen war und dass die kleinste Verzögerung seinen Tod bedeuten konnte.

„Kapitän!", rief der Malaie zum wiederholten Male. „Wollt Ihr, dass die Kreuzer uns erwischen? Kommt, kommt, sonst ist es zu spät!"

„Ich folge dir", erwiderte Sandokan betrübt.

Er sprang in das *Kanu*, schloss die Augen und seufzte tief.

Kapitel 13

Kurs auf Mompracem

D er Wind wehte aus östlicher Richtung, konnte also nicht günstiger sein.

Mit gespanntem Segel kam das *Kanu*, leicht nach Steuerbord geneigt, recht schnell voran und brachte die Weiten des malaiischen Meeres zwischen den tief bewegten Pirat und die arme Marianna.

Sandokan saß im Heck, hatte den Kopf in die Hände gestützt, sprach kein Wort und blickte gebannt auf Labuan, das allmählich in der Dunkelheit verschwamm. Giro-Batol saß im Bug, glücklich, lächelnd, plauderte für zehn, und blickte unverwandt nach Westen, dort wo die gefürchtete Insel Mompracem auftauchen musste.

„Ah, Kapitän", sagte Giro-Batol, dessen Mundwerk nicht einen Augenblick stillstand. „Warum seid Ihr so nachdenklich und betrübt, jetzt, wo wir bald unsere Insel wiedersehen werden? Man könnte meinen, Ihr weint Labuan nach."

„Das tue ich, Giro-Batol", sagte Sandokan mit dumpfer Stimme.

„Oh! Haben Euch die Hunde von Engländern vielleicht verhext? Aber Kapitän, sie waren es doch, die durch Wälder und über Ebenen Jagd auf Euch machten und nach Eurem Blut dürsteten. Ah! Gern würde ich sehen, wie sie sich morgen, wenn sie unsere Flucht bemerkt haben, vor Wut in die Finger beißen, und gern würde ich die Flüche ihrer Frauen hören."

„Ihre Frauen!", rief Sandokan und sah auf.

„Ja, denn die hassen uns vielleicht noch mehr als die Männer."

„Oh! nicht alle, Giro-Batol!"

„Sie sind schlimmer als Vipern, Kapitän, das kann ich Euch versichern."

„Schweig, Giro-Batol, schweig! Wenn du das noch einmal sagst, werfe ich dich ins Meer! ..."

Solch ein bedrohlicher Ton lag in Sandokans Stimme, dass der Malaie jäh verstummte. Lange betrachtete er den furchterregenden Mann, der immer noch in Richtung Labuan starrte und dabei beide Hände auf seine Brust gepresst hielt, so als wolle er einen quälenden Schmerz unterdrücken, dann zog er sich langsam wieder zum Bug zurück und murmelte:

„Die Engländer haben ihn verhext."

Die ganze Nacht hindurch glitt das *Kanu* vom Ostwind getragen rasch dahin, ohne auf irgendeinen Kreuzer zu treffen, und es hielt sich wacker, wenn auch die Wellen manches Mal dagegen schlugen und es gefährlich ins Schlingern brachten.

Aus Angst, Sandokan könnte seine Drohung wahrmachen, sprach nun auch der Malaie nicht mehr. Er saß im Bug und beobachtete aufmerksam den finsteren Horizont, um zu sehen, ob dort ein Schiff auftauchte.

Sein Gefährte hingegen lag ausgestreckt im Heck und wandte den Blick nicht von der Stelle ab, wo Labuan sich befinden musste, das längst in der Dunkelheit der Nacht verschwunden war.

Seit einigen Stunden waren sie unterwegs, als die scharfen Augen des Malaien am Horizont einen leuchtenden Punkt schimmern sahen.

„Ein Segelboot oder ein Kriegsschiff?", fragte er besorgt.

Sandokan, immer noch in seine schmerzlichen Gedanken versunken, hatte nichts bemerkt. Der leuchtende Punkt wurde rasch größer und schien immer weiter den

Horizont hinaufzusteigen. Dieses weiße Licht konnte nur zu einem Dampfer gehören, konnte nur eine oben am Fockmast angebrachte Signallampe sein.

Besorgt rutschte Giro-Batol hin und her und seine Unruhe wuchs mit jedem Augenblick, umso mehr, als das Licht sich augenscheinlich unmittelbar auf das *Kanu* zubewegte. Bald erschienen über der weißen Signallampe zwei weitere, eine rote und ein grüne.

„Ein Dampfer!", rief er.

Sandokan antwortete nicht. Vielleicht hatte er ihn nicht einmal gehört.

„Mein Kapitän", rief er nochmals, „ein Dampfschiff! ..."

Diesmal rührte sich der Anführer der Piraten von Mompracem und ein finsteres Funkeln trat in seine Augen.

„Ah! ...", rief er aus, wandte sich jäh um und blickte auf die Weite des Meeres hinaus.

„Noch ein Feind", raunte er und legte unwillkürlich die Hand an seinen *Kris.*

„Ja, das befürchte ich, mein Kapitän", entgegnete der Malaie.

Sandokan starrte eine Weile auf die drei leuchtenden Punkte, die rasch näher kamen, dann sagte er:

„Er scheint auf uns zuzukommen."

„Ja, das befürchte ich, mein Kapitän", entgegnete der Malaie.

„Sicher hat der Kommandant unser *Kanu* bereits gesehen."

„Ja, wahrscheinlich."

„Was sollen wir tun, mein Kapitän?"

„Warten wir, bis er längsseits ist."

„Sie werden uns gefangen nehmen."

„Ich bin nicht mehr der Tiger von Malaysia, sondern ein Sergeant der *Sepoy.*"

„Und wenn Euch jemand erkennt? ..."

„Wenige haben den Tiger von Malaysia gesehen. Käme dieses Schiff von Labuan, dann hätten wir etwas zu befürchten, aber es kommt vom offenen Meer her und so können wir den Kommandanten täuschen."

Er schwieg einige Augenblicke und betrachtete den Feind aufmerksam, dann sagte er:

„Wir haben es mit einem Kanonenboot zu tun."

„Ob es aus Sarawak kommt?"

„Das ist wahrscheinlich, Giro-Batol. Da es ohnehin auf uns zusteuert, lass uns warten, bis es hier ist."

In der Tat zeigte der Bug des Kanonenbootes in ihre Richtung und es hatte seine Fahrt beschleunigt, um das *Kanu* zu erreichen. Da es sich so weit entfernt von Labuans Küste befand, dachten sie vielleicht, die Männer seien von einer starken Böe so weit aufs offene Meer hinausgetrieben worden und eilten herbei, um sie zu aufzunehmen. Aber vielleicht auch wollte der Kommandant sich vergewissern, ob es sich um Piraten oder Schiffbrüchige handelte.

Sandokan hatte Giro-Batol befohlen, wieder ans Ruder zu gehen und das Boot in Richtung der Romades-Inseln, die weiter südlich lagen, zu lenken. Längst hatte er einen Plan gefasst, wie der den Kommandanten täuschen konnte.

Eine halbe Stunde später war das Kanonenboot bis auf wenige Kabellängen an das *Kanu* herangekommen. Es war ein kleines Schiff mit niedrigem Heck, nur einem Mast und nur einer Kanone, die auf dem Achterdeck postiert war. Seine Besatzung konnte nicht mehr als dreißig oder vierzig Männer zählen.

Der Kommandant oder Offizier ließ es bis auf wenige Meter an das *Kanu* heransteuern, dann gab er den Befehl, die Räder anzuhalten, beugte sich über die Bordwand und rief:

„Halt, oder ich lasse Euch versenken! ..."

Sandokan war eilig aufgesprungen und sagte in gutem Englisch:

„Für wen haltet Ihr uns?" ..."

„Schau an! ...", rief der Offizier erstaunt. „Ein Sergeant der *Sepoy!* ... Was tut Ihr hier, in den Gewässern von Labuan? ..."

„Ich bin auf dem Weg zu den Romades, mein Herr", erwiderte Sandokan.

„Was wollt Ihr dort?"

„Ich muss Befehle zur *Yacht* von Lord James Guillonk bringen."

„Liegt sein Schiff dort?"

„Ja, Kommandant."

„Und Ihr fahrt mit einem *Kanu?*"

„Ich konnte nichts Besseres finden."

„Seid wachsam, denn es sind einige malaiische *Proas* unterwegs."

„Ah! ...", rief Sandokan, der nur mit Mühe seine Freude verbergen konnte.

„Gestern früh habe ich zwei gesehen und ich würde wetten, sie kamen von Mompracem. Hätte ich ein paar Kanonen mehr an Bord, dann wären sie vielleicht jetzt schon von der Wasseroberfläche verschwunden."

„Ich werde mich vor diesen Schiffen in Acht nehmen, Kommandant."

„Braucht Ihr irgendetwas, Sergeant?"

„Nein, mein Herr."

„Dann gute Reise."

Das Kanonenboot setzte seine Fahrt nach Labuan fort und Giro-Batol setzte das Segel wieder mit Kurs auf Mompracem.

„Hast du gehört?", fragte Sandokan.

„Ja, mein Kapitän."

„Unsere Schiffe kreuzen auf dem Meer."

„Sie suchen immer noch nach Euch, mein Kapitän."

„Sie werden nicht an meinen Tod glauben."

„Gewiss nicht."

„Was wird der gute Yanez für Augen machen, wenn er mich wiedersieht. Der tapfere, treue Gefährte!"

Er setzte sich wieder ins Heck, richtete den Blick wie zuvor in Richtung der Insel Labuan und schwieg. Der Malaie aber sah ihn mehrere Male seufzen.

Im Morgengrauen trennten die Flüchtlinge nur noch einhundertfünfzig Meilen von Mompracem, eine Entfernung, die sie in weniger als vierundzwanzig oder dreißig Stunden zurücklegen konnten, wenn der Wind nicht nachließ.

Der Malaie holte aus einem alten irdenen Gefäß, das an der Seite des *Kanus* verstaut war, etwas Proviant hervor und bot Sandokan davon an, aber der war immer noch versunken in seine Gedanken und Befürchtungen und gab weder eine Antwort noch rührte er sich.

„Sie haben ihn verhext", sagte der Malaie wieder und schüttelte den Kopf. „Wenn das stimmt, dann wehe den Engländern! ..."

Den Tag über ließ der Wind mehrmals nach und das *Kanu*, das tief in die Wellentäler eintauchte, hatte mit einströmendem Wasser zu kämpfen. Am Abend jedoch kam eine frische Brise aus Südost auf, die das Boot geschwind in westliche Richtung trug und auch am folgenden Tag nicht nachließ.

Als der Tag sich neigte, sichtete der Malaie, der im Bug stand, endlich eine dunkle Masse, die sich aus dem Meer erhob.

„Mompracem! ...", rief er.

Bei diesem Ruf sprang Sandokan, das erste Mal, seit er seinen Fuß in das *Kanu* gesetzt hatte, hellwach auf.

Mit einem Mal war er ein anderer Mann: Der schwermütige Ausdruck war völlig aus seinem Antlitz verschwunden. Seine Augen funkelten und seine Gesichtszüge waren nicht mehr von jenem dumpfen Schmerz beherrscht.

„Mompracem! ...", rief er und richtete sich zu seiner vollen Größe auf.

Dort stand er und betrachtete seine wilde Insel, das Bollwerk seiner Macht und seines Ruhms auf jenem Meer, das er nicht zu Unrecht sein Eigen nannte. In diesem Augenblick wurde er wieder der schreckliche und für seine Taten berüchtigte Tiger von Malaysia.

Sein scharfer Blick, besser als jedes Fernrohr, erkannte die Küste der Insel und wanderte die hohe Klippe hinauf, wo die Piratenfahne im Wind wehte, über die Befestigungen, die das Dorf schützten, und die zahlreichen *Proas,* die in der Bucht schaukelten.

„Ah! ... Endlich sehe ich dich wieder!", rief er aus.

„Wir sind in Sicherheit, Tiger!", sagte der Malaie, der vor Freude ganz außer sich schien.

Sandokan sah ihn beinahe verwundert an.

„So verdiene ich diesen Namen immer noch, Giro-Batol?", fragte er.

„Ja, mein Kapitän."

„Und doch dachte ich, ich verdiente ihn nicht mehr", murmelte Sandokan und seufzte.

Er ergriff das Paddel, das zum Steuern diente, und lenkte das *Kanu* auf die Insel zu, die allmählich aus der Dunkelheit auftauchte. Gegen zehn legten die beiden Piraten, ohne von irgendjemandem bemerkt worden zu sein, in der Nähe der großen Klippe an.

Als Sandokan den Fuß wieder auf seine Insel setzte, tat er einen tiefen Atemzug. In diesem Augenblick sehnte er sich vielleicht nicht nach Labuan zurück und möglicherweise vergaß er für einen Augenblick sogar Marianna. Eilig lief er um den Felsen herum und erreichte die unteren Stufen der steilen Treppe, die hinauf zu der großen Hütte führte.

„Giro-Batol", sagte er dann an den Malaien gewandt, der stehen geblieben war. „Geh zu deiner Hütte und unterrichte die Piraten von meiner Ankunft, aber sag ihnen, dass sie sich fernhalten sollen, denn dort oben muss ich einige Dinge sagen, die vor euch geheim bleiben müssen."

„Kapitän, wenn Ihr es so wünscht, wird Euch niemand stören. Ich möchte Euch dafür danken, dass Ihr mich hierher zurückgeführt habt und Euch sagen, dass, wann immer Ihr einen Mann braucht, der sich opfert, und sei es auch, um einen Engländer zu retten oder eine Tochter ihrer Rasse, ich allzeit bereit bin."

„Danke, Giro-Batol, danke ... und jetzt fort mit dir!", und der Pirat verbannte den Namen Mariannas, den der Malaie ungewollt wieder heraufbeschworen hatte, zurück auf den Grund seines Herzens und stieg die Stufen der Treppe hinauf, die sich nach oben hin in der Dunkelheit verlor.

Kapitel 14

Liebe und Rausch

Oben auf der großen Klippe angekommen, blieb Sandokan am Rand stehen und ließ seinen Blick weit, weit in die Ferne schweifen, nach Osten, dort, wo Labuan lag.

„Großer Gott!", murmelte er. „Welch eine Entfernung trennt mich von diesem himmlischen Wesen. Was sie wohl gerade tut? Weint sie vielleicht um mich, weil sie glaubt ich sei tot, weil sie glaubt ich sei gefangen?"

Ein leises Stöhnen kam über seine Lippen und er senkte den Kopf auf die Brust.

„Unseliges Schicksal!", murmelte er.

Er sog den Nachtwind ein, als sei es der Duft seiner fernen Geliebten, dann ging er mit bedächtigen Schritten auf die große Hütte zu, in der noch ein Zimmer erleuchtet war.

Er blickte in eines der Fenster hinein und sah einen Mann am Tisch sitzen, mit dem Kopf in die Hände gestützt.

„Yanez", sagte er und lächelte traurig. „Was wird er sagen, wenn er erfährt, dass der Tiger besiegt und verhext zurückkehrt?"

Er unterdrückte ein Seufzen und öffnete ganz leise die Tür, so dass Yanez ihn nicht hören konnte.

„Nun, Bruder", sagte er nach ein paar Augenblicken, „hast du den Tiger von Malaysia vergessen?"

Kaum hatte er zu Ende gesprochen, da sprang Yanez auf, warf sich in seine Arme und rief:

„Du! Du! ... Sandokan ... Ah! Ich glaubte, du seist auf immer verloren!"

„Wie du siehst, bin ich zurückgekehrt."

„Aber wo bist du all die vielen Tage gewesen, unseliger Freund? Seit vier Wochen warte ich voller Sorge auf dich. Was hast du in all dieser Zeit getrieben? Hast du das Sultanat Varauni geplündert oder hat die Perle von Labuan dich verhext? Antworte, mein Bruder, die Neugier bringt mich um."

Anstatt auf all diese Fragen zu antworten, starrte Sandokan ihn schweigend an, mit trübem Blick und finsterer Miene, die Arme vor der Brust verschränkt.

„Also", sagte Yanez, den dieses Schweigen verwunderte, „sprich: Was bedeuten diese Kleider, die du trägst und warum siehst du mich so an? Dir muss ein Unglück geschehen sein."

„Unglück!", rief Sandokan mit heiserer Stimme aus. „Weißt du denn nicht, dass von den fünfzig Tigerchen, die ich gegen Labuan führte, Giro-Batol als einziger noch am Leben ist? Weißt du nicht, dass alle vor der Küste der verfluchten Insel gefallen sind, zerfetzt vom Eisen der Engländer, dass ich an Deck eines Kreuzers schwer verwundet und besiegt wurde und dass meine Schiffe auf dem Grund des malaiischen Meeres liegen?"

„Besiegt? Du? ... Das ist unmöglich, unmöglich! ..."

„Doch, Yanez, ich wurde besiegt und verwundet, meine Männer wurden vernichtet und ich kehre todkrank zurück! ..."

Hastig zog der Pirat einen Stuhl an den Tisch heran, leerte hintereinander drei Gläser *Whisky*, und erzählte dann, mal in ungestümem und lebhaftem, dann wieder in rauem und schrillem Tonfall, im Wechsel heftig gestikulierend und fluchend, alles, was ihm geschehen war, seine Landung auf Labuan, die Begegnung mit dem Kreuzer, die schreckliche Schlacht, das Entern, seine Verwundung, sein Leiden und seine Genesung.

Als er jedoch begann, über die Perle von Labuan zu sprechen, verflog all sein Zorn. Seine Stimme, gerade noch heiser und schrill vor Wut, wurde mit einem Mal sanft, schmeichelnd und leidenschaftlich.

Mit poetischen Worten beschrieb er die Schönheit der jungen Lady, ihre großen, sanften und traurigen Augen, die blau waren wie das Meer und die ihn so tief berührt hatten. Er sprach von ihrem langen Haar, blond wie Gold, feiner als Seide und lieblicher duftend als die Rosen des Waldes, von ihrer unvergleichlichen, engelsgleichen Stimme, die auf so sonderbare Weise die Saiten seines Herzens, die bisher unberührbar gewesen waren, zum Schwingen gebracht hatte, und von ihren Händen, die der Mandola solch liebliche, zarte Klänge entlockten, dass sie ihn verzaubert und betört hatten.

Leidenschaftlich schilderte er die kostbaren Momente, die er an der Seite der geliebten Frau verbracht hatte, unvergleichliche Momente, in denen er sowohl Mompracem als auch seine Tigerchen vergessen hatte und sich nicht einmal mehr daran erinnerte, dass er der Tiger von Malaysia war. Dann erzählte er eines nach dem anderen die Abenteuer, die noch gefolgt waren, von der Tigerjagd über sein Liebesgeständnis, vom Verrat des Lords bis zu seiner Flucht, der unverhofften Begegnung mit Giro-Batol und ihrer Fahrt nach Mompracem.

„Hör mir zu, Yanez", fuhr er dann bewegt fort. „Als ich den Fuß in das *Kanu* setzte, um dieses arme Wesen wehrlos zurückzulassen, glaubte ich, es zerreißt mir das Herz. Lieber hätte ich Giro-Batol und sein *Kanu* versenkt als die Insel zu verlassen. Ich wünschte mir, das Meer würde im Grund versickern und an seine Stelle träte ein Meer aus Flammen, das ich nicht zu überqueren vermag. In jenem Augenblick hätte ich ohne Bedauern mein ruhmreiches Mompracem zerstört, meine *Proas* versenkt und meine Männer zerstreut, und ich wünschte mir, ich wäre niemals der Tiger von Malaysia gewesen! ...“

„Ah! Sandokan!“, rief Yanez vorwurfsvoll.

„Tadel mich nicht, Yanez! Wenn du nur wüsstest, was ich hier in diesem Herzen, von dem ich glaubte, es sei aus Eisen und gegen jede Leidenschaft gefeit, fühle. Hör mir zu: So sehr liebe ich diese Frau, dass, wenn sie erschiene und mir sagte, ich solle meine Nationalität aufgeben und Engländer werden ... ich, der Tiger von Malaysia, der dieser Rasse ewigen Hass geschworen hat ... ich täte es ohne zu zögern! ... Ein unbezähmbares Feuer strömt unaufhörlich durch meine Adern und verzehrt meinen Körper. Mir ist, als wäre ich ständig berauscht und hätte einen Vulkan mitten in meinem Herzen. Mir ist, als würde ich verrückt, wahnsinnig! ... Und seit dem Tag, an dem ich jenes Wesen sah, ergeht es mir so, Yanez. Immer sehe ich ihr himmlisches Bild vor mir, wohin ich auch blicke, immer und immer und immer habe ich ihre strahlende Schönheit vor Augen, die mich verbrennt, mich verzehrt! ...“

Der Pirat sprang jäh auf, seine Miene war ganz verändert und er knirschte heftig mit den Zähnen. Er lief im Zimmer auf und ab, so als versuche er, die Vision zu vertreiben, die ihn verfolgte, und das Verlangen zu besänftigen, das ihn quälte, dann blieb er vor dem Portugiesen stehen und sah ihn mit fragendem Blick an, aber der schwieg.

„Du magst es nicht glauben“, begann Sandokan wieder, „aber ich habe furchtbar gekämpft, ehe ich mich von der Leidenschaft überwältigen ließ. Aber weder der eiserne Wille des Tigers von Malaysia noch mein Hass auf alles Englische haben vermocht, die Stimme des Herzens zu zähmen. Wie viele Male habe ich versucht, die Ketten zu sprengen! Wie oft habe ich, wenn mich der Gedanke überkam, dass ich eines Tages, um diese Frau zu heiraten, mein Meer verlassen, meinen Rachefeldzug beenden, meine Insel verlassen, meinen Namen, auf den ich so stolz war, und meine Tigerchen aufgeben müsste, versucht zu fliehen, zwischen mir und diesen bezaubernden Augen ein unüberwindliches Hindernis zu errichten. Aber ich musste mich geschlagen geben, Yanez. Ich befand mich zwischen zwei Abgründen: auf der einen Seite Mompracem mit seinen Piraten, seinen hunderten von Feuer spuckenden Kanonen und seinen siegreichen *Proas,* auf der anderen Seite jenes anbetungswürdige Wesen mit dem blonden Haar und den blauen Augen. Lange schwankte ich hin und her, aber dann bin ich in die Arme jenes Mädchens gestürzt, von deren Seite, das fühle ich, keine menschliche Macht mich mehr zu reißen vermag. Ah! Ich fühle, dass der Tiger untergehen wird! ..."

„Dann vergiss sie!", rief Yanez.

„Sie vergessen! ... Es ist unmöglich, Yanez, unmöglich! ... Ich fühle, dass ich niemals in der Lage sein werde, die goldenen Ketten zu sprengen, die sie um mein Herz gelegt hat. Weder der Kampf, noch das wilde Piratenleben, weder die Liebe meiner Männer noch die grausamsten Gemetzel oder die furchtbarste Rache könnten mich dieses Mädchen vergessen lassen. Immer würde ihr Bild zwischen mir und diesen ungeheuren Gefühlen stehen und die einstige Willensstärke und Tapferkeit des Tigers wären dahin. Nein, nein. Niemals werde ich sie vergessen, sie wird meine Braut werden, sollte es mich auch meinen Namen, meine Insel, meine Macht und alles, alles kosten! ..."

Zum zweiten Male blieb er stehen und sah Yanez an, der wieder in Schweigen verfallen war.

„Nun, Bruder?"

„Sprich."

„Du hast mich verstanden?"

„Ja."

„Was rätst du mir? Was hast du mir zu sagen, nun da ich dir alles enthüllt habe?"

„Vergiss diese Frau, habe ich gesagt."

„Ich! ..."

„Hast du bedacht, welche Folgen diese unsinnige Liebe haben könnte? Was werden deine Männer sagen, wenn sie hören, dass der Tiger verliebt ist? Und was wirst du mit diesem Mädchen tun? Soll sie deine Frau werden? Vergiss sie, Sandokan, gib sie auf für immer, werde wieder der Tiger von Malaysia mit dem eisernen Herzen."

Sandokan sprang auf und ging zur Tür, die er hastig aufriss.

„Wohin gehst du?", fragte Yanez, der ebenfalls aufgesprungen war.

„Ich kehre zurück nach Labuan", erwiderte Sandokan. „Morgen wirst du meinen Männern sagen, dass ich meine Insel auf immer verlassen habe und du ihr neuer Anführer bist. Sie werden nie wieder von mir hören, denn niemals werde ich auf dieses Meer zurückkehren."

„Sandokan!", rief Yanez und packte ihn fest am Arm. „Bist du verrückt, dass du allein nach Labuan zurückzukehren willst, wenn du hier Schiffe, Kanonen und ergebene Männer hast, die bereit sind, sich für dich oder die Frau deines Herzens töten zu lassen? Ich wollte dich in Versuchung führen, ich wollte sehen, ob es möglich ist, die Leidenschaft für diese Frau, die einer Rasse angehört, die du auf ewig hassen musst, aus deinem Herzen zu reißen ..."

„Nein, Yanez. Nein, diese Frau ist keine Engländerin, denn sie hat mir von einem Meer erzählt, blauer und schöner als das unsrige, das die Ufer ihres fernen Heimatlandes umspült, einem Land voller Blumen, mit einem rauchenden Vulkan, der alles überragt, einem Paradies auf Erden, wo man eine wohlklingende Sprache spricht, die nichts mit der englischen gemein hat."

„Das tut nichts zur Sache. Engländerin oder nicht, wenn du sie so sehr liebst, werden wir dir alle dabei helfen, sie zu deiner Braut zu machen, damit du wieder froh wirst. Du kannst immer noch wieder der Tiger von Malaysia werden, auch wenn du die junge Frau mit dem goldenen Haar heiratest."

Sandokan stürzte auf Yanez zu und lange lagen sich die beiden Männer in den Armen.

„Nun sag mir", sagte schließlich der Portugiese, „was willst du tun?"

„So bald wie möglich nach Labuan fahren und Marianna entführen."

„Du hast Recht. Wenn der Lord erfährt, dass du die Insel verlassen hast und nach Mompracem zurückgekehrt bist, könnte er aus Angst vor deiner Rückkehr fliehen. Wir müssen rasch handeln, sonst ist das Spiel verloren.

Geh jetzt schlafen, denn du brauchst ein wenig Ruhe, und überlass mir die Vorbereitungen. Morgen wird alles zum Auslaufen bereit sein."

„Bis morgen, Yanez."

„Bis morgen, Bruder", erwiderte der Portugiese, ging hinaus und stieg langsam die Treppe zum Meer hinunter. Sandokan blieb allein in der Hütte zurück, wo er sich, aufgewühlt und voll düsterer Gedanken, wieder an den Tisch setzte und mehrere Flaschen *Whisky* entkorkte.

Er hatte das Verlangen, sich zu betäuben, um wenigstens für einige Stunden nicht an das Mädchen zu denken, das ihn verhext hatte, und um die Ungeduld zu besänftigen, die an ihm nagte. Beinahe zornig stürzte er sich auf das Getränk und leerte ein Glas nach dem anderen.

„Ah!", rief er aus. „Könnte ich einschlafen und erst auf Labuan wieder erwachen. Diese Ungeduld, diese Liebe, diese Eifersucht werden mich noch umbringen.

Allein! ... Allein auf Labuan! ... Und während ich hier bin, macht ihr der Baronet den Hof."

Von einer unbändigen Wut ergriffen, sprang er auf, lief umher, stieß die Stühle um, zertrat die Flaschen, die überall in den Ecken standen, zerschlug das Glas der großen Etageren mit ihren Schätzen an Gold und Edelsteinen und blieb schließlich vor dem *Harmonium* stehen.

„Die Hälfte meines Blutes gäbe ich, könnte ich nur eines der Lieder nachspielen, die sie mir vorsang, als ich besiegt und verwundet im Hause des Lords danieder lag. Aber es ist unmöglich, ich erinnere mich an nichts mehr! Es war eine fremde Sprache, aber eine solch himmlische Sprache, wie nur Marianna sie sprechen konnte. Oh! Wie schön du warst, Perle von Labuan! Welchen Rausch, welches Glück hast du in mein Herz gegossen, in diesen wunderbaren Augenblicken, mein geliebtes Mädchen."

Er ließ seine Finger über die Tasten gleiten und spielte eine wilde, sonderbare und schwindelerregende Melodie, in der man zuweilen das Tosen eines Orkans oder das Stöhnen sterbender Menschen zu hören vermeinte.

Er brach jäh ab, so als sei ihm plötzlich wieder etwas anderes in den Sinn gekommen, ging zum Tisch zurück und nahm ein randvolles Glas.

„Ah! Ich sehe ihre Augen darin", sagte er. „Immer ihre Augen, immer ihre Gestalt, immer die Perle von Labuan!"

Er leerte das Glas, füllte es wieder und sah hinein.

„Blutstropfen!", rief er aus. „Wer hat Blut in mein Glas gegossen? Blut oder Schnaps, trink, Tiger von Malaysia, denn Rausch ist Glück."

Der Pirat, mittlerweile schon betrunken, zechte wild weiter, stürzte das brennende Getränk die Kehle hinab, als sei es Wasser, stieß abwechselnd wilde Flüche und Gelächter aus.

Er richtete sich auf, fiel aber gleich zurück auf den Stuhl und sah mit finsterem Blick umher. Ihm war, als schwebten Schemen durchs Zimmer, Geister, die höhnisch grinsend blutgetränkte Äxte, *Kris* und Krummsäbel schwangen. In einem dieser Schemen glaubte er seinen Rivalen, den Baronet William zu erkennen.

Er fühlte, wie eine heiße Wut in ihm aufstieg und knirschte heftig mit den Zähnen.

„Ich sehe dich, ich sehe dich, verfluchter Engländer!", brüllte er. „Gnade dir Gott, wenn ich dich erwische! Du willst mir die Perle rauben, das lese ich in deinen Augen, aber ich werde dich daran hindern, ich werde kommen und dein Haus zerstören, und das des Lords, ich werde Labuan mit Eisen und Feuer überziehen, überall wird Blut fließen und ich werde euch allesamt vernichten, alle ... alle! Ah! Du lachst! ... Warte, warte nur, bis ich komme! ..."

Er war auf dem Höhepunkt seines Rausches angelangt. Eine wilde Raserei packte ihn und er hatte das Verlangen, alles umzuwerfen und zu zerstören.

Nach mehreren Versuchen kam er heftig schwankend auf die Beine, stützte sich an den Wänden ab, ergriff einen Krummsäbel und begann, überallhin wilde und ziellose Hiebe zu verteilen, rannte dem Geist des Baronets hinterher, der jedoch immer zu entkommen schien, zerschlitzte die Wandbehänge, schlug die Flaschen zu Scherben, attackierte den Tisch, das *Harmonium* und die Etageren, so dass sich aus den Gefäßen Kaskaden von Gold, Perlen und Diamanten ergossen, bis er schließlich, erschöpft und vom Rausch übermannt, inmitten der Trümmer zu Boden sank und in einen tiefen Schlaf fiel.

Kapitel 15

Der englische Korporal

Als er erwachte, befand er sich auf der Ottomane, auf die seine malaiischen Diener ihn gelegt hatten.

Sie hatten die Scherben eingesammelt, das Gold und die Perlen zurück in die Etageren geräumt, die Möbel wieder aufgestellt und, so gut es ging, alles wieder hergerichtet. Nur die zerfetzten Wandbehänge zeigten noch die Spuren, die der Krummsäbel des Piraten hinterlassen hatte.

Sandokan rieb sich mehrmals die Augen und fuhr sich mit der Hand über die glühende Stirn, so als versuche er sich zu erinnern, was er getan hatte.

„Ich kann nicht geträumt haben", murmelte er. „Ja, ich war berauscht und unglücklich, aber ich fühle, wie auch jetzt das Feuer in meinem Herzen wieder zu lodern beginnt, ob ich es denn niemals mehr löschen kann? Welch eine Leidenschaft hat das Herz des Tigers ergriffen! ..."

Er riss sich Sergeant Willis' Uniform vom Leib, legte neue Kleider an, die von Gold und Perlen funkelten, setzte sich einen kostbaren Turban auf den Kopf, auf dem ein walnussgroßer Saphir prangte, steckte einen neuen *Kris* und einen neuen Krummsäbel in seine Schärpe und ging hinaus.

Er atmete tief die Seeluft ein, die die letzten Nebel seines Rausches vertrieb, und sah hinauf zur Sonne, die bereits recht hoch am Himmel stand, dann richtete er den Blick gen Osten, wo das ferne Labuan lag, und seufzte.

„Arme Marianna! ...", murmelte er und presste die Hände auf seine Brust.

Er ließ seinen Adlerblick über das Meer schweifen und sah dann die Klippe hinunter. Drei *Proas* lagen mit gesetzten Segeln vor der Siedlung, bereit in See zu stechen. Am Strand liefen die Piraten hin und her, brachten Waffen, Munition, Vorräte und Kanonen an Bord. Mitten unter ihnen erspähte er Yanez.

„Mein teurer Freund", murmelte er. „Während ich schlief, hat er alles für den Feldzug vorbereitet."

Er stieg die Stufen hinunter und ging in Richtung der Siedlung. Kaum hatten die Piraten ihn gesehen, hallte ein donnernder Ruf durch die Reihen:

„Es lebe der Tiger! Es lebe unser Kapitän!"

Dann stürzten all diese Männer wie toll geworden auf den Piraten zu, drängten sich in wilder Unordnung um ihn und stimmten ein ohrenbetäubendes Freudengeheul an, küssten seine Hände, seine Kleider, seine Füße und drohten in beinahe zu erdrücken. Die beiden ältesten Anführer der Piraten weinten vor Freude darüber, ihn lebend wiederzusehen, wo sie doch geglaubt hatten, er sei an den Ufern der verfluchten Insel zu Tode gekommen.

Keine Klage kam über ihre Lippen, keine Träne vergossen sie für ihre Gefährten, ihre Brüder, ihre Söhne oder Verwandten, die bei dem unglückseligen Feldzug dem Eisen der Engländer zum Opfer gefallen waren. Aber immer wieder brachen aus den bronzefarbenen Kehlen furchtbare Schreie hervor wie:

„Uns dürstet nach Blut, Tiger von Malaysia! Rache für unsere Gefährten! ... Auf nach Labuan, um die Feinde Mompracems zu vernichten!"

„Freunde!", sagte Sandokan mit jenem seltsam metallischen Klang in seiner Stimme, der alle in seinen Bann zog. „Die Rache, nach der ihr verlangt, wird nicht lange auf sich warten lassen. Die Tigerchen, die ich nach Labuan führte, sind im Kugelhagel der weißhäutigen Leoparden gefallen, die hundertmal so viele Männer und Waffen zählten, aber das Spiel ist noch nicht zu Ende. Nein, Tigerchen, die Helden, die im Kampf an den Ufern der verfluchten Insel ihr Leben ließen, werden nicht ungesühnt bleiben. Wir werden aufbrechen in das Gebiet der Leoparden, und wenn wir dort sind dann heißt es Schrei gegen Schrei, Blut gegen Blut! Am Tag der Schlacht werden die Tiger von Mompracem die Leoparden von Labuan zerfleischen!"

„Ja, ja! Auf nach Labuan! Auf nach Labuan!", schrien die Piraten und schwangen wild ihre Waffen.

„Yanez, ist alles bereit?", fragte Sandokan.

Yanez schien ihn nicht gehört zu haben. Er war auf eine alte Kanonenlafette gestiegen und sah aufmerksam in Richtung einer Landzunge, die sich recht weit ins Meer hinein erstreckte.

„Was suchst du, Bruder?", fragte Sandokan.

„Ich sehe eine Mastspitze dort hinter den Felsen", erwiderte der Portugiese.

„Eine von unseren *Proas?*"

„Welches andere Schiff würde sich in die Nähe unserer Küste wagen?"

„Sind nicht alle unsere Schiffe bereits zurückgekehrt?"

„Alle bis auf eines, das von Pisangu, eines unserer größten und am besten bestückten."

„Wohin hattest du ihn geschickt?"

„Nach Labuan, um dich zu suchen."

„Ja, das ist Pisangus *Proa*", bestätigte einer der Unteranführer. „Aber ich sehe nur einen Mast, Herr Yanez."

„Ob sie den Fockmast in einer Schlacht verloren hat?", fragte Sandokan. „Lasst uns auf ihn warten. Wer weiß ... vielleicht bringt er Neuigkeiten aus Labuan."

Alle Piraten waren auf die Befestigungen geklettert, um mit den Blicken das Segelschiff zu verfolgen, das sich langsam entlang der Landzunge näherte.

Als es die äußerste Spitze umfahren hatte, riefen alle wie aus einem Mund:

„Pisangus *Proa!*"

Tatsächlich war es der Segler, den Yanez drei Tage zuvor nach Labuan ausgeschickt hatte, um Neuigkeiten über den Verbleib des Tigers von Malaysia und seiner Tapferen in Erfahrung zu bringen, aber in welch einem Zustand kehrte es nun zurück! Von seinem Fockmast war nur noch ein Stumpf übrig, der Großmast stand nur noch, weil er durch ein dichtes Netz aus Stagen und Wanten gehalten wurde. Die Bugwände waren kaum mehr vorhanden und die arg beschädigten Seiten übersät mit Holzpfropfen, um die von Geschossen hinterlassenen Löcher zu verschließen.

„Das Schiff muss eine heftige Schlacht geschlagen haben", sagte Sandokan.

„Pisangu ist ein tapferer Kämpfer und fürchtet sich nicht davor, auch große Schiffe anzugreifen", erwiderte Yanez.

„Schau! ... Mir scheint, sie haben einen Gefangenen an Bord. Siehst du nicht auch eine rote Jacke dort zwischen unseren tüchtigen Tigerchen?"

„Ja, ich glaube, ich sehe einen englischen Soldaten, der an den Großmast gefesselt ist", sagte Yanez.

„Ob er ihn auf Labuan ergriffen hat?"

„Sicherlich hat er ihn nicht aus dem Meer gefischt."

„Ah! ... Brächte er doch Neuigkeiten von ..."

„Marianna, habe ich Recht, mein Bruder?"

„Ja", erwiderte Sandokan mit dumpfer Stimme.

„Wir werden ihn befragen."

Unter Einsatz der Ruder, denn der Wind blies eher schwach, kam die *Proa* rasch näher. Als ihr Kapitän, ein hochgewachsener Bornese mit wohlgeformtem Körper, der, auch wegen seiner olivfarbenen Haut, an die prächtigen Bronzestatuen des Altertums erinnerte, Yanez und Sandokan erblickte, stieß er einen Freudenschrei aus, hob die Arme und rief:

„Gute Beute!"

Fünf Minuten später kam die *Proa* in die kleine Bucht hinein und warf zwanzig Schritte vom Ufer entfernt den Anker. Sofort wurde eine Schaluppe zu Wasser gelassen, in der Pisangu, der Soldat und vier Ruderer Platz nahmen.

„Woher kommst du?", fragte Sandokan, kaum dass sie an Land gestiegen waren.

„Von der Westküste Labuans, mein Kapitän", antwortete der Bornese. „Dorthin war ich in der Hoffnung vorgedrungen, Neuigkeiten über Euren Verbleib zu bekommen, und ich bin sehr froh, Euch hier lebend und wohlauf anzutreffen."

„Wer ist der Engländer?"

„Ein Korporal, Kapitän."

„Wo hast du ihn gefangen genommen?"

„Vor Labuan."

„Berichte mir alles."

„Ich suchte gerade die Ufer ab, als ich sah, wie ein Boot, mit diesem Mann darin, die Mündung eines kleinen Flusses verließ. Der Schurke musste noch Gefährten an den Ufern haben, denn ich hörte, wie er immer wieder schrille Pfiffe ausstieß. Sofort ließ ich die Schaluppe zu Wasser und machte mit zehn Männern Jagd auf ihn, denn ich hoffte, dass er etwas über Euren Verbleib wüsste. Ihn gefangen zu nehmen war nicht schwierig, aber als ich die

Flussmündung verlassen wollte, musste ich feststellen, dass ein Kanonenboot uns den Weg versperrte. Entschlossen stürzte ich mich in den Kampf, Kugeln und Geschosse flogen hin und her. Ein wahres Gewitter, mein Kapitän, das mich die Hälfte meiner Besatzung kostete und mein Schiff zerstörte, aber auch dem Kanonenboot ordentlich zusetzte. Als ich sah, dass der Feind sich zurückzog, gab ich zwei Breitseiten und suchte das Weite, um so schnell wie möglich hierher zu kommen."

„Und dieser Soldat kommt tatsächlich aus Labuan?"

„Ja, mein Kapitän."

„Danke, Pisangu. Bringt mir den Soldaten."

Man hatte den Unglücklichen bereits auf den Strand geworfen, wo die Piraten um ihn herum standen, ihn malträtierten und die Litze von seiner Uniform rissen. Es war ein junger Mann von fünfundzwanzig oder achtundzwanzig Jahren, dicklich und von eher kleinem Wuchs, mit blondem Haar, rosiger Haut und Pausbacken. Zwar schien es ihn sehr zu ängstigen, dass er sich inmitten einer Horde von Piraten befand, aber dennoch kam über seine Lippen kein Wort. Als er Sandokan erblickte, zwang er sich zu einem Lächeln und sagte mit einem leichten Beben in der Stimme:

„Der Tiger von Malaysia."

„Du kennst mich?", fragte Sandokan.

„Ja."

„Wo hast du mich gesehen?"

„In der Villa von Lord Guillonk."

„Du wirst überrascht sein, mich hier zu sehen."

„Das ist wahr. Ich wähnte Euch noch auf Labuan und bereits in den Händen meiner Kameraden."

„Warst du unter jenen, die Jagd auf mich machten?"

Der Soldat antwortete nicht. Dann senkte er den Kopf und sagte:

„Mit mir ist's aus, nicht wahr, Herr Pirat?"

„Dein Leben hängt von deinen Antworten ab", erwiderte Sandokan.

„Wie kann man sich auf das Wort eines Mannes verlassen, der die Leute ermordet als tränke er ein Gläschen *Gin* oder *Brandy*?"

Ein zorniger Blitz funkelte in den Augen des Tigers von Malaysia.

„Hund, du lügst! ..."

„Wie Ihr meint", entgegnete der Korporal.

„Und du wirst sprechen."

„Hm ..."

„Nimm dich in Acht! ... Ich habe *Kris,* die einen Körper in tausend kleine Streifen schneiden, ich habe glühende Zangen, die das Fleisch Stück für Stück herausreißen, ich habe flüssiges Blei, um es in Wunden oder in die Kehlen der Widerspenstigen zu gießen. Entweder du sprichst, oder ich werde dich so quälen, dass du den Tod wie eine Befreiung herbeisehnst."

Der Engländer erblasste, aber anstatt den Mund aufzumachen, biss er sich auf die Lippen, so als fürchte er, dass ihm sonst die Worte ungewollt entschlüpfen könnten.

„Also, wo warst du, als ich die Villa des Lords verließ? ..."

„Im Wald", antwortete der Soldat.

„Was tatest du dort?"

„Nichts."

„Du willst dich über mich lustig machen. Labuan hat nicht so viele Soldaten, dass man sie ohne Grund im Wald spazieren schickt", sagte Sandokan.

„Aber ..."

„Sprich, ich will alles wissen."

„Ich weiß nichts."

„Ah! Nein? Das werden wir sehen."

Sandokan hatte seinen *Kris* gezogen und mit einer raschen Bewegung setzte er ihn dem Soldaten an die Kehle, so dass ein Blutstropfen herausrann.

Der Gefangene konnte einen Schmerzensschrei nicht unterdrücken.

„Sprich oder ich töte dich", sagte Sandokan kalt und ohne den Dolch abzusetzen, dessen Spitze sich bereits rot verfärbte.

Der Korporal zögerte noch einmal kurz, aber als er das schreckliche Funkeln in den Augen des Tigers von Malaysia sah, gab er auf.

„Genug!", sagte er und entwand sich der Spitze des *Kris*. „Ich werde sprechen."

Sandokan gab seinen Männern ein Zeichen, dass sie sich zurückziehen sollten, dann nahm er neben Yanez auf einer Kanonenlafette Platz und sagte zu dem Soldaten:

„Ich höre. Was tatest du im Wald? ..."

„Ich folgte dem Baronet Rosenthal."

„Ah!", rief Sandokan und ein düsteres Funkeln trat in seine Augen. „Er! ..."

„Lord Guillonk hatte erfahren, dass der Mann, den er todkrank aufgenommen und in seinem eigenen Haus gesund gepflegt hatte, kein malaiischer Prinz war, sondern der schreckliche Tiger von Malaysia, und im Einvernehmen mit dem Baronet und dem Gouverneur von Victoria hatte er ihm eine Falle gestellt."

„Wie hatte er es erfahren?"

„Das weiß ich nicht."

„Fahr fort."

„Hundert Männer wurden zusammengezogen und man schickte uns aus, die Villa zu umzingeln, um Euch an der Flucht zu hindern."

„Das ist mir bekannt. Erzähl mir, was geschah, nachdem ich die Reihen durchbrochen hatte und in den Wald geflüchtet war."

„Als der Baronet die Villa betrat, fand er Lord Guillonk in heftiger Erregung. Er hatte eine Verletzung am Bein, die Ihr ihm beigebracht hattet."

„Ich? ...", rief Sandokan.

„Vielleicht ohne Absicht."

„So muss es sein, denn hätte ich ihn töten wollen, hätte niemand mich davon abhalten können. Und Lady Marianna?"

„Sie weinte. Es schien, als hätte zwischen dem schönen Mädchen und ihrem Onkel ein heftiger Streit stattgefunden. Der Lord beschuldigte sie, Eure Flucht begünstigt zu haben ... und sie bat um Gnade für Euch ..."

„Armes Mädchen!", rief Sandokan aus und eine heftige Gefühlsregung war in seinem Antlitz zu lesen. „Hörst du das, Yanez?"

„Fahr fort", sagte der Portugiese an den Soldaten gewandt. „Aber sag die Wahrheit, denn du wirst bis zu unserer Rückkehr aus Labuan hier bleiben. Wenn du gelogen hast, wirst du dem Tod nicht entgehen."

„Es wäre sinnlos, Euch anzulügen", erwiderte der Soldat. „Nach der vergeblichen Verfolgung schlugen wir unser Lager in der Nähe der Villa auf, um sie gegen einen möglichen Angriff der Piraten von Mompracem zu schützen. Wir hörten sehr beunruhigende Dinge. Man sagte, dass die Tigerchen an Land gegangen seien und der Tiger von Malaysia sich im Wald versteckt hielte, bereit, die Villa zu überfallen und das Mädchen zu rauben. Was dann geschah, weiß ich nicht. Aber ich muss Euch noch sagen, dass Lord Guillonk Verabredungen getroffen hat, sich nach Victoria unter den Schutz der Kreuzer und Forts zurückzuziehen."

„Und Baronet Rosenthal?"

„Wird bald Lady Marianna heiraten."

„Was sagst du da? ...", rief Sandokan und sprang auf.

„Dass er Euch das Mädchen stehlen wird."

„Du lügst mich an! ..."

„Zu welchem Zweck? Ich sage Euch, in einem Monat wird Hochzeit gehalten."

„Aber Lady Marianna hasst diesen Mann!"

„Was kümmert das Lord Guillonk?"

Sandokan brüllte wie ein verwundetes Tier, er begann zu taumeln und schloss die Augen. Ein gewaltiger Schmerz verzerrte seine Gesichtszüge.

Er trat an den Soldaten heran, schüttelte ihn zornig und zischte:

„Du belügst mich nicht, oder?"

„Ich schwöre, dass ich die Wahrheit gesagt habe ..."

„Du bleibst hier und wir fahren nach Labuan. Wenn du nicht gelogen hast, werde ich dich in Gold aufwiegen."

Dann sagte er mit entschlossener Stimme zu Yanez:

„Wir brechen auf."

„Ich folge dir", lautete die knappe Antwort des Portugiesen.

„Ist alles bereit?"

„Du musst nur noch die Männer auswählen, die uns begleiten sollen."

„Wir werden unsere Tapfersten mitnehmen, denn hier steht alles auf dem Spiel."

„Lass aber genügend Männer zurück, um unseren Schlupfwinkel zu verteidigen."

„Was fürchtest du, Yanez?"

„Die Engländer könnten unsere Abwesenheit nutzen, um unsere Insel zu überfallen."

„Das würden sie nicht wagen, Yanez."

„Das sehe ich anders. Labuan ist stark genug geworden, den Kampf zu versuchen, Sandokan. Früher oder später wird der entscheidende Schlag kommen."

„Dann werden wir bereit sein und man wird sehen, wer von beiden entschlossener und tapferer ist, die Tiger von Mompracem oder die Leoparden von Labuan."

Sandokan befahl seinen Banden, sich aufzustellen, insgesamt mehr als zweihundertfünfzig Männer, rekrutiert aus den kriegerischsten Stämmen Borneos und der malaiischen Inseln, und wählte unter ihnen neunzig Tigerchen aus, die mutigsten und stärksten, wahrhaft verdammte Seelen, die auf sein Wort hin nicht gezögert hätten, selbst die Forts von Victoria, die Zitadelle von Labuan anzugreifen.

Dann rief er Giro-Batol, zeigte ihn den Banden, die zur Verteidigung der Insel zurückbleiben sollten und sagte:

„Hier ist ein Mann, der das Glück hat, einer der tapfersten unter den Piraten zu sein, der einzige Überlebende der Mannschaften, die ich in jenen unglückseligen Feldzug gegen Labuan führte. Während meiner Abwesenheit werdet ihr ihm genau so gehorchen wie mir. Und nun, Yanez, lass uns an Bord gehen."

Kapitel 16

Der Feldzug gegen Labuan

D ie neunzig Männer gingen an Bord der *Proas*. Yanez und Sandokan bestiegen die größte und wehrhafteste, die mit Doppelkanonen und einem halben Dutzend großer Donnerbüchsen bestückt und zudem zum Schutz mit breiten Eisenplatten versehen war.

Die Anker wurden gelichtet, die Segel gesetzt und dann verließ die kleine Flotte unter den lauten Rufen der Banden, die sich am Strand und auf den Befestigungen versammelt hatten, die Bucht.

Der Himmel war klar und das Meer so glatt als sei es aus Öl, aber im Süden erschienen ein paar kleine Wolken, die eine eigentümliche Färbung und merkwürdige Formen hatten und nichts Gutes verhießen.

Sandokan, der nicht nur Augen scharf wie ein Feldstecher, sondern auch die Wetterfühligkeit eines Barometers besaß, witterte eine heraufziehende Schlechtwetterfront, ließ sich aber davon nicht beunruhigen.

„Wenn Menschen mich nicht aufhalten können, dann viel weniger noch ein Sturm. Ich fühle mich stark genug, selbst den Naturgewalten zu trotzen", sagte er.

„Fürchtest du, dass ein schlimmer Orkan heraufzieht?", fragte Yanez.

„Ja, aber deshalb werde ich nicht umkehren. Im Gegenteil, mein Bruder, er wird uns zustatten kommen, denn so können wir landen, ohne von den Kreuzern behelligt zu werden."

„Und wenn wir an Land sind, was wirst du tun?"

„Das weiß ich noch nicht, aber ich fühle mich zu allem in der Lage, selbst dazu, gegen die gesamten englischen

Truppen zu kämpfen, sollten sie sich mir in den Weg stellen, oder auch mit meinen Männern zur Villa vorzudringen und sie zu erstürmen."

„Wenn du deine Landung mit einer Schlacht ankündigst, wird der Lord nicht in den Wäldern bleiben, sondern nach Victoria fliehen, wo ihn Flotte und Forts beschützen."

„Das ist wahr, Yanez", sagte Sandokan und seufzte. „Und doch muss Marianna meine Braut werden, denn ich fühle, dass ohne sie dieses Feuer, das mein Herz verzehrt, niemals erlöschen wird."

„Ein Grund mehr, um mit allergrößter Vorsicht vorzugehen und den Lord zu überraschen."

„Überraschen! Glaubst du denn, der Lord wäre nicht wachsam? Er weiß, dass ich zu allem imstande bin, und sicher hat er in seinem Park Soldaten und Seemänner zusammengezogen."

„Das mag sein, aber wir werden auf eine List zurückgreifen. Wer weiß, mir schwirrt schon etwas im Kopf herum, das Gestalt annehmen könnte. Aber sag mir, mein Freund, wird Marianna sich entführen lassen?"

„Oh ja! Sie hat es mir geschworen."

„Und du wirst sie nach Mompracem bringen?"

„Ja."

„Und nachdem du sie geheiratet hast, werdet ihr dort bleiben?"

„Das weiß ich nicht, Yanez", sagte Sandokan und seufzte tief. „Soll ich sie für immer auf meine wilde Insel verbannen? Soll sie für immer unter meinen Tigerchen leben, die nichts anderes kennen als Büchsen abzufeuern und Axt oder *Kris* zu schwingen? Sollen ihre sanften Augen schreckliche Schauspiele mitansehen, Blut und Gemetzel allenthalben, soll sie die Schreie der Kämpfenden und das Gebrüll der Kanonen hören, soll ich sie ständiger Gefahr aussetzen? ... Sag mir, Yanez, würdest du das tun an meiner Stelle?"

„Bedenke, Sandokan, was ohne den Tiger von Malaysia aus Mompracem würde. Mit dir könnte es wieder so hell erstrahlen, dass es Labuan und alle anderen Inseln in den Schatten stellt und die Söhne der Männer, die deine Familie und dein Volk vernichteten, erzittern lässt. Es gibt Tausende von *Dayaks* und Malaien, die nur auf deinen Ruf warten, um zu den Banden der Tiger von Mompracem zu stoßen."

„An all das habe ich gedacht, Yanez."

„Und was hat dir dein Herz gesagt?"

„Ich habe gefühlt, wie es blutet."

„Und dennoch würdest du deine Macht für diese Frau aufgeben."

„Ich liebe sie, Yanez. Ah! Wäre ich doch niemals der Tiger von Malaysia geworden! ..."

Der Pirat schien ungewöhnlich aufgewühlt, er setzte sich auf eine Kanonenlafette und nahm den Kopf zwischen die Hände, so als wolle er die Gedanken zum Schweigen bringen, die in seinem Hirn herumtobten.

Yanez betrachtete ihn lange schweigend, dann ging er an Deck auf und ab, wobei er sich mehrere Male am Kopf kratzte.

Unterdessen segelten die drei Schiffe weiter in östliche Richtung, getragen von einer nur leichten und unregelmäßigen Brise, die ihr Vorankommen bisweilen sehr verlangsamte.

Vergeblich setzten die Mannschaften, die eine heftige Ungeduld ergriffen hatte und die jeden einzelnen Meter des Weges zählten, neue Klüver, kleine Besan- und Beisegel, um mehr Wind einzufangen. Aber je mehr Wolken am Horizont aufzogen, desto langsamer wurde ihre Fahrt.

So sollte es allerdings nicht bleiben. Gegen neun am Abend kam von dort, wo die Wolken aufzogen, stärkerer Wind auf, ein sicheres Zeichen dafür, dass über dem südlichen Ozean ein Sturm tobte.

Mit freudigen Rufen begrüßten die Mannschaften den lebhaften Wind, ohne jegliche Furcht vor dem Orkan, der ihnen drohte und der den Untergang ihrer Schiffe bedeuten konnte. Allein der Portugiese wurde ein wenig unruhig und hätte es gern gesehen, dass zumindest die Segelfläche verkleinert würde, aber Sandokan erlaubte es nicht, da er so schnell wie möglich die Ufer Labuans erreichen wollte und der Weg dorthin ihm diesmal ohnehin unendlich lang erschien.

Am nächsten Morgen war das Meer wild und aufgewühlt. Langgezogene Wellen rollten den weiten Weg von Süden heran und prallten mit lautem Tosen ungestüm aufeinander, so dass die drei Schiffe heftig schaukelten und schlingerten. Über den Himmel rasten riesige, wilde Wolken, schwarz wie Pech und mit feuerroten Rändern.

Am Abend verdoppelte der Wind seine Stärke und drohte die Masten zu knicken, wenn die Segel nicht gerefft würden.

Jeder andere Seefahrer hätte angesichts dieses Meeres und dieses Himmels eiligst das nächstgelegene Land angesteuert, aber Sandokan, der wusste, dass er nur noch siebzig oder achtzig Meilen von Labuan entfernt war, und der eher eines seiner Schiffe geopfert als eine einzige Stunde verloren hätte, dachte nicht einmal daran.

„Sandokan", sagte Yanez, dessen Unruhe wuchs, „wir begeben uns in große Gefahr."

„Was fürchtest du, mein Bruder?", fragte der Tiger.

„Ich fürchte, dass der Orkan uns alle auf den Grund des Meeres schicken wird."

„Unsere Schiffe sind robust."

„Aber ich denke, dies droht ein schrecklicher Orkan zu werden."

„Ich fürchte ihn nicht, Yanez. Lass und weiter segeln, Labuan ist nicht mehr fern. Kannst du die anderen Schiffe sehen?"

„Ich glaube, ich erkenne eines in südlicher Richtung. Es ist so finster, dass man nicht weiter als hundert Meter sehen kann."

„Selbst wenn sie uns verlieren sollten, sie werden uns wiederfinden."

„Aber sie können auch auf immer verloren gehen, Sandokan."

„Ich werde nicht weichen, Yanez."

„Sei wachsam, Bruder."

In diesem Augenblick zerriss ein greller Blitz die Dunkelheit und erhellte das Meer bis an den Horizont, dann folgte ein furchterregender Donner.

Sandokan, der bisher gesessen hatte, sprang auf, sah mit stolzem Blick in die Wolken, streckte die Hand gen Süden und sagte:

„Komm und kämpfe mit mir, Orkan: Ich werde dir die Stirn bieten! ..."

Er überquerte das Deck und begab sich ans Steuerruder, während seine Seemänner die Kanonen und Donnerbüchsen sicherten, Waffen, die sie auf keinen Fall verlieren wollten, das Landungsboot an Deck zogen und das stehende Gut dreifach mit Tauen verstärkten.

Von Süden her kamen bereits die ersten Böen mit jener Geschwindigkeit, die der Wind bei Sturm erreichen kann, und vor sich her schoben sie die ersten Wellenberge.

Mit gerefften Segeln schoss die *Proa* schnell wie ein Pfeil weiter in westliche Richtung, bot tapfer den entfesselten Elementen die Stirn und wich, gesteuert von Sandokans eiserner Hand, keine Handbreit von ihrem Kurs ab.

Eine halbe Stunde lang blieb es, bis auf das Tosen der See und das Krachen der elektrischen Entladungen, die mit jedem Mal noch gewaltiger wurden, recht ruhig, aber gegen elf brach der Orkan urplötzlich in all seinem majestätischen Schrecken herein und stellte Meer und Himmel auf den Kopf.

Die Wolken, die sich seit dem vorangegangenen Tag aufgetürmt hatten, stoben jetzt wütend über das Himmelszelt, mal hoch hinaufgejagt und dann wieder so weit hinab geschleudert, dass ihre Zipfel die Wellen berührten, während sich das Meer gleich einem gewaltigen Strom mit unerhörter Macht nach Norden wälzte.

Die *Proa,* wahrhaftig eine bloße Nussschale, die der zürnenden Natur trotzte, ertrank beinahe in den Sturzwellen, die von allen Seiten über sie hereinbrachen, wild torkelte sie umher, mal auf den schäumenden Wellenkämmen, mal in den Tiefen schlingernder Abgründe, so dass die Männer umhergewirbelt wurden, die Masten ächzten, die Blöcke knarzten und die Segel so laut flatterten, als seien sie stets kurz vor dem Zerreißen.

Aber Sandokan trotzte dem Sturm unerschrocken und steuerte das Schiff durch die zornig wallenden Wassermassen in Richtung Labuan. Es war beeindruckend, diesen Mann zu sehen: Fest hielt er das Ruder in der Hand, seine Augen funkelten, seine langen Haare wehten im Wind und unerschütterlich stand er inmitten der entfesselten Elemente, die um ihn herum tobten. Er war wieder der Tiger von Malaysia, der sich nicht damit zufrieden gab, den Menschen zu trotzen, sondern nun auch der zornigen Natur die Stirn bot.

Seine Männer standen ihm in nichts nach. An die Taue gekrallt, betrachteten sie mit Gleichmut die wilden Attacken des Meeres, bereit, selbst das gefährlichste Manöver durchzuführen, sollte es sie auch das Leben kosten.

Und unterdessen nahm der Orkan noch an Stärke zu, beinahe so, als wolle er all seine Macht entfalten, um jenen Mann, der es wagte, ihm die Stirn zu bieten, herausfordern. Wahre Wellenberge erhoben sich aus dem Meer, rollten mit lautem Gebrüll und furchterregendem Tosen zum Angriff, türmten sich einer über den anderen, so dass sich tiefe Abgründe auftaten, die bis auf den Meeresgrund zu reichen schienen. Der Wind heulte in allen Tonlagen, schob wahre Wassersäulen vor sich her und trieb wütend die Wolken umeinander, in denen unaufhörlich der Donner rollte.

Verzweifelt kämpfte die *Proa* und stemmte ihre Seite gegen die Wellen, die versuchten, sie nach Norden zu treiben. Immer heftiger geriet sie ins Schlingern, stieg hoch wie ein scheuendes Pferd, stürzte mit dem Bug voran ins Wasser, ein Zittern durchlief sie, als würde sie jeden Augenblick auseinanderbrechen und taumelte zuweilen so arg, dass man befürchten musste, sie werde nicht wieder ins Gleichgewicht kommen.

Gegen dieses Meer anzukämpfen, das immer noch stürmischer wurde, war reine Tollheit. Es war unbedingt geboten, sich nach Norden treiben zu lassen, so wie die anderen beiden *Proas* es vielleicht schon getan hatten, von denen bereits seit Stunden nichts mehr zu sehen war.

Yanez, der begriff, wie unvorsichtig es war, hartnäckig an diesem Kampf festzuhalten, wollte sich gerade nach achtern begeben, um Sandokan zu bitten, den Kurs zu ändern, als vom offenen Meer her eine laute Detonation zu hören war, die man nicht mit dem Krachen eines Blitzes verwechseln konnte. Einen kurzen Augenblick später pfiff eine Kugel über das Deck und streifte die Fockrah. Wütendes Geheul erhob sich an Bord der *Proa* ob dieses unerwarteten Angriffs, mit dem in solch einem Wetter und in solch einer gefährlichen Lage sicherlich niemand gerechnet hatte.

Sandokan hatte das Ruder an einen seiner Seemänner übergeben und lief zum Bug, um zu sehen, wer so kühn war, ihn inmitten des Sturms anzugreifen.

„Ah!", rief er. „Hier sind noch wachsame Kreuzer unterwegs?"

Tatsächlich handelte es sich bei dem Angreifer, der inmitten der Wellenberge seine Kugel noch so präzise abgefeuert hatte, um einen großen Dampfer, an dessen Gaffel die englische Fahne wehte und oben am Großmast der lange Kriegswimpel. Was tat er bei solchem Wetter auf offenem Meer? Kreuzte er vor der Küste Labuans oder kam er von einer nahegelegenen Insel?

„Lass uns abdrehen, Sandokan", sagte Yanez, der hinzugekommen war.

„Abdrehen!"

„Ja, mein Bruder. Dieses Schiff argwöhnt, dass wir Piraten und auf dem Weg nach Labuan sind."

Ein zweiter Kanonenschuss ertönte an Deck des Dampfers und eine zweite Kugel pfiff durch die Takelage der *Proa*. Trotz des heftigen Schlingerns stürzten die Piraten an die Kanonen und Donnerbüchsen, um das Feuer zu erwidern, aber Sandokan hielt sie mit einer Geste zurück. Und tatsächlich war es gar nicht nötig. Der Dampfer kämpfte heftig gegen die Wellen an, die gegen seinen Bug schlugen, tauchte aufgrund seiner schweren Eisenkonstruktion beinahe vollständig ins Wasser ein, und wurde unweigerlich nach Norden abgetrieben. In wenigen Augenblicken war er so weit entfernt, dass sie seine Geschütze nicht mehr fürchten mussten.

„Ein Jammer, dass ich mich inmitten dieses Sturms befinden musste", sagte Sandokan finster. „Ich hätte ihn angegriffen und erobert, trotz seiner Größe und seiner Mannschaft."

„Es ist besser so, Sandokan", sagte Yanez. „Soll der Teufel ihn holen und auf den Grund des Meeres schicken."

„Aber was tat dieses Schiff auf offenem Meer, während alle anderen Zuflucht suchen? Ob wir in der Nähe von Labuan sind?"

„Ja, das vermute ich."

„Kannst du vor uns irgendetwas erkennen?"

„Ich sehe nichts außer Wellenbergen."

„Und doch fühle ich, dass mein Herz heftiger schlägt, Yanez."

„Ein Herz kann sich manchmal täuschen."

„Meines nicht. Ah! ..."

„Was hast du gesehen?"

„Einen dunklen Punkt in östlicher Richtung. Ich sah ihn im Licht eines Blitzes."

„Aber selbst wenn Labuan in der Nähe ist, wie sollen wir bei solchem Wetter landen?"

„Wir werden landen, Yanez, und sollte mein Schiff dabei zerschellen."

In diesem Augenblick rief ein Malaie von der Fockrah herunter:

„Land am Bugmast voraus! ..."

Sandokan stieß einen Freudenschrei aus: „Labuan! ... Labuan! ...", rief er. „Ich übernehme das Ruder."

Trotz der Wellen, die unentwegt darüber hinwegfegten, überquerte er das Deck, nahm das Ruder und lenkte die *Proa* in östliche Richtung. Während er sich der Küste näherte, schien es jedoch, als verdoppele das Meer sein wütendes Tosen, so als wolle es um jeden Preis eine Landung verhindern. Wellen von ungeheurer Größe, die durch die so genannte Unterströmung entstanden, peitschten in alle Richtungen und auch der Wind, der sich an den Höhenzügen der Insel brach, blies mit doppelter Macht. Aber Sandokan wich nicht zurück. Den Blick fest nach Osten gerichtet, behielt er unerschrocken seinen Kurs bei und nutzte das Licht der Blitze, um sich zu orientieren.

Bald befand er sich nur wenige Kabellängen von der Küste entfernt.

„Vorsicht, Sandokan", sagte Yanez, der an seine Seite getreten war.

„Keine Angst, mein Bruder."

„Achte auf die Felsen."

„Ich werde sie umschiffen."

„Aber wo wirst du eine geschützte Stelle finden?"

„Du wirst sehen."

Zwei Kabellängen entfernt zeichnete sich verschwommen die Küste ab, an die das Meer mit unbeschreiblichem Zorn brandete. Sandokan suchte sie kurz mit den Blicken ab, dann riss er das Ruder heftig nach Backbord.

„Aufgepasst!" schrie er den Piraten zu, die an den Brassen standen.

Mit einer Kühnheit, die selbst dem unerschrockensten Seewolf die Haare hätte zu Berge stehen lassen, trieb er die *Proa* voran, passierte einen schmalen Durchgang zwischen zwei großen Klippen und gelangte in eine kleine, aber tiefe Bucht, in die ein Fluss mündete.

Aber an diesem Zufluchtsort war die Brandung so stark, dass die *Proa* sich in großer Gefahr befand. Da war es besser, dem Zorn der offenen See zu begegnen als an diesen Ufern zu landen, wo die heranrollenden Wellen sich wild überstürzend brachen.

„Wir können nichts unternehmen, Sandokan", sagte Yanez. „Wenn wir versuchen, uns dem Ufer zu nähern, wird unser Schiff zerschellen."

„Du bist ein guter Schwimmer, nicht wahr?", fragte Sandokan.

„So gut wie unsere Malaien."

„Ich fürchte mich nicht vor den Wellen."

„Auch mir machen sie keine Angst."

„Dann werden wir dennoch an Land gehen."

„Was hast du vor?"

Anstatt zu antworten, rief Sandokan:

„Paranoa! ... Ans Ruder! ..."

Der *Dayak* eilte zum Heck und Sandokan übergab ihm das Steuerrad.

„Was soll ich tun?", fragte er.

„Vorerst hältst du die *Proa* gegen den Wind", erwiderte Sandokan. „Und achte darauf, dass sie nicht auf eine Bank läuft."

„Keine Sorge, Tiger von Malaysia."

„Bereitet die Schaluppe vor und hebt sie auf die Bordwand. Wenn die nächste Welle darüber hereinbricht, lasst ihr sie los."

Was hatte der Tiger von Malaysia im Sinn? Wollte er versuchen, mit der Schaluppe, einem bloßen Spielzeug inmitten dieser gewaltigen Wellen, ans Ufer zu gelangen? Seine Männer wechselten angesichts seines Befehls äußerst besorgte Blicke, dennoch machten sie sich eilig daran, ihn ohne Fragen zu stellen zu befolgen. Mit der bloßen Kraft ihrer Arme hievten sie die Schaluppe auf die Steuerbordwand, nachdem sie, auf Sandokans Geheiß, zwei Karabiner, Munition und einige Lebensmittel hinein gelegt hatten.

Der Tiger von Malaysia trat zu Yanez und sagte:

„Steig in die Schaluppe, mein Bruder."

„Was hast du vor, Sandokan?"

„Ich will an Land gehen."

„Wir werden am Strand zerschellen."

„Ach was! ... Steig ein, Yanez."

„Du bist verrückt."

Anstatt zu antworten, packte Sandokan ihn, setzte ihn in die Schaluppe und sprang dann selbst hinein.

In diesem Augenblick rollte mit lautem Tosen eine riesige Welle auf die Bucht zu.

„Paranoa!", schrie Sandokan, „Mach dich bereit zum Abdrehen!"

„Soll ich wieder aufs Meer hinaus steuern?", fragte der *Dayak*.

„Halte dich in nördliche Richtung, lege das Schiff in den Wind. Wenn das Meer sich beruhigt hat, kehrst du hierher zurück."

„In Ordnung, Kapitän. Und ihr? ..."

„Ich werde an Land gehen."

„Ihr werdet Euer Leben lassen."

„Schweig! ... Macht euch bereit, die Schaluppe herabzulassen! Dort kommt die Welle!"

Mit hell schäumendem Kamm rollte die gewaltige Welle heran. Sie brach sich an den beiden Klippen, wälzte sich dann in die Bucht hinein und auf die *Proa* zu. Im Nu hatte sie sie erreicht, hüllte sie in eine Gischtfontäne und schlug über die Bordwand.

„Lasst los!", brüllte Sandokan.

Sich selbst überlassen, wurde die Schaluppe mitsamt den zwei mutigen Männern, die darin saßen, davongetragen. Fast im gleichen Augenblick drehte die *Proa* ab, nutzte eine Gegenwelle, um aufs offene Meer hinauszugelangen, und verschwand hinter einem der Felsen.

„Leg dich in die Riemen, Yanez", sagte Sandokan und ergriff eines der Ruder. „Wir werden trotz des Sturms auf Labuan landen."

„Beim Zeus!", rief der Portugiese. „Das ist reine Tollheit!"

„Hol aus! ..."

„Und der Aufprall?"

„Still! Gib Acht auf die Wellen!"

Beängstigend schaukelte das Boot in der schäumenden Gischt der Brandung, mal tauchte es tief hinab, dann wieder tanzte es auf den Wellenkämmen. Aber die Wogen trugen es näher an den Strand heran, der glücklicherweise leicht abschüssig und frei von Felsen war.

Von einer weiteren Welle emporgehoben, wurde es hundert Meter weit voran getragen. Es erklomm den Wellenkamm, dann stürzte es hinab und ein gewaltiger Stoß erschütterte das Boot.

Die beiden Tapferen spürten, dass sie keinen Boden mehr unter den Füßen hatten: Der Kiel war unter dem heftigen Aufprall zerborsten.

„Sandokan!", schrie Yanez, der sah, dass durch die Risse Wasser eindrang.

„Lass nicht los, sonst ..."

Seine Stimme erstarb in einem weiteren heftigen Stoß, der auf den ersten folgte. Wieder wurde die Schaluppe emporgehoben. Einen Augenblick lang schaukelte sie auf dem Kamm einer riesigen Welle, dann stürzte sie hinab und schlug wiederum auf, aber die rollenden Wellen trugen sie noch weiter an den Strand heran und warfen sie mit solcher Macht gegen einen Baumstamm, dass die beiden Piraten hinausgeschleudert wurden. Sandokan, der in einem Haufen aus Zweigen und Blättern gelandet war, stand sogleich wieder auf und sammelte ihre Karabiner und die Munition ein.

Eine weitere Welle wälzte sich ans Ufer. Sie ergriff die Schaluppe, rollte sie ein Stück weit über den Strand, riss sie dann mit sich fort und zog sie unter Wasser.

„Zur Hölle mit allen Verliebten!", schrie Yanez und erhob sich benommen. „Das ist nur etwas für Verrückte."

„Ah, du lebst noch?", rief Sandokan und lachte.

„Wäre es dir lieber, es hätte mich umgebracht?"

„Das hätte ich niemals verwunden, Yanez. He, sieh nur, die *Proa!"*

„Wie? Ist sie nicht hinausgesegelt?"

In diesem Augenblick flog der Segler schnell wie ein Pfeil an der Öffnung der Bucht vorüber.

„Welch treue Gefährten!", rief Sandokan. „Bevor sie davonsegeln, wollten sie sich davon überzeugen, dass wir an Land gelangt sind."

Er riss sich die breite Schärpe aus roter Seide herunter und breitete sie in den Wind.

Kurz darauf ertönte an Deck des Seglers ein Schuss.

„Sie haben uns gesehen", sagte Yanez. „Lass uns hoffen, dass es ihnen gelingt, sich in Sicherheit zu bringen."

Die *Proa* hatte abgedreht und wieder nördlichen Kurs eingeschlagen. Yanez und Sandokan sahen ihr nach, bis sie endgültig aus ihrem Blickfeld verschwand, dann eilten sie unter die großen Bäume, um Schutz vor dem Regen zu suchen, der in Sturzbächen vom Himmel fiel.

„Wohin gehen wir, Sandokan?", fragte Yanez.

„Ich weiß es nicht."

„Weißt du nicht, wo wir uns befinden?"

„Unmöglich zu sagen. Ich vermute jedoch, dass wir nicht weit von dem kleinen Fluss sind."

„Von welchem Fluss sprichst du?"

„Von dem, der meiner *Proa* nach der Schlacht gegen den Kreuzer Zuflucht bot."

„Befindet sich die Villa von Lord James dort in der Nähe?"

„Einige Meilen entfernt."

„Dann müssen wir zuerst diesen Wasserlauf finden."

„So ist es, Yanez."

„Morgen werden wir die Küste erkunden."

„Morgen!", rief Sandokan. „Glaubst du, ich könnte so viele Stunden warten und untätig hier verweilen? Weißt du nicht, dass Feuer in meinen Adern brennt? Siehst du nicht, dass wir auf Labuan sind, der Insel, auf der mein Stern leuchtet?"

„Du denkst, ich weiß nicht, dass wir uns auf dem Boden der *Rotjacken* befinden?"

„Dann musst du meine Ungeduld verstehen!"

„Oh nein, Sandokan", entgegnete der Portugiese gelassen. „Beim Zeus! Ich bin noch völlig durchgerüttelt und du willst dich in dieser Höllennacht gleich auf den Weg machen. Du bist verrückt, mein Bruder."

„Die Zeit läuft uns davon, Yanez. Erinnerst du dich nicht, was der Korporal gesagt hat?"

„Doch, ganz genau."

„Jeden Augenblick kann Lord James nach Victoria fliehen."

„Sicher nicht in diesem Hundewetter."

„Mach keine Scherze, Yanez."

„Das liegt mir fern, Sandokan. Also, lass uns das in Ruhe besprechen, mein Bruder. Du willst zur Villa gehen? ... Was willst du dort tun? ..."

„Sie wenigstens sehen", sagte Sandokan mit einem Seufzen.

„Und irgendeine Unvorsichtigkeit begehen, nicht wahr? ..."

„Nein."

„Hm! ... Ich weiß, wozu du imstande bist. Nur die Ruhe, mein Bruder. Bedenke, dass wir nur zu zweit sind und sich in der Villa Soldaten befinden. Lass uns warten, bis unsere *Proas* zurückkehren und dann werden wir handeln."

„Ach, wenn du wüsstest, was ich dabei empfinde, hier auf dieser Insel zu sein!", rief Sandokan heftig.

„Ich kann es mir vorstellen, aber ich kann dir nicht gestatten, Tollheiten zu begehen, die dich umbringen könnten. Du willst zur Villa, um dich zu vergewissern, dass Marianna noch dort ist? ... Dann werden wir dorthin gehen, aber erst, wenn der Orkan sich gelegt hat. In dieser Dunkelheit und bei diesem Regen können wir uns nicht orientieren und den Fluss nicht finden. Morgen, sobald die Sonne aufgegangen ist, werden wir uns auf den Weg machen. Aber fürs Erste werden wir uns einen Unterschlupf suchen."

„Und ich soll bis morgen warten?"

„Es sind nur drei Stunden bis Sonnenaufgang."

„Eine Ewigkeit! ..."

„Ach, das ist gar nichts, Sandokan. Außerdem beruhigt sich in der Zwischenzeit vielleicht das Meer, der Wind lässt nach und unsere *Proas* kehren hierher zurück. Komm, wir legen uns unter die Arekapalmen mit den riesigen Blättern dort, die uns besser schützen werden als ein Zelt, und warten auf die Morgendämmerung."

Sandokan war unentschlossen, ob er dem Rat folgen sollte. Er sah den treuen Freund an und hoffte, ihn doch noch zum Aufbruch bewegen zu können, aber dann gab er nach und ließ sich mit einem tiefen Seufzer in der Nähe eines Baumstammes nieder.

Der Regen fiel mit unverminderter Heftigkeit und auf dem Meer wütete der Orkan immer noch mit aller Macht. Durch die Bäume hindurch sahen die zwei Piraten, wie die Wellen sich wild auftürmten und mit unglaublicher Wucht ans Ufer schlugen, wo sie sich wieder und wieder brachen.

Beim Anblick dieser Wellen, die, anstatt abzuflauen sich immer noch höher türmten, konnte Yanez nicht umhin zu fragen:

„Was mag bei solch einem Sturm mit unseren *Proas* geschehen? ... Glaubst du, dass sie sich retten können, Sandokan? ... Wenn sie untergehen, was wird dann aus uns? ...“

„Unsere Männer sind tüchtige Seeleute“, erwiderte Sandokan. „Es wird ihnen gelingen, sich aus dieser widrigen Lage zu retten.“

„Aber wenn sie untergehen? ... Was könntest du ohne ihre Hilfe ausrichten? ...“

„Was ich tun würde? ... Ich würde das Mädchen dennoch entführen.“

„Du bist zu hastig, Sandokan. Zwei Männer, seien es auch zwei Tiger des wilden Mompracem, können nicht gegen zwanzig, dreißig oder vielleicht fünfzig Musketen antreten.“

„Wir würden uns auf eine List verlegen.“

„Hm! ...“

„Glaubst du, ich wäre fähig, mein Vorhaben aufzugeben? ... Nein, Yanez! ... Ich werde nicht ohne Marianna nach Mompracem zurückkehren.“

Yanez antwortete nicht. Er zündete sich eine Zigarette an, legte sich ins Gras, das beinahe trocken war, da es von den großen Blättern des Baums geschützt wurde, und schloss die Augen.

Sandokan aber stand auf und ging in Richtung des Strandes. Der Portugiese, der nicht schlief, sah, wie er am Rand des Waldes hin und her lief, mal in nördliche und dann wieder in südliche Richtung. Gewiss versuchte er, sich zu orientieren und sich an diesen Teil der Küste zu erinnern, wo er vielleicht bereits bei seinem vorherigen Aufenthalt gewesen war.

Als er zurückkehrte, begann es zu dämmern. Seit ein paar Stunden hatte es aufgehört zu regnen und auch der Wind fegte nicht mehr so heftig über die unzähligen Bäume des Waldes hinweg.

„Ich weiß jetzt, wo wir sind", sagte er zu Yanez.

„Ah! ...", sagte der und machte Anstalten, aufzustehen.

„Der kleine Fluss muss in südliche Richtung liegen, vielleicht gar nicht weit entfernt."

„Sollen wir ihn suchen gehen? ..."

„Ja, Yanez."

„Ich hoffe, du wirst nicht so kühn sein, dich am Tage der Villa zu nähern."

„Aber am Abend wird mich nichts mehr zurückhalten."

Dann fügte er wie jemand, der von einer Ewigkeit spricht, hinzu:

„Noch zwölf Stunden! ... Welch eine Qual! ..."

„Im Wald vergeht die Zeit schnell, Sandokan", erwiderte Yanez mit einem Lächeln.

„Lass uns gehen."

„Ich bin bereit, dir zu folgen."

Sie warfen sich die Karabiner über die Schultern, füllten ihre Taschen mit Munition und gingen in den großen Wald hinein, wobei sie jedoch darauf achteten, sich nicht allzu weit vom Strand zu entfernen.

„Wir werden die tiefen Ausbuchtungen der Küste umgehen", sagte Sandokan. „Der Weg ist vielleicht beschwerlicher, aber kürzer."

„Nicht, dass wir uns verlaufen."

„Keine Sorge, Yanez."

Nur selten ließ der Wald ein ungehindertes Vorankommen zu, aber Sandokan war ein wahrer Mann des Waldes, der es verstand, sich darin wie eine Schlange fortzubewegen und auch ohne Gestirne oder Sonne seinen Weg zu finden. Er hielt sich in südliche Richtung, wobei er immer in der Nähe des Strandes blieb, um zuallererst den kleinen Fluss zu finden, den er bei seinem vorherigen Feldzug hinaufgesegelt war. Einmal dort angekommen, würde es nicht mehr schwierig sein, zur Villa zu gelangen, von der der Pirat wusste, dass sie nur ein paar Kilometer entfernt lag. Doch je weiter sie nach Süden kamen, desto beschwerlicher wurde der Weg, denn der Orkan hatte schreckliche Verwüstung angerichtet. Zahlreiche, vom Sturm umgestürzte Bäume behinderten ihr Fortkommen und zwangen die beiden Piraten zu gewagten Kletterpartien und langwierigen Umwegen. Zudem versperrten ihnen Berge von Ästen den Weg und Unmengen von Lianen schlangen sich um ihre Beine und erschwerten ihr Vorankommen.

Trotzdem arbeiteten sie sich weiter vorwärts, setzten ihre *Kris* ein, stiegen hinauf und hinab, sprangen und kletterten über Bäume und umgestürzte Stämme und versuchten stets, sich nicht allzu weit von der Küste zu entfernen.

Gegen Mittag machte Sandokan Halt und sagte zum Portugiesen:

„Wir sind wir nicht mehr weit entfernt."

„Vom Fluss oder von der Villa? ..."

„Vom Wasserlauf", erwiderte Sandokan. „Hörst du nicht das leise Plätschern unter dem dichten Blätterdach?"

Yanez lauschte einige Augenblicke. „Ja", sagte er dann. „Sollte das wirklich der kleine Fluss sein, nach dem wir suchen?"

„Ich kann mich nicht täuschen. An diesem Ort bin ich bereits zuvor gewesen."

„Lass uns weitergehen."

Geschwind durchquerten sie das letzte Stück des großen Waldes und befanden sich zehn Minuten später an einem kleinen Wasserlauf, der in eine reizende, von riesigen Bäumen umstandene Bucht mündete.

Der Zufall hatte sie genau an denselben Ort geführt, wo die *Proas* des ersten Feldzuges gelandet waren. Es waren noch die Balken zu sehen, die das zweite Schiff zurückgelassen hatte, als es, zurückgedrängt durch den heftigen Beschuss des Kreuzers, dort Zuflucht gesucht hatte, um die schwerwiegenden Schäden zu reparieren.

An den Ufern lagen Stücke von Spieren, Teile von Bordwänden, Fetzen von Tuch, Tauwerk, Kanonenkugeln, Krummsäbel, zerborstene Äxte und zurückgebliebene Werkzeuge.

Sandokan warf einen finsteren Blick auf diese Überbleibsel, die ihn an die erste Niederlage erinnerten und seufzte, als er der Tapferen gedachte, die im unbarmherzigen Feuer des Kreuzers zu Tode gekommen waren.

„Dort ruhen sie, hinter der Bucht, auf dem Grunde des Meeres", sagte er betrübt zu Yanez. „Die unseligen Toten, immer noch ungerächt! ..."

„Hier bist du gelandet? ..."

„Ja hier, Yanez. Damals war ich noch der unbezwingbare Tiger von Malaysia, damals hatte ich weder goldene Ketten um mein Herz noch holde Erscheinungen vor den Augen. Ich kämpfte wie ein Verzweifelter, trieb meine Männer mit glühendem Zorn zum Entern, aber ich wurde zerschmettert. Der Verfluchte, der uns mit Eisen und Blei überzog war dort! ... Mir ist, als könnte ich ihn immer noch sehen, wie in jener schrecklichen Nacht, in der ich ihn an der Spitze meiner Recken angriff! ... Welch ein entsetzlicher Augenblick, Yanez, welch ein Blutbad! ... Alle sind gefallen, alle, bis auf einen: Ich! ...“

„Bedauerst du die Niederlage, Sandokan?“

„Ich weiß es nicht. Ohne die Kugel, die mich traf, hätte ich vielleicht das Mädchen mit dem goldenen Haar niemals kennengelernt.“

Er schwieg, ging zum Strand hinunter und ließ den Blick über das blaue Wasser der Bucht wandern, dann blieb er stehen, streckte den Arm aus und zeigte Yanez die Stelle, wo der fatale Angriff stattgefunden hatte.

„Dort unten ruhen die *Proas*“, sagte er. „Wer weiß, wieviele Tote sie in sich bergen.“

Er setzte sich auf den Stamm eines Baumes, der wohl aus Altersschwäche umgestürzt war, nahm den Kopf zwischen die Hände und versank in düsteren Gedanken.

Yanez überließ ihn seinen Grübeleien und begab sich zwischen die Felsen, wo er mit einem spitzen Stock in den Spalten herumstocherte, um vielleicht ein paar Riesenaustern zu finden.

Nachdem er eine Viertelstunde umhergestreift war, kehrte er zum Strand zurück mit einem so großen Exemplar, dass er beinahe Mühe hatte, es zu tragen. Im Handumdrehen hatte er ein schönes Feuerchen gemacht und sie geöffnet.

„Kopf hoch, mein Bruder, überlass die *Proas* dem Meer und die Toten den Mäulern der Fische. Komm lieber und lass deinen Gaumen dieses ausgezeichnete Muschelfleisch kosten. Auch wenn du noch so viel grübelst, werden sie nicht wieder an die Oberfläche kommen."

„Das ist wahr, Yanez", sagte Sandokan und seufzte. „Diese Tapferen werden nie wieder lebendig."

Es war ein köstliches Frühstück. Das Fleisch der Riesenauster war so zart und wohlschmeckend, dass es den guten Portugiesen, dessen Appetit durch die Mischung aus Seeluft und den Düften des Waldes ganz besonders angeregt war, in wahre Verzückung versetzte.

Nachdem das reichhaltige Mahl beendet war, machte Yanez Anstalten, sich unter einem prächtigen *Durianbaum,* der sich am Ufer des Flusses erhob, niederzulassen, um genüsslich ein paar Zigaretten zu rauchen, aber Sandokan wies mit einer Geste auf den Wald.

„Vielleicht ist es noch weit bis zur Villa", sagte er.

„Weißt du nicht genau, wo sie liegt?"

„Nur ungefähr, denn damals war ich im Fieberwahn."

„Zum Teufel!"

„Oh! Keine Sorge, Yanez. Ich werde den Weg, der zum Park führt, finden."

„Da du es so willst, lass uns gehen, aber hüte dich davor, irgendwelche Unvorsichtigkeiten zu begehen."

„Ich werde mich ruhig verhalten, Yanez."

„Ein Wort noch, Bruder."

„Was gibt es?"

„Ich hoffe, du wirst die Nacht abwarten, ehe wir den Park betreten."

„Das werde ich, Yanez."

„Versprichst du es?"

„Du hast mein Wort."

„Dann also los."

Eine Weile liefen sie am rechten Ufer des kleinen Stroms entlang, dann schlugen sie sich entschlossen in den großen Wald.

Augenscheinlich hatte der Orkan auf diesem Teil der Insel schrecklich gewütet. Zahllose Bäume, gefällt von Sturm oder Blitz, lagen überall herum, einige hingen, gehalten von Lianen, noch halb in der Luft, andere waren ganz zu Boden gestürzt. Überall standen zerzauste und gekrümmte Büsche, lagen Berge von Blättern, Früchten und geborstenen Ästen, aus denen das Gebrüll zahlreicher verletzter Affen erklang. Trotz dieser Vielzahl an Hindernissen blieb Sandokan nicht einmal stehen.

Bis zum Sonnenuntergang lief er weiter, ohne auch nur einmal zu zögern, welche Richtung er einschlagen sollte. Der Abend brach herein und Sandokan begann bereits zu fürchten, dass er den Ort nicht finden würde, als er unvermittelt auf einen breiten Pfad stieß.

„Was siehst du?", fragte der Portugiese, als er sah, dass Sandokan stehen blieb.

„Wir sind in der Nähe der Villa", erwiderte Sandokan mit gedämpfter Stimme. „Dieser Pfad führt uns zum Park."

„Donnerwetter! Welch ein Glück, Brüderchen. Lass uns weitergehen, aber hüte dich, irgendwelche Dummheiten anzustellen."

Sandokan wartete nicht ab, bis er zu Ende gesprochen hatte. Er lud den Karabiner, um nicht unbewaffnet überrascht zu werden, und stürzte so schnell den Pfad entlang, dass der Portugiese Mühe hatte, ihm zu folgen.

„Marianna! Göttliches Mädchen! ... Meine Liebe!", rief er und beschleunigte seine Schritte noch einmal. „Hab keine Angst mehr, ich bin in deiner Nähe! ..."

In diesem Augenblick hätte der Pirat ein ganzes Regiment niedergemacht, um die Villa zu erreichen. Er fürchtete sich vor niemandem, selbst vor dem Tod wäre er nicht zurückgeschreckt. Er keuchte, ein glühendes Feuer durchströmte ihn, sein Herz brannte und in seinem Hirn tobten tausend Ängste. Er fürchtete, zu spät zu kommen und die Frau, die er so sehr liebte, nicht mehr vorzufinden. Immer schneller lief er, vergaß jegliche Vorsicht, zerbrach und verbog die Zweige der Büsche, zerschlug ungestüm die Lianen und sprang mit Löwensätzen über tausend Hindernisse hinweg, die ihm den Weg versperrten.

„He, Sandokan, du wild gewordener Teufel!", rief Yanez, der wie ein Pferd hinterdrein trabte. „Warte auf mich! Bei allen Donnerbüchsen, bleib stehen, sonst werde ich zusammenbrechen."

„Zur Villa! ... Zur Villa! ...", war das einzige, was Sandokan zur Antwort gab.

Erst als er die Palisaden, die den Park umgaben, erreicht hatte, machte er Halt, aber nur, um auf den Gefährten zu warten, nicht etwa aus Vorsicht oder Erschöpfung.

„Uff!", stöhnte der Portugiese, als er bei ihm angelangt war. „Hältst du mich für ein Pferd, dass du mich so laufen lässt? Die Villa wird nicht in die Luft fliegen, das versichere ich dir, und außerdem weißt du nicht, wer sich hinter der Umfriedung verbergen mag."

„Ich fürchte mich nicht vor den Engländern", erwiderte der Tiger ungestüm.

„Das weiß ich, aber wenn du dich umbringen lässt, wirst du deine Marianna niemals wiedersehen."

„Aber ich kann hier nicht verweilen, ich muss die Lady sehen."

„Immer mit der Ruhe, mein Bruder. Gehorche und du wirst sehen, dass du doch etwas sehen kannst."

Er bedeutete ihm still zu sein, kletterte geschickt wie eine Katze die Palisaden hinauf und spähte aufmerksam in den Park hinein.

„Es sieht nicht so aus, als gäbe es Wachposten", sagte er dann. „Gehen wir also hinein."

Er sprang auf der jenseitigen Seite hinunter und Sandokan tat es ihm gleich. Dann begaben sich die beiden lautlos in den Park hinein, hielten sich im Schatten von Büschen und Beeten, die Augen stets auf das Herrenhaus gerichtet, das verschwommen in der Dunkelheit zu erkennen war.

So waren sie bis auf einen Büchsenschuss herangekommen, als Sandokan plötzlich stehen blieb und den Karabiner nach vorne riss.

„Bleib stehen, Yanez", flüsterte er.

„Was hast du gesehen?"

„Vor dem Herrenhaus stehen Leute."

„Vielleicht der Lord und Marianna?"

Sandokan, dessen Herz wie wild pochte, erhob sich langsam, schärfte seinen Blick und betrachtete die beiden menschlichen Gestalten aufmerksam.

„Verflucht!", flüsterte er und knirschte mit den Zähnen. „Soldaten!"

„Oh, oh, die Sache wird kompliziert!", murmelte der Portugiese. „Was tun wir?"

„Wenn Soldaten da sind, ist das ein Zeichen, dass Marianna sich noch in der Villa befindet."

„Ja, das denke ich auch."

„Dann greifen wir an."

„Du bist verrückt! ... Willst du, dass sie dich erschießen? Wir sind zwei und sie sind vielleicht zehn, fünfzehn oder vielleicht auch dreißig."

„Aber ich muss sie sehen!", rief Sandokan aus und sah den Portugiesen mit einem Blick an, der der eines Wahnsinnigen zu sein schien.

„Beruhige dich, mein Bruder", sagte Yanez und packte ihn fest am Arm, um zu verhindern, dass er etwas Unüberlegtes tat. „Beruhige dich und du wirst sie vielleicht dennoch sehen."

„Und wie?"

„Wir warten, bis es spät wird."

„Und dann?"

„Ich habe einen Plan. Leg dich hier in der Nähe hin, bezähme die Glut deines Herzens, und du wirst es nicht bereuen."

„Und die Soldaten?"

„Beim Zeus! Ich hoffe, sie werden irgendwann schlafen gehen."

„Du hast Recht, Yanez. Ich werde warten!"

Sie legten sich hinter ein dichtes Gebüsch, so dass sie die Soldaten gut im Blick hatten, und warteten auf den geeigneten Moment zu handeln.

Es vergingen zwei, drei, vier Stunden, für Sandokan so lang wie vier Jahrhunderte, dann endlich zogen die Soldaten sich zurück in die Villa und die Tür fiel krachend ins Schloss.

Der Tiger machte Anstalten, vorwärts zu preschen, aber der Portugiese hielt ihn eilig fest, zog ihn in den dichten Schatten eines riesigen Pampelmusenbaumes, verschränkte die Arme vor der Brust, sah ihm fest in die Augen und sagte:

„Sag mir, Sandokan: Was hoffst du in dieser Nacht zu erreichen? ..."

„Ich will sie sehen."

„Und du glaubst, das sei so einfach? ... Hast du, zunächst einmal, einen Weg gefunden, wie du sie sehen kannst?"

„Nein, aber ..."

„Weiß das Mädchen, dass du hier bist?"

„Das ist ja nicht möglich."

„Also müsste man sie rufen."

„Ja."

„Und die Soldaten kämen heraus, denn man kann nicht davon ausgehen, dass sie taub sind, und würden auf uns feuern."

Sandokan erwiderte nichts.

„Du siehst, mein unglücklicher Freund, dass wir heute Nacht nichts tun können."

„Ich kann zu den Fenstern hinaufklettern", sagte Sandokan.

„Hast du den Soldaten nicht gesehen, der sich an der Ecke des Hauptpavillons im Gebüsch versteckt hat?"

„Ein Soldat? ..."

„Ja, Sandokan. Schau doch: Man sieht den Lauf seines Gewehres blitzen."

„Was rätst du mir also? ... Sprich! ... Das Fieber verzehrt mich! ..."

„Weißt du, welchen Teil des Parks dein Mädchen gewöhnlich aufsucht?"

„Jeden Tag ging sie zum Sticken in die chinesische Laube."

„Sehr gut. Wo befindet sie sich? ..."

„Ganz in der Nähe."

„Führe mich dorthin."

„Was hast du vor, Yanez? ..."

„Sie muss erfahren, dass wir hier sind."

Auch wenn der Tiger von Malaysia Höllenqualen dabei litt, sich von diesem Ort zu entfernen, schlug er einen Seitenweg ein und führte Yanez zu der Laube.

Es war dies ein hübscher Pavillon, in lebhaften Farben angemalt, mit Lochmustern in den Wänden und einer Art Kuppel aus vergoldetem Metall, die verziert war mit allerlei Spitzen und fauchenden Drachen. Ringsumher erstreckte sich ein kleiner Hain aus Fliederbäumen und großen Büschen chinesischer Rosen, die einen intensiven Duft verströmten.

Yanez und Sandokan luden ihre Karabiner, da sie nicht sicher sein konnten, dass er verlassen war, und gingen hinein.

Es war niemand darin.

Yanez entzündete ein Schwefelhölzchen und sah auf einem zierlichen, mit Intarsien geschmückten Tisch ein Körbchen mit Spitze und Garn und daneben eine mit Perlmutt verzierte Mandola.

„Gehören diese Dinge ihr?", fragte er.

„Ja", antwortete Sandokan mit großer Zärtlichkeit in der Stimme.

„Bist du sicher, dass sie wieder hierher kommen wird?"

„Es ist ihr liebster Ort. Hierher kommt das göttliche Mädchen, um die vom Duft des blühenden Flieders durchtränkte Luft zu atmen, um die süßen Lieder ihres Heimatlandes zu singen, und hier war es, wo sie mir ewige Liebe schwor."

Yanez riss aus einem Büchlein ein Blatt Papier, kramte in seiner Tasche herum und fand einen Stift, und während Sandokan ein weiteres Schwefelhölzchen entzündete, schrieb er die folgenden Worte:

Gestern während des Orkans sind wir an Land gegangen. Morgen um Mitternacht werden wir unter Eurem Fenster warten. Haltet ein Seil bereit, damit Sandokan zu Euch hinaufklettern kann.

Yanez de Gomera

„Ich hoffe, mein Name wird ihr nicht unbekannt sein", sagte er.

„Oh nein", erwiderte Sandokan. „Sie weiß, dass du mein bester Freund bist."

Er faltete das Blatt und legte es in das Handarbeitskörbchen, so dass es leicht zu sehen war, während Sandokan einige Rosenblüten pflückte und sie darüber streute.

Im fahlen Licht eines Blitzes sahen die beiden Piraten einander an: Der eine war ruhig, der andere von heftigen Gefühlen ergriffen.

„Lass uns gehen, Sandokan", sagte Yanez.

„Ich folge dir", erwiderte der Tiger von Malaysia mit einem leichten Seufzen.

Fünf Minuten später kletterten sie über die Palisaden des Parks und verschwanden wieder in der Dunkelheit des Waldes.

Kapitel 17

Das nächtliche Stelldichein

Die Nacht war stürmisch, denn der Orkan hatte sich immer noch nicht gelegt.

Der Wind tobte und heulte in allen Tonlagen durchs Gehölz, zerrte an den Ästen der Bäume, wirbelte Unmengen von Laub durch die Luft, krümmte und entwurzelte die jungen Pflanzen und rüttelte unerbittlich an den älteren. Dann und wann zuckte grelles Licht durch die tiefe Dunkelheit, die Blitze fuhren herab und fällten die höchsten Bäume des Waldes oder setzten sie in Brand.

Es war eine wahrhaft höllische Nacht, aber eine günstige Nacht, um einen kühnen Streich gegen die Villa zu versuchen. Unglücklicherweise waren die Mannschaften der *Proas* nicht dort, um Sandokan bei seinem gewagten Unternehmen zur Seite zu stehen.

Obwohl der Orkan heftig tobte, gingen die beiden Piraten weiter. Im Licht der Blitze versuchten sie, den kleinen Fluss zu erreichen, um zu sehen, ob es einer der *Proas* gelungen war, Zuflucht in der kleinen Bucht zu finden.

Ohne sich um den Regen, der abermals in Sturzbächen fiel, zu bekümmern, aber stets auf der Hut vor herabstürzenden Ästen, die der Sturm von den Bäumen riss, befanden sie sich nach einem Marsch von zwei Stunden unerwartet in der Nähe der Flussmündung, während sie doppelt so viel Zeit benötigt hatten, um zur Villa zu gelangen.

„In der Dunkelheit haben wir unseren Weg besser gefunden als am helllichten Tag", sagte Yanez. „Wahrlich ein Glücksfall in solch einer Nacht."

Sandokan stieg ans Ufer hinab, wartete den nächsten Blitz ab und warf einen raschen Blick über die Wasser der Bucht.

„Nichts", sagte er betrübt. „Ob meinen Schiffen ein Unglück zugestoßen ist?"

„Ich denke, dass sie ihren sicheren Zufluchtsort noch nicht verlassen haben", entgegnete Yanez. „Sie werden bemerkt haben, dass ein weiterer Orkan im Anzug ist und waren vorsichtig genug, sich nicht zu rühren. Du weißt ja, dass es nicht leicht ist, hier zu landen, wenn Wind und Wellen toben."

„Ein ungutes Gefühl quält mich, Yanez."

„Was befürchtest du?"

„Dass sie untergegangen sind."

„Pah! Unsere Schiffe sind robust. In einigen Tagen werden wir sie hier wiedersehen. Ihr habt verabredet, euch hier in der kleinen Bucht zu treffen, nicht wahr?"

„Ja, Yanez."

„Sie werden kommen. Lass uns einen Unterschlupf suchen, Sandokan. Es regnet ohne Unterlass und auch der Orkan wird sich nicht so bald legen."

„Wohin sollen wir gehen? Da gibt es die Hütte, in der Giro-Batol während seines Aufenthalts auf der Insel gehaust hat, aber ich bezweifele, dass ich sie finden kann."

„Wir können uns in das Dickicht aus Bananenbäumen dort schlagen. Die riesigen Blätter werden uns bestens schützen."

„Besser, wir bauen ein *Atap*, Yanez."

„Daran hatte ich nicht gedacht. Dazu werden wir nur ein paar Minuten benötigen."

Mithilfe ihrer *Kris* schnitten sie ein paar Stöcke von den Bambusstauden, die am Ufer des Flusses wuchsen, und steckten sie unter einem prächtigen Pampelmusenbaum, dessen dichtes Blattwerk selbst beinahe schon ausreichte, um sie gegen den Regen zu schützen, in den Boden. Sie ordneten sie über Kreuz an, wie das Gerüst eines Zeltes mit nach beiden Seiten hin abfallendem Dach, und bedeckten sie mit breiten Bananenblättern, die sie so übereinander schichteten, dass sie ein Giebeldach bildeten.

Wie Yanez gesagt hatte, benötigten sie nur wenige Minuten, um diesen Unterschlupf zu bauen. Die beiden Piraten ließen sich darunter nieder, nahmen noch ein Bündel Bananen mit und nach einem kargen Mahl, das einzig aus dieser Frucht bestand, versuchten sie zu schlafen, während der Orkan, begleitet von Blitzen und ohrenbestäubendem Donner, seine volle Macht entfaltete.

Es war eine schreckliche Nacht. Mehrmals mussten Yanez und Sandokan ihren Unterstand verstärken und neue Zweige und Bananenblätter auflegen, um sich gegen den sintflutartigen Regen zu schützen, der ohne Unterlass fiel.

Gegen Morgen allerdings beruhigte sich das Wetter ein wenig und erlaubte den Piraten, ungestört bis um zehn am Morgen zu schlafen.

„Lass uns etwas zum Frühstücken suchen", sagte Yanez als er erwachte. „Ich hoffe, ich kann noch eine Riesenauster finden."

Sie gingen in Richtung der Bucht, entlang des südlichen Ufers, suchten zwischen den zahlreichen Felsen und fanden tatsächlich einige Dutzend Austern von unglaublicher Größe sowie auch einige Krustentiere. Yanez gab einige Bananen hinzu und auch *Pampelmusen,* eine Art sehr großer und saftiger Orangen.

Nach dem Frühstück gingen sie entlang der Küste in nördliche Richtung zurück. Sie hofften, vielleicht eine der *Proas* zu sehen, konnten aber auf dem Meer keinen ihrer Segler entdecken.

„Der Sturm wird es ihnen nicht erlaubt haben, nach Süden zu segeln", sagte Yanez zu Sandokan. „Seit dem Mittag hat der Wind nicht nachgelassen."

„Dennoch mache ich mir Sorgen über ihr Los, mein Freund", erwiderte der Tiger von Malaysia. „Diese Verspätung lässt mich Schlimmes befürchten."

„Pah! ... Unsere Männer sind Seeleute von der tüchtigsten Sorte."

Einen großen Teil des Tages verbrachten sie dort am Ufer, dann, in der Abenddämmerung, schlugen sie sich wieder in den Wald, um sich zur Villa von Lord James Guillonk zu begeben.

„Glaubst du, Marianna hat unsere Nachricht gefunden?", fragte Yanez Sandokan.

„Da bin ich sicher", erwiderte der Tiger.

„Dann wird sie zur Verabredung erscheinen."

„Wenn sie in Freiheit ist."

„Was willst du damit sagen, Sandokan? ..."

„Ich befürchte, dass Lord James sie streng bewacht."

„Teufel! ..."

„Wir werden dennoch zum Treffpunkt gehen, Yanez. Mein Herz sagt mir, dass ich sie sehen werde."

„Hüte dich aber, unvorsichtig zu sein. Ganz gewiss befinden sich Soldaten im Park."

„Ja, das ist sicher."

„Wir wollen uns nicht von ihnen überraschen lassen."

„Ich werde besonnen vorgehen."

„Versprichst du es? ..."

„Du hast mein Wort."

„Dann lass uns gehen."

Umsichtig bewegten sie sich durch den Wald, hielten Augen und Ohren offen, spähten zur Vorsicht in Dickichte und Gebüsche, um nicht in einen Hinterhalt zu geraten, und waren gegen sieben am Abend in der Nähe des Parks angelangt. Die noch verbleibenden Minuten der Dämmerung reichten aus, um die Villa in Augenschein zu nehmen.

Nachdem sie sich vergewissert hatten, dass sich dort keine Wachposten im Gesträuch verborgen hielten, näherten sie sich der Umfriedung und halfen sich gegenseitig dabei, hinaufzuklettern. Auf der anderen Seite sprangen sie hinunter, schlugen sich in die zu einem großen Teil vom Orkan verwüsteten Beete und versteckten sich in einer Gruppe chinesischer Pfingstrosen. Von dort aus konnten sie bequem beobachten, was im Park geschah und hatten auch die kleine Villa im Blick, da vor ihnen nur wenige Bäume standen.

„Ich sehe einen Offizier an einem der Fenster", sagte Sandokan.

„Und ich einen Soldaten, der in der Nähe des Hauptpavillons Wache hält", sagte Yanez. „Wenn dieser Mann auch nach Einbruch der Dunkelheit dort bleibt, wird er uns ein wenig im Wege sein."

„Wir werden ihn uns vom Hals schaffen", erwiderte Sandokan entschlossen.

„Es wäre besser, ihn zu überraschen und zu knebeln. Hast du ein Stück Seil bei dir?"

„Ich habe meine Schärpe."

„Sehr gut, und ... Ah! Die Halunken! ..."

„Was hast du, Yanez? ..."

„Hast du nicht gesehen, dass sie Gitter vor allen Fenstern angebracht haben? ..."

„Allah sei's geflucht! ...", rief Sandokan aus und knirschte mit den Zähnen.

„Mein Bruder, Lord James weiß anscheinend gut über die Kühnheit des Tigers von Malaysia Bescheid. Beim Bacchus! ... Wie viele Vorkehrungen! ..."

„Das bedeutet, dass Marianna bewacht wird."

„Ganz gewiss, Sandokan. Dann kann sie nicht zu unserem Stelldichein kommen."

„Vermutlich nicht, Yanez. Aber ich werde sie dennoch sehen."

„Aber wie denn? ..."

„Indem ich zu ihrem Fenster hochklettere. Das hattest du ja bereits vorhergesehen und hast ihr geschrieben, sie solle ein Seil bereithalten."

„Was, wenn die Soldaten uns überraschen? ..."

„Dann werden wir kämpfen."

„Wir sind nur zu zweit! ..."

„Du weißt, dass sie sich vor uns fürchten."

„Ja, das ist wohl war."

„Und dass wir für zehn zu kämpfen verstehen."

„Ja, wenn die Kugeln nicht zu zahlreich fliegen. He ... Sieh nur, Sandokan!"

„Was siehst du? ..."

„Einen Trupp Soldaten, der die Villa verlässt", entgegnete der Portugiese, der sich auf die breite Wurzel eines nahen Pampelmusenbaumes gestellt hatte, um besser sehen zu können."

„Wohin gehen sie? ..."

„Sie verlassen den Park."

„Ob sie die Umgegend bewachen sollen? ..."

„Das fürchte ich."

„Umso besser für uns."

„Ja, vielleicht. Und jetzt warten wir, bis es Mitternacht wird."

Vorsichtig zündete er eine Zigarette an, streckte sich an Sandokans Seite aus, und rauchte seelenruhig, so als liege er an Deck einer seiner *Proas*. Sandokan hingegen, an dem eine heftige Ungeduld nagte, konnte keinen Augenblick ruhig bleiben. Dann und wann stand er auf und spähte in die Dunkelheit hinaus, weil er sehen wollte, was in der Villa vor sich ging, oder um die junge Frau zu entdecken. Eine unbestimmte Angst trieb ihn um, man habe vielleicht in der Nähe des Hauses irgendeinen Hinterhalt gelegt. Vielleicht hatte jemand anderes die Nachricht gefunden und zu Lord James gebracht anstatt zu Marianna. Schließlich konnte er nicht mehr an sich halten und löcherte Yanez mit lauter Fragen, aber der rauchte bloß weiter und antwortete nicht.

Endlich war Mitternacht herangerückt.

Sandokan war aufgesprungen, bereit, in Richtung des Herrenhauses zu stürzen, selbst auf die Gefahr hin, plötzlich den Soldaten von Lord James gegenüberzustehen. Yanez aber war ebenfalls aufgesprungen und packte ihn am Arm.

„Sachte, Brüderchen", sagte er. „Du hast mir versprochen, besonnen zu bleiben."

„Ich fürchte niemanden mehr", erwiderte Sandokan. „Ich bin zu allem entschlossen."

„Ich habe ein ungutes Gefühl, mein Freund. Du vergisst, dass am Hauptpavillon ein Wachposten steht."

„Dann gehen wir und töten ihn."

„Er darf keinen Alarm schlagen."

„Wir werden ihn erwürgen."

Sie verließen das Pfingstrosengebüsch, robbten über die Beete, versteckten sich hinter Büschen und den Chinarosen, die überall zahlreich wuchsen.

Sie waren bis auf etwa hundert Schritte an das Herrenhaus herangekommen, als Yanez Sandokan zurückhielt.

„Siehst du den Soldaten dort?", fragte er.

„Ja."

„Ich glaube, er ist auf sein Gewehr gestützt eingeschlafen."

„Umso besser Yanez. Komm und sei zu allem bereit."

„Ich halte mein Tuch bereit, um ihn zu knebeln."

„Und ich habe meinen *Kris* in der Hand. Wenn er schreit, töte ich ihn."

Beide sprangen in ein dicht bestandenes Beet, das sich in Richtung des Hauptpavillons erstreckte, und indem sie wie Schlangen über den Boden krochen, kamen sie bis auf wenige Schritte an den Soldaten heran.

In dem sicheren Gefühl, dass niemand ihn stören würde, hatte sich der unselige junge Mann an die Mauer des Pavillons gelehnt und schlummerte mit dem Gewehr in den Händen.

„Bist du bereit, Yanez?", fragte Sandokan beinahe unhörbar.

„Vorwärts."

Mit einem Tigersprung stürzte sich Sandokan auf den jungen Soldaten, packte ihn fest bei der Kehle und warf ihn mit unwiderstehlicher Kraft zu Boden.

Zur gleichen Zeit war auch Yanez vorwärts gesprungen. Mit geschickter Hand knebelte er den Gefangenen, fesselte dann seine Hände und Füße und sagte mit drohender Stimme:

„Gib Acht! ... Wenn du nur einen Finger rührst, werde ich dir meinen *Kris* ins Herz stoßen."

Dann sagte er zu Sandokan gewandt:

„Nun zu deinem Mädchen. Weißt du, welches ihre Fenster sind?"

„Oh ja!", rief der Pirat, der bereits seinen Blick darauf gerichtet hatte. „Dort sind sie, über jenem Vorsprung. Ah, Marianna! Wenn du wüsstest, dass ich hier bin! ..."

„Geduld, mein Brüderchen, wenn es nicht mit dem Teufel zugeht, wirst du sie sehen."

Plötzlich wich Sandokan zurück und ein wahres Brüllen kam aus seiner Kehle.

„Was hast du?", fragte Yanez und erblasste.

„Sie haben ihre Fenster mit einem Gitter versperrt!"

„Teufel! ... Pah! ... Das macht nichts!"

Er sammelte eine Handvoll Steinchen und warf behutsam eines gegen die Scheiben. Die beiden Piraten warteten und hielten gebannt den Atem an.

Nichts rührte sich. Yanez warf ein zweites Steinchen, dann ein drittes und ein viertes. Plötzlich öffnete sich das Fenster und im bläulichen Licht des Mondes sah Sandokan eine weiße Gestalt, die er sofort erkannte.

„Marianna!", hauchte er und streckte seine Arme der jungen Frau entgegen, die sich hinter dem Gitter nach vorn gebeugt hatte.

Dieser so willensstarke, so kräftige Mann schwankte, als habe ihn eine Kugel mitten in die Brust getroffen, und blieb verträumt dort stehen, die Augen weit aufgerissen, blass und bebend.

Ein leiser Schrei entwich der Brust der jungen Lady, die den Piraten sofort wiedererkannt hatte.

„Nur Mut, Sandokan", sagte Yanez und entbot der jungen Frau einen galanten Gruß. „Steig zum Fenster hinauf, aber beeile dich, denn hier weht keine gute Luft für uns."

Sandokan stürzte auf das Herrenhaus zu, kletterte an der Pergola hinauf und umklammerte die Gitterstäbe vor dem Fenster.

„Du! ... Du! ...", rief die junge Frau ganz außer sich vor Freude. „Großer Gott!"

„Marianna! Oh, mein geliebtes Mädchen!", flüsterte er mit erstickter Stimme und bedeckte ihre Hände mit Küssen. „Endlich sehe ich dich wieder! Du bist mein, es ist wahr, mein, immer noch mein!"

„Ja, dein, Sandokan, im Leben wie im Tod", erwiderte die anmutige Lady. „Dich wiederzusehen, nachdem ich schon deinen Tod beweinte! Oh welche Freude, mein Geliebter!"

„So glaubtest du, ich sei umgekommen?"

„Ja, und wie es mich gemartert und gequält hat, zu denken, du seist auf immer verloren."

„Nein, geliebte Marianna, so schnell stirbt der Tiger von Malaysia nicht. Ich bin dem Feuer deiner Landsleute unverletzt entkommen, habe das Meer überquert, habe meine Männer zusammengerufen und bin an der Spitze meiner Tigerchen hierher zurückgekehrt, bereit, dich zu retten."

„Sandokan! Sandokan!"

„Hör mich an, Perle von Labuan", begann der Pirat wieder. „Ist der Lord hier?"

„Ja, er hält mich gefangen, weil er dein Erscheinen fürchtet."

„Ich habe Soldaten gesehen."

„Ja, viele sind hier, sie wachen Tag und Nacht in den unteren Räumen. Ich bin von allen Seiten eingeschlossen, zwischen Bajonetten und Gittern, und habe keinerlei Möglichkeit, hinauszugelangen. Mein tapferer Freund, ich fürchte, dass ich niemals deine Frau werden, niemals glücklich sein kann, denn mein Onkel, der mich nun hasst, wird niemals zustimmen, ein Verwandter des Tigers von Malaysia zu werden, alles wird er tun, uns voneinander zu entfernen, die Weiten des Ozeans und der Kontinente zwischen dich und mich zu bringen."

Zwei Tränen, zwei Perlen, rannen aus ihren Augen.

„Du weinst!", rief Sandokan voller Pein. „Meine Liebe, weine nicht, oder ich werde verrückt und begehe eine Dummheit. Hör mir zu, Marianna! Meine Männer sind nicht weit.

Heute sind wir wenige, aber morgen oder übermorgen werden wir viele sein und du weißt, aus welchem Holz meine Männer sind. Mag der Lord die Villa auch noch so verbarrikadieren, wir werden hinein gelangen, müssten wir sie auch in Brand stecken oder ihre Mauern einreißen. Ich bin der Tiger und für dich könnte ich nicht nur die Villa deines Onkels, sondern ganz Labuan mit Eisen und Feuer überziehen. Willst du, dass ich dich noch heute Nacht entführe? Wir sind nur zu zweit, aber wenn du es willst, werden wir die Eisen, die dich gefangen halten, zerschmettern, sollten wir auch mit unserem Leben für deine Freiheit bezahlen. Sprich, sprich, Marianna, meine Liebe zu dir macht mich verrückt und flößt mir solche Kräfte ein, dass ich dieses Haus ganz allein erstürmen könnte! ...“

„Nein! ... Nein! ...“, rief sie aus. „Nein, mein Tapferer! Wenn du stirbst, was wird dann aus mir? Glaubst du, ich könnte deinen Tod überleben? Ich vertraue auf dich, ja, du wirst mich retten, aber erst wenn deine Männer eingetroffen sind, wenn du stark und mächtig genug bist, die Männer, die mich gefangen halten, zu überwinden und die Gitter, die mich einsperren, zu zerbrechen.“

In diesem Augenblick ertönte unterhalb der Pergola ein leiser Pfiff. Marianna erschrak.

„Hast du gehört?“, fragte sie.

„Ja“, erwiderte Sandokan. „Yanez wird ungeduldig.“

„Vielleicht hat er eine Gefahr bemerkt, Sandokan. Vielleicht wartet, verborgen im Dunkel der Nacht, ein Unheil auf dich, mein tapferer Freund. Großer Gott! Die Stunde der Trennung ist gekommen!“

„Marianna!“

„Was, wenn wir uns niemals wiedersehen! ...“

„Sprich nicht so, meine Liebe, denn wohin sie dich auch bringen mögen, ich werde zu dir kommen.“

„Aber bis dahin ...“

„Es handelt sich nur um wenige Stunden, meine Liebste. Vielleicht morgen schon werden meine Männer eintreffen und wir werden diese Mauern niederreißen.“

Noch einmal erklang der Pfiff des Portugiesen.

„Geh, mein edler Freund“, sagte Marianna. „Dir könnte große Gefahr drohen.“

„Oh! Ich fürchte mich nicht.“

„Geh, Sandokan, ich flehe dich an, geh, ehe sie dich überraschen.“

„Dich hier zurücklassen! ... Dazu kann ich mich nicht entschließen. Warum habe ich meine Männer nicht hierher geführt? Dann hätte ich dieses Haus gleich angreifen und dich entführen können.“

„Flieh, Sandokan! Ich habe Schritte auf dem Gang gehört.“

„Marianna! ...“

In diesem Augenblick ertönte im Zimmer ein zorniger Schrei.

„Elender!“, donnerte eine Stimme.

Der Lord, denn er war es tatsächlich, packte Marianna bei den Schultern und versuchte, sie von dem Gitter fortzuziehen, während man hörte, wie die Riegel der Tür im Erdgeschoss zurückgeschoben wurden.

„Flieh!“, rief Yanez.

„Flieh, Sandokan!“, rief auch Marianna.

Es galt, keinen Augenblick zu verlieren. Sandokan, der wusste, dass er verloren war, wenn er nicht floh, sprang mit einem riesigen Satz über die Pergola hinunter und stürzte in den Park hinaus.

Kapitel 18

Zwei Piraten im Ofen

J eder andere Mann, der kein Malaie war, hätte sich bei
diesem Sprung die Beine gebrochen, aber nicht so Sandokan, der nicht nur unverwüstlich wie Stahl, sondern
auch gelenkig wie ein Vierhänder war.

Kaum war er inmitten eines Beetes auf dem Boden gelandet, da stand er schon wieder auf den Beinen, mit dem
Kris in der Hand, bereit, sich zu verteidigen.

Zum Glück war der Portugiese dort. Er sprang auf ihn
zu, packte ihn bei den Schultern, zog ihn eilig in Richtung einer Baumgruppe und sagte:

„So flieh doch, Unseliger! Willst du dich erschießen lassen?"

„Lass mich, Yanez", erwiderte der Pirat außer sich. „Wir
müssen die Villa angreifen!"

Drei oder vier Soldaten erschienen an einem der Fenster und legten die Gewehre auf sie an.

„Bring dich in Sicherheit, Sandokan!", hörte man Marianna schreien.

Mit einem Satz sprang der Pirat zehn Meter voran, worauf er mit einer Gewehrsalve begrüßt wurde und eine
Kugel durch seinen Turban pfiff. Brüllend wie ein wildes
Tier fuhr er herum und feuerte seinen Karabiner in Richtung des Fensters, die Scheiben gingen zu Bruch und er
traf einen der Soldaten mitten in die Stirn.

„Komm!", schrie Yanez und zog ihn in Richtung der Umfriedung. „Komm, du unvorsichtiger Starrkopf!"

Die Tür des Herrenhauses hatte sich geöffnet und zehn
Soldaten, gefolgt von ebenso vielen Eingeborenen mit Fackeln, stürzten ins Freie.

Der Portugiese feuerte durch das Blattwerk hindurch. Der Sergeant, der den kleinen Trupp anführte, ging zu Boden.

„Nimm die Beine in die Hand!", rief Yanez, während die Soldaten noch um ihren Anführer herum standen.

„Ich kann sie doch nicht allein lassen", erwiderte Sandokan, dem die Leidenschaft die Gedanken verwirrte.

„Sie hat gesagt, du sollst fliehen. Komm, oder ich werde dich tragen!"

Nur dreißig Schritte entfernt erschienen zwei Soldaten und hinter ihnen ein vielköpfiger Trupp. Da zögerten die beiden Piraten nicht länger. Sie sprangen durch Büsche und Beete und liefen in Richtung der Umfriedung, während man ihnen einige aufs Geratewohl abgefeuerte Schüsse hinterdrein schickte.

„Weiter, mein Bruder", sagte der Portugiese, der im Lauf seinen Karabiner lud. „Morgen werden wir diesen Herren die Salven zurückzahlen, die sie uns heute hinterher schicken."

„Ich fürchte, ich habe alles verdorben, Yanez", sagte der Pirat betrübt.

„Warum, mein Freund?"

„Jetzt wo sie wissen, dass ich hier bin, werden sie sich nicht mehr überrumpeln lassen."

„Das ist nicht ganz falsch, aber wenn die *Proas* gelandet sind, werden wir hundert Tiger haben, die wir zum Angriff schicken können. Wer könnte solch einem Ansturm widerstehen?"

„Der Lord macht mir Angst."

„Was soll er schon unternehmen?"

„Er ist ein Mann, der fähig ist, seine Nichte zu töten, nur damit sie nicht in meine Hände fällt."

„Teufel!", rief Yanez und rieb sich heftig die Stirn. „Daran hatte ich nicht gedacht."

Er wollte anhalten, um ein wenig Atem zu schöpfen und eine Lösung für dieses Problem zu finden, als er inmitten der tiefen Dunkelheit kleine rote Lichter umherschwirren sah.

„Die Engländer!", rief er. „Sie haben unsere Spuren entdeckt und folgen uns durch den Park. Schnell weiter, Sandokan!"

Sie rannten eilig los, immer tiefer in den Park hinein, um die Umfriedung zu erreichen. Aber mit jedem Schritt, den sie sich entfernten, wurde der Marsch beschwerlicher. Überall erhoben sich riesenhafte Bäume, einige glatt und gerade, andere knorrig und gekrümmt, so dass kaum noch ein Durchkommen war. Da sie aber Männer waren, die sich auch allein ihrem Instinkt folgend orientieren konnten, waren sie sicher, dass sie bald die Umfriedung erreichen würden. Und tatsächlich fanden sie sich, nachdem sie den waldigen Teil des Parks durchquert hatten, auf bepflanztem Gelände wieder. Sie liefen ein Stück zurück, um sich nicht zwischen den riesigen Bäumen zu verirren, kamen ohne Halt zu machen an dem chinesischen Pavillon vorbei, stürzten sich von Neuem mitten in die blumenbestandenen Beete hinein und gelangten schließlich an die Palisaden, ohne von den Soldaten, die mittlerweile den gesamten Park durchkämmten, entdeckt worden zu sein.

„Vorsicht, Sandokan", sagte Yanez und packte den Gefährten am Arm, der schon auf die Umfriedung zulaufen wollte. „Die Schüsse könnten jene Soldaten angelockt haben, die wir nach der Dämmerung haben abziehen sehen."

„Ob sie bereits wieder im Park sind?"

„He ... Still! ... Hock dich hierher und spitz die Ohren."

Sandokan lauschte und spähte umher, konnte aber nichts anderes als das Rauschen der Blätter hören.

„Hast du etwas gesehen?", fragte er.

„Ich habe hinter den Palisaden einen Zweig brechen hören."

„Das kann ein Tier gewesen sein."

„Oder auch Soldaten. Wenn du es genau wissen willst: Ich denke, ich habe menschliche Stimmen gehört. Ich würde den Diamanten meines *Kris* gegen einen Piaster wetten, dass hinter dieser Umfriedung *Rotjacken* auf der Lauer liegen. Erinnerst du dich nicht an den Trupp, der den Park verlassen hat?"

„Doch, Yanez. Aber im Park werden wir nicht bleiben."

„Was willst du tun?"

„Mich vergewissern, ob der Weg frei ist."

Sandokan, der jetzt vorsichtiger geworden war, erhob sich lautlos, warf einen raschen Blick unter die Bäume des Parks und kletterte dann mit der Behändigkeit einer Katze die Palisaden hinauf.

Kaum war er oben angelangt, da hörte er auf der anderen Seite gedämpfte Stimmen.

„Yanez hat sich nicht getäuscht", murmelte er.

Er beugte sich vor und spähte unter die Bäume, die auf der anderen Seite der Umfriedung wuchsen. Auch wenn es noch so dunkel war, erkannte er undeutlich menschliche Gestalten, die unter einem mächtigen Kasuarinabaum versammelt waren. Eilig kletterte er wieder hinab und gelangte zurück zu Yanez, der sich nicht gerührt hatte.

„Du hattest Recht", sagte er. „Auf der anderen Seite der Befestigung liegen Männern auf der Lauer."

„Sind es viele?"

„Ich glaube, ein halbes Dutzend."

„Beim Zeus! ..."

„Was sollen wir tun, Yanez?"

„Uns schleunigst entfernen und anderswo nach einem Fluchtweg suchen."

„Ich fürchte, dazu ist es zu spät. Arme Marianna! ... Vielleicht glaubt sie, man habe uns bereits ergriffen und getötet."

„Lass uns vorerst nicht an das Mädchen denken. Wir sind es, die sich in ernstlicher Gefahr befinden."

„Lass uns gehen."

„Still, Sandokan. Ich höre jemanden auf der anderen Seite."

Tatsächlich waren zwei Stimmen zu hören, die eine verhalten, die andere gebieterisch, die sich in der Nähe der Umfriedung unterhielten. Der Wind, der vom Wald her blies, trug sie deutlich an die Ohren der beiden Piraten.

„Ich sage dir", sagte die herrische Stimme, „dass die Piraten in den Park eingedrungen sind, um einen Streich gegen die Villa zu versuchen."

„Das glaube ich nicht, Sergeant Bell", entgegnete die andere.

„Dummkopf, denkst du, dass unsere Kameraden zum Spaß ihre Patronen verfeuern? Du bist ein Hohlkopf, Willi."

„Dann können sie uns nicht entkommen."

„Das hoffe ich. Wir sind sechsunddreißig. Wir können die gesamte Umfriedung bewachen und uns beim ersten Signal sammeln."

„Rasch, schwärmt aus und haltet die Augen offen. Vielleicht haben wir es mit dem Tiger von Malaysia zu tun."

Nach diesen Worten war das Knacken von Zweigen zu hören und das Rascheln von Blättern, dann nichts mehr.

„Diese Schurken haben sich vermehrt", flüsterte Yanez zu Sandokan geneigt. „Bald werden wir umzingelt sein, mein Bruder, und wenn wir nicht mit größter Umsicht vorgehen, werden wir ihnen ins Netz gehen."

„Still!", sagte der Tiger von Malaysia. „Ich höre wieder jemand sprechen."

Die gebieterische Stimme war erneut zu hören:

„Du, Bob, bleibst hier. Ich werde mich bei dem Kampferbaum dort verstecken. Halte die Umfriedung im Blick und das Gewehr schussbereit."

„Keine Sorge, Sergeant", entgegnete derjenige, den er Bob genannt hatte. „Glaubt Ihr, wir haben es wirklich mit dem Tiger von Malaysia zu tun?"

„Ein kühner Pirat, der sich wie toll in die Nichte von Lord Guillonk verliebt hat, einen Leckerbissen, der für den Baronet Rosenthal bestimmt ist, und da soll solch ein Mann ruhig bleiben? Ich bin ganz sicher, dass er heute Nacht versucht hat, sie zu entführen, trotz der Bewachung durch unsere Soldaten."

„Und wie ist es ihm gelungen, an Land zu gehen, ohne von unseren Kreuzern gesehen zu werden?"

„Er wird sich den Orkan zunutze gemacht haben. Man sagt sogar, es seien *Proas* gesichtet worden, die auf dem Meer vor unserer Insel segelten."

„Welch eine Kühnheit!" ...

„Oh! ... Wir werden noch ganz anderes erleben. Der Tiger von Malaysia wird uns auf Trab halten, das sage ich dir, Bob. Er ist der kühnste Mann, den ich kenne."

„Aber diesmal wird er nicht entkommen. Wenn er sich im Park befindet, wird er nicht so leicht herauskommen."

„Genug. Auf deinen Posten, Bob. Drei Karabiner alle hundert Meter sollten ausreichen, um den Tiger von Malaysia und seine Gefährten aufzuhalten. Vergiss nicht, dass tausend Pfund Sterling winken, wenn es uns gelingt, den Piraten zu töten."

„Beim Zeus, ein hübsches Sümmchen", sagte Yanez mit einem Grinsen. „Lord James misst dir einen hohen Wert bei, mein Bruder."

„Das müssen sie sich erst einmal verdienen", erwiderte Sandokan.

Er stand auf und blickte in den Park hinein. In der Ferne sah er einige leuchtende Punkte, die zwischen den Beeten aufblitzten und wieder erloschen. Die Soldaten der Villa hatten die Fährte der Flüchtigen verloren und suchten nun auf gut Glück. Vermutlich warteten sie auf die Morgendämmerung, um das Gelände gründlich zu durchforsten.

„Vorerst haben wir von diesen Männern nichts zu befürchten", sagte er.

„Sollen wir an einer anderen Stelle die Flucht versuchen?", fragte Yanez. „Der Park ist groß und vielleicht ist nicht die ganze Umfriedung bewacht."

„Nein, mein Freund. Wenn sie uns entdecken, hätten wir an die vierzig Soldaten auf den Fersen, deren Schüssen wir nicht so leicht entkommen können. Vorerst sollten wir uns im Park verstecken."

„Und wo?"

„Komm mit, Yanez, und du wirst Augen machen. Du hast mir gesagt, ich soll keine Tollheiten begehen und ich werde dir beweisen, wie vorsichtig ich bin. Wenn sie mich töten, wird mein Mädchen meinen Tod nicht überleben, also werden wir nichts Unüberlegtes tun."

„Und die Soldaten werden uns nicht entdecken?"

„Ich denke nicht. Im Übrigen werden wir nicht lange verweilen. Morgen Abend, komme was wolle, werden wir uns aus dem Staub machen. Komm, Yanez, ich werde dich an einen sicheren Ort führen."

Die beiden Piraten standen auf, klemmten sich die Karabiner unter den Arm und entfernten sich, verborgen inmitten der Beete, von der Umfriedung.

Sandokan durchquerte mit seinem Gefährten einen Teil des Parks und führte ihn zu einem kleinen einstöckigen

Gebäude, das als Gewächshaus für Blumen diente und sich etwa fünfhundert Schritte vom Herrenhaus des Lord Guillonk entfernt befand.

Lautlos öffnete er die Tür und tastete sich vorsichtig hinein.

„Wohin führst du mich?", fragte Yanez.

„Zünde ein Stück Zunder an", erwiderte Sandokan.

„Wird man das Licht draußen nicht bemerken?"

„Es besteht keine Gefahr. Das Gebäude ist von dicht belaubten Bäumen umgeben."

Yanez gehorchte.

Der Raum stand voller Kübel mit wohlriechenden Pflanzen, die beinahe alle bereits in Blüte standen, sowie zahlreicher Tische und Stühle aus leichtem Bambus.

Am hinteren Ende sah der Portugiese einen Ofen von gewaltigem Umfang, in dem ein halbes Dutzend Männer Platz gefunden hätten.

„Hier sollen wir uns verstecken?", fragte er Sandokan. „Hm! Der Ort scheint mir nicht besonders sicher. Bestimmt werden die Soldaten auch ihn durchsuchen, besonders wenn es um die tausend Pfund Sterling geht, die Lord James auf dich ausgesetzt hat."

„Ich sage nicht, dass sie nicht hierher kommen werden."

„Aber dann werden sie uns ergreifen."

„Gemach, mein Freund."

„Was willst du mir sagen?"

„Dass es ihnen nicht in den Sinn kommen wird, in einem Ofen zu suchen."

Yanez brach in schallendes Gelächter aus.

„In dem Ofen! ...", rief er.

„Ja, dort werden wir uns verstecken."

„Wir werden schwärzer werden als die Afrikaner, mein Brüderchen. An Ruß mangelt es in diesem gewaltigen Heizgerät gewiss nicht."

„Wir können uns später waschen, Yanez."

„Aber … Sandokan! …"

„Wenn du nicht willst, kannst du dich ja mit den Engländern herumschlagen. Es gibt keine Wahl, Yanez, entweder in den Ofen oder gefasst werden."

„Dann gibt es wohl nur eine Entscheidung", sagte Yanez lachend. „Lass uns unseren Wohnsitz einmal in Augenschein nehmen, um zu sehen, ob er wenigstens bequem ist."

Er öffnete die eiserne Türe, entzündete noch ein Stückchen Zunder und trat entschlossen in den geräumigen Ofen, wo er sogleich heftig niesen musste. Sandokan war ihm ohne zu zögern gefolgt. Platz gab es in dem Ofen reichlich, aber auch jede Menge Asche und Ruß. Er war so hoch, dass die beiden Piraten bequem aufrecht stehen konnten.

Der Portugiese, dem der Humor nie abhanden kam, gab sich trotz ihrer gefährlichen Lage einer lautstarken Heiterkeit hin.

„Wer hätte sich je denken können, dass der schreckliche Tiger von Malaysia hier Zuflucht suchen würde?", sagte er. „Beim Zeus! Ich bin überzeugt, wir werden es uns hier gutgehen lassen."

„Sprich nicht so laut, mein Freund", sagte Sandokan. „Sie könnten dich hören."

„Pah! Bestimmt sind sie noch weit."

„Nicht wo weit, wie du glaubst. Bevor wir das Gewächshaus betraten, habe ich einen Mann gesehen, der nur wenige hundert Schritte von uns entfernt die Beete absuchte."

„Ob sie auch diesen Ort durchsuchen werden?"

„Da bin ich sicher."

„Teufel! … Was, wenn sie auch den Ofen in Augenschein nehmen?"

„So leicht werden wir uns nicht gefangen nehmen lassen, Yanez. Wir haben unsere Waffen, also können wir uns gegen eine Erstürmung verteidigen."

„Und nicht einmal ein Stückchen Gebäck, Sandokan. Ich hoffe, du wirst dich nicht damit zufrieden geben, Ruß zu essen. Und dann erscheinen mir die Wände unserer Festung nicht besonders standfest: Mit einem kräftigen Schulterstoß kann man sie zum Einstürzen bringen."

„Bevor sie die Wände einreißen, werden wir angreifen", sagte Sandokan, der wie stets ein großes Vertrauen in die eigene Kühnheit und Tapferkeit hatte.

„Aber Verpflegung müssen wir uns beschaffen."

„Die werden wir finden, Yanez. Ich habe gesehen, dass in der Nähe des Gewächshauses Bananen- und Pampelmusenbäume wachsen, die werden wir plündern."

„Wann?"

„Still! ... Ich höre Stimmen!"

„Mir läuft es kalt den Rücken herab."

„Halte den Karabiner bereit und keine Angst. Hör nur!"

Draußen waren Männer zu hören, die miteinander sprachen und näher kamen. Die Blätter raschelten und die Kieselsteine auf dem Weg, der zum Gewächshaus führte, knirschten unter den Füßen der Soldaten.

Sandokan löschte den Zunder, sagte zu Yanez, er solle sich nicht rühren, öffnete dann vorsichtig die Eisentür und spähte hinaus.

Im Gewächshaus war es dunkel, aber durch die Fenster sah er unter den Bananenbäumen, die entlang des Weges wuchsen, den Schein von Fackeln.

Bei genauerem Hinsehen erkannte er fünf oder sechs Soldaten, denen zwei Eingeborene vorausgingen.

„Ob sie sich bereit machen, das Gewächshaus zu durchsuchen?", fragte er sich leicht beunruhigt.

Vorsichtig schloss er die Ofentür wieder und erreichte Yanez gerade in dem Augenblick, als ein Lichtstrahl das Innere des kleinen Gebäudes erhellte.

„Sie kommen", sagte er zu seinem Gefährten, der beinahe nicht mehr zu atmen wagte. „Wir müssen zu allem bereit sein, auch uns auf die Eindringlinge zu werfen. Ist dein Karabiner geladen?"

„Mein Finger liegt bereits am Abzug."

„Sehr gut. Zieh auch deinen *Kris*."

Der Trupp betrat das Gewächshaus und es wurde hell darin. Sandokan, der dicht hinter der Eisentür stand, sah, wie die Soldaten Kübel und Stühle verrückten und alle Winkel des Raums durchsuchten. Trotz seines ungeheuren Mutes konnte er einen Schauer nicht unterdrücken.

Wenn die Engländer so genau vorgingen, war es wahrscheinlich, dass ihnen die Größe des Ofens nicht entgehen würde. Sie mussten also jeden Augenblick mit äußerst ungebetenem Besuch rechnen.

Rasch trat Sandokan wieder zu Yanez, der im hintersten Winkel, halb verdeckt von Asche und Ruß, kauerte.

„Beweg dich nicht", flüsterte Sandokan. „Vielleicht entdecken sie uns nicht."

„Still!", sagte Yanez. „Hör doch!"

Eine Stimme sagte:

„Ob der verfluchte Pirat sich tatsächlich aus dem Staub gemacht hat?"

„Oder ob ihn der Erdboden verschluckt hat?", fragte ein anderer Soldat.

„Oh! Dieser Mann ist zu allem fähig, meine Freunde", sagte ein dritter. „Ich sage euch, dieser Schurke ist kein Mann wie wir, sondern ein Sohn des Gevatter Beelzebub."

„Da bin ich ganz deiner Meinung, Varrez", begann die erste Stimme wieder mit einem leichten Zittern, das darauf schließen ließ, dass der Mann, zu dem sie gehörte, es heftig mit der Angst zu tun bekam. „Ich sah diesen schrecklichen Mann nur ein einziges Mal und das hat mir gereicht. Er war kein Mann, sondern wahrhaftig ein Tiger, und ich sage euch, er hatte den Mut, sich allein gegen fünfzig Männer zu werfen, und keine Kugel konnte ihn treffen."

„Du machst mir Angst, Bob", sagte wieder ein anderer Soldat.

„Wem würde er keine Angst einjagen?", entgegnete der Mann mit Namen Bob. „Ich glaube, dass nicht einmal Lord Guillonk den Mut hätte, diesem Sohn der Hölle die Stirn zu bieten."

„Wie dem auch sei, wir werden alles tun, ihn zu ergreifen. Er kann uns nicht mehr entkommen. Der ganze Park ist umzingelt und sollte er versuchen, die Umfriedung zu erklimmen, wird ihn das die Haut kosten. Ich wette zwei Monatslöhne gegen einen *Penny,* dass wir ihn fangen werden."

„Geister kann man nicht einfangen."

„Du bist toll, Bob, zu glauben, er sei tatsächlich ein Wesen aus der Hölle. Haben nicht die Seemänner des Kreuzers, die die beiden *Proas* an der Mündung des kleinen Flusses besiegten, ihm eine Kugel in die Brust gejagt? Lord Guillonk, der unglücklicherweise seine Wunde pflegte, hat versichert, dass der Tiger ein Mann ist wie wir, dass daraus Blut wie das unsrige rann. Glaubst du, dass Geister Blut haben?"

„Nein."

„Dann ist dieser Pirat nichts anderes als ein Schurke, zwar ein sehr mutiger und sehr tapferer, aber dennoch ein Gauner, der den Strick verdient hat."

„Halunke", murmelte Sandokan. „Steckte ich nicht hier drin, ich würde dir schon zeigen, wer ich bin."

„Auf!", begann die gleiche Stimme wieder. „Wir wollen ihn suchen, sonst entgehen uns die tausend Pfund Sterling, die Lord James Guillonk uns versprochen hat."

„Hier ist er nicht. Lasst uns woanders suchen."

„Gemach, Bob. Ich sehe dort einen riesigen Ofen, der gut einige Personen beherbergen könnte. Nehmt eure Karabiner und lasst uns nachsehen."

„Willst du dich über uns lustig machen, Kamerad?", sagte ein Soldat. „Wer würde sich dort drin verstecken? Nicht einmal die Pygmäen des Königs von Abessinien würden dort hinein gehen."

„Wir werden ihn durchsuchen, sage ich."

Sandokan und Yanez zogen sich so weit wie möglich in den hinteren Winkel des Ofens zurück und kauerten sich tief in Asche und Ruß, um den Blicken dieser Neugierigen möglichst zu entgehen.

Einen Augenblick später wurde die Eisentüre geöffnet und ein Lichtstrahl fiel ins Innere, der jedoch nicht ausreichte, um den ganzen Ofen zu erhellen.

Ein Soldat steckte den Kopf hinein, zog ihn aber gleich mit einem heftigen Nießen wieder zurück. Eine Handvoll Ruß, die Sandokan in sein Gesicht geworfen hatte, hatte ihm die Sicht genommen und ihn schwärzer gemacht als einen Schornsteinfeger.

„Zum Teufel mit demjenigen, der die Idee hatte, ich solle meine Nase in diese schwarze Rußhütte stecken!", rief der Engländer.

„Eine lächerliche Idee", sagte ein anderer Soldat. „Wir verlieren hier nur kostbare Zeit, ohne etwas zu erreichen. Der Tiger von Malaysia muss im Park sein und vielleicht versucht er gerade, über die Umfriedung zu entkommen."

„Beeilen wir uns, hier herauszukommen", sagten alle. „Hier werden wir uns nicht die versprochenen tausend Pfund Sterling verdienen."

Hals über Kopf zogen sich die Soldaten zurück und die Tür des Gewächshauses fiel krachend ins Schloss. Noch einige Augenblicke waren ihre Schritte und Stimmen zu hören, dann herrschte Stille.

Als nichts mehr zu hören war, atmete der Portugiese tief durch.

„Tausend Donnerbüchsen! ...", rief er aus. „Mir ist, als wäre ich in wenigen Minuten hundert Jahre gealtert. Keinen Piaster hätte ich mehr auf unsere heile Haut gewettet. Nur ein kleines Stückchen weiter und der Soldat hätte uns entdeckt. Man sollte eine Kerze für die Madonna von Pilar aufstellen."

„Ja, wirklich ein schlimmer Augenblick", erwiderte Sandokan. „Als ich diesen Kopf nur eine Handbreit vor mir sah, habe ich rotgesehen und ich weiß nicht, was mich davon abgehalten hat, zu feuern."

„Das wäre böse ausgegangen! ..."

„Aber nun haben wir nichts mehr zu befürchten. Sie werden weiter den Park durchsuchen und schließlich davon überzeugt sein, dass wir entkommen sind."

„Und wann werden wir uns davonmachen? ... Sicher hast du nicht vor, mehrere Wochen hier zu verbringen. Denke daran, dass vielleicht unsere *Proas* bereits die Flussmündung erreicht haben."

„Ich habe keineswegs die Absicht, hier zu verweilen, umso mehr, als es uns an Verpflegung mangelt. Wir werden warten, bis die Wachsamkeit der Engländer ein wenig nachlässt und dann werden wir uns aus dem Staub machen. Auch mich drängt es zu sehen, ob unsere Männer gelandet sind, denn ohne ihre Hilfe wird es nicht möglich sein, Marianna zu entführen."

„Sandokan, mein Freund, lass uns schauen, ob wir etwas Festes für unsere Zähne und etwas Flüssiges für unsere Kehlen finden."

„Ja, gehen wir hinaus, Yanez."

Der Portugiese, der bald meinte, in dem rußigen Ofen ersticken zu müssen, schob seinen Karabiner nach vorne, kroch bis zur Türe und sprang behände auf einen der Kübel, um keine Fußspuren auf dem Boden zu hinterlassen.

Sandokan folgte seinem umsichtigen Beispiel und indem sie von Kübel zu Kübel sprangen, erreichten sie den Eingang des Gewächshauses.

„Niemand zu sehen?", fragte Sandokan.

„Draußen ist alles dunkel."

„Dann lass uns die Bananenbäume plündern."

Sie drangen bis zu dem Hain vor, durch den der Weg führte, fanden einige Bananen- und auch Pampelmusenbäume und pflückten davon einen großen Vorrat, um ihre knurrenden Mägen und ihre brennenden Kehlen zu besänftigen.

Schon wollten sie zum Gewächshaus zurückkehren, als Sandokan stehen blieb und sagte:

„Warte hier auf mich, Yanez. Ich will gehen und sehen, wo die Soldaten sind."

„Was du vorhast, ist unvorsichtig, Sandokan. Lass sie doch suchen, wo sie wollen. Was kümmert es uns noch?"

„Ich habe einen Plan."

„Zum Teufel mit deinem Plan. Heute Nacht können wir nichts unternehmen."

„Wer weiß ...", erwiderte Sandokan. „Vielleicht müssen wir nicht den morgigen Tag abwarten, um zu entkommen. Ich werde nicht lange fort sein."

Er reichte Yanez seinen Karabiner, nahm seinen *Kris* in die Hand und entfernte sich lautlos im tiefen Schatten des Hains.

Als er bei den letzten Bananenbäumen angelangt war, sah er in der Ferne einige Fackeln, die sich auf die Umfriedung zubewegten.

„Es scheint, dass sie sich entfernen", murmelte er. „Wir wollen sehen, was im Haus von Lord James vor sich geht. Ah! ... Könnte ich nur für einen Augenblick mein Mädchen sehen! ... Ich würde diesen Ort ruhiger verlassen."

Er unterdrückte ein Seufzen und im Schutz der Bäume und Büsche lief er in Richtung der Allee.

In Sichtweite des Herrenhauses angelangt, blieb er unter einer Gruppe von Mangobäumen stehen und sah hinüber. Sein Herz pochte, als er sah, dass Mariannas Fenster erleuchtet war.

„Ah! Könnte ich sie doch entführen!", flüsterte er und sah mit glühendem Blick auf das Licht, das durch die Gitterstäbe fiel.

Er lief noch drei oder vier Schritte weiter, wobei er sich dicht über den Boden gebeugt hielt, um nicht von einem Soldaten, der sich möglicherweise in der Nähe im Gebüsch versteckt hielt, entdeckt zu werden, dann blieb er abermals stehen.

Er hatte einen Schatten vor dem Licht vorübergehen sehen.

Er wollte schon vorwärts stürmen, aber dann senkte er den Blick und sah eine menschliche Gestalt vor der Tür des Herrenhauses stehen.

Dort stand, auf seinen Karabiner gestützt, ein Wachposten.

„Ob er mich entdeckt hat?", fragte er sich.

Nur einen Augenblick lang zögerte er. Wieder hatte er den Schatten des Mädchens hinter den Gitterstäben vorübergehen sehen.

Ohne sich um die Gefahr zu bekümmern, preschte er vorwärts. Er war gerade einmal zehn Schritte weit gekommen, als er sah, wie der Wachposten plötzlich den Karabiner anlegte.

„Wer da?", rief er.

Sandokan blieb stehen.

Kapitel 19

Das Schreckgespenst der Rotjacken

D as Spiel war unwiederbringlich verloren, ja, es drohte sogar für den Piraten und seinen Gefährten ernsthaft gefährlich zu werden.

Zwar stand nicht zu vermuten, dass der Wachposten, angesichts der Dunkelheit und der Entfernung, den Piraten, der sich eilig hinter einem Busch versteckt hatte, genau ausmachen konnte, aber es war möglich, dass er seinen Posten verließ, um ihn aufzuspüren, oder seine Kameraden zu Hilfe rief.

Sandokan begriff, dass er sich in großer Gefahr befand, daher stürmte er nicht voran, sondern verharrte reglos in seinem Versteck.

Der Wachposten wiederholte noch einmal seinen Ruf, und als er keine Antwort erhielt, tat er ein paar Schritte nach vorn, beugte sich nach rechts und nach links vor, um besser zu erkennen, was sich hinter dem Busch verbergen mochte, dann, wohl weil er glaubte, sich getäuscht zu haben, kehrte er zum Haus zurück und nahm seinen Posten vor dem Eingang wieder ein.

Sandokan zog sich, trotz eines unwiderstehlichen Verlangens, sein gewagtes Unternehmen durchzuführen, langsam und mit größter Vorsicht zurück, schlich von einem Baumstamm zum nächsten und kroch durchs Gebüsch, ohne den Blick von dem Soldaten abzuwenden, der immer noch das Gewehr schussbereit im Anschlag hielt.

Bei den Beeten angelangt, beschleunigte er seine Schritte und beeilte sich, zum Gewächshaus zu kommen, wo der Portugiese ihn voller Sorge erwartete.

„Was hast du gesehen?", fragte Yanez. „Ich habe um dich gebangt."

„Nichts Gutes", erwiderte Sandokan finster. „Vor der Villa stehen Wachen und der Park wird von zahlreichen Soldaten durchsucht. Heute Nacht werden wir rein gar nichts unternehmen können."

„Dann lass uns die Zeit für ein Nickerchen nutzen. Hierher werden sie sicherlich nicht zurückkehren und uns stören."

„Wer kann das schon mit Sicherheit sagen?"

„Willst du mir Angst einjagen, Sandokan?"

„Ein anderer Trupp könnte hier vorbeikommen und das Gelände erkunden."

„Ich fürchte, es wird nicht gut für uns ausgehen, mein Bruder. Ach, könnte doch dein Mädchen uns aus dieser misslichen Lage befreien!"

„Arme Marianna! Wer weiß, wie streng sie bewacht wird. ... Und wer weiß, wie sehr es sie quält, keine Nachricht von uns zu haben ... Ich gäbe hundert Tropfen meines Blutes, wenn ich ihr sagen könnte, dass wir leben."

„Zweifellos befindet sie sich in einer besseren Lage als wir, mein Bruder. Mach dir um sie vorerst keine Gedanken. Lass uns die augenblickliche Ruhe dazu nutzen, ein paar Stunden zu schlafen. Ein wenig Erholung wird uns guttun."

„Ja, aber ein Auge müssen wir stets offen halten."

„Am liebsten würde ich beide Augen im Schlaf offen halten. Komm, wir wollen uns hinter diesen Kübeln ausstrecken und versuchen, zu schlafen."

Auch wenn der Portugiese und sein Gefährte letztlich nicht beruhigt waren, machten sie es sich, so gut es ging, zwischen den chinesischen Rosen bequem und versuchten, ein wenig zu ruhen.

Aber trotz ihrer guten Absichten konnten sie kein Auge zutun. Die Sorge, Lord James' Soldaten könnten jederzeit wieder auftauchen, hielt sie wach. Um ihre wachsende Sorge zu besänftigen, standen sie sogar mehrmals auf und verließen das Gewächshaus, um zu sehen, ob Feinde in der Nähe waren.

Als der Morgen graute, begannen die Engländer, den Park noch einmal genauer zu durchsuchen, durchkämmten Bambusdickichte, Bananenhaine, Gebüsche und Beete. Augenscheinlich waren sie sicher, früher oder später die beiden kühnen Piraten, die die Unvorsichtigkeit begangen hatten, über die Umfriedung in den Park hinunter zu klettern, aufzustöbern.

Yanez und Sandokan, die sahen, dass sie noch weit waren, nutzten den Augenblick, um die Früchte eines Orangenbaums zu plündern, die so groß wie ein Kindskopf, äußerst saftig und bei den Malaien unter dem Namen *buà kadangsa* bekannt sind. Dann kehrten sie zu ihrem Versteck im Ofen zurück, waren aber so umsichtig, zuvor noch sorgfältig ihre rußigen Fußspuren auf dem Boden zu beseitigen. Auch wenn das Gewächshaus bereits durchsucht worden war, konnten die Engländer noch einmal dorthin zurückkehren, um sich im Tageslicht zu vergewissern, dass die beiden kühnen Piraten sich dort nicht versteckt hielten.

Nachdem sie sich über ihr mageres Frühstück hergemacht hatten, zündeten Sandokan und Yanez sich Zigaretten an und ließen sich in Asche und Ruß nieder, um abzuwarten, bis es wieder Nacht wurde und sie die Flucht versuchen konnten.

Bereits seit einigen Stunden hockten sie dort, als Yanez glaubte, draußen Schritte zu hören. Beide sprangen mit ihren *Kris* in den Händen auf.

„Ob sie zurückkehren?", fragte der Portugiese.

„Vielleicht hast du dich getäuscht?", fragte Sandokan.

„Nein, es kam jemand die Allee herunter."

„Wenn ich sicher wäre, dass es sich um einen einzigen Mann handelt, würde ich hinaus gehen und ihn gefangen nehmen."

„Du bist verrückt, Sandokan."

„Er könnte uns verraten, wo sich die Soldaten befinden und in welche Richtung wir entkommen könnten."

„Hm! ... Sicher würde er uns anschwindeln."

„Das würde er nicht wagen, Yanez. Sollen wir gehen und nachschauen?"

„Verlass dich nicht darauf."

„Aber irgendetwas müssen wir unternehmen, mein Freund."

„Dann lass mich hinausgehen."

„Und ich soll hier untätig sitzen?"

„Sollte ich Hilfe brauchen, werde ich dich rufen."

„Hörst du noch etwas?"

„Nein, nichts."

„Dann geh, Yanez. Ich werde mich bereithalten, hinauszustürmen."

Yanez lauschte einige Augenblicke, dann durchquerte er das Gewächshaus, trat hinaus und spähte aufmerksam in den Bananenhain. Er versteckte sich im Gebüsch und sah einige Soldaten, die, allerdings recht nachlässig, die Beete des Parks durchkämmten. Die übrigen befanden sich vermutlich bereits jenseits der Umfriedung, da sie die Hoffnung aufgegeben hatten, die beiden Piraten in der Nähe der Villa aufzuspüren.

„Hoffen wir das Beste", sagte Yanez. „Wenn sie uns im Laufe des heutigen Tages nicht finden, werden sie vielleicht denken, dass es uns trotz der Bewachung gelungen ist, das Weite zu suchen. Wenn alles gut geht, können wir heute Abend unser Versteck verlassen und uns in den Wald schlagen."

Er wollte schon zurückkehren, schaute sich aber noch einmal in Richtung der Villa um und sah einen Soldaten, der den Weg entlang kam, der zum Gewächshaus führte.

„Ob er mich entdeckt hat?", fragte er sich besorgt.

Er sprang in den Bananenhain, entfernte sich im Schutz der riesigen Blätter und war bald zu Sandokan zurückgekehrt.

An seinem bestürzten Gesichtsausdruck konnte der Gefährte gleich ablesen, dass etwas Ernstes geschehen war.

„Wirst du verfolgt?", fragte er.

„Ich fürchte, sie haben mich gesehen", erwiderte Yanez. „Ein Soldat bewegt sich auf unser Versteck zu."

„Ein einziger?"

„Ja, er ist allein."

„Genau der Mann, den ich brauche."

„Was willst du damit sagen?"

„Wie weit sind die übrigen entfernt?"

„Sie sind bei der Umfriedung."

„Dann werden wir ihn überwältigen."

„Wen?", fragte Yanez erschrocken.

„Den Soldaten, der sich auf unser Versteck zu bewegt."

„Du willst uns ins Verderben stürzen, Sandokan."

„Ich brauche diesen Mann. Rasch, folge mir!"

Yanez wollte noch etwas einwenden, aber Sandokan hatte bereits das Gewächshaus verlassen. So war er wohl oder übel gezwungen, ihm zu folgen, um zu verhindern, dass er eine grobe Unvorsichtigkeit beging.

Der Soldat, den Yanez gesehen hatte, war nicht mehr weiter als zweihundert Schritte entfernt. Es war ein junger Mann, schmächtig und blass, mit rotem Haar und noch ohne Bartwuchs, vermutlich noch ein Grünschnabel.

Er kam unbekümmert daher, pfiff leise vor sich hin und trug sein Gewehr über der Schulter. Gewiss hatte er Yanez' Anwesenheit nicht im Geringsten bemerkt, denn sonst hätte er sein Gewehr in die Hand genommen und wäre nicht weiter vorgerückt, ohne irgendwelche Vorsichtsmaßnahmen zu treffen oder seine Kameraden zu Hilfe zu holen.

„Es wird leicht sein, ihn einzufangen", sagte Sandokan zu Yanez, der ihn inzwischen eingeholt hatte.

„Wir werden uns hier im Bananenhain verstecken und sobald er an uns vorüber gegangen ist, werden wir dem jungen Mann in den Rücken fallen. Halte ein Tuch bereit, um ihn zu knebeln."

„Ich bin bereit", sagte Yanez. „Aber ich sage dir, es ist unvorsichtig."

„Der Mann wird keinen großen Widerstand leisten."

„Und wenn er schreit?"

„Dazu wird er keine Gelegenheit haben. Da ist er!"

Der Soldat war bereits an dem Hain vorübergegangen, ohne irgendetwas zu bemerken. Yanez und Sandokan stürzten sich wie ein Mann auf ihn.

Der Tiger packte ihn bei der Kehle und der Portugiese stopfte ihm den Knebel in den Mund. Aber so blitzartig der Angriff auch war, hatte der junge Mann doch noch die Zeit, einen gellenden Schrei auszustoßen.

„Rasch, Yanez", sagte Sandokan.

Der Portugiese umfasste den Gefangenen und trug ihn eilig zum Ofen.

Wenige Augenblicke später war auch Sandokan bei ihnen. Er war äußerst beunruhigt, denn er hatte nicht mehr die Zeit gehabt, den Karabiner des Gefangenen einzusammeln, da er Soldaten gesehen hatte, die auf die Allee hinaus stürmten.

„Wir sind in Gefahr, Yanez", sagte er und sprang eilig in den Ofen.

„Haben sie bemerkt, dass wir den Soldaten entführt haben?", fragte Yanez und wurde bleich.

„Sie müssen den Schrei gehört haben."

„Dann sind wir verloren."

„Noch nicht. Aber wenn sie den Karabiner ihres Kameraden auf dem Boden finden, werden sie ganz sicher hierher kommen, um nachzusehen."

„Lass uns keine Zeit verlieren, mein Bruder. Verlassen wir diesen Ort und laufen zur Umfriedung!"

„Bevor wir fünfzig Schritte getan haben, werden sie uns erschießen. Lass uns hier im Ofen bleiben und in Ruhe abwarten, was geschieht. Wir haben unsere Waffen und sind zu allem entschlossen."

„Ich glaube, sie kommen!"

„Kein Angst, Yanez."

Der Portugiese hatte sich nicht getäuscht. Einige Soldaten waren bereits beim Gewächshaus angelangt und unterhielten sich über das rätselhafte Verschwinden ihres Kameraden.

„Wenn er seine Waffe zurückgelassen hat, bedeutet das, dass jemand ihn überrascht und verschleppt hat", sagte ein Soldat.

„Ich kann mir nicht vorstellen, dass die Piraten noch hier sind und die Kühnheit besessen haben, einen derartigen Streich auszuführen", sagte ein anderer. „Ob Barry sich vielleicht über uns lustig machen will?"

„Dies scheint mir nicht der Moment für Scherze."

„Aber ich kann nicht glauben, dass ihm ein Unglück zugestoßen ist."

„Und ich sage euch, dass die beiden Piraten ihn angegriffen haben", sagte eine näselnde Stimme mit schotti-
schem Akzent. „Hat irgendjemand gesehen, dass die beiden Männer über die Palisaden geklettert sind?"

„Und wo bitte sollen sie sich versteckt halten? Wir haben den ganzen Park durchsucht, ohne ihre Spuren zu
finden. Vielleicht sind diese Schurken doch zwei Geister
aus der Hölle und können sich unter der Erde oder in
Baumstämmen verbergen?"

„Heda! ... Barry!", rief eine donnernde Stimme. „Lass die
Scherze, du Gauner, oder ich lasse dich wie einen Matrosen auspeitschen."

Natürlich erhielt er keine Antwort. Der junge Mann hätte sie gerne gegeben, aber geknebelt, wie er war, und zudem von Sandokan und Yanez mit dem *Kris* bedroht, war
ihm das völlig unmöglich.

Das Schweigen bestärkte die Soldaten in ihrer Vermu-
tung, dass ihrem Kamerad ein Unglück zugestoßen war.

„Also, was tun wir?", fragte der Schotte.

„Wir suchen ihn", entgegnete ein anderer.

„Den Hain haben wir bereits durchforstet."

„Lasst uns im Gewächshaus nachsehen", sagte ein dritter.

Bei diesen Worten beschlich die beiden Piraten eine
große Unruhe.

„Was sollen wir tun?", flüsterte Yanez.

„Zunächst einmal werden wir den Gefangenen töten",
erwiderte Sandokan entschlossen.

„Das Blut würde uns verraten. Außerdem glaube ich,
dass der arme Kerl bereits vor Schreck halb tot ist und
uns keinen Ärger machen wird."

„Sei's drum, lassen wir ihn leben. Stell dich an die Türe
und dem ersten Soldaten, der versucht, hereinzukommen,
zertrümmerst du den Schädel."

„Und du?"

„Ich werde eine hübsche Überraschung für die *Rotja-cken* vorbereiten."

Yanez lud seinen Karabiner und kauerte sich in der Asche auf die Lauer. Sandokan beugte sich zu dem Ge-fangenen und sagte:

„Wenn du es wagst, auch nur einmal zu schreien, wer-de ich meinen Dolch in deinem Hals versenken und ich warne dich, denn seine Spitze ist mit dem tödlichen Gift des *Upas* getränkt. Wenn dir dein Leben lieb ist, rühr dich nicht."

Dann erhob er sich und begann, die Wände des Ofens hier und da abzuklopfen.

„Das wird eine schöne Überraschung", sagte er. „Warten wir auf den geeigneten Moment, uns zu zeigen."

Unterdessen hatten die Soldaten das Gewächshaus be-treten, wo sie wütend die Kübel verrückten und Flüche gegen den Tiger von Malaysia und auch gegen ihren Ka-meraden ausstießen.

Als sie nichts finden konnten, richteten sich ihre Blicke schließlich auf den Ofen.

„Tausend Kanonen!", rief der Schotte aus. „Ob sie unse-ren Kameraden ermordet und dann dort drin versteckt haben?"

„Lass uns nachsehen", sagte ein anderer.

„Gemach, Kameraden", sagte ein dritter. „Der Ofen ist groß genug, mehr als nur einen Mann zu beherbergen."

Sandokan hatte sich unterdessen gegen die Wand ge-lehnt, bereit zu einem fürchterlichen Stoß.

„Yanez", sagte er. „Halte dich bereit, mir zu folgen."

„Ich bin bereit."

Als Sandokan hörte, dass die Tür geöffnet wurde, trat er einen Schritt zurück und warf sich mit aller Macht gegen die Wand, die, erschüttert durch den kraftvollen Stoß, mit einem dumpfen Ächzen zerbarst.

„Der Tiger!", schrien die Soldaten und stürzten in alle Richtungen davon.

Inmitten der zerberstenden Steine war urplötzlich Sandokan erschienen, mit dem Karabiner in der Hand und dem *Kris* zwischen den Zähnen.

Er schoss auf den ersten Soldaten, den er vor sich sah, stürzte sich mit unwiderstehlicher Kraft auf die anderen, warf zwei von ihnen zu Boden und durchquerte, dicht gefolgt von Yanez, das Gewächshaus.

Kapitel 20

Durch die Wälder

D as plötzliche Erscheinen des gefürchteten Piraten hatte den Soldaten solche Furcht eingejagt, dass es zunächst keinem von ihnen in den Sinn gekommen war, seine Waffe zu gebrauchen. Als sie sich von dem Schrecken erholt hatten und zum Angriff übergehen wollten, war es bereits zu spät.

Ohne sich um die Trompetenstöße zu bekümmern, die von der Villa her erklangen, oder die Schüsse, die die im Park verstreuten Soldaten abgaben, Schüsse, die aufs Geratewohl abgefeuert wurden, da diese Männer nicht wussten, was tatsächlich vorgefallen war, waren die Piraten längst durch Beete und Büsche davongeeilt.

Sie rannten wie wild und waren in nur zwei Minuten unter den großen Bäumen angelangt.

Sie schöpften ein wenig Atem und sahen sich um.

Die Soldaten, die versucht hatten, sie im Ofen festzuhalten, waren aus dem Gewächshaus gestürzt, schrien aus vollem Hals und feuerten unter die Bäume.

Als ihre Kameraden in der Villa begriffen, dass etwas Ernstes geschehen sein musste und vielleicht vermuteten, dass ihre Gefährten den schrecklichen Tiger von Malaysia aufgespürt hatten, liefen sie in den Park hinaus, um zu den Palisaden zu gelangen.

„Zu spät, meine Lieben", sagte Yanez. „Wir werden vor euch dort sein."

„Schnell weiter", sagte Sandokan. „Nicht, dass sie uns den Weg abschneiden."

„Meine Beine sind bereit."

Beide preschten eilig davon, hielten sich zwischen den Bäumen verborgen, erreichten die Umfriedung, erklommen sie mit zwei Sätzen und sprangen auf der jenseitigen Seite wieder herab.

„Niemand zu sehen?", fragte Sandokan.

„Keine Menschenseele."

„Auf in den Wald. Und dann sorgen wir dafür, dass sie unsere Fährte verlieren."

Der Wald war nur wenige Schritte entfernt. Die beiden stürzten sich hinein und rannten davon so schnell ihre Beine sie trugen.

Aber mit jedem Schritt den sie taten wurde ihr Vorankommen schwieriger. Überall standen dicht an dicht üppige Büsche zwischen gewaltigen Bäumen, die ihre mächtigen und knorrigen Stämme bis in schwindelerregende Höhen hinaufstreckten, und allenthalben schlängelte sich wie riesige Boas ein Gewirr aus tausenden Wurzeln über den Boden. Von oben herab hingen die langen Arme von *Kalmus, Rotang* und *Gambir,* die sich, hinauf und wieder hinab um die Äste und Stämme wanden und ein dicht verflochtenes Netz bildeten, das hartnäckig jedem Ansturm und sogar den Dolchklingen widerstand, während weiter unten der *Piper nigrum* mit seinen kostbaren Körnern ein undurchdringliches Dickicht bildete, das beinahe jegliches Fortkommen unmöglich machte. Zur Rechten, zur Linken, vor ihnen und hinter ihnen strebten mit ihren glatten, glänzenden Stämmen *Durianbäume* in die Höhe, dicht behangen mit beinahe reifen Früchten, die mit ihren eisenharten Stacheln äußerst gefährliche Geschosse darstellen, sowie auch große Gruppen von Bananenbäumen mit riesenhaften Blättern, *Betelpalmen,* Zuckerpalmen mit eleganten Fächern, und Orangenbäumen mit kindskopfgroßen Früchten.

Mitten in diesem undurchdringlichen Wald, den man wahrlich als Urwald bezeichnen konnte, befanden sich die beiden Piraten und bald war ihnen ein Durchkommen tatsächlich nicht mehr möglich. Es hätte eine Kanone gebraucht, um diese Wand aus Baumstämmen, Wurzeln und *Kalmus* zu sprengen.

„Wohin sollen wir gehen, Sandokan?", fragte Yanez. „Ich weiß nicht mehr, wo wir noch durchkommen können."

„Machen wir es wie die Affen", sagte der Tiger von Malaysia. „Das ist eine Übung, die wir beherrschen."

„In dieser Lage sehr empfehlenswert, scheint mir."

„Ja, denn so werden wir zudem dafür sorgen, dass die Verfolger unsere Fährte verlieren."

„Werden wir auch die richtige Richtung beibehalten?"

„Du weißt doch, dass wir Bornesen auch ohne einen Kompass niemals die Orientierung verlieren. Wir sind Männer des Waldes und unser Instinkt ist unfehlbar."

„Ob die Engländer sich bereits im Wald befinden?", fragte der Portugiese.

„Hm! Ich bezweifle es, Yanez", erwiderte Sandokan. „Wenn es uns, die wir inmitten der Wälder leben, schon Mühe bereitet, voranzukommen, dann sind sie gewiss nicht einmal zehn Schritte weit gekommen. Dennoch ist Eile geboten. Ich weiß, dass der Lord große Hunde hält, und die könnte er uns vielleicht auf die Fersen hetzen."

„Wir haben Dolche, mit denen wir ihnen die Bäuche aufschlitzen können, Sandokan."

„Sie sind gefährlicher als Männer. Auf, Yanez, zeigen wir, was wir in den Armen haben."

Indem sie mit den Händen an *Rotang, Kalmus* und an den Ranken des *Pipers* Halt suchten, machten sich die beiden Piraten daran, die grüne Wand zu erklimmen, mit einer Behändigkeit, die den Neid selbst der Affen erweckt hätte. Sie kletterten hinauf, hinab und wieder hinauf, schlüpften durch die Maschen dieses riesigen Pflanzennetzes, glitten zwischen den riesigen Blättern der dichtbelaubten Bananenbäume und den Stämmen mächtiger Baumriesen hindurch. Kreischend flohen bei ihrem unerwarteten Erscheinen prächtige Krontauben und auch jene Vögel, die man *Morobos* nennt, mit schrillen Tönen, die dem Quietschen eines schlecht geschmierten Wagens glichen, stoben eilig Tukane mit riesigen Schnäbeln und rot und blau schillerndem Gefieder davon, wie der Blitz stiegen Argusfasane mit langen, gesprenkelten Schwanzfedern auf, und hübsche *Aludas* mit türkisfarbenem Federkleid suchten, langgezogene Pfiffe ausstoßend, das Weite. Durch die Eindringlinge aufgeschreckte Nasenaffen stürzten sich mit ängstlichen Schreien in nahegelegene Bäume, wo sie sich eilig in den Hohlräumen der Stämme versteckten.

Yanez und Sandokan ließen sich von all dem nicht aus der Ruhe bringen, sondern vollführten weiterhin ihre gewagten Manöver und kletterten ohne einen einzigen Fehltritt von Baum zu Baum. Mit erstaunlicher Sicherheit sprangen sie in den *Kalmus*, verharrten einen Augenblick, schwangen sich dann weiter an den *Rotang,* um schließlich wieder den Ast dieses oder jenen Baumes zu ergreifen.

Nachdem sie, immer Gefahr laufend, aus schwindelerregender Höhe Hals über Kopf in die Tiefe zu stürzen, etwa fünf- oder sechshundert Meter weit gekommen waren, verweilten sie im Geäst eines *Bua mamplam,* eines Baums, dessen Früchte ein europäischer Gaumen eher verabscheuen würde, da sie einen äußerst harzigen Geruch verbreiten, die aber sehr nahrhaft und bei den Eingeborenen sehr beliebt sind.

„Wir können uns ein paar Stunden ausruhen", sagte Sandokan. „Mitten im Wald wird uns gewiss niemand stören. Hier sind wir so gut aufgehoben wie in einer gut befestigten Zitadelle."

„Ja, mein Bruder. Ob es uns gelungen ist, diesen Halunken zu entkommen? ... Wir hatten großes Glück. In einem Ofen zu sitzen mit acht oder zehn Soldaten davor und dennoch die eigene Haut zu retten, das ist wirklich ein Wunder. Sie müssen sich sehr vor dir fürchten."

„Ja, so scheint es", entgegnete Sandokan lachend.

„Ob dein Mädchen weiß, dass dir die Flucht gelungen ist?"

„Ich vermute es", erwiderte Sandokan und seufzte.

„Ich befürchte allerdings, dass unser Streich den Lord dazu bewegen wird, nun in Victoria sichere Zuflucht zu suchen."

„Glaubst du?", fragte Sandokan und seine Miene verfinsterte sich.

„Er wird sich nicht mehr sicher fühlen, jetzt, wo er weiß, dass wir so nah bei der Villa sind."

„Das ist wahr, Yanez. Wir müssen uns auf die Suche nach unseren Männern machen."

„Ob sie inzwischen gelandet sind? ..."

„Wir werden sie an der Mündung des kleinen Flusses treffen."

„Wenn ihnen kein Unglück widerfahren ist ..."

„Bring mich nicht auf schlimme Gedanken. Aber bald werden wir Gewissheit haben."

„Und dann werden wir gleich die Villa überfallen?"

„Dann werden wir werden sehen, was am besten zu tun ist."

„Möchtest du meinen Rat hören, Sandokan? ..."

„Sprich, Yanez."

„Anstatt gleich die Villa zu erstürmen, lass uns warten, bis der Lord herauskommt. Du wirst sehen, er wird nicht mehr lange in dieser Gegend verweilen."

„Du willst den Trupp unterwegs angreifen? ..."

„Inmitten der Wälder. Eine Erstürmung könnte sich lange hinziehen und viele Opfer fordern."

„Das ist ein guter Rat."

„Wenn die Eskorte niedergemacht oder geflohen ist, werden wir das Mädchen entführen und sogleich nach Mompracem zurückkehren."

„Und der Lord? ..."

„Den werden wir ziehen lassen, wohin er will. Was kümmert er uns? ... Soll er nach Sarawak oder nach England gehen, das kann uns gleich sein."

„Er wird weder an den einen noch an den anderen Ort gehen, Yanez."

„Was willst du damit sagen?"

„Dass er uns keine ruhige Minute mehr lassen, sondern alle Streitkräfte von Labuan auf uns hetzen wird."

„Und das beunruhigt dich? ..."

„Mich? ... Du denkst, der Tiger von Malaysia fürchtet sich vor ihnen? ... Sie werden zahlreich und schwer bewaffnet kommen und entschlossen, meine Insel zu erobern, aber sie werden sich die Zähne ausbeißen. In Borneo gibt es Legionen von Wilden, die bereit sind, sich unter meine Flagge zu stellen. Ich bräuchte nur Abgesandte zu den Romades und an die Küsten der großen Insel zu schicken und dutzendweise würden die *Proas* erscheinen."

„Das weiß ich, Sandokan."

„Wie du siehst, Yanez, könnte ich, wenn ich es wollte, auch an den Küsten Borneos einen Krieg entfesseln und Horden von Wilden gegen diese verhasste Insel schicken."

„Aber das wirst du nicht tun, Sandokan."

„Und warum nicht? ..."

„Wenn du Marianna Guillonk erst einmal entführst hast, wirst du dich fortan weder um Mompracem noch um seine Tigerchen mehr bekümmern. Stimmt das, Bruder? ..."

Sandokan antwortete nicht, aber er seufzte so heftig, dass es klang wie ein fernes Grollen.

„Das Mädchen besitzt einen starken Willen, sie ist eine jener Frauen, die sich nicht zweimal bitten ließe, unerschrocken an der Seite des geliebten Mannes zu kämpfen. Aber Miss Mary wird niemals die Königin von Mompracem werden. Ist es nicht so, Sandokan? ..."

Auch diesmal schwieg der Pirat. Er hatte den Kopf in die Hände gestützt, seine Augen blitzten finster und starrten ins Leere, vielleicht in eine weite Ferne, wo sie versuchten, die Zukunft zu ergründen.

„Für Mompracem ziehen düstere Zeiten herauf", fuhr Yanez fort. „Binnen weniger Monate, vielleicht auch nur binnen weniger Wochen, wird die berüchtigte Insel all ihr Ansehen und auch ihre furchterregenden Tiger verloren haben. Was soll's, einmal musste es geschehen. Wir haben gewaltige Schätze angehäuft und werden in irgendeiner reichen Stadt im Fernen Osten ein ruhiges Leben genießen."

„Schweig!", sagte Sandokan finster. „Schweig, Yanez. Du kannst nicht wissen, was das Schicksal der Tiger von Mompracem sein wird."

„Es ist nicht schwer zu erraten."

„Du kannst dich täuschen."

„Was sind also deine Pläne?"

„Das kann ich dir noch nicht sagen. Warten wir die Ereignisse ab. Sollen wir uns auf den Weg machen?"

„Es ist noch zu früh."

„Ich bin voller Ungeduld, die *Proas* wiederzusehen."

„Die Engländer könnten am Waldrand auf uns warten."

„Ich fürchte sie nicht mehr."

„Vorsicht, Sandokan. Du könntest in ein Wespennest treten. Eine wohl platzierte Karabinerkugel kann dich jederzeit in Jenseits befördern."

„Ich werde vorsichtig sein. Schau, mir scheint, dass der Wald sich dort hinten ein wenig lichtet. Lass uns gehen, Yanez, das Fieber verzehrt mich."

„Wie du willst."

Auch wenn der Portugiese befürchtete, von den Engländern überrascht zu werden, die sich möglicherweise über den Boden robbend durch den Wald voran gekämpft hatten, brannte er ebenso darauf zu erfahren, ob die *Proas* dem ungeheuren Sturm entkommen waren, der die Inselküste heimgesucht hatte. Nachdem sie ihren Durst mit dem Saft einiger Früchte des *Bua mamplam* gestillt hatten, ergriffen sie die *Kalmus*- und *Rotang*-Pflanzen, die den Baum umschlossen und ließen sich daran auf den Boden herab.

Aus dem Wald herauszukommen war jedoch kein so leichtes Unterfangen. Jenseits eines weniger bewachsenen Waldstücks standen die Bäume noch dichter als zuvor.

Sogar Sandokan war ein wenig ratlos und wusste nicht, welche Richtung er einschlagen musste, um ungefähr in die Nähe des kleinen Flusses zu gelangen.

„Wir stecken ganz schön in der Klemme, Sandokan", sagte Yanez, der nicht einmal die Sonne erblicken konnte, um sich an ihr zu orientieren. „Welche Richtung sollen wir einschlagen?"

„Ich muss gestehen, dass ich auch nicht weiß, ob wir nach rechts oder nach links gehen sollen. Aber mir scheint, dass ich dort hinten einen schmalen Pfad erkenne. Zwar ist er mit Gras überwachsen, aber ich hoffe, er wird uns aus diesem Gewirr herausführen und ..."

„Ein Bellen, nicht wahr? ..."

„Ja", erwiderte der Pirat und seine Stirn verfinsterte sich. „Die Hunde haben unsere Fährte entdeckt."

„Sie jagen nur ziellos herum. Spitz die Ohren."

In der Ferne, inmitten des dichten Waldes, war wiederum Gebell zu hören. Ein Hund war in den Urwald hinein gelaufen und suchte nach den Flüchtigen.

„Ob er allein ist, oder ob ihm Männer folgen?", fragte Yanez.

„Vielleicht einer der Eingeborenen. Ein Soldat hätte sich nicht in dieses Gewirr hinein gewagt."

„Was willst du tun?"

„Mich nicht von der Stelle rühren, auf das Tier warten und es töten."

„Mit einem Gewehrschuss?"

„Ein Schuss würde uns verraten, Yanez. Nimm deinen *Kris* zur Hand und lass uns warten. Wenn uns Gefahr droht, werden wir auf diesen *Pampelmusenbaum* klettern."

Beide versteckten sich hinter dem mächtigen Stamm des Baumes, den ein dichtes Netz aus *Rotang*-Wurzeln umfing, und warten auf die Ankunft des vierbeinigen Feindes.

Das Tier kam rasch näher. Nicht weit entfernt war das Rascheln von Zweigen und Blättern zu hören und gedämpftes Bellen. Augenscheinlich hatte es die Fährte der Piraten bereits aufgenommen und hetzte nun vorwärts, um sie an der Flucht zu hindern. Und vielleicht folgten ihm in einiger Entfernung ein paar Eingeborene.

„Da ist er!", sagte Yanez plötzlich.

Inmitten eines Gebüschs war ein schwarzer Hund aufgetaucht, mit aufgestelltem Fell und kräftigen, mit scharfen Zähnen bestückten Kiefern. Er schien jener wilden Rasse anzugehören, die die Plantagenbesitzer der Antillen und Südamerikas für die Jagd auf Sklaven benutzen. Als er die beiden Piraten erblickte, blieb er einen Moment stehen und sah sie aus glühenden Augen an, dann sprang er mit einem leopardengleichen Satz über die Wurzeln hinweg und schnellte mit furchterregendem Knurren vorwärts.

Rasch war Sandokan niedergekniet und hielt seinen *Kris* waagerecht, während Yanez seinen Karabiner beim Lauf gepackt hatte, um ihn als Prügel einzusetzen. Mit einem letzten Satz warf sich das große Tier auf Sandokan, der ihm am nächsten war, und versuchte, ihn bei der Kehle zu packen.

Es war ein wildes Tier, aber der Tiger von Malaysia war nicht weniger wild. Blitzartig fuhr seine rechte Hand nach vorn und die Klinge seines Dolches verschwand fast vollständig im Rachen des Tieres. Gleichzeitig versetzte Yanez ihm einen solch heftigen Schlag auf den Schädel, dass er unmittelbar zu Boden stürzte.

„Ich glaube, er hat genug", sagte Sandokan, stand auf und stieß mit seinem Fuß den Hund fort, der bereits mit dem Tode rang. „Wenn das die einzigen Verbündeten sind, die die Engländer uns auf die Fersen hetzten, dann vergeuden sie nur ihre Zeit."

„Aber hinter dem Hund könnten Männer folgen."

„Dann hätten sie bereits auf uns gefeuert. Lass uns gehen, Yanez. Wir wollen jenen Pfad entlanglaufen."

Ohne sich weitere Gedanken zu machen, liefen die beiden Piraten in den Wald hinein, um dem alten Pfad zu folgen.

Wurzeln und Pflanzen aller Art, vor allem *Rotang* und *Kalmus,* überwucherten ihn, aber dennoch war deutlich genug eine Spur zu erkennen, der man ohne große Mühe folgen konnte.

Allerdings stießen ihre Köpfe allenthalben gegen Spinnennetze, die so groß und so zäh waren, dass sie ohne zu zerreißen kleine Vögel gefangen halten konnten, und ihre Füße stolperten über die Wurzeln, die sich durch das Gras schlängelten, und sie häufig zu Fall brachten. Scharen fliegender Eidechsen, aufgeschreckt durch das Erscheinen der beiden Piraten, flohen Hals über Kopf in alle Richtungen und aus dem Schlaf aufgescheuchte Reptilien liefen mit drohendem Zischen davon.

Bald aber verlief sich der Pfad im Dickicht und Yanez und Sandokan waren gezwungen, ihre Klettermanöver hoch oben zwischen *Rotang*, *Gambir* und *Kalmus* wieder aufzunehmen, wo erboste *Budengs* vor ihnen flohen, Affen mit tiefschwarzem Fell und von unglaublicher Behändigkeit, die auf Borneo und den Nachbarinseln allerorten anzutreffen sind. Angesichts der Invasion ihrer luftigen Hoheitsgebiete gaben diese Vierhänder nicht immer gleich den Weg frei, sondern empfingen die beiden Eindringlinge zuweilen mit einem wahren Hagel an Früchten und Zweigen.

Da sie sich nicht am Stand der Sonne orientieren konnten, kämpften sie sich mehrere Stunden aufs Geratewohl voran, dann sahen sie unter sich einen kleinen Bach mit tiefdunklem Wasser und stiegen herab.

„Glaubst du, dort drin gibt es Wasserschlangen?", fragte Yanez.

„Nein, nur Blutegel", erwiderte Sandokan.

„Sollen wir den Bach als Weg nutzen?"

„Das würde ich dem Weg durch luftige Höhen vorziehen."

„Lass uns nachsehen, wie tief das Wasser ist."

„Es wird nicht höher als knöcheltief sein, Yanez. Aber wir wollen uns vergewissern."

Der Portugiese riss einen Zweig ab und tauchte ihn in den Bach.

„Du hast dich nicht getäuscht, Sandokan", sagte er. „Steigen wir also hinein."

Sie verließen den Ast, auf dem sie sich befunden hatten, und ließen sich in den kleinen Wasserlauf hinab.

„Kannst du etwas sehen?", fragte Sandokan.

Yanez hatte sich nach vorn gebeugt und versuchte, durch das endlose Grün der Pflanzen, die sich wie ein Bogengang über den Bach neigten, etwas zu erkennen.

„Ich glaube, ich kann dort hinten ein wenig Licht sehen", sagte er.

„Ob der Wald lichter wird?"

„Ja, das ist wahrscheinlich, Sandokan."

„Lass uns nachsehen."

Mühsam arbeiteten sie sich durch das schlammige Bachbett vorwärts und hielten sich dann und wann an den Ästen fest, die über den Wasserlauf reichten. Übelerregende Gerüche stiegen aus dem schwarzen Wasser auf, die von den fauligen Blättern und Früchten auf dem Grund herrührten. Hier lief man Gefahr, sich ein schlimmes Fieber einzufangen.

Etwa einen Viertelkilometer waren die beiden Piraten vorangekommen, als Yanez unvermittelt stehen blieb und einen breiten Ast ergriff, der von einem Ufer des Baches bis zum anderen reichte.

„Was hast du, Yanez?", fragte Sandokan und nahm das Gewehr von der Schulter.

„Hör doch!" Der Pirat beugte sich vorwärts und lauschte. Wenig später sagte er:

„Es kommt jemand."

Im gleichen Augenblick erklang unter dem grünen Bogengang ein mächtiges Brüllen wie das eines verängstig-
ten oder wütenden Stieres, das mit einem Schlag das Ge-
zwitscher der Vögel und das Kreischen der kleinen
Äffchen verstummen ließ.

„In Deckung, Yanez!", sagte Sandokan. „Vor uns ist ein
Maias."

„Und dazu ein vielleicht noch schlimmerer Gegner."

„Was willst du damit sagen?"

„Sieh dort, auf dem großen Ast, der quer über den Wasserlauf reicht."

Sandokan erhob sich auf die Zehenspitzen und warf einen raschen Blick vorwärts.

„Ah!", murmelte er, ohne dass seine Stimme die geringste Besorgnis verraten hätte. „Auf der einen Seite ein *Maias* und auf der anderen ein *Hariman-bintang!* Wir wollen
sehen, ob an ihnen vorbeizukommen ist. Halte dein Gewehr bereit, wir müssen auf alles gefasst sein."

Kapitel 21

Der Angriff des Panthers

D ie beiden Piraten sahen sich zwei furchterregenden Gegnern gegenüber, einer nicht weniger gefährlich als der andere, aber es schien, als hätten sie für den Augenblick nicht die Absicht, sich weiter um die beiden Männer zu bekümmern, denn anstatt sich entlang des Wasserlaufs zu bewegen, liefen sie aufeinander zu, so als seien sie eher darauf aus, miteinander ihre Kräfte zu messen.

Das Tier, das Sandokan *Hariman-bintang* genant hatte, war ein prächtiger Panther, das andere einer jener großen Affen, ein *Orang-Utan,* die auf Borneo und den Nachbarinseln immer noch zahlreich anzutreffen und aufgrund ihrer erstaunlichen Kräfte und ihrer wilden Grausamkeit sehr gefürchtet sind.

Der Panther, vielleicht weil er hungrig war, war beim Anblick des *Maias* am gegenüberliegenden Ufer sogleich auf einen breiten Ast gesprungen, der sich beinahe waagerecht über den Bach streckte und eine Art Brücke bildete.

Wie gesagt, er war ein wunderschönes Tier, aber auch sehr gefährlich. Von seiner Größe und seinem Aussehen her erinnerte er an einen kleinen Tiger, jedoch mit einem runderen und weniger stark entwickeltem Kopf, kurzen, stämmigen Beinen und einem dunkelgelben Fell mit Tupfen und Rosetten von dunklerer Färbung. Er maß wenigstens eineinhalb Meter in der Länge, war also ein besonders großer Vertreter seiner Rasse.

Sein Gegner war ein hässlicher Affe, etwa einen Meter vierzig groß, aber mit so ungeheuer langen Armen, dass sie insgesamt beinahe zweieinhalb Meter maßen. Sein Gesicht, breitflächig und voller Runzeln, hatte einen wilden und grausamen Ausdruck, der vor allem von seinen äußerst flinken, tief sitzenden Augen herrührte und von dem rötlichen Fell, das es umrahmte. Die Brust des Affen war unglaublich stark entwickelt und die Muskeln seiner Arme und Beine waren wie knotige Stränge, ein Zeichen bemerkenswerter Kraft.

Diese Affen, die die Eingeborenen *Meias, Miass* oder auch *Maias* nennen, leben tief im Innern der Wälder und bevorzugen eher niedrige und feuchte Gebiete. Sie bauen geräumige Nester hoch oben in den Bäumen, wozu sie dicke Äste benutzen, die sie geschickt überkreuz anzuordnen verstehen. Sie sind von eher melancholischem Gemüt und lieben keine Gesellschaft. In der Regel meiden sie Menschen sowie auch andere Tiere, wenn man sie aber reizt oder sie sich bedroht fühlen, werden sie wahrhaft furchterregend und dank ihrer außergewöhnlichen Kraft triumphieren sie über beinahe jeden Gegner.

Der *Maias* war, als er das raue Knurren des Panthers vernahm, unvermittelt stehen geblieben. Er befand sich auf der gegenüberliegenden Seite des kleinen Wasserlaufs, vor einem gewaltigen *Durianbaum,* der sechzig Meter hoch über dem Boden sein Blätterdach ausbreitete. Wahrscheinlich hatte er gerade den Baum erklimmen und dessen zahlreiche Früchte plündern wollen, als das Geräusch ihn überraschte.

Beim Anblick dieses gefährlichen Nachbarn hatte er sich zunächst damit begnügt, ihn eher verwundert als zornig zu beäugen, aber dann hatte er plötzlich mehrmals ein kehliges Zischen ausgestoßen, das auf einen bevorstehenden Wutausbruch deutete.

„Ich denke, wir werden Zeugen eines furchtbaren Kampfes zwischen diesen beiden Ungeheuern werden", sagte Yanez, der sich wohl davor hütete, sich zu bewegen.

„Vorerst haben sie es nicht auf uns abgesehen", erwiderte Sandokan. „Ich fürchtete schon, sie wollten uns angreifen."

„Ich ebenso, mein Bruder. Sollen wir eine andere Route einschlagen?"

Sandokan betrachtete die beiden Ufer und sah, dass es an dieser Stelle unmöglich war, an den Bäumen empor zu klettern und sich in den Wald zu schlagen. Wahre Mauern aus Stämmen, Blattwerk, Dornen, Wurzeln und Lianen umgaben den Wasserlauf zu beiden Seiten. Um sich einen Weg zu bahnen, hätte man den *Kris* zur Hand nehmen und kräftig arbeiten müssen.

„Hinauf steigen können wir nicht", sagte er. „Beim ersten Dolchhieb würden sich *Maias* und Panther gemeinsam auf uns stürzen. Wir wollen hier bleiben und alles tun, damit sie uns nicht entdecken. Der Kampf wird nicht von langer Dauer sein."

„Und danach bekommen wir es mit dem Sieger zu tun."

„Wahrscheinlich wird er sich in solch einem schlimmen Zustand befinden, dass er sich uns nicht in den Weg stellen wird."

„Es ist soweit! ... Der Panther wird ungeduldig."

„Und der *Maias* kann sein Verlangen, dem ungeliebten Nachbarn die Rippen zu brechen, kaum noch bezähmen."

„Lade dein Gewehr, Sandokan. Man weiß nie, was geschehen kann."

„Ich bin bereit, den einen oder den anderen zu erschießen und ..."

Seine Worte gingen unter in einem furchterregenden Schrei, der ein wenig dem Brüllen eines wütenden Stieres glich.

Der *Orang-Utan* hatte den Höhepunkt seiner Wut erreicht.

Als er sah, dass der Panther keine Anstalten machte, den Ast zu verlassen und hinab ans Ufer zu kommen, bewegte er sich drohend auf ihn zu, ließ zum zweiten Male sein Gebrüll hören und schlug sich kräftig auf die Brust, die wie eine dröhnende Trommel widerhallte.

Der große Affe war in der Tat furchteinflößend. Sein rötliches Fell hatte sich aufgestellt, sein Gesicht hatte einen Ausdruck unerhörter Grausamkeit angenommen und seine langen Zähne, kräftig genug, den Lauf eines Gewehres wie ein bloßes Stückchen Holz zu zermalmen, knirschten.

Als der Panther ihn auf sich zukommen sah, hatte er sich wie zum Sprung bereit geduckt, schien jedoch vorerst keine Eile zu haben, seinen Ast zu verlassen.

Der *Orang-Utan* umklammerte mit einem Fuß eine breite Wurzel, die sich über den Boden schlängelte, beugte sich über den Strom, ergriff mit beiden Händen den Ast, auf dem sich der Gegner befand, und schüttelte ihn mit solch herkulischer Kraft, dass er laut knarrte.

Er rüttelte so heftig daran, dass der Panther, obwohl er seine scharfen Krallen fest ins Holz grub, das Gleichgewicht verlor und hinunter in den Fluss fiel.

Aber er hatte kaum das Wasser berührt, als er schon wie der Blitz zurück auf den Ast hinaufsprang. Dort verharrte er einen kurzen Augenblick, dann warf er sich mit aller Macht auf den riesigen Affen und schlug ihm die Krallen in Schultern und Schenkel.

Der Vierhänder heulte laut auf vor Schmerz. Sogleich begann das Blut zu sprudeln, rann durch sein Fell und tropfte hinab in den kleinen Fluss.

Zufrieden mit dem Ergebnis der blitzartigen Attacke, wollte der Panther sich von ihm lösen und auf den Ast zurückkehren, bevor sein Feind zum Gegenangriff ausholte. Mit einer meisterlichen Drehung wirbelte er herum, stieß sich von der Brust des Affen ab und sprang rückwärts.

Er schlug seine Pranken in den Ast und grub seine Krallen in die Rinde, aber dann kam er nicht weiter voran, so wie er es beabsichtigt hatte.

Trotz seiner schrecklichen Wunden hatte der *Orang-Utan* rasch seine Arme vorgestreckt und den Schwanz des Gegners gepackt.

Diese Hände, die eine unglaubliche Kraft besitzen, würden die Rute nicht mehr loslassen. Wie zwei Zwingen klammerten sie sich darum, so dass dem Raubtier ein schmerzliches Jaulen entfuhr.

„Armer Panther", sagte Yanez, der den grausamen Kampf mit lebhaftem Interesse verfolgte.

„Er ist verloren", sagte Sandokan. „Wenn der Schwanz nicht abreißt, was unmöglich ist, wird er der Umklammerung des *Maias* nicht entkommen."

Der Pirat täuschte sich nicht. Kaum hatte der *Orang-Utan* den Schwanz in seinen Händen gespürt, war er vorwärts geschnellt und auf den Ast hinaufgeklettert.

Er sammelte seine Kräfte, zog das Raubtier hoch und wirbelte es durch die Luft als sei es eine bloße Maus, dann schleuderte er es mit voller Wucht gegen den mächtigen Stamm des *Durianbaumes.*

Man hörte einen dumpfen Aufprall und das Knacken eines zerberstenden Knochengehäuses, dann gab der Affe sein Opfer frei, das unselige Tier rollte leblos zu Boden und glitt in die dunklen Fluten des kleinen Flusses.

Sein Schädel, mit einem Schlag zertrümmert, hinterließ am Stamm des Baumes einen großen blutigen Fleck, vermischt mit Fetzen des Gehirns.

„Beim Zeus! ... Welch ein meisterlicher Streich! ...", raunte Yanez. „Ich hätte nicht gedacht, dass der Affe den Panther so bald abschütteln würde."

„Sie besiegen alle Tiere des Waldes, sogar die Pythonschlangen", erwiderte Sandokan.

„Besteht die Gefahr, dass er auch auf uns losgeht? ..."

„Er ist so wütend, dass er uns nicht verschonen wird, wenn er uns bemerkt."

„Aber ich glaube, er ist in einem schlechten Zustand. Er trieft vor Blut."

„Die *Maias* sind Tiere, die sogar überleben können, wenn mehrere Kugeln in ihrem Körper stecken."

„Sollen wir warten, bis er abzieht?"

„Ich fürchte, das wird nicht so bald geschehen."

„Was sollte ihn noch hier halten?"

„Ich denke, dass sein Nest sich auf diesem *Durianbaum* befindet. Mir scheint, dass ich dort im Laub eine dunkle Masse erkenne und Hölzer, die quer über den Ästen liegen."

„Dann müssen wir umkehren."

„Auch daran dachte ich nicht. Wir müssten einen weiten Umweg machen, Yanez."

„Lass uns den Affen erschießen, dann können wir weiter dem Wasserlauf folgen."

„Genau das wollte ich vorschlagen", sagte Sandokan. „Wir sind gute Schützen und verstehen mit dem *Kris* noch geschickter umzugehen als die Malaien. Lass uns ein wenig näher herangehen, damit unsere Schüsse nicht fehlgehen. Hier gibt es viele Äste, an denen unsere Kugeln leicht abprallen könnten."

Während sie sich darauf vorbereiteten, den *Orang-Utan* anzugreifen, hatte dieser sich ans Ufer des kleinen Flusses gehockt, wo er sich mit den Händen Wasser auf die

Wunden spritzte. Der Panther hatte ihn übel zugerichtet. Seine mächtigen Krallen hatten die Schultern des armen Affen so tief aufgerissen, dass seine Schlüsselbeine bloßlagen. Auch seine Schenkel waren grausam aufgeschlitzt, das Blut sprudelte heftig daraus hervor und bildete am Boden eine große Lache.

Ein Seufzen, das beinahe etwas Menschliches hatte, kam von Zeit zu Zeit über die Lippen des Verwundeten, gefolgt von wildem Gebrüll. Die große Bestie war noch nicht besänftigt und ihr wilder Zorn trotz der schlimmen Schmerzen ungebrochen.

Sandokan und Yanez hatten sich ans gegenüberliegende Ufer gekauert, von wo aus sie sich schnellstmöglich in den Wald flüchten konnten, sollten ihre Schüsse fehlgehen und der *Orang-Utan* nicht dem zweifachen Feuer ihrer Gewehre erliegen. Sie hatten sich bereits hinter einem mächtigen Ast, der über den kleinen Fluss ragte, postiert und ihre Gewehre darauf gestützt, um genauer zielen zu können, als sie sahen, wie der *Orang-Utan* plötzlich aufsprang, sich heftig schüttelte und mit den Zähnen knirschte.

„Was hat er?", fragte Yanez. „Ob er uns entdeckt hat?"

„Nein", sagte Sandokan. „Nicht wir sind es, die ihn wieder zornig machen."

„Ob ein anderes Tier versucht, ihn zu überraschen?"

„Sei still: Ich sehe Zweige und Blätter, die sich bewegen."

„Beim Zeus! ... Sollten es die Engländer sein?"

„Still, Yanez!"

Lautlos zog Sandokan sich auf den Ast hinauf, hielt sich hinter einem Geflecht aus *Rotang* verborgen, das von oben herabhing, und spähte zum gegenüberliegenden Ufer, dorthin, wo der *Orang-Utan* stand.

Jemand näherte sich und bog dabei vorsichtig die Blätter zur Seite. Vermutlich kannte er die schlimme Gefahr nicht, die auf ihn wartete, denn er bewegte sich genau auf den mächtigen *Durianbaum* zu.

Der riesige Vierhänder hatte ihn bereits gewittert und sich hinter den Stamm des Baumes zurückgezogen, bereit sich auf diesen neuen Gegner zu stürzen und ihn in Stücke zu reißen. Kein Seufzen oder Gebrüll gab er mehr von sich. Nur sein rauer Atem verriet noch seine Gegenwart.

„Nun, was geschieht?", fragte Yanez Sandokan.

„Jemand nähert sich unbedacht dem *Maias*."

„Mensch oder Tier?"

„Ich kann den Unvorsichtigen noch nicht entdecken."

„Ob es irgendein unseliger Eingeborener ist?"

„Wir sind ja da und werden dem Vierhänder keine Zeit lassen, ihn zu zerfetzen. He! ... Hab ich's mir doch gedacht. Ich habe eine Hand gesehen."

„Weiß oder schwarz?"

„Schwarz, Yanez. Ziel auf den *Orang-Utan*."

„Ich bin bereit."

In diesem Augenblick sahen sie, wie der Riesenaffe sich mit furchterregendem Gebrüll mitten in ein dichtes Gebüsch hinein stürzte. Zweige und Blätter fielen, von seinen kräftigen Händen abgerissen, zu Boden und dahinter kam ein Mann zum Vorschein.

Ein entsetzter Schrei war zu hören, unmittelbar gefolgt von zwei Gewehrschüssen. Sandokan und Yanez hatten gefeuert. Mitten in die Brust getroffen, fuhr der Riesenaffe brüllend herum, sah die beiden Piraten und sprang, ohne sich weiter um den Unbesonnenen zu kümmern, der ihm so nahe gekommen war, mit einem Satz in den Fluss.

Sandokan hatte das Gewehr beiseite geworfen und den *Kris* zur Hand genommen, entschlossen, den Nahkampf aufzunehmen. Yanez war auf den Ast hinaufgesprungen und versuchte eilig, die Waffe neu zu laden.

Der *Orang-Utan* stürzte, trotz seiner neuerlichen Verletzung, auf Sandokan zu. Gerade wollte er seine behaarten Arme nach ihm ausstrecken, als vom gegenüberliegenden Ufer her ein Schrei erklang:

„Der Kapitän!"

Dann ertönte ein donnernder Schuss.

Der *Orang-Utan* blieb stehen und fuhr sich mit den Händen an den Kopf. Einen Moment lang stand er noch aufrecht und durchbohrte Sandokan mit einem letzten zornerfüllten Blick, dann stürzte er ins Wasser, das hoch über ihm zusammenschlug.

Im gleichen Augenblick sprang auch der Mann, der um ein Haar dem Riesenaffen in die Hände gefallen wäre, in den kleinen Fluss und rief:

„Der Kapitän! ... Der Herr Yanez! ... Wie froh bin ich, dass ich dem *Maias* eine Kugel in den Schädel gejagt habe."

Yanez und Sandokan waren rasch auf den Ast hinaufgesprungen.

„Paranoa! ...", riefen sie freudig.

„Derselbe, mein Kapitän", erwiderte der Malaie.

„Was tust du in diesem Wald?", fragte Sandokan.

„Ich suchte nach Euch, Kapitän."

„Und woher wusstest du, dass wir hier sind?"

„Als ich mich am Rand des Waldes entlang bewegte, sah ich dort einige Engländer mit einem Rudel Hunde herumstreunen und ich dachte mir, dass sie nach Euch suchen."

„Und du hast dich ganz allein hier hereingewagt?", fragte Yanez.

„Ich fürchte mich nicht vor Raubtieren."

„Aber beinahe hätte der *Orang-Utan* dich in Stücke gerissen."

„Noch hatte er mich nicht erwischt, Herr Yanez, und wir Ihr gesehen habt, habe ich ihm eine Kugel in seinen elenden Schädel gejagt."

„Sind alle *Proas* gelandet?", fragte Sandokan.

„Als ich mich auf die Suche nach Euch machte, war außer meinem noch kein anderes Schiff angekommen."

„Kein anderes?", rief Sandokan beunruhigt.

„Nein, mein Kapitän."

„Wann hast du die Flussmündung verlassen?"

„Gestern Morgen."

„Ob den anderen Schiffen ein Unglück zugestoßen ist?", fragte Yanez und sah Sandokan besorgt an.

„Vielleicht hat der Sturm sie sehr weit nach Norden getrieben", erwiderte Sandokan.

„Ja, so kann es gewesen sein, mein Kapitän", sagte Paranoa. „Der Südwind blies mit aller Macht und es war unmöglich, ihm zu widerstehen. Ich hatte das Glück, in eine kleine, geschützte Bucht zu gelangen, etwa sechzig Meilen von hier, daher konnte ich bald hierher zurückkehren und vor den anderen am Treffpunkt sein. Aber, wie ich Euch sagte, bin ich gestern Morgen an Land gegangen und es ist möglich, dass die anderen Schiffe in der Zwischenzeit angekommen sind."

„Dennoch bin ich sehr besorgt, Paranoa", sagte Sandokan. „Ich wünschte, ich wäre bereits an der Flussmündung, damit meine Unruhe ein Ende hätte. Hast du während des Sturms Männer verloren?"

„Nicht einen einzigen, mein Kapitän."

„Hat dein Schiff Schaden genommen?"

„Es gab nur ein paar kleinere Schäden, die bereits alle behoben sind."

„Liegt es in der Bucht verborgen?"

„Nein, es befindet sich noch auf offenem Meer, da ich fürchtete, in der Bucht vielleicht überrascht zu werden."

„Bist du allein an Land gegangen?"

„Ja, allein, mein Kapitän."

„Und hast du in der Nähe der Bucht irgendwelche Engländer herumstreunen sehen?"

„Nein, aber wie ich Euch sagte, sah ich, dass einige den Waldrand absuchten."

„Wann war das?"

„Heute Morgen."

„Und wo genau?"

„In östlicher Richtung."

„Dann kamen sie von Lord James' Villa", sagte Sandokan und sah Yanez an. Dann wandte er sich wieder an Paranoa und fragte:

„Sind wir sehr weit von der Bucht entfernt?"

„Vor dem Sonnenuntergang werden wir sie nicht erreichen."

„So weit haben wir uns entfernt!", rief Yanez aus. „Es ist erst zwei am Nachmittag! ... Dann haben wir ein schönes Stück Wegs zurückzulegen."

„Dieser Wald ist sehr groß, Herr Yanez, und auch sehr schwierig zu durchqueren. Es dauert wenigstens vier Stunden bis wir die letzten Büsche erreicht haben."

„Wir brechen auf", sagte Sandokan, der äußerst unruhig geworden war.

„Du willst schnellstmöglich zur Bucht, nicht wahr, Bruder? ..."

„Ja, Yanez. Ich habe das Gefühl, dass etwas Unheilvolles geschehen ist und vielleicht täusche ich mich nicht."

„Du fürchtest, dass die beiden *Proas* verloren sind."

„Ja, das fürchte ich. Wenn wir sie in der Bucht nicht vorfinden, werden wir sie niemals wiedersehen."

„Beim Zeus! ... Das wäre ein verheerendes Unglück! ..."

„Eine wahre Katastrophe, Yanez", sagte Sandokan und seufzte. „Ich weiß nicht, aber es scheint beinahe, als ob das Schicksal sich gegen uns wendet, so als wolle es den Tigern von Mompracem den Todesstoß versetzen."

„Und wenn das Unglück wirklich eintreten sollte? ... Was werden wir dann tun, Sandokan? ..."

„Was wir tun werden? ... Das fragst du mich, Yanez? ... Ist der Tiger von Malaysia vielleicht ein Mann, der sich vom Schicksal schrecken oder beugen lässt? ... Wir werden weiter gegen unsere Feinde kämpfen, Eisen mit Eisen und Feuer mit Feuer vergelten."

„Bedenke, dass sich an Bord unserer *Proa* nur vierzig Männer befinden."

„Vierzig Tiger, Yanez. Mit uns an der Spitze werden sie Wunder vollbringen und niemand wird sie aufhalten können."

„Willst du sie gegen die Villa führen? ..."

„Das werden wir noch sehen. Aber ich schwöre dir, dass ich diese Insel nicht ohne Marianna Guillonk verlassen werde, müsste ich auch gegen die gesamte Garnison von Victoria kämpfen. Wer weiß, vielleicht hängt von dem Mädchen das Wohl oder Wehe von Mompracem ab. Unser Stern wird bald untergehen, er ist bereits dabei, zu verblassen, aber noch gebe ich die Hoffnung nicht auf und wer weiß, vielleicht werde ich noch erleben, dass er heller strahlt als je zuvor. Ah! ... Wenn das Mädchen es wollte ... Das Schicksal von Mompracem liegt in ihren Händen, Yanez."

„Und in deinen", erwiderte Yanez mit einem Seufzen. „Auf, vorerst ist es zwecklos, darüber zu sprechen. Lass uns versuchen, den Fluss zu erreichen, damit wir uns vergewissern können, ob die anderen beiden *Proas* zurückgekehrt sind."

„Ja, lass uns gehen", sagte Sandokan. „Mit solch einer Verstärkung würde ich es sogar wagen, ganz Labuan zu erstürmen."

Geführt von Paranoa verließen sie die Ufer des kleinen Flusses und schlugen einen alten Pfad ein, den der Malaie wenige Stunden zuvor entdeckt hatte. Pflanzen und vor allem Wurzeln hatten ihn überwuchert, aber dennoch war er leidlich begehbar und die Piraten kamen ohne große Mühe voran. Fünf Stunden lang liefen sie durch den großen Wald, machten dann und wann Halt, um sich ein wenig auszuruhen, und erreichten bei Sonnenuntergang die Ufer des kleinen Flusses, der in die Bucht mündete. Da sie nirgends einen Feind sahen, gingen sie weiter nach Westen und durchquerten einen kleinen Sumpf, der sich in Richtung des Meeres erstreckte.

Als sie die Ufer der kleinen Bucht erreichten, war es bereits seit mehreren Stunden dunkel. Paranoa und Sandokan drangen bis zu den letzten Felsen vor und suchten mit ihren Augen aufmerksam den finsteren Horizont ab.

„Seht dort, Kapitän", sagte Paranoa und deutete auf einen leuchtenden, kaum wahrnehmbaren Punkt, den man auch für einen Stern halten konnte.

„Die Signallampe unserer *Proa*?", fragte Sandokan.

„Ja, mein Kapitän. Seht ihr, wie sie sich in südliche Richtung bewegt?"

„Welches Signal musst du geben, damit das Schiff näher kommt?"

„Zwei Feuer am Strand anzünden", antwortete Paranoa.

„Lass uns zur äußersten Spitze der kleinen Halbinsel gehen", sagte Yanez. „Von dort können wir der *Proa* den genauen Weg weisen."

Sie durchquerten ein wahres Labyrinth an Felsen, die über und über bedeckt waren mit Muschelschalen, Resten von Krustentieren und Unmengen von Algen, und gelangten an die äußerste Spitze einer kleinen bewaldeten Landzunge.

„Wenn wir die Feuer hier anzünden, kann die *Proa* hereinkommen ohne dass sie Gefahr läuft, auf Grund zu laufen", sagte Yanez.

„Sie soll aber in Richtung des kleinen Flusses segeln", sagte Sandokan. „Es ist wichtig, dass sie vor den Blicken der Engländer verborgen ist."

„Ich werde mich darum kümmern", entgegnete Yanez. „Wir werden sie im Schilf des Sumpfes verstecken und sie ganz mit Zweigen und Blättern bedecken, nachdem wir Masten und Tauwerk entfernt haben. He, Paranoa, gib das Signal."

Der Malaie verlor keine Zeit. Am Rande eines Wäldchens sammelte er trockenes Holz, schichtete, mit einem gewissen Abstand dazwischen, zwei Haufen auf und zündete sie an.

Wenige Augenblicke später sahen die drei Piraten, wie das weiße Signallicht der *Proa* verschwand und an seiner Stelle ein roter Punkt aufleuchtete.

„Sie haben uns gesehen", sagte Paranoa. „Wir können die Feuer löschen."

„Nein", sagte Sandokan. „Wir brauchen sie noch, damit deine Männer den richtigen Weg finden. Keiner von ihnen kennt die Bucht, oder?"

„Nein, mein Kapitän."

„Dann müssen wir ihnen den Weg weisen."

Die drei Piraten setzten sich an den Strand und hefteten ihre Blicke fest auf den roten Leuchtpunkt, der mittlerweile die Richtung geändert hatte.

Zehn Minuten später konnten sie die *Proa* selbst sehen. Ihre riesigen Segel waren gesetzt und man konnte das

Wasser vor ihrem Bug gluckern hören. In der Dunkelheit glich sie einem riesigen Vogel, der über das Meer dahinglitt. Mit zwei Manövern war sie vor der Bucht angelangt, passierte den Durchlass und segelte in Richtung der Flussmündung.

Yanez, Sandokan und Paranoa verließen die Halbinsel und liefen geschwind bis an den Rand des kleinen Sumpfes zurück.

Kaum hatte die *Proa* im dichten Schilf des Ufers den Anker geworfen, kletterten sie an Bord. Mit einer Geste bedeutete Sandokan der Mannschaft, die die beiden Piratenführer mit stürmischem Freudengeheul begrüßen wollte, zu schweigen.

„Es könnten Feinde in der Nähe sein", sagte er. „Darum befehle ich euch, absolutes Schweigen zu bewahren, damit wir nicht überrascht werden, bevor ich meine Pläne vollendet habe."

Dann wandte er sich an einen Unterführer und fragte ihn, so heftig bewegt, dass seine Stimme beinahe zitterte:

„Sind die anderen beiden *Proas* noch nicht eingetroffen?"

„Nein, Tiger von Malaysia", antwortete der Pirat. „Während Paranoas Abwesenheit bin ich zu den nahegelegenen Küsten gesegelt, sogar bis zu den bornesischen, aber nirgends hat man etwas von unseren Schiffen gesehen."

„Und glaubst du? ..."

Der Pirat zögerte zu antworten.

„Sprich", sagte Sandokan.

„Ich glaube, Tiger von Malaysia, dass unsere Schiffe an der Südküste Borneos zerschellt sind."

Sandokan grub sich die Fingernägel in die Brust und ein heiseres Stöhnen kam über seine Lippen.

„Verhängnis ... Verhängnis!", murmelte er dumpf. „Das Mädchen mit dem goldenen Haar wird Unglück über die Tiger von Mompracem bringen."

„Nur Mut, mein Bruder", sagte Yanez und legte eine Hand auf seine Schulter. „Noch wollen wir nicht verzweifeln. Vielleicht wurden unsere *Proas* sehr weit abgetrieben und so sehr beschädigt, dass sie nicht gleich wieder in See stechen konnten. Ehe keine Wrackteile gefunden werden, wollen wir nicht glauben, dass sie untergegangen sind."

„Aber wir können nicht warten, Yanez. Wer sagt, dass der Lord noch lange in seiner Villa bleiben wird? ..."

„Das wäre auch gar nicht wünschenswert, mein Freund."

„Was willst du damit sagen, Yanez?"

„Dass, wenn er die Villa verlässt, wir genug Männer haben, ihn anzugreifen und seine Nichte zu entführen."

„Solch einen Streich würdest du wagen? ..."

„Warum nicht? ... Unsere Tigerchen sind tapfere Männer, die, auch wenn der Lord von der doppelten Zahl an Soldaten begleitet wird, nicht zögern würden, sich in den Kampf zu stürzen. Ich bin gerade dabei, einen guten Plan auszuhecken und ich hoffe, dass er vortrefflich gelingen wird. Lass uns heute Nacht ausruhen und morgen werden wir zur Tat schreiten."

„Ich vertraue auf dich, Yanez."

„Du kannst dich auf mich verlassen, Sandokan."

„Aber die *Proa* kann hier nicht bleiben. Sie könnte von einem Schiff entdeckt werden, das bis in die Bucht vordringt, oder einem Jäger, der den Fluss herunter kommt, um Wasservögel zu schießen."

„Ich habe an alles gedacht, Sandokan, und Paranoa bereits Anweisungen gegeben. Lass uns einen Bissen zu uns nehmen und dann auf unsere Lager sinken. Ich muss gestehen, dass ich erschöpft bin."

Während die Piraten unter Anleitung von Paranoa die Takelage des Schiffs abbauten, stiegen Yanez und Sandokan in die kleine Kajüte im Heck hinunter und plünderten die Vorräte. Nachdem sie den Hunger gestillt hatten, der sie seit vielen Stunden quälte, warfen sie sich, vollständig bekleidet, auf ihre Lager.

Der Portugiese war so erschöpft, dass er gleich in einen tiefen Schlaf fiel, aber Sandokan tat kein Auge zu. Düstere Gedanken und ein nagendes Gefühl der Unruhe hielten ihn noch viele Stunden wach. Erst gegen Morgen fand er für kurze Zeit ein wenig Ruhe.

Als er wieder an Deck hinaufging, sah er, dass die Piraten ihr Werk vollendet hatten und die *Proa* nun unsichtbar war für Kreuzer, die vor der Bucht auftauchen oder Männer, die den Fluss herabkommen konnten. Sie hatten das Schiff an den Rand des Sumpfes gebracht, mitten hinein in dichtes Schilf, die Masten mitsamt stehendem und laufendem Gut umgelegt und über das Oberdeck Mengen von Rohr, Zweigen und Blättern so geschickt verteilt, dass sie das ganze Schiff bedeckten. Wäre jemand in der Nähe vorübergegangen, er hätte es für ein Dickicht vertrockneter Pflanzen oder für einen großen Berg dort angespülter Gräser und Zweige gehalten.

„Was sagst du, Sandokan?", fragte Yanez, der sich bereits an Deck befand, unter einem kleinen Vordach aus Rohr, das man im Heck errichtet hatte.

„Das war eine gute Idee", sagte Sandokan.

„Kommt mit mir."

„Wohin? ..."

„An Land. Dort warten bereits zwanzig Männer auf uns."

„Was hast du vor, Yanez?"

„Das wirst du noch erfahren. Heda! ... Lasst die Schaluppe zu Wasser, und gebt gut Acht."

Kapitel 22

Der Gefangene

Nachdem sie den kleinen Fluss überquert hatten, führte Yanez Sandokan mitten hinein in ein Dickicht, in dem sich zwanzig bewaffnete Männer verbargen, alle bis an die Zähne bewaffnet und zudem ausgerüstet mit einem Proviantbeutel und einer wollenen Decke.

Auch Paranoa und sein Unterführer Ikaut waren dort.

„Sind alle da?", fragte Yanez.

„Alle", antworteten die zweiundzwanzig Männer.

„Dann hör mir gut zu, Ikaut", fuhr der Portugiese fort. „Du wirst an Bord zurückkehren. Sollte irgendetwas geschehen, dann schickst du einen Mann hierher, wo jederzeit ein Kamerad auf ihn warten wird, um Anweisungen entgegenzunehmen. Wir werden dir unsere Befehle übermitteln, die du sofort und ohne Aufschub ausführen musst. Sei vorsichtig und gib Acht, dass die *Rotjacken* dich nicht überraschen, und vergiss nicht, dass wir, auch wenn wir weit weg sind, jeden Augenblick erfahren und dich wissen lassen können, was geschehen wird."

„Ihr könnt auf mich zählen, Herr Yanez."

„Dann geh jetzt zurück an Bord und sei wachsam."

Während der Unterführer ins Boot sprang, stellte Yanez sich an die Spitze des Trupps und sie setzten sich flussaufwärts in Bewegung.

„Wohin führst du mich?", fragte Sandokan, der bald gar nichts mehr verstand.

„Warte noch ein Weilchen, mein Bruder. Sag mir lieber, wie weit es wohl vom Meer bis zur Villa von Lord Guillonk sein mag?"

„Ungefähr zwei Meilen, auf direktem Wege."

„Dann haben wir mehr als genug Männer."

„Um was zu tun?"

„Geduld, Sandokan."

Mithilfe eines Kompasses, den er von Bord der *Proa* mitgenommen hatte, orientierte er sich, und begab sich dann raschen Schrittes in den großen Wald hinein. Nach vierhundert Metern blieb er bei einem mächtigen Kampferbaum stehen, der sich inmitten von dichtem Buschwerk erhob, wandte sich an einen der Seemänner und sagte:

„Du wirst hier deine Zelte aufschlagen und ohne unseren Befehl wirst du dich unter keinen Umständen von hier fortbewegen. Der Fluss ist nur vierhundert Meter entfernt, du kannst also leicht mit der *Proa* kommunizieren. In gleicher Entfernung in östlicher Richtung wird sich einer deiner Kameraden befinden. Jeden Befehl, der dir von der *Proa* übermittelt wird, wirst du an deinen nächsten Gefährten weitergeben. Hast du verstanden?"

„Ja, Herr Yanez."

„Dann lasst uns weitergehen."

Während der Malaie einen kleinen Unterstand zu Füßen des großen Baumes errichtete, setzte sich der Trupp wieder in Bewegung und ließ in der angegebenen Entfernung einen weiteren Mann zurück.

„Verstehst du jetzt?", fragte Yanez Sandokan.

„Ja", erwiderte der, „und ich bewundere deine Schlauheit. Mit diesen über den Wald verstreuten Posten können wir innerhalb weniger Minuten mit der *Proa* kommunizieren, sogar wenn wir uns in der Nähe der Villa von Lord James befinden."

„Ja, Sandokan, und wir können Ikaut benachrichtigen, dass er schnellstmöglich die *Proa* rüsten soll, damit wir unverzüglich in See stechen können, oder ihn auffordern, uns Verstärkung zu schicken."

„Und wir, wo werden wir lagern?"

„Auf dem Weg, der nach Victoria führt. Von dort können wir sehen, wer zur Villa geht oder sie verlässt, und binnen weniger Minuten können wir Maßnahmen ergreifen, um zu verhindern, dass der Lord sich unbemerkt von dannen stiehlt. Wenn er sich davonmachen will, bekommt er es mit unseren Tigerchen zu tun, und sicher werden wir dann nicht den Kürzeren ziehen."

„Und wenn der Lord sich nicht entschließen sollte zu fliehen?"

„Beim Zeus! … Dann werden wir die Villa überfallen oder einen anderen Weg finden, das Mädchen zu entführen."

„Wir dürfen dennoch nicht übereilt handeln, Yanez. Lord James wäre fähig, seine Nichte zu töten, nur damit sie nicht in meine Hände fällt."

„Tausend Donnerbüchsen! …"

„Dieser Mann ist zu allem entschlossen, Yanez."

„Dann werden wir uns einer List bedienen."

„Hast du einen Plan?"

„Wir werden einen finden, Sandokan. Ich würde es mir niemals verzeihen, wenn dieser Halunke das Haupt der holden Miss zertrümmert."

„Und ich? Das würde auch den Tod des Tigers von Malaysia bedeuten, denn ohne das Mädchen mit dem goldenen Haar könnte ich nicht weiterleben."

„Ich weiß, leider ist es so", sagte Yanez und seufzte. „Diese Frau hat dich verhext."

„Eher hat sie mich verdammt, Yanez. Wer hätte je gedacht, dass ich, der niemals zuvor Herzklopfen kannte, der nichts anderes liebte als das Meer, schreckliche

Schlachten und Gemetzel, eines Tages von einem Mädchen gezähmt würde, das jener Rasse angehört, die ich geschworen hatte vom Erdboden zu tilgen? ... Wenn ich daran denke, spüre ich, wie mein Blut in Wallung gerät, meine Kräfte sich auflehnen und mein Herz vor Zorn bebt! ... Und doch werde ich die Ketten, die mich bezwingen, niemals mehr sprengen, und niemals mehr die blauen Augen, die mich verhext haben, aus meinem Sinn verbannen können, Yanez. Lass uns nicht weiter davon sprechen. Möge sich mein Schicksal erfüllen."

„Ein Schicksal, das verhängnisvoll für den Stern von Mompracem sein wird, ist es nicht so, Sandokan?"

„Mag sein", erwiderte der Tiger von Malaysia mit dumpfer Stimme.

Sie hatten den Waldrand erreicht. Vor ihnen erstreckte sich eine kleine, mit Büschen und Gruppen von *Gambir* bestandene Grasfläche, in deren Mitte ein breiter Pfad verlief, der jedoch wenig benutzt schien, denn das Gras war dort wieder neu gesprießt.

„Ist dies der Weg, der nach Victoria führt?", fragte Yanez.

„Ja, das ist er", antwortete Sandokan.

„Dann kann die Villa von Lord James nicht weit sein."

„Hinter jenen Bäumen dort kann ich die Palisaden des Parks erkennen."

„Sehr gut", sagte Yanez.

Er wandte sich an Paranoa, der ihnen mit sechs Männern gefolgt war, und sagte:

„Geh und schlag am Waldrand die Zelte auf, an einer Stelle, die dicht von Büschen umgeben ist."

Der Pirat machte sich sogleich daran, den Befehl auszuführen. Nachdem er eine geeignete Stelle gefunden hatte, errichtete er dort einen bedachten Unterstand und schichtete um ihn herum eine Art Schutzwall aus Zweigen und Bananenblättern auf. Darunter stellte er die Vorräte, die sie mitgebracht hatten, bestehend aus Konserven, geräuchertem Fleisch, Zwieback sowie einigen Flaschen spanischen Weins, und sandte dann seine sechs Männer in alle Richtungen aus, sie sollten den Wald durchsuchen, um sicher zu sein, dass sich dort nicht irgendein Späher verbarg.

Sandokan und Yanez, die sich unterdessen bis auf zweihundert Meter an die Palisaden des Parks herangewagt hatten, kehrten in den Wald zurück und streckten sich unter dem Dach aus.

„Bist du mit meinem Plan zufrieden, Sandokan?", fragte der Portugiese.

„Ja, Bruder", erwiderte der Tiger von Malaysia.

„Wir sind nur wenige Schritte vom Park entfernt, auf der Straße, die nach Victoria führt. Wenn der Lord die Villa verlassen will, muss er zwangsläufig in Schussweite an uns vorüber. In weniger als einer halben Stunden können wir zwanzig entschlossene Männer zusammentrommeln, die zu allem bereit sind, und binnen einer Stunde die gesamte Mannschaft der *Proa*. Sobald er einen Schritt tut, werden wir uns allesamt auf ihn stürzen."

„Ja, allesamt", sagte Sandokan. „Ich bin zu allem entschlossen und würde meine Männer auch gegen ein ganzes Regiment schicken."

„Dann lass uns jetzt frühstücken, Brüderchen", sagte Yanez lachend. „Dieser morgendliche Ausflug hat meinen Appetit ganz außergewöhnlich angeregt."

Sie hatten ihr Frühstück bereits verschlungen und waren dabei, einige Zigaretten zu rauchen und ein Gläschen *Whisky* zu nippen, als Paranoa hereingestürzt kam.

Das Gesicht des guten Malaien war ganz verändert und er schien heftig erregt.

„Was hast du?", fragte Sandokan, sprang auf und griff nach dem Gewehr.

„Es kommt jemand, mein Kapitän", sagte er. „Ich habe den Galopp eines Pferdes gehört."

„Ob einer der Engländer auf dem Weg nach Victoria ist?"

„Ist er noch weit?", fragte Yanez.

„Ja, ich glaube."

„Komm, Sandokan."

Sie nahmen ihre Karabiner und verließen eilig den Unterstand, während die übrigen Männer sich geschwind in den Büschen verbargen und eilig ihre Gewehre luden.

Sandokan lief bis an den Weg vor, kniete nieder und legte ein Ohr an den Boden. Deutlich übertrug der Erdboden den raschen Galopp eines Pferdes.

„Ja, es kommt ein Reiter", sagte und erhob sich eilig.

„Ich denke, du solltest ihn ungehindert vorüberziehen lassen", sagte Yanez.

„Das denkst du? Stattdessen werden wir ihn gefangen nehmen, mein Lieber."

„Zu welchem Zweck?"

„Er könnte eine wichtige Nachricht zur Villa bringen."

„Wenn wir ihn angreifen, wird er sich verteidigen und seinen Karabiner oder auch seine Pistolen abfeuern und die Soldaten in der Villa könnten die Schüsse hören."

„Er wird in unsere Hände fallen, ohne dass er Gelegenheit hat, Hand an seine Waffen zu legen."

„Das dürfte recht schwierig werden, Sandokan."

„Leichter als du denkst."

„Erkläre dich."

„Das Pferd ist in vollem Galopp, wird also einem Hindernis nicht ausweichen können. Der Reiter wird aus dem Sattel geschleudert und wir stürzen uns auf ihn, so dass er keine Zeit hat, sich zu wehren."

„Und was für ein Hindernis soll das sein?"

„Paranoa! Hol ein Seil und komm hierher."

„Ich verstehe ...", sagte Yanez. „Ah! Eine ausgezeichnete Idee. ... Ja, wir werden ihn gefangen nehmen, Sandokan. Beim Zeus! Und wie nützlich er uns sein wird! ... Daran hatte ich gar nicht gedacht! ..."

„Wovon sprichst du, Yanez?"

„Das wirst du später erfahren. Ah! ... Ah! Was für ein hübsches Spielchen! ..."

„Du lachst?"

„Ich habe allen Grund zu lachen. Du wirst sehen, Sandokan, wir werden ein hübsches Spiel mit dem Lord spielen! ... Paranoa, beeil dich! ..."

Mit der Hilfe zweier Männer hatte der Malaie ein starkes Seil über den Weg gespannt, aber so niedrig, dass die hoch wachsenden Gräser es verbargen. Dann versteckte er sich mit dem *Kris* in der Hand hinter einem Busch, während seine Gefährten sich weiter vorne postierten, um den Reiter, falls er dem Hindernis ausweichen sollte, am Weiterreiten zu hindern.

Das Geräusch des galoppierenden Pferdes kam immer näher. Nur noch wenige Sekunden und der Reiter musste an der Biegung des Weges auftauchen.

„Da ist er! ...", raunte Sandokan, der sich ebenfalls, gemeinsam mit Yanez, in die Büsche geschlagen hatte.

Wenige Augenblicke später erschien hinter einem Dickicht ein Pferd und stürmte den Weg entlang. Geritten wurde es von einem ansehnlichen Jüngling von zweiundzwanzig oder vierundzwanzig Jahren, der eine Uniform der indischen *Sepoy* trug. Er schien beunruhigt zu sein, denn er gab seinem Pferd heftig die Sporen und blickte sich argwöhnisch in alle Richtungen um.

„Achtung, Yanez", raunte Sandokan.

Das so ungestüm angetriebene Pferd preschte voran und näherte sich rasch dem Seil.

Plötzlich stürzte es schwer zu Boden und schlug wild mit den Beinen aus.

Die Piraten waren zur Stelle. Bevor der *Sepoy* unter dem Pferd hervorkriechen konnte, war Sandokan über ihm und entriss ihm dem Säbel, während Juioko ihn zu Boden warf und ihm die Spitze seines *Kris* auf die Brust setzte.

„Wenn dir dein Leben lieb ist, wehr dich nicht", sagte Sandokan.

„Ihr Elenden!", rief der Soldat und versuchte, sich zur Wehr zu setzen.

Mit der Hilfe weiterer Piraten fesselte Juioko ihn sorgfältig und schleifte ihn in die Nähe eines dichten Gebüschs, während Yanez das Pferd in Augenschein nahm, da er fürchtete, es könnte sich beim Sturz ein Bein gebrochen haben.

„Donnerwetter! ...", rief der gute Portugiese aus und schien höchst zufrieden. „Was für eine gute Figur werde ich in der Villa abgeben. Yanez, Sergeant der *Sepoy*! Das ist allerdings ein Dienstgrad, den ich mir gewiss nicht hätte träumen lassen.

Er band das Tier an einen Baum und ging hinüber zu Sandokan, der dabei war, den Soldaten eingehend zu durchsuchen.

„Nichts?", fragte er.

„Kein Brief", erwiderte Sandokan.

„Aber sprechen wirst du", sagte Yanez und heftete seinen Blick auf den Sergeant.

„Nein", entgegnete der.

„Nimm dich in Acht!", sagte Sandokan mit einer Stimme, die einen das Fürchten lehren konnte. „Wohin warst du unterwegs?"

„Ich machte einen Spazierritt."

„Antworte! ..."

„Ich habe geantwortet", entgegnete der Sergeant, der eine Gelassenheit zur Schau stellte, die er sicherlich nicht fühlte.

„Na warte!"

Der Tiger von Malaysia zog den *Kris* aus seinem Gürtel, setzte ihn an die Kehle des Soldaten und sagte in einem Ton, der keinen Zweifel an der Ernsthaftigkeit seiner Drohung ließ:

„Sprich oder ich werde dich töten!"

„Nein", entgegnete der Soldat.

„Sprich!", sagte Sandokan noch einmal und übte Druck mit dem Dolch aus.

Der Engländer schrie auf vor Schmerz. Der *Kris* hatte sich in sein Fleisch gebohrt und blutrot verfärbt.

„Ich werde sprechen", röchelte der Gefangene, der leichenblass geworden war.

„Wohin warst du unterwegs?", fragte Sandokan.

„Ich war auf dem Weg zu Lord James Guillonk."

„Was wolltest du dort?"

Der Soldat zögerte, aber als er sah, dass der *Kris* des Piraten sich wieder seiner Kehle näherte, fuhr er fort:

„Um einen Brief von Baronet William Rosenthal zu überbringen."

Beim Klang dieses Namens schossen aus Sandokans Augen zornige Blitze.

„Gib mir den Brief!", rief er mit rauer Stimme.

„Er befindet sich in meinem Helm, im Futter versteckt."

Yanez holte den Helm des *Sepoys*, riss das Futter heraus, nahm den Brief und öffnete ihn sogleich.

„Ah! Da steht nichts Neues", sagte er, nachdem er ihn gelesen hatte.

„Was schreibt der Hund von Baronet?", fragte Sandokan.

„Er benachrichtigt den Lord von unserer bevorstehenden Ankunft auf Labuan. Er sagt, dass ein Kreuzer eins von unseren Schiffen gesichtet hat, das in Richtung der Inselküste segelt und rät ihm, wachsam zu sein." .

„Nichts weiter?"

„Oh doch! Potztausend! Er sendet deiner lieben Marianna tausend ehrerbietige Grüße und schwört ihr ewige Liebe."

„Gott verdamme den Verfluchten! Wehe ihm an dem Tag, da er meinen Weg kreuzt!"

„Juioko", sagte der Portugiese, der aufmerksam die Handschrift des Briefes studierte, „schick einen Mann zur *Proa* und lass mir Papier, Feder und Tinte bringen."

„Was willst du mit diesen Dingen?", fragte Sandokan verwundert.

„Ich brauche sie für meinen Plan."

„Von was für einem Plan sprichst du?"

„Von dem, über den ich seit einer halben Stunde nachdenke."

„So erkläre dich endlich."

„Wenn es weiter nichts ist ... Ich werde mich zur Villa von Lord James begeben."

„Du? ..."

„Ja, ich", erwiderte Yanez seelenruhig.

„Aber wie denn?"

„In der Haut jenes *Sepoy*. Beim Zeus! Du wirst sehen, was für einen prächtigen Soldaten ich abgebe!"

„Ich beginne zu verstehen. Du legst die Kleider des *Sepoy* an, gibst vor, du kämest aus Victoria und ..."

„Werde dem Lord raten, fortzugehen, damit er in den Hinterhalt reitet, den du für ihn legen wirst."

„Ah, Yanez!", rief Sandokan aus und drückte ihn an seine Brust.

„Vorsicht, mein Bruder, du wirst mir noch einen Arm brechen."

„Wenn dein Plan glückt, werde ich dir alles verdanken."

„Ich hoffe, er wird glücken."

„Allerdings begibst du dich in große Gefahr."

„Pah! Ich werde mich mit Anstand und ohne Schaden aus jeder Klemme zu befreien wissen."

„Aber wozu die Tinte?"

„Um einen Brief an den Lord zu schreiben."

„Davon rate ich dir ab, Yanez. Er ist ein misstrauischer Mensch und wenn er bemerken sollte, dass etwas mit der Handschrift nicht stimmt, wird er dich erschießen lassen."

„Du hast Recht, Sandokan. Es ist besser, ihm das, was ich schreiben wollte, mündlich mitzuteilen. Auf, lass den *Sepoy* entkleiden."

Auf ein Zeichen von Sandokan nahmen zwei Piraten dem Soldaten die Fesseln ab und zogen ihm die Uniform aus. Der arme Teufel glaubte sich verloren.

„Wollt Ihr mich töten?", fragte er Sandokan.

„Nein", entgegnete der. „Dein Tod würde mir keinen Nutzen bringen und ich schenke dir dein Leben. Aber solange wir hier bleiben, wirst du als Gefangener an Bord meiner *Proa* sein."

„Ich danke Euch, mein Herr."

Unterdessen kleidete Yanez sich um. Die Uniform war ein wenig eng, aber dennoch war er bald rundherum ausstaffiert.

„Sieh nur, Brüderchen, was für ein hübscher Soldat", sagte er und schnallte sich den Säbel um. „Ich hätte nicht gedacht, dass ich solch eine gute Figur abgebe."

„In der Tat, ein hübscher *Sepoy* bist du", erwiderte Sandokan und lachte. „Und nun gib mir noch deine letzten Anweisungen."

„Also ...", sagte der Portugiese. „Du versteckst dich in der Nähe des Weges mit allen verfügbaren Männern im Wald und rührst dich nicht von der Stelle. Ich reite zum Lord und werde ihm sagen, dass man euch angegriffen und zerstreut hat, dass aber weitere *Proas* gesichtet wurden und ich werde ihm raten, den günstigen Moment zur Flucht nach Victoria zu nutzen."

„Sehr gut!"

„Wenn wir hier vorbeireiten, werdet ihr die Eskorte angreifen, während ich Marianna entführe und sie zur *Proa* bringe. Einverstanden?"

„Ja. Geh, mein tapferer Freund, und sag Marianna, dass ich sie auf ewig liebe und dass sie mir vertrauen soll. Geh, möge Gott dich beschützen!"

„Leb wohl, mein Bruder", erwiderte Yanez und schloss ihn in die Arme.

Dann sprang er leichtfüßig in den Sattel des *Sepoy,* ergriff die Zügel, zückte den Säbel und ritt, fröhlich eine alte Barcarole pfeifend, im Galopp davon.

Kapitel 23

Yanez im Herrenhaus

Die Mission des Portugiesen war zweifellos eine der gewagtesten und kühnsten, die dieser tapfere Mann in seinem ganzen Leben in Angriff genommen hatte, denn es genügte ein Wort oder ein bloßer Verdacht, und er würde sich an der Spitze einer Rah mit einem starken Seil um den Hals wiederfinden.

Nichtsdestotrotz bereitete sich der Pirat furchtlos und gelassen darauf vor, diese äußerst gefährliche Karte auszuspielen, auf die eigene Kaltblütigkeit und vor allem auf seinen guten Stern vertrauend, der noch niemals müde geworden war, ihm seinen Schutz zu gewähren.

Stolz richtete er sich im Sattel auf und strich sich über den Schnurrbart, um eine noch bessere Figur zu machen, rückte sich die Mütze zurecht, so dass sie keck auf einem Ohr saß und trieb das Pferd mit Sporen und Peitschenhieben zu rasendem Galopp an.

Nach zwei Stunden stürmischen Ritts fand er sich unvermittelt vor einem Gatter wieder, hinter dem sich die elegante Villa von Lord James erhob.

„Wer da?", fragte ein Soldat, der sich vor dem Tor hinter einem Baumstamm verbarg.

„Hehe, junger Freund, nimm das Gewehr herunter. Ich bin weder ein Tiger noch ein Babirusa!", rief der Portugiese und zügelte sein Pferd. „Beim Zeus! Siehst du nicht, dass ich ein Kamerad bin, und sogar dein Vorgesetzter?"

„Verzeiht, aber ich habe Befehl, niemanden hereinzulassen, ohne zu wissen, woher er kommt und was er wünscht."

„Du Wurm! Ich komme auf Befehl des Baronets William Rosenthal und muss zum Lord."

„Dann reitet weiter!"

Er öffnete das Tor, rief einigen Kameraden, die im Park patrouillierten zu, was vor sich ging, und zog sich zurück.

„Hm!", brummte der Portugiese, zuckte mit den Schultern und trieb das Pferd weiter. „Wie viele Vorkehrungen hier getroffen wurden und welch eine Furcht hier herrscht."

Vor dem Herrenhaus machte er Halt und sprang aus dem Sattel, mitten unter die Soldaten, die ihn, mit den Gewehren in der Hand, umringten.

„Wo ist der Lord?", fragte er.

„In seinem Arbeitszimmer", entgegnete der Kommandant der Truppe.

„Führt mich sogleich zu ihm, denn ich muss ihn eilig sprechen."

„Kommt Ihr aus Victoria?"

„So ist es."

„Und Ihr seid nicht den Piraten von Mompracem begegnet?"

„Nicht einem von ihnen, Kamerad. Diese Schurken haben im Augenblick Besseres zu tun, als hier herumzustreunen. Und nun führt mich zum Lord."

„Folgt mir."

Für die Begegnung mit dem gefährlichen Mann nahm der Portugiese noch einmal all seine Kühnheit zusammen und folgte, den Gleichmut und die Unerschütterlichkeit der angelsächsischen Rasse heuchelnd, dem Kommandanten.

„Wartet hier", sagte der Sergeant und führte ihn in einen Salon.

Allein zurück geblieben, nahm der Portugiese alles aufmerksam in Augenschein, um zu sehen, ob hier vielleicht ein Handstreich möglich war, musste aber feststellen, dass dies ein aussichtsloses Unterfangen gewesen wäre, denn die Fenster waren sehr hoch und die Wände und Türen äußerst solide.

„Das macht nichts", murmelte er. „Wir werden im Wald zuschlagen."

In diesem Augenblick kehrte der Sergeant zurück.

„Der Lord erwartet Euch", sagte er und wies auf die Türe, die er hinter sich offen gelassen hatte.

Ein Schauder lief durch den Körper des Portugiesen und er wurde ein wenig blass.

„Yanez, jetzt musst du stark und besonnen sein", murmelte er.

Er trat ein und hob zum Gruß die Hand an die Mütze. Er befand sich in einem hübschen Kabinett, das äußerst elegant eingerichtet war. In einer Ecke saß an einem Schreibtisch der Lord, in schlichtem Weiß gekleidet, mit finsterer Miene und verdrießlichem Blick.

Schweigend betrachtete er Yanez und durchbohrte ihn beinahe mit seinen Blicken, so als wolle er die Gedanken des Neuankömmlings erraten. Dann fragte er barsch:

„Ihr kommt aus Victoria?"

„Ja, Mylord", erwiderte Yanez mit fester Stimme.

„Schickt Euch der Baronet?"

„Ja."

„Hat er Euch einen Brief für mich mitgegeben?"

„Nein, keinen Brief."

„Habt Ihr sonst eine Nachricht für mich?"

„Ja, Mylord."

„Sprecht."

„Er hat mich geschickt, Euch zu sagen, dass der Tiger von Malaysia in einer Bucht im Süden von Truppen umzingelt ist."

Der Lord sprang auf, seine Augen blitzten und sein Gesicht erhellte sich freudig.

„Der Tiger von unseren Soldaten umzingelt!", rief er aus.

„Ja, und es scheint, dass es endgültig aus ist mit diesem Schurken, denn er befindet sich in einer ausweglosen Lage."

„Seid Ihr sicher, dass es sich so verhält?"

„Ganz sicher, Mylord."

„Wer seid Ihr?"

„Ein Verwandter des Baronet William", erwiderte Yanez kühn.

„Wie lange seid Ihr bereits auf Labuan?"

„Seit zwei Wochen."

„Dann wisst Ihr auch, dass meine Nichte ..."

„Die Verlobte meines Cousins William ist", sagte Yanez mit einem Lächeln.

„Es ist mir eine Freude, Eure Bekanntschaft zu machen, mein Herr", sagte der Lord und streckte ihm die Hand entgegen. „Aber sagt, wann wurde Sandokan angegriffen?"

„Heute im Morgengrauen, als er an der Spitze einer großen Bande von Piraten den Wald durchquerte."

„Ah! Der Mann ist ein Teufel! Gestern Abend war er noch hier. Wie ist es möglich, dass er binnen sieben oder acht Stunden solch eine weite Wegstrecke zurückgelegt hat?"

„Man sagte, er habe Pferde."

„Ah, ich verstehe. Und wo befindet sich mein lieber Freund William?"

„An der Spitze seiner Truppen."

„Wart Ihr bei ihm?"

„Ja, Mylord."

„Und sind die Piraten weit von hier?"

„Etwa zehn Meilen."

„Hat er Euch sonst einen Auftrag gegeben?"

„Er bat mich, Euch zu sagen, dass Ihr die Villa umgehend verlassen und Euch unverzüglich nach Victoria begeben sollt."

„Warum das?"

„Ihr wisst, Mylord, was für eine Sorte Mensch der Tiger von Malaysia ist. Achtzig Männer hat er bei sich, achtzig Tigerchen, die unsere Truppen ausschalten, sich im Handumdrehen durch die Wälder schlagen und die Villa erstürmen könnten."

Der Lord sah ihn schweigend an und schien betroffen ob dieser Überlegung, dann sagte er, beinahe als spräche er zu sich selbst:

„In der Tat, das könnte geschehen. Im Schutz der Forts und Schiffe von Victoria würde ich mich sicherer fühlen als hier. Der liebe William hat absolut Recht, umso mehr, als der Weg zurzeit frei ist.

Ah, mein wertes Fräulein Nichte, ich werde Euch die zarten Gefühle für diesen Galgenvogel noch austreiben! Müsste ich Euch auch wie ein Rohr zerbrechen, Ihr werdet mir gehorchen und den Mann heiraten, den ich für Euch bestimmt habe!"

Unwillkürlich legte Yanez eine Hand an das Heft seines Säbels, aber er hielt sich zurück, denn er wusste sehr wohl, dass angesichts der vielen Soldaten, die sich in der Villa befanden, der Tod dieses unbarmherzigen Alten zu nichts führen würde.

„Mylord", sagte er stattdessen, „würdet Ihr mir erlauben, meine zukünftige Verwandte zu sehen?"

„Habt Ihr ihr eine Nachricht von William zu überbringen?"

„Ja, Mylord."

„Sie wird Euch nicht gerade wohlwollend empfangen."

„Das macht nichts, Mylord", sagte Yanez lächelnd. „Ich überbringe ihr Williams Nachricht und kehre umgehend hierher zurück."

Der alte Kapitän drückte einen Knopf und sogleich kam ein Diener herbei.

„Führe diesen Herrn zu Mylady", sagte der Lord.

„Ich danke Euch", sagte Yanez.

„Versucht sie umzustimmen und dann gesellt Euch wieder zu mir, wir wollen gemeinsam speisen."

Yanez verbeugte sich und folgte dem Diener, der ihn in einen Salon führte, dessen Wände ganz in Blau ausgekleidet waren und in dem eine große Anzahl von Pflanzen liebliche Düfte verbreitete.

Der Portugiese wartete, bis der Diener sich entfernt hatte. Dann ging er langsam hinein und erblickte hinter den Pflanzen, die den Salon in eine Art Wintergarten verwandelten, eine menschliche Gestalt in einem schneeweißen Kleid.

Auch wenn er auf alle Arten von Überraschungen vorbereitet war, so konnte er doch angesichts dieser wunderschönen jungen Frau einen bewundernden Ausruf nicht unterdrücken. In einer anmutigen, ganz der Melancholie ergebenen Haltung lag sie auf einer orientalischen Ottomane, deren seidenartiger Stoff golden schimmerte. Sie hatte ihren Kopf in die Hand gestützt und von ihrem Haupt fiel wie ein goldener Regen ihre herrliche Haarpracht herab, die alle so bewunderten. Mit der anderen Hand zupfte sie nervös an den Blüten der nahestehenden Pflanzen. Sie schien düsterer Stimmung, war blass und ihre blauen Augen, sonst so friedvoll, blitzten und verrieten den Zorn, den sie nur mühsam unterdrückte.

Als sie Yanez bemerkte, strich sie sich mehrmals mit der Hand über die Stirn, so als sei sie gerade aus einem Traum erwacht und sah ihn mit scharfem Blick an.

„Wer seid Ihr?", fragte sie mit bebender Stimme. „Wer hat Euch erlaubt, hier einzutreten?"

„Der Lord, Mylady", erwiderte Yanez, der mit seinen Augen dieses Wesen von so unglaublicher Schönheit verschlang, schöner noch, als Sandokan sie ihm beschrieben hatte.

„Und was wollt Ihr von mir?"

„Zuallererst möchte ich Euch eine Frage stellen", sagte Yanez und sah sich um, um sicherzugehen, dass sie allein waren.

„Sprecht."

„Glaubt Ihr, dass niemand uns hören kann?"

Sie runzelte die Stirn und sah ihn forschend an, so als wolle sie in sein Herz blicken und dort den Grund für diese Frage finden.

„Wir sind allein", erwiderte sie dann.

„Nun, Mylady, ich komme von recht weit her ..."

„Woher? ..."

„Von Mompracem! ..."

Wie von einer Feder getrieben sprang Marianna auf und die Blässe in ihrem Gesicht verwandelte sich in Entzücken.

„Von Mompracem!", rief sie und errötete. „Ihr ... ein Weißer ... ein Engländer! ..."

„Ihr täuscht Euch, Lady Marianna, ich bin kein Engländer, ich bin Yanez!"

„Yanez, der Freund und Bruder von Sandokan! Ah! Mein Herr, welche eine Kühnheit, in dieses Haus zu kommen! Sagt mir, wo ist Sandokan? Was tut er? Ist er in Sicherheit, oder verwundet? Erzählt mir von ihm oder Ihr werdet mich umbringen."

„Sprecht leiser, Mylady, hier haben die Wände vielleicht Ohren."

„Erzählt mir von ihm, mein tapferer Freund, erzählt mir von Sandokan."

„Er lebt und ist so lebendig wie nie zuvor, Mylady. Wir sind den Soldaten, die uns verfolgten, ohne allzu große Schwierigkeiten entkommen und ohne Verletzungen davonzutragen. Sandokan hält sich in der Nähe der Straße, die nach Victoria führt, verborgen, bereit, Euch zu rauben.

„Oh mein Gott, wie dankbar ich Euch bin, dass Ihr ihn beschützt habt!", rief die junge Frau mit Tränen in den Augen.

„Hört mir zu, Mylady."

„Sprecht, mein kühner Freund."

„Ich kam hierher, um den Lord dazu zu bewegen, die Villa zu verlassen und nach Victoria zu gehen."

„Nach Victoria! Aber wenn wir einmal dort sind, wie wollt Ihr mich dann entführen?"

„So lange wird Sandokan nicht warten, Mylady", sagte Yanez und lächelte. „Er liegt mit seinen Männern im Wald verborgen und wird die Eskorte angreifen und Euch entführen, sobald Ihr die Villa verlassen habt."

„Und mein Onkel?"

„Wir werden ihn verschonen, das versichere ich Euch."

„Und werdet mich entführen?"

„Ja, Mylady."

„Und wohin wird Sandokan mich bringen?"

„Auf seine Insel."

Marianna senkte den Kopf auf die Brust und schwieg.

„Mylady", sagte Yanez mit ernster Stimme. „Ihr habt nichts zu befürchten. Sandokan ist einer jener Männer, die es verstehen, die Frau, die sie lieben, glücklich zu machen. Er war ein schrecklicher Mann, grausam sogar, aber die Liebe hat ihn verändert und ich schwöre Euch, mein Fräulein, dass Ihr es niemals bereuen werdet, die Gattin des Tigers von Malaysia geworden zu sein."

„Ich glaube Euch", erwiderte Marianna. „Was bedeutet es schon, wenn seine Vergangenheit schrecklich war, wenn er hunderte Menschen geopfert und grausame Rache geübt hat? Er liebt mich, er wird alles tun, worum ich ihn bitte, ich werde aus ihm einen anderen Menschen machen. Ich werde meine Insel verlassen, er wird sein Mompracem verlassen, und wir werden weit fortgehen von diesem unseligen Meer, so weit, dass wir nie wieder etwas davon hören. In einem Winkel der Erde, von allen vergessen, aber glücklich, werden wir gemeinsam leben und niemand wird jemals erfahren, dass der Gatte der Perle von Labuan der einstige Tiger von Malaysia ist, der Mann legendärer Taten, der Mann, der ganze Reiche erzittern ließ und der so viel Blut vergossen hat. Ja, ich werde seine Gattin sein, heute, morgen, auf ewig, und ich werde ihn auf ewig lieben!"

„Ah! Göttliche Lady!", rief Yanez aus und fiel ihr zu Füßen. „Sagt mir, was ich tun kann, um Euch zu befreien und Euch zu Sandokan zu führen, zu meinem guten Freund, meinem Bruder."

„Ihr habt bereits so viel getan, indem Ihr hierher kamt, und Euch gebührt Dankbarkeit bis in den Tod."

„Aber das reicht nicht. Man muss den Lord dazu bringen, nach Victoria aufzubrechen, damit Sandokan handeln kann."

„Wenn ich spreche, wird mein Onkel, der äußerst argwöhnisch geworden ist, Verrat befürchten und die Villa nicht verlassen."

„Ihr habt Recht, holde Lady. Aber ich denke, er hat sich bereits dazu entschlossen, die Villa zu verlassen und nach Victoria zu gehen. Falls er noch Zweifel hegt, so werde ich versuchen, ihn in seinem Entschluss zu bestärken."

„Seid auf der Hut, Yanez, denn er ist misstrauisch und könnte etwas ahnen. Ihr seid ein Weißer, das ist wahr, aber vielleicht weiß er, dass Sandokan einen Freund von weißer Hautfarbe hat."

„Ich werde vorsichtig sein."

„Erwartet der Lord Euch?"

„Ja, Mylady, er hat mich eingeladen, mit ihm zu speisen."

„Dann geht, damit er keinen Verdacht schöpft."

„Werdet Ihr auch dort sein?"

„Ja, wir werden uns später wiedersehen."

„Lebt wohl, Mylady", sagte Yanez und küsste galant ihre Hand.

„Geht, edles Herz, niemals werde ich Euch vergessen."

Wie berauscht verließ der Portugiese den Raum, ganz geblendet von diesem hinreißenden Wesen.

„Beim Zeus!", rief er aus und machte sich auf den Weg zum Arbeitszimmer des Lords. „Noch niemals habe ich eine Frau von solcher Schönheit gesehen. Ich beginne tatsächlich Sandokan, diesen Schlingel, zu beneiden."

Der Lord erwartete ihn bereits. Mit gerunzelter Stirn und fest vor der Brust verschränkten Armen ging er im Zimmer auf und ab.

„Nun, junger Mann, welchen Empfang hat Euch meine Nichte bereitet?", fragte er mit kalter Ironie.

„Es scheint, als liebt sie es nicht gerade, wenn man zu ihr von meinem Cousin William spricht", erwiderte Yanez. „Es hat nicht viel gefehlt und sie hätte mich hinausgeworfen."

Der Lord ließ den Kopf sinken und die Falten auf seiner Stirn vertieften sich.

„Immer geht das so, immer!", murmelte er mit knirschenden Zähnen.

Wieder schritt er in zorniges Schweigen gehüllt auf und ab und rang unruhig die Hände. Dann blieb er vor Yanez stehen, der ihn nur ansah, sich aber nicht regte, und fragte:

„Was ratet Ihr mir?"

„Ich sagte Euch bereits, Mylord, dass es das Beste ist, nach Victoria zu gehen."

„Ihr habt Recht. Glaubt Ihr, dass meine Nichte William eines Tages lieben könnte?", fragte er dann.

„Das hoffe ich, Mylord, aber zuerst muss der Tiger von Malaysia sterben", erwiderte Yanez.

„Wird es ihnen gelingen, ihn zu töten?"

„Die Bande ist von unseren Truppen umzingelt und William befehligt sie."

„Das ist wahr. Er wird ihn töten oder von Sandokan getötet werden. Ich kenne den jungen Mann, er ist geschickt und mutig."

Er schwieg wieder, ging ans Fenster und betrachtete die Sonne, die langsam unterging.

Nach einigen Minuten drehte er sich herum und fragte:

„Ihr ratet mir also, von hier fortzugehen?"

„Ja, Mylord", erwiderte Yanez. „Nutzt die günstige Gelegenheit, verlasst die Villa und sucht Zuflucht in Victoria."

„Was, wenn Sandokan ein paar Männer zurückgelassen hat, die sich in der Nähe des Parks verstecken? Man sagte mir, dass bei ihm jener weiße Mann war, der Yanez heißt und der vielleicht, was Kühnheit angeht, dem Tiger von Malaysia in nichts nachsteht."

„Danke für das Kompliment", dachte Yanez bei sich und konnte nur mit äußerster Beherrschung ein Lachen unterdrücken.

Dann sah er den Lord an und sagte:

„Eure Eskorte wird stark genug sein, einen Angriff zurückzuschlagen."

„Einstmals war sie stark, aber das ist sie nicht mehr. Ich musste dem Gouverneur von Victoria viele Männer schicken, denn er benötigte sie dringend. Ihr wisst, dass die Garnison der Insel sehr klein ist."

„Das ist allerdings wahr, Mylord ..."

Erneut schritt der alte Kapitän erregt im Zimmer auf und ab. Es schien, als plagten ihn ernste Gedanken oder eine tiefe Unschlüssigkeit.

Dann trat er plötzlich brüsk an Yanez heran und fragte:

„Ihr seid unterwegs niemandem begegnet, stimmt das?"

„Niemandem, Mylord."

„Und Ihr habt auch nichts Verdächtiges bemerkt?"

„Nein, Mylord."

„Also könnte man einen Rückzug wagen?"

„Ja, das denke ich."

„Ich aber bezweifle es."

„Was, Mylord?"

„Dass alle Piraten abgezogen sind."

„Mylord, ich fürchte mich nicht vor den Halunken. Soll ich die Umgebung einmal absuchen?"

„Dafür wäre ich Euch dankbar. Wollt Ihr eine Eskorte?"

„Nein, Mylord. Ich gehe lieber allein. Ein einzelner Mann kann den Wald durchforsten, ohne die Aufmerksamkeit der Feinde auf sich zu ziehen, aber viele Männer würden schwerlich einem wachsamen Posten entgehen."

„Da habt Ihr Recht, junger Mann. Wann werdet Ihr aufbrechen?"

„Sogleich. In ein paar Stunden kann man ein großes Stück Wegs zurücklegen."

„Die Sonne wird bald untergehen."

„Umso besser, Mylord."

„Ihr fürchtet Euch nicht?"

„Wenn ich meine Waffen bei mir habe, fürchte ich nichts und niemanden."

„Gutes Blut, das der Rosenthals", murmelte der Lord. „Geht, junger Mann, ich erwarte Euch zum Abendessen."

„Aber, Mylord, ich bin nur ein Soldat."

„Ihr seid doch ein Gentleman? Außerdem werden wir vielleicht bald verwandt sein."

„Danke, Mylord", sagte Yanez. „In ein paar Stunden werde ich zurück sein."

Er entbot einen militärischen Gruß, nahm den Säbel unter den Arm, schritt gesetzt die Treppe hinunter und ging in den Park hinaus.

„Ich will zu Sandokan gehen", flüsterte er, als er sich ein Stück entfernt hatte. „Zum Teufel! Der Lord muss überzeugt werden. Du sollst sehen, mein Lieber, wie ich die Gegend erkunde. Schon jetzt kannst du gewiss sein, dass ich nicht die geringste Spur von Piraten finden werde. Beim Zeus! Welch ein famoser Streich! Ich hätte nicht gedacht, dass es so vortrefflich gelingt. Ganz reibungslos wird die Sache nicht verlaufen, aber mein Bruder, der Schelm, soll das Mädchen mit dem goldenen Haar heiraten! Donnerwetter! Keinen üblen Geschmack hat mein Freund. Niemals habe ich ein Mädchen von solcher Schönheit und Anmut gesehen. Doch dann, was wird geschehen? Armes Mompracem, ich sehe dich in Gefahr. Auf, denk jetzt nicht daran. Sollte es schlecht enden, werde ich diesen Gefilden Lebewohl sagen und mein Leben in einer Stadt des Fernen Orients beschließen, vielleicht in Kanton oder Macao."

Während er so zu sich selbst sprach, hatte der tapfere Portugiese bereits einen Teil des großen Parks durchquert und machte an einem der Tore Halt.

Ein Soldat hielt dort Wache.

„Öffnet das Tor, mein Freund", sagte Yanez.

„Ihr verlasst uns, Sergeant?"

„Nein, ich werde nur ein wenig die Umgebung erkunden."

„Und die Piraten?"

„Hier sind keine Piraten mehr."

„Wollt Ihr, dass ich Euch begleite, Sergeant?"

„Das ist nicht nötig. In ein paar Stunden werde ich zurück sein."

Er ging zum Tor hinaus, auf dem Weg, der nach Victoria führte. Solange er im Blickfeld des Wachpostens war, bewegte er sich gemächlich, aber sobald er im Schutz der Pflanzen war, beschleunigte er seine Schritte und schlug sich in den Wald.

Er war etwa tausend Schritte weit gekommen, als plötzlich ein Mann aus dem Gebüsch sprang und ihm den Weg versperrte. Der Lauf eines Gewehres war auf ihn gerichtet und eine drohende Stimme rief:

„Ergib dich, oder du bist tot!"

„So erkennt man mich nicht mehr?", sagte Yanez und nahm die Mütze ab. „Du hast keine guten Augen, Paranoa."

„Der Herr Yanez!", rief der Malaie.

„Leibhaftig, mein Lieber. Was tust du hier, so nahe an der Villa von Lord Guillonk?"

„Ich spionierte die Befestigung aus."

„Wo ist Sandokan?"

„Eine Meile weiter. Gibt es gute Neuigkeiten, Herr Yanez?"

„Sie könnten nicht besser sein."

„Was soll ich tun?"

„Lauf zu Sandokan und sage ihm, dass ich hier auf ihn warte. Und sag Juioko, er soll Befehl geben, die *Proa* zu rüsten."

„Brechen wir auf?"

„Vielleicht noch heute Nacht."

„Ich mache mich gleich auf den Weg."

„Warte noch: Sind die beiden *Proas* eingetroffen?"

„Nein, Herr Yanez, und wir beginnen zu fürchten, dass sie gesunken sind."

„Beim donnernden Zeus! Wir haben wenig Glück mit unseren Feldzügen. Pah! Wir werden genügend Männer haben, um die Eskorte des Lords zu zerschlagen. Geh Paranoa, und beeil dich."

„Ich werde schneller sein als ein Pferd."

Wie ein Pfeil schoss der Pirat davon. Yanez zündete sich eine Zigarette an, streckte sich unter einer prächtigen Arekapalme aus und rauchte in aller Seelenruhe.

Es waren noch keine zwanzig Minuten vergangen, als er sah, wie Sandokan eilig gelaufen kam. Begleitet wurde er von Paranoa und vier weiteren, bis an die Zähne bewaffneten Piraten.

„Yanez, mein Freund!", rief Sandokan und stürzte ihm entgegen. „Wie habe ich um dich gebangt! ... Hast du sie gesehen? Erzähl mir von ihr, mein Bruder! ... Sprich! ... Ich brenne vor Neugier!"

„Du stampfst wie ein Kreuzer", sagte der Portugiese lachend. „Wie du siehst, habe ich meine Mission als wahrer Engländer und Verwandter des Schurkenbaronets vollbracht. Was für ein Empfang, mein Guter! ... Niemand hat auch nur einen Augenblick an mir gezweifelt."

„Nicht einmal der Lord?"

„Oh! ... Er am allerwenigsten. Er erwartet mich zum Abendessen, das sagt doch alles, oder?"

„Und Marianna?"

„Ich habe sie gesehen und so schön ist sie, dass sie mir ganz den Kopf verdreht hat. Als sie dann weinte ..."

„Sie hat geweint! ...", rief Sandokan, und Qualen lagen in seiner Stimme. „Sag mir, wer sie dazu gebracht hat, Tränen zu vergießen! ... Sag es mir und ich werde dem Verfluchten, der diese schönen Augen zum Weinen gebracht hat, das Herz herausreißen! ..."

„Wirst du mit einem Mal wasserscheu, Sandokan? ... Wegen dir hat sie geweint!"

„Ah! ... Göttliches Wesen!", rief der Pirat aus. „Erzähl mir alles, Yanez, ich flehe dich an."

Der Portugiese ließ sich nicht zweimal bitten und erzählte ihm alles, was zwischen ihm und dem Lord und später bei seiner Begegnung mit dem Mädchen geschehen war.

„Es scheint, dass der Alte bereits entschlossen ist, seine Zelte abzubrechen", schloss er, „also kannst du sicher sein, dass du nicht allein nach Mompracem zurückkehren wirst. Sei aber dennoch vorsichtig, Bruder, denn es sind viele Soldaten im Park und wir werden tapfer kämpfen müssen, um die Eskorte zu überwältigen. Außerdem traue ich dem Alten nicht. Er wäre tatsächlich fähig, seine Nichte zu töten, nur damit du sie ihm nicht entführst."

„Wirst du sie heute Abend wiedersehen? ..."

„Gewiss."

„Ach! ... Könnte ich doch auch in die Villa hinein ..."

„Das wäre reine Tollheit! ..."

„Wann wird der Lord sich auf den Weg machen? ..."

„Das weiß er noch nicht, aber ich denke, er wird noch heute Abend eine Entscheidung treffen."

„Ob er sich bereits heute Nacht auf den Weg machen wird? ..."

„Das vermute ich."

„Wie können wir es mit Sicherheit erfahren? ..."

„Es gibt nur einen Weg ..."

„Welchen?"

„Wir schicken einen von unseren Männern zum chinesischen Pavillon oder zum Gewächshaus, wo er meine Befehle erwarten soll."

„Sind Wachposten im Park verteilt?"

„Ich habe nur an den Toren welche gesehen."

„Was, wenn ich zum Gewächshaus ginge? ..."

„Nein, Sandokan. Du darfst den Weg nicht verlassen. Der Lord könnte sich übereilt auf den Weg machen und deine Anwesenheit ist erforderlich, um unsere Männer zu führen. Du weißt sehr wohl, dass du für zehn zählst."

„Dann werde ich Paranoa schicken. Er ist umsichtig und geschickt und wird zum Gewächshaus gelangen, ohne dass man ihn entdeckt. Sobald die Sonne untergegangen ist, wird er über die Umfriedung klettern und auf deine Befehle warten."

Er schwieg einen Augenblick, dann sagte er:

„Was, wenn der Lord seine Meinung ändert und in der Villa bleibt? ..."

„Teufel! ... Das wäre eine üble Sache ..."

„Könntest du uns nicht bei Nacht die Türe öffnen und uns in die Villa hinein lassen? Ja, warum eigentlich nicht? Das scheint mir ein brauchbarer Plan."

„Mir hingegen scheint er zu heikel, Sandokan. Die Garnison ist groß, die Männer könnten sich in den Zimmern verschanzen und lange Widerstand leisten. Und der Lord könnte sich, wenn er so in die Enge getrieben ist, von seinem Zorn hinreißen lassen und seine Pistolen auf das

Mädchen abfeuern. Diesem Mann ist nicht zu trauen, Sandokan."

„Das ist wahr", sagte der Tiger seufzend. „Lord James wäre fähig, das Mädchen umzubringen, ehe er zulässt, dass ich sie entführe."

„Wirst du also warten? ..."

„Ja, Yanez. Wenn er sich jedoch nicht bald dazu entschließt, die Villa zu verlassen, dann werde ich einen Verzweiflungsschlag versuchen. Lange können wir hier nicht verweilen. Ich muss das Mädchen entführen, bevor man in Victoria erfährt, dass wir hier sind und sich auf Mompracem nur wenige Männer befinden. Ich fürchte um meine Insel. Wenn wir sie verlören, was würde dann aus uns? ... All unsere Schätze sind dort."

„Ich werde versuchen, den Lord davon zu überzeugen, sich baldmöglichst auf den Weg zu machen. Du lässt unterdessen die *Proa* rüsten und sorgst dafür, dass die gesamte Mannschaft sich hier versammelt.

Wir müssen die Eskorte mit einem Schlag zerstreuen, um zu verhindern, dass der Lord sich zu einer Verzweiflungstat hinreißen lässt."

„Sind viele Soldaten in der Villa? ..."

„Etwa zehn und dazu noch einmal so viele Eingeborene."

„Dann steht unser Sieg fest."

Yanez erhob sich.

„Du kehrst zurück?", fragte Sandokan.

„Man darf einen Kapitän, der einen Sergeant zum Abendessen einlädt, nicht warten lassen", sagte Yanez mit einem Lächeln.

„Wie ich dich beneide, Yanez."

„Aber nicht wegen des Abendessens, nicht wahr, Sandokan? ... Das Mädchen wirst du morgen sehen."

„Das hoffe ich", erwiderte der Tiger seufzend. „Leb wohl, mein Freund, geh und überzeuge den Lord."

„In zwei oder drei Stunden werde ich Paranoa Nachricht geben."

„Er wird bis Mitternacht auf dich warten."

Sie gaben sich zum Abschied die Hand.

Während Sandokan und seine Männer sich in den Wald schlugen, zündete Yanez sich eine Zigarette an, ging gemächlichen Schrittes in Richtung des Parks, so als kehre er nicht von einer Erkundung, sondern von einem Spaziergang zurück. Er passierte den Wachposten und lief ein wenig im Park umher, da es noch zu früh war, beim Lord zu erscheinen.

An einer Wegbiegung traf er auf Marianna, die anscheinend nach ihm suchte.

„Ah, Mylady! Welch glücklicher Zufall!", rief der Portugiese aus und verneigte sich.

„Ich suchte nach Euch", erwiderte die junge Frau und reichte ihm ihre Hand.

„Habt Ihr mir etwas Wichtiges mitzuteilen?"

„Ja, dass wir in fünf Stunden nach Victoria aufbrechen werden."

„Hat der Lord Euch das gesagt?"

„Ja."

„Sandokan ist bereit, Mylady. Die Piraten sind gewarnt und erwarten die Eskorte."

„Mein Gott!", flüsterte sie und bedeckte ihr Gesicht mit den Händen.

„Mylady, in solchen Augenblicken muss man stark und entschlossen sein."

„Mein Onkel ... er wird mich verfluchen ... er wird mich hassen."

„Aber Sandokan wird Euch glücklich machen, er wird Euch zur glücklichsten aller Frauen machen."

Zwei Tränen rannen langsam die rosigen Wangen der jungen Frau herab.

„Ihr weint?", sagte Yanez. „Ah! Weint nicht, Lady Marianna!"

„Ich fürchte mich, Yanez."

„Vor Sandokan?"

„Nein, vor dem, was die Zukunft bringen mag."

„Sie wird heiter sein, weil Sandokan alles tun wird, was Ihr wünscht. Er ist bereit, seine eigenen *Proas* in Brand zu stecken, seine Banden zu zerstreuen, seine Rache zu vergessen, seiner Insel auf immer Lebewohl zu sagen und seine Macht zu zerschlagen. Ein Wort von Euch genügt und er wird all das tun."

„Dann liebt er mich so sehr?"

„Bis zur Tollheit, Mylady."

„Aber wer ist dieser Mann? Warum all das Blut und die Rache? Woher kam er?"

„Hört mir zu, Mylady", sagte Yanez, bot ihr seinen Arm und zog sie auf einen schattigen Weg. „Die meisten glauben, Sandokan sei nichts weiter als ein gemeiner Pirat, der, gierig nach Blut und Beute, aus den Wäldern Borneos herüberkam. Aber sie täuschen sich: er ist von königlichem Geschlecht und kein Pirat, sondern ein Rächer.

Zwanzig Jahre war er alt, als er den Thron von Marudu bestieg, einem an der Nordküste Borneos gelegenen Reich. Stark wie ein Löwe, stolz wie ein Held der Antike, verwegen wie ein Tiger und kühn bis zur Tollheit, besiegte er binnen kurzer Zeit alle benachbarten Völker und erweiterte die Grenzen seines Reiches bis hin zum Sultanat von Varauni und dem Fluss Koti.

Diese Eroberungen sollten sein Untergang sein. Eifersüchtig auf diese neue Macht, die sich, so dachten sie, anschickte, die gesamte Insel zu unterwerfen, verbündeten sich die Engländer und Holländer mit dem Sultan von Borneo, um diesem kühnen Krieger Einhalt zu gebieten.

Zuerst nahmen sie ihm das Gold, dann die Waffen, und schwächten so das neue Königreich. Verräter wiegelten die verschiedenen Völker auf, gedungene Mörder töteten die Mutter, die Brüder und Schwestern Sandokans. Mächtige Banden fielen vielerorts in das Reich ein, bestachen die Führer und die Truppen, plünderten, richteten wahre Gemetzel an und begingen unerhörte Grausamkeiten.

Vergeblich kämpfte Sandokan mit dem Mut der Verzweiflung, besiegte die einen, zerschlug die anderen. Der Verrat holte ihn in seinem eigenen Palast ein, seine ganze Sippe fiel dem Eisen der von den Weißen gedungenen Mörder zum Opfer und er selbst konnte sich, in einer Nacht der Brandschatzungen und blutigen Massaker, gerade noch mit einer Schar Getreuer in Sicherheit bringen.

Viele Jahre lang irrte er an der Nordküste Borneos umher, wurde verfolgt wie ein wildes Tier, litt Hunger und unsägliche Qualen, immer in der Hoffnung, er könne den verlorenen Thron zurückerobern und die Ermordung seiner Familie rächen, bis er sich eines Nachts, an der Welt und den Menschen verzweifelnd, auf einer *Proa* einschiffte und der weißen Rasse und dem Sultan von Varauni einen grausamen Krieg schwor. Er landete auf Mompracem, heuerte Männer an und begann sein Leben als Korsar der Meere.

Er war stark, er war kühn, er war tapfer und ihn dürstete nach Rache. Er verwüstete die Küsten des Sultanats, überfiel ohne Rast und Ruhe holländische und englische

Schiffe. Er wurde der Schrecken der Meere, er wurde der furchtbare Tiger von Malaysia. Das Übrige wisst ihr."

„Dann ist er der Rächer seiner Familie!", rief Marianna aus, die nun nicht mehr weinte.

„Ja, Mylady, ein Rächer, der immer noch seine Mutter, seine Brüder und seine Schwestern beweint, die dem Eisen der Mörder zum Opfer fielen, ein Rächer, der niemals eine Schandtat begangen hat, der zu jeder Zeit die Schwachen achtete, der Frauen und Kinder verschonte, der die Reichtümer seiner Feinde nicht aus Gier plünderte, sondern um eines Tages ein Heer von Tapferen anzuführen und sein verlorenes Reich zurückzuerobern.

„Ah! Wie wohltuend sind diese Worte, Yanez", sagte die junge Frau.

„Seid Ihr nun entschlossen, dem Tiger von Malaysia zu folgen?"

„Ja, ich bin die Seine, denn ich liebe ihn so sehr, dass ein Leben ohne ihn eine Qual für mich wäre."

„Wir wollen ins Herrenhaus zurückkehren, Mylady. Gott wird über uns wachen."

Yanez führte die junge Frau zum Herrenhaus und gemeinsam gingen sie hinauf ins Speisezimmer.

Der Lord war bereits dort und ging im Zimmer auf und ab, aufrecht und steif wie ein wahrer, an den Ufern der Themse geborener Engländer. Immer noch war er düsterer Stimmung und hatte den Kopf auf die Brust gesenkt. Als er Yanez erblickte, blieb er stehen und sagte:

„Da seid Ihr ja. Ich sah, wie Ihr den Park verließt und dachte, Euch sei vielleicht ein Unglück zugestoßen."

„Ich wollte mich mit meinen eigenen Augen davon überzeugen, dass nirgends eine Gefahr lauert, Mylord", entgegnete Yanez ruhig.

„Und Ihr habt keinen der Hunde von Mompracem gesehen?"

„Keinen, Mylord. Wir können sicher nach Victoria aufbrechen."

Der Lord schwieg einige Augenblicke, dann wandte er sich an Marianna, die an einem der Fenster stand.

„Ihr habt verstanden, dass wir nach Victoria gehen?", fragte er.

„Ja", erwiderte sie kühl.

„Werdet Ihr mit mir kommen?"

„Ihr wisst nur zu gut, dass jeder Widerstand meinerseits zwecklos wäre."

„Ich dachte, ich müsste Euch mit Gewalt fortschleppen."

„Mein Herr!"

Der Portugiese sah, wie die Augen der jungen Frau bedrohlich blitzten, aber er schwieg, wenn ihn auch ein unwiderstehliches Verlangen überkam, den Alten seinen Säbel spüren zu lassen.

„Sieh an!", rief der Lord voller Ironie aus. „So seid Ihr vielleicht nicht mehr in jenen Degenhelden verliebt, dass Ihr zustimmt, nach Victoria zu gehen? Nehmt hierzu meine Glückwünsche entgegen, meine Dame!"

„Wagt es nicht, weiterzusprechen!", rief die junge Frau in einem Tonfall, der selbst den Lord erzittern ließ.

Sie schwiegen einige Augenblicke und sahen sich an wie zwei Raubtiere, die sich gegenseitig herausfordern, bevor sie einander zerfleischen.

„Entweder gibst du nach oder ich werde dich brechen", sagte der Lord vor Wut schäumend. „Lieber töte ich dich, als dass du die Frau dieses elenden Schurken mit Namen Sandokan wirst."

„Dann tötet mich", erwiderte sie und trat drohend näher.

„Du willst eine Szene machen? Das wird dir nichts nützen. Du weißt sehr wohl, dass ich nicht nachgeben werde. Geh lieber und bereite dich für die Abreise vor."

Die junge Frau war stehen geblieben. Sie wechselte einen raschen Blick mit Yanez, dann verließ sie das Zimmer und schlug heftig die Tür hinter sich zu.

„Ihr habt es gesehen", sagte der Lord an Yanez gewandt. „Sie glaubt, dass sie mir die Stirn bieten kann, aber da irrt sie sich. So wahr mir Gott helfe, ich werde sie brechen."

Anstatt etwas zu erwidern wischte Yanez sich ein paar Tropfen kalten Schweißes von der Stirn und verschränkte die Arme fest vor der Brust, damit er nicht der Versuchung erlag, nach seinem Säbel zu greifen. Die Hälfte seines Blutes hätte er dafür gegeben, den bösen Alten loszuwerden, denn er sah, dass dieser in der Tat zu allem fähig war.

Noch einige Minuten lief der Lord im Zimmer auf und ab, dann bedeutete er Yanez, an der Tafel Platz zu nehmen.

Das Mahl verlief schweigend. Der Lord rührte das Essen kaum an, der Portugiese hingegen ließ sich die verschiedenen Speisen schmecken wie einer, der nicht weiß, ob und wann er das nächste Mal etwas zu Essen bekommt.

Kaum war das Mahl beendet, da trat ein Korporal herein.

„Euer Ehren haben mich rufen lassen?", sagte er.

„Sag den Soldaten, sie sollen sich zur Abreise bereithalten."

„Zu welcher Stunde?"

„Um Mitternacht werden wir die Villa verlassen."

„Zu Pferd?"

„Ja, und sag allen, sie sollen ihre Gewehre neu laden."

„Sehr wohl, Euer Ehren."

„Werden wir alle gehen, Mylord?", fragte Yanez.

„Wir werden lediglich vier Männer hier zurücklassen."

„Wie groß wird die Eskorte sein?"

„Sie wird aus zwölf äußerst getreuen Soldaten und zehn Eingeborenen bestehen."

„Mit solch einem starken Trupp werden wir nichts zu befürchten haben."

„Ihr kennt die Piraten von Mompracem nicht, junger Mann. Sollten wir auf sie treffen, dann weiß ich nicht, an wen der Sieg gehen würde."

„Erlaubt Ihr, Mylord, dass ich in den Park hinunter gehe?"

„Was wollt Ihr dort?"

„Die Vorbereitungen der Soldaten überwachen."

„Dann geht, junger Mann."

Der Portugiese verließ den Raum, lief rasch die Treppen hinunter und murmelte zu sich selbst:

„Ich hoffe, ich komme noch rechtzeitig, um Paranoa zu warnen. Sandokan wird einen hübschen Hinterhalt vorbereiten."

Ohne stehen zu bleiben ging er an den Soldaten vorbei, orientierte sich so gut es ging und beschritt einen kleinen Weg, der ihn in die Nähe des Gewächshauses führen musste. Fünf Minuten später befand er sich in dem Bananenhain, wo er den englischen Soldaten gefangen genommen hatte. Er blickte umher, um sich zu vergewissern, dass ihm niemand gefolgt war, dann ging er zum Gewächshaus und öffnete die Türe. Sogleich tauchte ein dunkler Schatten vor ihm auf und jemand setzte ihm eine Pistole auf die Brust.

„Ich bin es, Paranoa", sagte er.

„Ah, Ihr seid es, Herr Yanez!"

„Lauf unverzüglich und so schnell du kannst zu Sandokan und sag ihm, dass wir in wenigen Stunden die Villa verlassen werden."

„Wo sollen wir euch erwarten?"

„Auf dem Weg, der nach Victoria führt."

„Werden es viele sein?"

„Etwa zwanzig."

„Ich mache mich sogleich auf den Weg. Auf bald, Herr Yanez."

Der Malaie schlug eilig den kleinen Weg ein und verschwand im dunklen Schatten der Bäume.

Als Yanez zum Herrenhaus zurückkehrte, stieg der Lord gerade die Treppe hinunter. Er hatte sich den Säbel umgeschnallt und trug einen Karabiner über der Schulter.

Die Eskorte hielt sich bereit. Sie bestand aus zweiundzwanzig Männern, zwölf Weißen und zehn Eingeborenen, alle bis an die Zähne bewaffnet. Eine Gruppe von Pferden stampfte in der Nähe des Tores ungeduldig mit den Hufen.

„Wo ist meine Nichte?", fragte der Lord.

„Dort kommt sie", entgegnete der Sergeant, der die Eskorte befehligte.

Tatsächlich stieg Lady Marianna in diesem Augenblick die Stufen hinunter.

Sie war gekleidet wie eine Amazone, mit einer hellblauen Weste aus Samt und einem Kleid aus dem gleichen Stoff. Gegen die Farbe ihrer Tracht hoben sich die Blässe und Schönheit ihres Gesichts besonders beeindruckend ab. Auf dem Kopf trug sie eine anmutige, mit Federn geschmückte Kappe, die leicht geneigt auf ihrem goldblonden Haar saß.

Der Portugiese, der sie aufmerksam betrachtete, sah, dass Tränen unter ihren Lidern schimmerten und ihr Gesicht von einer tiefen Beklommenheit gezeichnet war. Sie war nicht mehr das entschlossene Mädchen, das wenige Stunden zuvor noch so feurig und stolz gesprochen hatte. Der Gedanke an die Umstände ihrer Entführung, der Gedanke, dass sie ihren Onkel niemals wiedersehen würde, ihren einzigen noch lebenden Verwandten, der sie zwar nicht liebte, aber der ihr in ihren jungen Jahren dennoch viel Aufmerksamkeit gewidmet hatte, der Gedanke, diesen Ort für immer zu verlassen, um sich in eine unbekannte, ungewisse Zukunft zu stürzen, in die Arme eines Mannes, den man den Tiger von Malaysia nannte, all dies schien sie zutiefst zu schrecken. Als sie ihr Pferd bestieg, rannen ihr die Tränen schließlich ungehemmt die Wangen herab und einige Male hob sich schluchzend ihre Brust.

Yanez führte sein Pferd neben das ihre und sagte:

„Nur Mut, Mylady, auf die Perle von Labuan wartet eine heitere Zukunft."

Auf ein Zeichen des Lords setzte sich der Trupp in Bewegung, verließ den Park und ritt auf den Weg hinaus, der geradewegs in den Hinterhalt führte.

An der Spitze des Zuges ritten sechs Soldaten, die Karabiner in der Hand und die Blicke unverwandt auf beide Seiten des Weges gerichtet, um nicht überrascht zu werden. Es folgten der Lord, dann Yanez und die junge Lady, umgeben von vier weiteren Soldaten, und schließlich in einer geschlossenen Gruppe der Rest, alle mit den Waffen griffbereit vor ihren Sätteln.

Trotz der Nachrichten, die Yanez überbracht hatte, waren alle misstrauisch und spähten aufmerksam in die umliegenden Wälder. Den Lord schien das nicht weiter zu bekümmern, aber dann und wann drehte er sich herum und warf Marianna einen finsteren, drohenden Blick zu. Dieser Mann, das stand in seinem Blick zu lesen, war bereit, beim ersten Versuch eines Angriffs der Piraten seine Nichte zu töten.

Zum Glück hatte Yanez, der ihn nicht aus den Augen ließ, seine finsteren Absichten erkannt und hielt sich bereit, das bezaubernde Mädchen zu schützen.

In tiefstem Schweigen hatten sie etwa zwei Kilometer zurückgelegt, als plötzlich von der rechten Seite des Weges her ein leiser Pfiff ertönte.

Yanez, der bereits jeden Augenblick mit einem Angriff rechnete, zog seinen Säbel und postierte sich zwischen den Lord und Lady Marianna.

„Was tut Ihr?", fragte der Lord, der sich hastig umgewandt hatte.

„Habt Ihr nicht gehört?", fragte Yanez.

„Ein Pfiff?"

„Ja."

„Und?"

„Er bedeutet, dass meine Freunde gerade dabei sind, Euch zu umzingeln", sagte Yanez kalt.

„Ah! Verräter!", schrie der Lord, zog seinen Säbel und stürzte auf den Portugiesen zu.

„Zu spät, mein Herr!", rief der und warf sich vor Marianna.

Und tatsächlich setzte im gleichen Augenblick von beiden Seiten des Weges ein unbeschreiblicher Kugelhagel ein, dem sogleich vier Männer und sieben Pferde zum Opfer fielen, dann stürmten dreißig Männer, dreißig Tiger von Mompracem, mit unbeschreiblichem Gebrüll aus dem Wald hervor und stürzten sich wie rasend auf die Eskorte.

Sandokan, der seine Tigerchen anführte, sprang mitten unter die Pferde, hinter denen die Männer des Trupps eilig zusammen gelaufen waren und schlug mit einem mächtigen Hieb seines Krummsäbels den ersten nieder, der sich ihm in den Weg stellte.

Der Lord brüllte vor Wut. Mit einer Pistole in der Linken und dem Säbel in der Rechten hielt er auf Marianna zu, die ihre Hände fest in die Mähne ihres Pferdes gekrallt hatte. Aber Yanez war bereits aus dem Sattel gesprungen. Er ergriff die junge Frau, hob sie aus dem Sattel, legte seine starken Arme um sie und versuchte, sich einen Weg durch die Soldaten und Eingeborenen hindurch zu bahnen, die sich, hinter ihren Pferden verschanzt, mit dem Mut der Verzweiflung zur Wehr setzten.

„Platz da! Macht Platz!", schrie er so laut er konnte, um mit seiner Stimme das Donnern der Karabiner und das Geklirre der Waffen zu übertönen.

Aber niemand beachtete ihn, außer dem Lord, der sich bereit machte, ihn anzugreifen. Zu allem Unglück, oder vielleicht auch zu ihrem Glück, wurde die junge Frau in seinem Arm ohnmächtig.

Während er sie hinter einem getöteten Pferd ablegte, begann der Lord auf ihn zu feuern.

Mit einem Satz wich er der Kugel aus, schwang seinen Säbel und schrie:

„Warte nur, du alter Seewolf, gleich bekommst du die Spitze meines Eisens zu spüren."

„Verräter, ich bringe dich um!", schrie der Lord.

Sie stürzten aufeinander zu, der eine gewillt, sich zu opfern, um das Mädchen zu retten, der andere zu allem entschlossen, um sie dem Tiger von Malaysia zu entreißen.

Während sie erbittert und mit fürchterlichen Säbelhieben aufeinander losgingen, kämpften die Engländer und Piraten um sie herum mit nicht weniger Ingrimm und versuchten, sich gegenseitig zurückzutreiben.

Die ersteren, zwar nur noch eine Handvoll Männer, aber zu ihrem Glück hinter den Pferden verschanzt, die alle getötet worden waren, verteidigten sich beherzt, unterstützt von den Eingeborenen, die blind mit den Armen herumfuchtelten und deren wildes Geschrei sich mit dem furchterregenden Gebrüll der Tigerchen vermengte. Sie verteilten Hiebe und Stiche, ließen die Gewehre kreisen und benutzten sie, als seien es Prügel, fielen zurück und preschten wieder vor, kämpften standhaft weiter.

Sandokan, mit dem Krummsäbel in der Hand, versuchte vergeblich, diese menschliche Mauer zu durchbrechen, um dem Portugiesen zu Hilfe zu eilen, der sich mühte, die wilden Attacken des Seewolfs abzuwehren. Er brüllte wie ein wildes Tier, spaltete Schädel und durchbohrte Brustkörbe, warf sich wie toll den Spitzen der Bajonette entgegen, in seinem Gefolge seine furchterregende Bande, die ihre bluttriefenden Äxte und die wuchtigen Entermesser schwang.

Lange würden die Engländer keinen Widerstand mehr leisten können. Ein weiteres Mal führte der Tiger seine Männer zur Attacke und endlich gelang es ihm, die Verteidiger zurückzudrängen, die in ungeordnetem Rückzug einer über den anderen stolperten.

„Halte durch, Yanez!", donnerte Sandokan und stürmte mit dem Krummsäbel den Feinden entgegen, die ihm den Weg versperren wollten. „Halte durch, ich komme zu dir!"

Aber genau in diesem Augenblick brach der Säbel des Portugiesen in der Mitte entzwei. Jetzt stand er dem Lord ohne Waffen gegenüber und das Mädchen lag immer noch in Ohnmacht.

„Zu Hilfe, Sandokan!", schrie er.

Mit lautem Siegesgeheul stürzte sich der Lord auf ihn, aber Yanez verzagte nicht. Rasch wich er seitlich aus, um dem Säbel zu entgehen, dann stürzte er sich kopfüber gegen den Lord und warf ihn nieder.

Durch den Aufprall gingen jedoch beide zu Boden, wo sie, sich zwischen Toten und Verwundeten wälzend, miteinander rangen und versuchten, sich gegenseitig zu erwürgen.

„John!", rief der Lord, als wenige Schritte von ihm ein Soldat zu Boden ging, in dessen Gesicht ein Axthieb eine klaffende Wunde hinterlassen hatte. „Töte Lady Marianna! Ich befehle es dir!"

Mit letzter Kraft erhob sich der Soldat mit dem Degen in der Hand auf die Knie, bereit, den Befehl auszuführen, aber dazu blieb ihm keine Zeit.

Überwältigt von der großen Zahl ihrer Gegner, waren die Engländer einer nach dem anderen den Äxten der Piraten zum Opfer gefallen, und nun war der Tiger zur Stelle, nur wenige Schritte entfernt. Mit unwiderstehlicher Kraft warf er die Männer, die sich noch auf den Beinen hielten, zu Boden, stürzte sich auf den Soldaten, der bereits seine Waffe erhoben hatte, und töte ihn mit einem Hieb seines Krummsäbels.

„Mein! Sie ist mein!", rief der Pirat, umschlang die junge Frau und drückte sie an seine Brust.

Hastig floh er aus dem Getümmel in den nahegelegenen Wald, während seine Männer die letzten Engländer niedermachten.

Der Lord, von Yanez gegen einen Baumstamm geschleudert, blieb allein und halb erschlagen inmitten der Leichen zurück, die allenthalben den Weg bedeckten.

Kapitel 24

Die Gattin des Tigers

Es war eine wunderschöne Nacht. Der Mond, dieses Gestirn klarer Nächte, strahlte am wolkenlosen Himmel und goss sein bleiches, zartblaues, unendlich sanftes Licht über die dunklen, geheimnisvollen Wälder, über die murmelnden Wasser des kleinen Flusses, und spiegelte sich mit leisem Zittern in den weiten Fluten des malaiischen Meeres. Ein leichter Wind, erfüllt vom wohlriechenden Duft der großen Pflanzen, strich leise säuselnd durch die Blätter, wehte die stille Küste hinunter und erstarb am weiten westlichen Horizont.

Alles war Schweigen, war Geheimnis und Frieden. Nur dann und wann waren die Wellen der Brandung zu hören, die mit eintönigem Rauschen auf den Sand der verlassenen Strände schlugen, und das Seufzen der Brise, das wie eine flehentliche Klage oder ein leises Schluchzen über das Deck des Piratenschiffs fuhr.

Die schnelle *Proa* hatte die Mündung des kleinen Flusses verlassen, floh geschwind in westliche Richtung und ließ Labuan hinter sich, das bereits in der Dunkelheit verschwamm.

Nur drei Menschen wachten an Deck: Yanez, schweigsam, bedrückt und finster, der im Heck saß und mit einer Hand das Steuerruder hielt, Sandokan und das Mädchen mit dem goldenen Haar, die beide, liebkost von der nächtlichen Brise, im Schatten der großen Segel im Bug saßen.

Der Pirat drückte die schöne Geraubte an seine Brust und trocknete die Tränen, die unter ihren Lidern schimmerten.

„Mein Liebling", sagte er. „Weine nicht, ich werde dich glücklich machen, so glücklich, und ich werde dein sein, ganz dein. Wir werden weit fortgehen von diesen Inseln, wir werden meine grausame Vergangenheit begraben und nie wieder werden wir etwas von meinen Piraten noch von meinem wilden Mompracem hören. Meinen Ruhm, meine Macht, meine blutige Rache, meinen gefürchteten Namen, alles werde ich für dich vergessen, denn ich will ein anderer Mann werden.

Hör mir zu, geliebtes Mädchen, bis heute war ich der gefürchtete Pirat von Mompracem, bis heute war ich ein Mörder, war grausam, war wild und furchterregend, ich war der Tiger ... aber all das werde ich fortan nicht mehr sein. Ich werde das Feuer meiner wilden Natur zügeln, werde meine Macht aufgeben, ich werde dieses Meer verlassen, das ich einst stolz mein eigen nannte, und auch die furchterregende Bande, durch die ich traurige Berühmtheit erlangte.

Weine nicht, Marianna, die Zukunft, die uns erwartet, wird nicht dunkel und finster, sondern heiter und voller Glück sein. Wir werden weit fortgehen, so weit, dass wir nie wieder etwas von diesen Inseln hören, wo wir aufgewachsen sind, wo wir gelebt, geliebt und gelitten haben. Wir werden unsere Heimat verlieren, unsere Freunde, unsere Verwandten, aber was zählt das? Ich werde dir eine neue Insel schenken, eine, die fröhlicher ist, heiterer, wo ich keinen Kanonendonner mehr hören werde, wo des Nachts nicht mehr der lange Zug meiner Opfer an meinen Augen vorüberzieht, die immerzu rufen: Mörder! ... Nein, von all dem werde ich nichts mehr sehen, sondern ich werde dir vom Morgen bis zum Abend immer wieder die göttlichen Worte sagen, die mir nun alles bedeuten: Ich liebe dich und bin dein Gatte! Oh! Sag auch du mir noch einmal diese süßen Worte, die meine Ohren während all meiner wilden Jahre niemals hörten."

Die junge Frau sank in die Arme des Piraten und sagte unter Schluchzen:

„Ich liebe dich, Sandokan, ich liebe dich, wie noch keine Frau auf Erden geliebt hat."

Sandokan drückte sie an seine Brust, küsste ihr goldenes Haar und die schneeweiße Stirn.

„Jetzt, wo du mein bist, soll niemand mehr wagen, dich anzurühren!", begann der Pirat wieder. „Heute sind wir noch auf diesem Meer, aber morgen werden wir sicher in meiner unzugänglichen Höhle sein, wo niemand es wagen wird, uns anzugreifen, und dann, wenn alle Gefahr vorüber ist, werden wir gehen, wohin du willst, mein geliebtes Mädchen."

„Ja", flüsterte Marianna, „wir werden weit fortgehen, so weit, dass wir nie wieder etwas von unseren Inseln hören." Sie stieß einen tiefen Seufzer aus, beinahe wie ein Stöhnen, und sank ohnmächtig in Sandokans Arme.

Beinahe im gleichen Augenblick sagte eine Stimme:

„Mein Bruder, der Feind verfolgt uns!"

Der Pirat drückte seine Verlobte an seine Brust, drehte sich herum und sah Yanez, der auf einen leuchtenden Punkt zeigte, der über das Meer huschte.

„Der Feind?", fragte Sandokan und sein Gesichtsausdruck veränderte sich.

„Gerade habe ich dieses Licht bemerkt. Es kommt aus östlicher Richtung, möglich, dass uns ein Schiff folgt, das darauf aus ist, die Beute zurückzuerobern, die wir dem Lord abgejagt haben."

„Wir werden sie verteidigen, Yanez!", rief Sandokan aus. „Wehe dem, der versucht, uns den Weg zu versperren, wehe ihnen! Ich könnte es, unter Mariannas Augen, mit der ganzen Welt aufnehmen."

Aufmerksam betrachtete er das Signallicht und zog seinen Krummsäbel.

In diesem Augenblick kam Marianna wieder zu sich. Beim Anblick des Piraten mit der Waffe in der Hand, kam ein leiser Schreckensschrei über ihre Lippen.

„Warum hast du deine Waffe gezogen, Sandokan?", fragte sie und erblasste.

Der Pirat sah sie mit unendlicher Zärtlichkeit an und zögerte einen Augenblick. Dann zog er sie sanft zum Heck und zeigte ihr das Signallicht.

„Ein Stern?", fragte Marianna.

„Nein, mein Liebling, ein Schiff, das uns verfolgt, ein Auge, das auf der Suche nach uns mit gierigen Blicken das Meer absucht."

„Oh mein Gott! Sie verfolgen uns also?"

„Ja, wahrscheinlich ist es so. Aber wir werden ihnen mit dem Zehnfachen an Kugeln und Salven zu begegnen wissen."

„Aber was, wenn sie dich töten?"

„Mich töten!", rief er, richtete sich auf und ein stolzes Funkeln blitzte in seinen Augen. „Ich glaube immer noch an meine Unverwundbarkeit!"

Der Kreuzer, denn ein Kreuzer musste es sein, war nun nicht mehr nur ein bloßer Schatten.

Deutlich hoben sich seine Masten gegen den klaren Himmel ab und man sah eine große Rauchsäule aufsteigen, in der Myriaden von Funken herumwirbelten. Geschwind grub sich sein Bug durch das Wasser, das im hellen Licht des Mondes schimmerte, und der Wind trug das Stampfen der Räder, die sich durch die Wellen pflügten, zur *Proa* hinüber.

„Komm nur! Komm, du von Gott Verfluchter!", rief Sandokan, streckte ihm herausfordernd den Säbel entgegen und legte den anderen Arm fest um das Mädchen. „Komm und miss dich mit dem Tiger, sag deinen Kanonen, sie sollen feuern, schick deine Männer zum Entern: Ich werde dir die Stirn bieten!"

Dann wandte er sich Marianna zu, die ängstlich beobachtete, wie das feindliche Schiff immer näher kam:

„Komm, mein Liebling", sagte er. „Ich führe dich in dein Nest, wo du sicher bist vor den Geschützen der Männer, die gestern noch deine Landsleute waren und heute deine Feinde sind."

Noch einen Augenglick lang starrte er finster auf das Schiff, das mit Volldampf auf sie zukam, dann führte er Marianna in die Kabine.

Dies war ein kleiner, elegant eingerichteter Raum, in der Tat ein Nest: Die Wände verschwanden hinter orientalischen Stoffen, den Boden bedeckten weiche, indische Teppiche. In den Ecken standen wunderschöne, kostbare Möbel aus Mahagoni, verziert mit Ebenholz und Perlmutt, und von der Decke hing eine große, vergoldete Lampe.

„Hier können die Geschosse dich nicht erreichen, Marianna", sagte Sandokan. Die Eisenplatten, die das Heck meines Schiffes bedecken, werden ausreichen, sie abzuhalten."

„Aber was ist mit dir, Sandokan?"

„Ich gehe zurück an Deck, um das Kommando zu übernehmen. Sollte der Kreuzer uns angreifen, dann muss ich dort sein, um die Schlacht zu lenken."

„Was, wenn dich eine Kugel trifft?"

„Mach dir darum keine Sorgen, Marianna. Bei der ersten Salve werde ich solch einen Granatenhagel auf die

Räder des feindlichen Schiffes abgeben, dass es sich niemals mehr rühren wird."

„Ich bange um dich."

„Der Tod fürchtet sich vor dem Tiger von Malaysia", erwiderte der Pirat mit erhabenem Stolz.

„Und wenn diese Männer versuchen, uns zu entern? ..."

„Ich fürchte mich nicht vor ihnen, mein Mädchen. Meine Männer sind tapfere Kämpfer, wahre Tiger, die bereit sind, für ihren Anführer und für dich zu sterben. Sollen deine Landsleute nur versuchen, uns zu entern. Wir werden sie niedermachen und allesamt ins Meer werfen!"

„Ich glaube dir, mein tapferer Held, aber dennoch habe ich Angst. Sie hassen dich, Sandokan, und um dich zu ergreifen würden sie jede Tollheit begehen. Hüte dich vor ihnen, mein kühner Freund, denn sie haben geschworen, dich zu töten."

„Mich töten! ...", rief Sandokan beinahe verächtlich. „Sie wollen den Tiger von Malaysia töten! ... Sollen sie es nur versuchen, wenn sie den Mut dazu haben. Ich fühle mich so stark, als könnte ich mit meinen bloßen Händen die Kugeln ihrer Geschütze aufhalten. Bange nicht um mich, mein Mädchen. Ich werde gehen und den Unverschämten bestrafen, der mich herausfordert, und dann werde ich zu dir zurückkehren."

„Ich werde unterdessen für dich beten, mein tapferer Sandokan."

Der Pirat sah sie einige Augenblick voller Entzücken an, dann nahm er ihren Kopf in seine Hände und berührte sanft mit seinen Lippen ihr Haar.

„Und nun", sagte er dann und richtet sich voller Stolz auf, „zu uns beiden, du verfluchter Dampfer, der du wagst, mein Glück zu stören! ..."

„Oh mein Gott, beschütze ihn", flüsterte die junge Frau und sank auf die Knie.

Die Mannschaft der *Proa*, hellwach durch Yanez' Alarmruf und die ersten Kanonenschüsse, war eilig an Deck gestürmt, bereit, den Kampf aufzunehmen.

Als sie sahen, dass das große Schiff bereits so nahe war, stürzten die Piraten eifrig an die Kanonen und Donnerbüchsen, um auf die Herausforderung des Kreuzers zu antworten. Die Geschützmänner hatten bereits die Lunten angesteckt und waren gerade dabei, sie an die Kanonen zu legen, als Sandokan an Deck trat.

Bei seinem Erscheinen erhob sich unter den Tigerchen ein einstimmiger Ruf:

„Es lebe der Tiger! ..."

„Macht Platz!", schrie Sandokan und schob die Geschützmänner beiseite. „Ich allein werde den Unverschämten bestrafen! Der Verfluchte wird nicht nach Labuan zurückkehren, um zu berichten, er habe das Banner von Mompracem mit seinen Kanonen beschossen."

Nach diesen Worten platzierte er sich im Heck, mit einem Fuß auf dem hinteren Ende einer der beiden Kanonen.

Es schien, als sei dieser Mann wieder der schreckliche Tiger von Malaysia von einst geworden. Seine Augen funkelten wie glühende Kohlen und seine Gesichtszüge hatten einen Ausdruck furchterregender Wildheit angenommen. Es war ihm anzusehen, dass in seiner Brust ein furchtbarer Zorn brannte.

„Du forderst mich heraus", rief er. „Komm, und ich werde dir meine Gattin zeigen! ... Sie gehört zu mir, mein Krummsäbel und meine Kanonen werden sie verteidigen. Komm und nimm sie mir, wenn du kannst. Die Tiger von Mompracem erwarten dich!"

Er wandte sich an Paranoa, der bei ihm stand und das Ruder hielt, und sagte: „Schicke zehn Männer in den Laderaum. Sie sollen den Mörser an Deck tragen, den ich an Bord bringen ließ."

Wenige Augenblicke später hievten zehn Piraten mühsam einen großen Mörser an Deck und befestigten ihn mit Seilen am Großmast. Einer der Geschützleute lud ihn mit einer Granate, die zwölf Zoll maß, einundzwanzig Kilogramm wog und bei ihrer Explosion gut achtundzwanzig Eisensplitter auswerfen würde.

„Jetzt werden wir auf die Morgendämmerung warten", sagte Sandokan. „Du sollst mein Banner und meine Gattin sehen, oh verfluchtes Schiff."

Er stieg auf die Bordkante des Hecks hinauf, ließ sich mit vor der Brust verschränkten Armen darauf nieder und starrte unablässig auf den Kreuzer.

„Was hast du nur vor?", fragte Yanez. „Schon bald wird der Dampfer in Schussweite sein und das Feuer auf uns eröffnen."

„Umso schlechter für ihn."

„Warten wir also, wenn du es so willst."

Der Portugiese hatte sich nicht getäuscht. Auch wenn die *Proa* schnell wie ein Pfeil dahinflog, war der Kreuzer zehn Minuten später nur noch zweitausend Meter entfernt.

Plötzlich zuckte im Bug des Dampfers ein Blitz auf und ein lauter Donner ließ die Luft erzittern, aber das scharfe Zischen einer Kugel war nicht zu hören.

„Ah!", rief Sandokan und lächelte spöttisch. „Du forderst mich auf, beizudrehen und meine Flagge zu zeigen? Yanez, lass die Piratenflagge aufziehen. Der Mond strahlt hell und mit ihren Fernrohren werden sie sie sehen."

Der Portugiese gehorchte. Der Dampfer, der scheinbar nur auf ein Zeichen gewartet hatte, legte sogleich noch einmal an Geschwindigkeit zu, kam bis auf tausend Meter heran und feuerte dann seine Kanonen ab, die aber diesmal nicht nur mit Pulver geladen waren, denn ein Geschoss flog zischend über die *Proa* hinweg.

Sandokan rührte sich nicht, zuckte nicht einmal. Seine Männer verteilten sich auf ihre Gefechtspositionen, reagierten aber weder auf die Aufforderung noch auf die Drohung.

Der Dampfer kam weiterhin näher, aber langsamer und vorsichtiger jetzt. Dieses Schweigen musste ihn beunruhigen, und das nicht wenig, wohlwissend, dass die Korsarenschiffe stets bewaffnet und ihre Mannschaften sehr beherzt sind. Als er bis auf achthundert Meter herangekommen war, feuerte er ein zweites Mal, zielte aber schlecht, so dass das Geschoss nur die Heckpanzerung des kleinen Schiffes streifte und dann ins Meer fiel. Wenig später sauste eine dritte Kugel über das Deck der *Proa*, durchbohrte Groß- und Focksegel, und eine vierte schmetterte gegen eine der beiden Heckkanonen und riss eine Schneise bis hin zur Bordwand, auf der Sandokan saß.

Der richtete sich mit stolzer Geste auf, streckte seine Rechte in Richtung des feindlichen Schiffes und rief mit drohender Stimme:

„Schieß, schieß, verfluchtes Schiff! Ich fürchte dich nicht! In dem Augenblick wo du mich siehst, werde ich deine Räder zerschmettern und dir jäh Einhalt gebieten."

Zwei weitere Blitze zuckten am Bug des Dampfers auf, gefolgt von zwei heftigen Detonationen. Eines der Geschosse zertrümmerte, nur zwei Schritte von Sandokan entfernt, einen Teil der Heckwand, das andere schlug einem Mann, der gerade auf dem kleinen Bugkastell eine Schot festmachte, glatt den Kopf ab.

Wütendes Geschrei erhob sich unter der Mannschaft.

„Tiger von Malaysia! Rache!"

Sandokan drehte sich zu seinen Männern herum und warf ihnen erzürnte Blicke zu.

„Ruhe!", donnerte er. „Ich gebe hier die Befehle!"

„Der Dampfer wird uns nicht verschonen, Sandokan", sagte Yanez.

„Soll er nur schießen."

„Auf was willst du warten?"

„Auf die Morgendämmerung."

„Das ist Tollheit, Sandokan. Was, wenn eine Kugel dich trifft?"

„Ich bin unverwundbar!", schrie der Tiger von Malaysia. „Sieh nur: Ich biete dem Geschützfeuer des Dampfers die Stirn!"

Mit einem Satz sprang er auf die Bordwand hinauf und umfasste mit einer Hand den Fahnenmast.

Yanez fuhr der Schrecken in die Glieder.

Der Mond war am Horizont aufgegangen und mit einem guten Fernrohr konnte man vom feindlichen Schiff aus diesen Tollkühnen sehen, der sich dem Kanonenfeuer aussetzte.

„Komm herunter, Sandokan!", schrie Yanez. „Du willst dich umbringen lassen!"

Ein verächtliches Lächeln war die einzige Antwort dieses außergewöhnlichen Mannes.

„Denk an Marianna!", fuhr Yanez fort.

„Sie weiß, dass ich mich nicht fürchte. Schweigt und geht auf eure Posten!"

Tatsächlich wäre es leichter gewesen, den Dampfer aufzuhalten als Sandokan dazu zu bewegen, seinen Posten zu verlassen. Yanez, der die beharrliche Entschlossenheit seines Gefährten kannte, versuchte es nicht ein zweites Mal, sondern zog sich hinter eine der beiden Kanonen zurück.

Nach dem wenig erfolgreichen Beschuss hatte der Kreuzer das Feuer eingestellt. Sicherlich wollte sein Kapitän erst noch näher herankommen, um nicht unnötig Munition zu vergeuden.

Noch eine Viertelstunde lang fuhren die beiden Schiffe weiter, dann, als nur noch fünfhundert Meter zwischen ihnen lagen, nahm der Dampfer den Beschuss wieder auf, und heftiger als zuvor. Überall um das kleine Schiff herum hagelte es Geschosse und nicht immer gingen sie fehl. Einige flogen zischend durch die Segel, zerfetzten Taue oder kappten die Spitzen der Rahen, andere wiederum prasselten gegen die Eisenplatten oder prallten davon ab. Eine Kugel schoss sogar längs über das Deck hinweg und streifte den Großmast. Wäre sie nur wenige Zentimeter weiter rechts geflogen, dann hätte der Segler seine Fahrt nicht fortsetzen können.

Trotz dieses bedrohlichen Geschosshagels rührte Sandokan sich nicht. Kühl betrachtete er das feindliche Schiff, das alles aus seiner Maschine herausholte, um den Abstand noch weiter zu verringern, und jedes Mal, wenn ihm eine Kugel um die Ohren pfiff, lächelte er spöttisch.

Einmal jedoch sah Yanez, wie er aufsprang und sich vorbeugte, so als wolle er an den Mörser stürzen, aber dann nahm er sogleich seinen Posten wieder ein und murmelte:

„Noch nicht! Du sollst meine Gattin sehen!"

Noch weitere zehn Minuten bombardierte der Dampfer den kleinen Segler, der keinerlei Manöver unternahm, um dem Geschosshagel auszuweichen, dann kamen die Detonationen allmählich seltener und hörten schließlich ganz auf.

Sandokan betrachtete aufmerksam die Bemastung des feindlichen Schiffes und erblickte eine weiße Fahne, die im Wind wehte.

„Ah!", rief dieser bemerkenswerte Mann. „Du forderst mich auf, mich zu ergeben! ... Yanez!"

„Was gibt es, mein Bruder?"

„Zieh meine Flagge auf."

„Bist du toll? Die Halunken würden gleich wieder ihre Kanonen abfeuern. Augenscheinlich haben sie vorerst genug, also lass sie in Frieden."

„Sie sollen wissen, dass es der Tiger von Malaysia ist, der dieses Schiff steuert."

„Sie werden dich mit einem Granatenhagel begrüßen."

„Der Wind frischt auf, Yanez. In zehn Minuten werden wir außer Reichweite ihrer Geschosse sein."

„Also gut."

Auf sein Zeichen hin band ein Pirat die Flagge achtern an ein Fall und zog sie bis an die Spitze des Großmasts hinauf. Ein Windstoß entfaltete sie und im klaren Licht des Mondes zeigte sie ihre blutrote Farbe.

„Jetzt schieß! Schieß!", schrie Sandokan und streckte dem feindlichen Schiff die Faust entgegen. „Lass deine Kanonen donnern, bewaffne deine Männer, schaufel Kohlen in deine Kessel, ich erwarte dich! Im Aufblitzen meiner Geschütze will ich dir meine Eroberung zeigen!"

Zwei Kanonenschüsse waren die Antwort. Die Mannschaft des Kreuzers hatte die Flagge der Tiger von Mompracem erkannt und nahm das Feuer, noch heftiger als zuvor, wieder auf.

Der Kreuzer beschleunigte seine Fahrt, um so nahe wie möglich an den Segler heranzukommen und ihn, falls nötig, zu entern. Wie ein Vulkan rauchte sein Kamin und die Räder gruben sich lärmend durch die Wellen. Wenn das Geschützfeuer einmal aussetzte, war sogar das dumpfe Stampfen der Maschine zu hören.

Bald musste die Mannschaft jedoch erkennen, dass es kein Leichtes war, ein wie die *Proa* getakeltes Segelschiff einzuholen. Der Wind war aufgefrischt und das kleine Schiff, das bis dahin keine zehn Knoten hatte erreichen können, beschleunigte seine Fahrt. Seine enormen Segel, gebläht wie zwei riesige Ballons, gaben dem Schiff einen außergewöhnlichen Schub. Es fuhr nicht mehr, nein, es flog über die ruhigen Wasser des Meeres dahin, streifte nur noch leicht die Oberfläche, und manchmal schien es gar, als erhebe es sich über die Wellen, als berühre sein Rumpf nicht einmal mehr das Wasser.

Der Kreuzer feuerte wütend, aber seine Geschosse stürzten allesamt in das Kielwasser der *Proa*.

Sandokan rührte sich nicht. Er saß gleich neben dem Mast mit seiner roten Flagge und betrachtete aufmerksam den Himmel. Es schien, als bekümmere er sich gar nicht mehr um das große Schiff, das so verbissen Jagd auf ihn machte.

Der Portugiese, der nicht verstand, was Sandokan wohl im Sinn haben mochte, trat zu ihm und sagte:

„Was hast du nur vor, mein Bruder? Wenn der Wind nicht nachlässt, werden wir das Schiff in einer Stunde weit hinter uns gelassen haben."

„Warte noch ein Weilchen, Yanez", erwiderte Sandokan. „Schau dort, am Horizont: Die Sterne verblassen bereits und bald wird sich der helle Schein des Morgens über den Himmel breiten."

„Willst du den Kreuzer bis nach Mompracem locken, um ihn dort zu entern?"

„Nein, das ist nicht meine Absicht."

„Ich verstehe dich nicht."

„Sobald mich die Mannschaft des Kreuzers im Morgenlicht sehen kann, werde ich den Unverschämten bestrafen."

„Du bist ein viel zu geschickter Schütze als dass du auf das Licht der Sonne warten müsstest. Der Mörser ist feuerbereit."

„Ich will, dass sie sehen, wer ihn abfeuert."

„Vielleicht wissen sie das bereits."

„Das ist wahr, vielleicht vermuten sie es, aber das genügt mir nicht. Ich will ihnen auch die Gattin des Tigers von Malaysia zeigen."

„Marianna? ..."

„Ja, Yanez."

„Welch eine Tollheit! ..."

„So wird man auf Labuan erfahren, dass der Tiger von Malaysia es gewagt hat, an die Küsten der Insel vorzudringen und es mit den Soldaten aufzunehmen, die Lord Guillonk bewachen."

„In Victoria hat man gewiss bereits von deinem kühnen Feldzug erfahren."

„Das ist unwichtig. Der Mörser ist bereit? ..."

„Er ist bereits geladen, Sandokan."

„In wenigen Minuten werden wir den Vorwitzigen bestrafen. Du sollst sehen, Yanez, ich werde eines seiner Räder zertrümmern."

Während sie sprachen, breitete sich im Osten ein blasses Licht, in das sich alsbald ein rötlicher Schein mengte, immer weiter über den Himmel aus. Der Mond schickte sich an, im Meer zu versinken und die Gestirne verblassten zusehends. Nur noch wenige Minuten und die Sonne würde am Horizont erscheinen.

Mit dem Dämmern des Morgens frischte der Wind noch einmal auf und immer rascher kam die schnelle *Proa* voran.

„Los Bruder", sagte Yanez plötzlich, „verpass dem Kreuzer eine gute Ladung."

„Lass an Großmast und Fock die Segel reffen", erwiderte Sandokan. „Wenn er fünfhundert Meter entfernt ist, werde ich den Mörser abfeuern."

Yanez gab sofort den Befehl. Zehn Piraten kletterten an den Webleinen empor, holten die Segel nieder und führten rasch das Manöver aus. Mit gerefften Segeln verlangsamte sich die Fahrt der *Proa* zusehends.

Der Kreuzer hatte dies wohl bemerkt und nahm den Beschuss wieder auf, auch wenn er noch zu weit entfernt war, um auf gute Treffer zu hoffen.

Es verging noch eine gute halbe Stunde, bis er auf den von Sandokan gewünschten Abstand herangekommen war.

Die Kugeln des Kreuzers begannen bereits auf das Deck der *Proa* herabzuhageln, als der Tiger plötzlich von der Bordwand heruntersprang und sich hinter dem Mörser positionierte.

Ein Sonnenstrahl war über dem Wasser erschienen und erleuchtete die Segel der *Proa*.

„Jetzt bin ich am Zug!", rief Sandokan mit einem sonderbaren Lächeln. „Yanez, leg das Schiff gegen den Wind! ..."

Einen Augenblick später drehte sich der kleine Segler gegen den Wind, so dass er beinahe zum Stillstand kam.

Sandokan ließ sich die Lunte geben, die Paranoa bereits angesteckt hatte, beugte sich über das Geschütz und schätzte mit einem Blick die Entfernung ab.

Das Kriegsschiff sah, dass der Segler beigedreht hatte und versuchte, ihn einzuholen. Mit zunehmender Geschwindigkeit kam es rauchend und schnaufend näher und feuerte abwechselnd Granaten und Vollgeschosse.

Die Eisensplitter fegten über das Deck, durchbohrten die Segel und zerfetzten die Taue, schrammten kreischend über die Eisenplatten und beschädigten die Bodenwrangen. Nicht länger als zehn Minuten hätte die *Proa* diesem Geschosshagel standhalten können.

Sandokan, immer noch unbeirrt, visierte weiterhin sein Ziel an.

„Feuer!", schrie er dann plötzlich und sprang zurück.

Dann beugte er sich wieder über das rauchende Geschütz und hielt den Atem an, die Lippen zusammengepresst und den Blick starr nach vorn gerichtet, so als wolle er die unsichtbare Flugbahn des Geschosses verfolgen.

Wenige Augenblicke später war vom Meer her die zweite Detonation zu hören.

Die Bombe war zwischen den Speichen des Backbordrades explodiert und hatte mit unglaublicher Gewalt den Radkasten und die Schaufeln gesprengt.

Schwer getroffen neigte sich der Dampfer auf seine aufgerissene Seite, dann begann er sich, angetrieben durch das Stampfen des anderen Rades, welches weiterhin durch das Wasser pflügte, um sich selbst zu drehen.

„Es lebe der Tiger!", schrien die Piraten und stürzten an die Kanonen.

„Marianna! Marianna!", rief Sandokan, während der Dampfer sich immer weiter auf die beschädigte Seite neigte, so dass tonnenweise Wasser hineinlief.

Seinem Ruf folgend erschien die junge Frau an Deck. Sandokan legte seine Arme um sie, hob sie hoch bis an die Kante der Bordwand, so dass die Mannschaft des Dampfers sie sehen konnte und rief mit donnernder Stimme:

„Seht meine Gattin!"

Und dann, während die Piraten noch einen wahren Orkan an Geschossen gegen das große Schiff schleuderten, drehte die *Proa* ab und entfernte sich rasch in westliche Richtung.

Kapitel 25

Auf Mompracem

Nachdem das feindliche Schiff seine Strafe erhalten hatte und nun gezwungen war, eine Weile liegen zu bleiben, um die erheblichen Schäden, die ihm die von Sandokan so geschickt gefeuerte Granate beigebracht hatte, auszubessern, war die *Proa* mit ihren riesigen Segeln umgehend davongesegelt, mit jener Geschwindigkeit, die dieser Art von Schiffen eigen ist, die es sogar mit den schnellsten *Klippern* auf den Meeren beider Welten aufnehmen können.

Marianna hatte sich, ganz erschöpft von so vielen Gefühlen, wieder in ihre hübsche Kabine zurückgezogen und auch ein Großteil der Mannschaft hatte das Deck verlassen, da dem Schiff keinerlei Gefahr mehr drohte, zumindest nicht für den Augenblick.

Yanez und Sandokan aber waren an Deck geblieben. Sie saßen achtern auf der Bordkante, sprachen miteinander und schauten dann und wann nach Osten, wo immer noch eine dünne Rauchfahne zu sehen war.

„Der Dampfer wird große Mühe haben, sich bis nach Victoria zu schleppen", sagte Yanez. „Die Granate hat ihn so übel zugerichtet, dass er nicht einmal den Versuch unternehmen könnte, uns zu verfolgen.

Glaubst du, Lord Guillonk hat ihn uns auf die Fersen geschickt? ..."

„Nein, Yanez", erwiderte Sandokan. „Der Lord hätte nicht die Zeit gehabt, nach Victoria zu eilen und den Gouverneur über das Vorgefallene in Kenntnis zu setzen. Dieses Schiff hingegen muss schon seit einigen Tagen auf der Suche nach uns gewesen sein. Auf der Insel muss man bereits gewusst haben, dass wir an Land gegangen waren."

„Glaubst du, der Lord wird uns in Ruhe lassen? ..."

„Das bezweifle ich sehr, Yanez. Ich kenne den Mann und weiß, wie beharrlich und rachsüchtig er ist. Wir müssen, und zwar schon bald, mit einem schrecklichen Angriff rechnen."

„Ob er uns auf unserer Insel angreifen wird? ..."

„Da bin ich sicher, Yanez. Lord James besitzt großen Einfluss und außerdem, das weiß ich, ist er sehr reich. Es wird für ihn also ein Leichtes sein, sich alle Schiffe, die zur Verfügung stehen, zu nehmen, Seemänner anzuheuern, und auch die Unterstützung des Gouverneurs zu bekommen. Du wirst sehen, bald wird vor Mompracem eine Flottille auftauchen."

„Was werden wir dann tun?"

„Wir werden unsere letzte Schlacht kämpfen."

„Die letzte? ... Warum sagst du das, Sandokan?"

„Weil Mompracem danach seine Anführer verlieren wird", erwiderte der Tiger von Malaysia und seufzte. „Meine Laufbahn neigt sich dem Ende zu, Yanez. Die *Proas* des Tigers werden nicht mehr die Wellen dieses Meeres, dem Schauplatz all meiner Unternehmungen, durchpflügen."

„Ah! Sandokan ..."

„Was willst du, Yanez: So stand es geschrieben. Die Liebe des Mädchens mit dem goldenen Haar sollte der Untergang des Piraten von Mompracem sein. Es ist traurig, sehr traurig, mein guter Yanez, diesem Ort auf immer Lebewohl sagen und Ruhm und Macht verlieren zu müssen, und doch werde ich mich darein ergeben müssen. Keine Schlachten mehr, kein Geschützdonner mehr, keine rauchenden Wracks, die in den Tiefen dieses Meeres versinken, keine furchterregenden Entermanöver! ... Ah! ... Ich fühle, wie mein Herz blutet, Yanez, wenn ich daran denke, dass der Tiger für immer untergehen wird und dieses Meer und selbst meine Insel anderen gehören soll."

„Und unsere Männer?"

„Sie werden dem Beispiel ihres Anführers folgen, wenn sie das wollen, und ebenfalls Mompracem Lebewohl sagen", erwiderte Sandokan betrübt.

„Und unsere Insel soll, nach dieser glanzvollen Zeit, wieder so verlassen sein, wie sie es vor deinem Erscheinen war?"

„Ja, so wird es geschehen."

„Armes Mompracem! ...", rief Yanez tief bekümmert aus. „Und ich liebte es, als sei es mein Vaterland, meine Heimat! ..."

„Glaubst du, ich liebte es nicht? ... Glaubst du, mein Herz zieht sich nicht schmerzlich zusammen, wenn ich daran denke, dass ich es vielleicht niemals wiedersehen werde und niemals mehr dieses Meer, das ich mein Eigen nannte, mit meinen *Proas* durchpflügen werde? ... Könnte ich weinen, dann würdest du meine Wangen von vielen Tränen benetzt sehen. Aber das Schicksal wollte es so. Schicken wir uns drein, Yanez, und denken nicht mehr an die Vergangenheit."

„Aber ich kann mich nicht dreinschicken, Sandokan. Auf einen Schlag unsere Macht entschwinden zu sehen, die uns so viele Opfer, furchtbare Schlachten und Ströme von Blut gekostet hat! ..."

„Ein verhängnisvolles Schicksal will es so", erwiderte Sandokan betrübt.

„Oder besser gesagt, die Liebe des Mädchens mit dem blonden Haar", sagte Yanez. „Ohne diese Frau würde das mächtige Gebrüll des Tigers von Malaysia weiterhin bis hin nach Labuan erschallen und würde, noch viele Jahre lang, die Engländer und selbst den Sultan von Varauni erzittern lassen."

„Das ist wahr, mein Freund", sagte Sandokan. „Das Mädchen war es, das Mompracem den Todesstoß versetzte. Hätte ich sie niemals gesehen, wer weiß wie viele Jahre unsere Banden noch triumphierend auf diesem Meer umherstreifen würden, aber nun ist es zu spät, die Ketten zu sprengen, die sie um mich gelegt hat. Wäre sie eine andere Frau, dann wäre ich bei dem Gedanken an den Untergang unserer Macht vor ihr geflohen oder hätte sie nach Labuan zurückgebracht ... aber ich fühle, dass mein gesamtes Sein auf immer zerbrechen würde, wenn ich sie niemals wiedersähe. Die Leidenschaft, die in meiner Brust brennt ist, zu gewaltig, um sie zu unterdrücken.

Ah! ... Wenn sie es wollte! ... Wenn sie unser Handwerk nicht mit solchem Entsetzen betrachtete, wenn sie sich nicht vor dem Blut und dem Donnern der Geschütze fürchtete! ... Wie würde ich an ihrer Seite den Stern von Mompracem erstrahlen lassen! ... Einen Thron könnte ich ihr auch hier oder an der Küste Borneos geben, aber stattdessen ... Nun denn, möge sich unser Schicksal erfüllen. Wir werden auf Mompracem unsere letzte Schlacht schlagen, dann werden wir die Insel verlassen und in See stechen ..."

„Wohin, Sandokan?"

„Ich weiß es nicht, Yanez. Wir werden gehen, wohin sie will, weit weg von diesen Meeren und diesen Ländern, so weit, dass wir nie wieder etwas davon hören. Wenn ich in der Nähe bliebe, dann weiß ich nicht, ob ich lange der Versuchung widerstehen könnte, nach Mompracem zurückzukehren."

„Gut, so sei es. Lass uns gehen und die letzte Schlacht kämpfen und danach heißt es dann auf in die Ferne", sagte Yanez niedergeschlagen. „Aber es wird ein schrecklicher Kampf werden, Sandokan. Der Lord wird uns mit aller Macht angreifen."

„Aber er wird erkennen müssen, dass der Schlupfwinkel des Tigers uneinnehmbar ist. Niemand ist bisher so kühn gewesen, bis an die Küsten meiner Insel vorzudringen und auch er wird sie nicht bezwingen können. Warte nur, bis wir dort angekommen sind und du wirst sehen, welche Arbeiten wir vornehmen werden, damit uns die Flotte, die er gegen uns ausschicken wird, nicht niedermacht. Wir werden das Dorf so wehrhaft machen, dass es selbst dem schlimmsten Beschuss standhalten kann. Noch ist der Tiger nicht gebändigt, er wird noch einmal laut brüllen und Schrecken in den feindlichen Reihen verbreiten."

„Was, wenn wir durch die schiere Überzahl erdrückt werden? Du weißt, Sandokan, dass die Holländer sich im Kampf gegen die Piraterie mit den Engländern verbündet haben. Die beiden Flotten könnten sich zusammenschließen, um Mompracem den Todesstoß zu versetzen."

„Sollte ich besiegt werden, dann werde ich alles Pulver in Brand setzen und wir alle werden, zusammen mit unserem Dorf und unseren *Proas* in die Luft fliegen. Ich könnte es nicht ertragen, das Mädchen zu verlieren. Lieber sähe ich sie und mich sterben als erleben zu müssen, dass sie mir geraubt wird."

„Wir wollen hoffen, dass das nicht geschieht, Sandokan."

Der Tiger von Malaysia senkte den Kopf auf die Brust und seufzte, schwieg eine Weile und sagte dann:

„Und doch habe ich eine böse Vorahnung."

„Welche?", fragte Yanez beunruhigt.

Sandokan antwortete nicht. Er verließ den Portugiesen, lehnte sich an die Bugwand und ließ die nächtliche Brise seine glühende Stirn kühlen.

Er war besorgt: Tiefe Falten lagen auf seiner Stirn und dann und wann seufzte er.

„Unseliges Schicksal! ... Und alles für jenes himmlische Wesen", murmelte er. „Für sie werde ich alles aufgeben müssen, alles, sogar dieses Meer, das ich mein Eigen nannte und das für mich wie das Blut in meinen Adern war! Dann wird es ihnen gehören, jenen Männern, die ich seit zwölf Jahren bekämpfe, ohne Unterlass, ohne Waffenruhe, jenen Männern, die mich von den Stufen eines Throns in den Schlamm hinabstürzten, die meine Mutter, meine Brüder und meine Schwestern mordeten! ... Ah! Du beklagst dich", fuhr er fort und betrachtete das Meer, das vor dem Bug des schnellen Schiffes schäumte. „Du seufzt, du willst nicht jenen Männern gehören, du willst nicht wieder so ruhig werden wie einst, bevor ich hierher kam, aber glaubst du, ich leide nicht? Könnte ich weinen, dann würden viele Tränen aus diesen Augen rinnen. Aber warum sich jetzt beklagen? Das göttliche Mädchen wird mich für allen Verlust entschädigen."

Er fuhr sich mit den Händen über die Stirn, so als wolle er die Gedanken fortwischen, die in seinem heißen Hirn herumtobten, dann richtete er sich auf und ging mit bedächtigen Schritten in die Kabine hinunter.

Er blieb stehen, als er Marianna sprechen hörte:

„Nein, nein", sagte die junge Frau mit erstickter Stimme. „Lasst mich, ich gehöre Euch nicht mehr ... Ich gehöre dem Tiger von Malaysia ... Warum wollt Ihr mich von ihm trennen? ... Hinfort mit diesem William, ich hasse ihn, hinfort ... hinfort!"

„Sie träumt", murmelte Sandokan. „Schlaf ruhig, mein Mädchen, hier droht dir keinerlei Gefahr. Ich wache über dich und wer dich mir entreißen will, muss über meine Leiche gehen."

Er öffnete die Tür und sah in die Kabine hinein. Marianna schlief, sie atmete schwer und bewegte heftig ihre Arme, so als wolle sie eine Vision vertreiben. Einige Augenblicke lang betrachtete der Pirat sie mit unbeschreiblicher Zärtlichkeit, dann zog er sich lautlos zurück und ging in seine eigene Kabine.

Am nächsten Morgen war die *Proa,* die die ganze Nacht über mit beachtlicher Geschwindigkeit gesegelt war, nur noch sechzig Meilen von Mompracem entfernt. Alle wähnten sich bereits in Sicherheit, als der Portugiese, der aufmerksam Ausschau hielt, eine dünne Rauchsäule entdeckte, die sich scheinbar in östliche Richtung bewegte.

„Oh!", rief er aus. „Noch ein Kreuzer in Sicht? Vulkane gibt es, soweit ich weiß, in diesem Teil des Meeres nicht."

Er bewaffnete sich mit einem Fernrohr, kletterte bis in die Spitze des Großmastes hinauf und beobachtete aufmerksam die Rauchfahne, die unterdessen ein großes Stück näher gekommen war. Als er wieder herabstieg, lagen dunkle Wolken auf seiner Stirn.

„Was hast du, Yanez?", fragte Sandokan, der an Deck zurückgekehrt war.

„Ich habe ein Kanonenboot gesichtet, mein Bruder."

„Kein Grund zur Besorgnis."

„Ich weiß, dass es nicht wagen würde uns anzugreifen, denn gewöhnlich sind diese Schiffe nur mit einer Kanone ausgerüstet. Mich beunruhigt etwas anderes."

„Was denn?"

„Dieses Schiff kommt von Westen her, das heißt vielleicht von Mompracem."

„Oh! ..."

„Ich hoffe nicht, dass während unserer Abwesenheit eine feindliche Flotte unseren Schlupfwinkel bombardiert hat."

„Mompracem bombardiert?", fragte hinter ihnen eine silberhelle Stimme.

Sandokan drehte sich rasch herum und da stand Marianna.

„Ah, du bist es, meine Geliebte!", rief er aus. „Ich dachte, du schläfst noch."

„Gerade erst bin ich aufgestanden, aber worüber habt ihr gesprochen? Droht uns eine neue Gefahr?"

„Nein, Marianna", erwiderte Sandokan. „Aber wir sind beunruhigt, weil wir ein Kanonenboot gesichtet haben, das von Westen her kommt, also aus der Richtung von Mompracem."

„Fürchtest du, es könnte dein Dorf beschossen haben?"

„Ja, allerdings nicht allein. Eine Salve aus unseren Kanonen hätte genügt, es zu versenken."

„Oho!", rief Yanez und tat zwei Schritte vorwärts.

„Was siehst du?"

„Das Kanonenboot hat uns entdeckt und gewendet. Es kommt auf uns zu."

„Es will uns auskundschaften", sagte Sandokan.

Der Pirat hatte sich nicht getäuscht. Das Kanonenboot, ein kleines Schiff von etwa hundert Tonnen, mit nur einer Kanone, die auf der Heckplattform aufgestellt war, kam bis auf tausend Meter heran, dann drehte es ab, entfernte sich aber nicht ganz, denn etwa zehn Meilen entfernt war immer noch die dünne Rauchsäule zu sehen.

Die Piraten blieben unbesorgt, wohlwissend, dass das kleine Schiff es nicht gewagt hätte, die *Proa* anzugreifen, deren zahlreiche Geschütze es mit vieren solcher Gegner aufnehmen konnten.

Gegen Mittag meldete ein Pirat, der in den Fockmast hinaufgeklettert war, um ein Seil auszubessern, dass

Mompracem in Sicht war, der gefürchtete Schlupfwinkel des Tigers von Malaysia.

Yanez und Sandokan atmeten auf, da sie sich in Sicherheit wähnten, und liefen, gefolgt von Marianna, zum Bug. Dort, wo der Himmel mit dem Meer verschwamm, war eine langgezogene Linie von noch unbestimmter Farbe zu erkennen, die aber ganz allmählich einen grünlichen Ton annahm.

„Schneller, schneller!", rief Sandokan, den eine große Unruhe ergriffen hatte.

„Was fürchtest du?", fragte Marianna.

„Ich weiß es nicht, aber mein Herz sagt mir, dass dort etwas geschehen ist. Verfolgt uns das Kanonenboot noch?"

„Ja, ich sehe die Rauchsäule im Osten", erwiderte Yanez.

„Ein schlechtes Zeichen."

„Das fürchte ich auch, Sandokan."

„Kannst du nichts erkennen?"

Yanez richtete das Fernrohr aus und sah einige Minuten lang aufmerksam hindurch.

„Ich sehe die *Proas* in der Bucht vor Anker liegen."

Sandokan atmete erleichtert auf und ein freudiges Blitzen funkelte in seinen Augen.

„Lass uns das Beste hoffen."

Von einem günstigen Wind angetrieben, war die *Proa* binnen einer Stunde nur noch wenige Meilen von der Insel entfernt und steuerte auf die Bucht zu, an der die kleine Siedlung lag.

Bald waren sie so nahe herangekommen, dass sie die Befestigungen, die Lager und die Hütten deutlich erkennen konnten. Oben auf der hohen Klippe, auf dem Dach der geräumigen Hütte, die dem Tiger als Wohnstatt diente, sah man die große Piratenflagge im Wind wehen, aber das Dorf war nicht mehr so blühend und unversehrt wie sie es verlassen hatten und die *Proas* in der Bucht waren weniger zahlreich. Eine Reihe der Befestigungen schien arg beschädigt, viele der Hütten waren halb verbrannt und viele der Schiffe fehlten.

„Ah!", rief Sandokan aus und presste die Hände auf seine Brust. „Was ich befürchtete, ist eingetreten: Der Feind hat meine Höhle angegriffen."

„Es ist wahr", flüsterte Yanez voller Schmerz.

„Mein armer Geliebter", sagte Marianna, berührt von dem Schmerz, der sich in Sandokans Gesicht spiegelte. „Meine Landsleute haben deine Abwesenheit ausgenutzt."

„Ja", erwiderte Sandokan und schüttelte betrübt den Kopf. „Meine Insel, einst gefürchtet und uneinnehmbar, wurde überfallen und entweiht, und mein Ruhm hat sich auf immer verfinstert!"

Kapitel 26

Die Königin von Mompracem

Zu allem Unglück war Mompracem, diese Insel von solch furchterregendem Ruf, dass allein ihr Anblick selbst die Mutigsten erschauern ließ, nicht nur überfallen und entweiht worden, sondern wäre um ein Haar sogar in die Hände der Feinde gefallen.

Die Engländer, die vermutlich Nachricht von Sandokans Abreise erhalten hatten, und deshalb sicher waren, den Standort geschwächt vorzufinden, waren unversehens gegen die Insel vorgerückt, hatten die Befestigungen bombardiert, zahlreiche Schiffe versenkt und einen Teil der Siedlung in Brand gesteckt. Sie waren in ihrer Kühnheit so weit gegangen, einige Truppen an Land zu setzen, um die Insel in ihren Besitz zu bringen, aber schließlich hatte die Tapferkeit von Giro-Batol und seinen Tigerchen triumphiert und die Feinde waren gezwungen gewesen, den Rückzug anzutreten, wenn sie nicht im Rücken von Sandokans *Proas* überrascht werden wollten, die sie in der Nähe wähnten. Die Tigerchen hatten den Sieg davongetragen, das ist wahr, aber nicht viel hätte gefehlt, und die Insel wäre in die Hände der Feinde gefallen.

Als Sandokan mit seinen Männern an Land ging, stürzten ihm die Piraten von Mompracem, nur noch halb so viele wie zuvor, mit lauten Hurrarufen entgegen und forderten Rache an den Eindringlingen.

„Lasst uns nach Labuan segeln, Tiger von Malaysia!", riefen sie. „Zahlen wir es denen, die uns beschossen haben, mit Kugeln heim!"

„Kapitän", sagte Giro-Batol und trat vor, „wir haben alles getan, um die Flotte, die uns angriff, zu entern, aber es ist uns nicht gelungen. Führt uns nach Labuan und wir werden die Insel bis auf den letzten Baum, den letzten Strauch zerstören."

Anstatt zu antworten nahm Sandokan Marianna bei der Hand und führte sie vor die Horden:

„Es ist ihre Heimat", sagte er. „Die Heimat meiner Gattin!"

Beim Anblick der jungen Frau, die bisher hinter Yanez geblieben war, gingen Rufe des Erstaunens und der Bewunderung durch die Reihen der Piraten.

„Die Perle von Labuan! Es lebe die Perle! ...", riefen sie und fielen vor ihr auf die Knie.

„Ihre Heimat ist mir heilig", sagte Sandokan. „Aber bald schon werdet ihr Gelegenheit haben, unseren Feinden die Kugeln zurückzuzahlen, die sie gegen unsere Küste feuerten."

„Werden sie uns angreifen?", fragten alle.

„Der Feind ist nicht weit, meine Tapferen. Ihr könnt ihre Vorhut in jenem Kanonenboot erkennen, das so frech vor unserer Küste kreuzt. Die Engländer haben gute Gründe mich anzugreifen: die Männer zu rächen, die wir in den Wäldern von Labuan töteten und mir diese junge Frau zu entreißen. Haltet euch bereit, denn der Augenblick ist vielleicht nicht mehr fern."

„Tiger von Malaysia", sagte einer der Anführer und trat vor. „Solange auch nur einer von uns noch lebt, wird niemand die Perle von Labuan rauben, jetzt, da sie unter dem Banner der Piraten steht. Befehlt: Wir sind bereit, all unser Blut für sie zu geben!"

Zutiefst gerührt betrachtete Sandokan all die tapferen Recken, die lauthals ihre Zustimmung zu den Worten des Anführers bekundeten, die, nachdem sie so viele ihrer Gefährten verloren hatten, sich immer noch erboten, das

Leben derjenigen zu schützen, die der hauptsächliche Grund für ihr Unglück gewesen war.

„Danke, meine Freunde", sagte er mit erstickter Stimme.

Er fuhr sich ein paar Mal mit der Hand über die Stirn, seufzte tief und reichte dann der Lady, die nicht weniger gerührt war, seinen Arm und entfernte sich mit gesenktem Haupt.

„Es ist aus", murmelte Yanez betrübt.

Sandokan und seine Gefährtin stiegen, gefolgt von den Blicken aller Piraten, die sie mit einer Mischung aus Bewunderung und Kummer betrachteten, auf der schmalen Treppe die Klippe hinauf und blieben vor der großen Hütte stehen.

„Hier also ist dein Heim", sagte Sandokan und ging hinein. „Es war meines: ein hässliches Nest, in dem sich zuweilen finstere Dramen abspielten ... Es ist unwürdig, die Perle von Labuan zu beherbergen, aber es ist sicher und unzugänglich für den Feind, dem es wahrscheinlich niemals gelingen wird, bis hierher zu kommen. Wärst du die Königin von Mompracem geworden, dann hätte ich es für dich schöner gemacht, es in einen Palast verwandelt ... Ach, warum von unmöglichen Dingen sprechen? All das hier ist zu Ende oder neigt sich doch dem Ende entgegen."

Sandokan legte die Hände auf sein Herz und sein Gesicht verzog sich schmerzlich. Marianna legte ihre Arme um seinen Hals.

„Sandokan, du leidest, du verbirgst deinen Schmerz vor mir."

„Nein, mein Herz, ich bin nur bewegt, weiter nichts. Wie sollte es anders sein, meine Insel ist überfallen worden, die Zahl meiner Männer schwindet, und wenn ich daran denke, dass ich bald alles verlieren werde ..."

„Sandokan, du trauerst deiner einstigen Macht nach und leidest bei dem Gedanken, dass du deine Insel verlieren sollst. Hör mich an, mein Held: Willst du, dass ich auf dieser Insel unter deinen Tigerchen bleibe, dass auch ich zum Krummsäbel greife und an deiner Seite kämpfe? Willst du das?"

„Du! Du!", rief er aus. „Nein, ich will nicht, dass du solch eine Frau wirst. Es wäre ungeheuerlich, dich an diesen Ort zu binden, wo der fortwährende Donner der Geschütze und die Schreie der Kämpfer deine Ohren betäuben, dich ständiger Gefahr auszusetzen. Ein zweifaches Glück, das wäre zu viel, und ich will es nicht."

„Dann liebst du mich mehr als deine Insel, als deine Männer und deinen Ruhm?"

„Ja, himmlisches Wesen. Heute Abend werde ich meine Banden versammeln und ihnen sagen, dass wir, nachdem die letzte Schlacht geschlagen ist, unsere Flagge einholen und Mompracem verlassen werden."

„Und was werden deine Tigerchen zu solch einem Vorhaben sagen? Sie werden mich hassen, da sie wissen, dass ich der Grund für den Niedergang von Mompracem bin."

„Niemand wird es wagen, seine Stimme gegen dich zu erheben. Ich bin immer noch der Tiger von Malaysia, jener Tiger, der sie mit einer einzigen Geste erzittern ließ. Und sie lieben mich zu sehr, um mir den Gehorsam zu verweigern. Wohlan, möge sich unser Schicksal erfüllen."

Er unterdrückte ein Seufzen, dann sagte er mit schmerzlicher Wehmut:

„Deine Liebe wird mich meine Vergangenheit vergessen lassen, und vielleicht sogar Mompracem."

Er hauchte einen Kuss auf das blonde Haar des Mädchens, dann rief er die beiden Malaien, die sich um die Wohnstatt kümmerten, herbei.

„Dies ist eure Herrin", sagte er und wies auf die junge Frau. „Ihr werdet ihr gehorchen wie mir selbst."

Nach diesen Worten wechselte er noch einen langen Blick mit Marianna, dann ging er hinaus und stieg zum Strand hinunter.

Das Kanonenboot rauchte immer noch in Reichweite der Insel, fuhr mal in nördliche und mal in südliche Richtung. Es schien, als halte es Ausschau nach irgendetwas, vermutlich nach einem anderen Kanonenboot oder einem Kreuzer, die von Labuan her kamen.

Unterdessen arbeiteten die Piraten, die mit einem baldigen Angriff rechneten, fieberhaft unter der Anleitung von Yanez, verstärkten die Befestigungen, hoben Gräben aus, errichteten Wälle und Zäune.

Sandokan ging zu Yanez, der gerade die Geschütze der *Proas* an Land bringen ließ, um damit einen mächtigen Befestigungsturm zu rüsten, den man genau in der Mitte des Dorfes errichtet hatte.

„Sind noch weitere Schiffe gesichtet worden?", fragte er.

„Nein", erwiderte Yanez. „Aber das Kanonenboot hat unsere Gewässer nicht verlassen und das ist ein böses Zeichen. Bliese der Wind stärker als seine Maschinenkraft, ich würde es mit dem größten Vergnügen angreifen."

„Wir müssen wir Maßnahmen ergreifen, um unsere Schätze in Sicherheit zu bringen, und für den Fall einer Niederlage unseren Rückzug vorbereiten."

„Befürchtest du, dass wir den Angreifern nicht gewachsen sein werden?"

„Ich habe böse Vorahnungen, Yanez. Ich fühle, dass ich diese Insel verlieren werde."

„Pah! Ob heute oder in einem Monat, das bleibt sich doch gleich, da du ja entschieden hast, sie zu verlassen. Wissen es unsere Piraten bereits?"

„Nein. Führe die Banden heute Abend zu meiner Hütte, dort sollen sie meine Entscheidungen erfahren."

„Das wird ein schwerer Schlag für sie sein, Bruder."

„Ich weiß, aber wenn sie auf sich gestellt weiter Piraterie betreiben wollen, dann werde ich ihnen das nicht verwehren."

„Daran ist nicht zu denken, Sandokan. Keiner von ihnen wird den Tiger von Malaysia im Stich lassen. Alle werden dir folgen, wohin auch immer du gehen willst."

„Ich weiß, diese Tapferen lieben mich zu sehr. An die Arbeit, Yanez, wir wollen unsere Festung, wenn schon nicht uneinnehmbar, so doch wenigstens so wehrhaft wie möglich machen."

Sie versammelten ihre Männer, die sich mit unglaublichem Eifer an die Arbeit machten, neue Wälle aufschichteten, neue Gräben aushoben, enorme, mit Donnerbüchsen bestückte Palisaden errichteten, riesige Pyramiden von Kanonenkugeln und Granaten auftürmten, und um die Geschütze herum Barrikaden aus Baumstämmen, Felsbrocken und Eisenplatten, die sie auf ihren zahlreichen Streifzügen den geplünderten Schiffen geraubt hatten, errichteten.

Als der Abend gekommen war, bot die Felsenburg einen wahrlich beeindruckenden Anblick und mochte tatsächlich als uneinnehmbar gelten. Die einhundertfünfzig Männer, denn auf so wenige hatte sich ihre Zahl durch den Angriff des Geschwaders und den Verlust der beiden Mannschaften, die Sandokan nach Labuan gefolgt waren und von denen es keinerlei Nachricht gab, reduziert, hatten gearbeitet wie fünfhundert. Als die Nacht hereinbrach, ließ Sandokan seine Schätze auf eine große *Proa* bringen und schickte diese zusammen mit zwei weiteren an die Westküste, von wo aus sie sogleich in See stechen konnten, wenn sie zur Flucht gezwungen sein sollten.

Um Mitternacht stieg Yanez, begleitet von den Anführern aller Banden, zur großen Hütte hinauf, wo Sandokan sie erwartete.

Ein enormer Raum, so groß, dass darin zweihundert oder mehr Personen Platz fanden, war mit ungewöhnlichem Luxus ausgestattet worden. Ausladende, vergoldete Leuchter verströmten ein helles Licht, in dem das Gold und Silber der Wandbehänge und Teppiche und das Perlmutt, das die kostbaren indischen Möbel verzierte, schimmerte und funkelte.

Sandokan hatte sein Festgewand aus rotem Seidensatin angelegt und trug einen grünen Turban, den ein mit Brillanten besetzter Federbusch zierte. Im Gürtel trug er die beiden *Kris,* das Zeichen eines großen Anführers, und einen prächtigen Krummsäbel mit silberner Scheide und goldenem Heft.

Marianna trug ein Kleid aus schwarzem, mit Silber durchwirktem Samt, das aus wer weiß welcher Plünderung stammen mochte, und ihre Arme unbedeckt ließ sowie auch die Schultern, auf die wie ein Goldregen ihr wunderschönes blondes Haar herabfiel. Kostbare, mit Perlen von unschätzbarem Wert verzierte Armreifen und ein Diadem mit hell funkelnden Brillanten machten sie noch schöner, noch bezaubernder.

Beim Anblick dieses wunderschönen Wesens, das für sie wie eine Göttin war, konnten die Piraten nicht umhin, laute Rufe der Bewunderung auszustoßen.

„Freunde, meine treuen Tigerchen", sagte Sandokan und versammelte seine außergewöhnliche Bande um sich. „Ich habe euch hierher gerufen, um über das Schicksal von Mompracem zu entscheiden.

Ihr habt mich viele Jahre ohne Unterlass und Barmherzigkeit gegen jene verhasste Rasse kämpfen sehen, die meine Familie ermordete, mich meiner Heimat beraubte, mich durch Verrat von den Stufen des Throns hinab in den Staub warf, und die es sich nun zum Ziel gesetzt hat, die malaiische Rasse zu vernichten. Ihr habt gesehen, dass ich wie ein Tiger kämpfte, um immer wieder die Feinde zurückzuschlagen, die unsere wilde Insel bedrohten, aber nun ist es genug. Das Schicksal will, dass ich dem nun ein Ende mache, und so sei es. Ich fühle, dass mein Rachefeldzug vorüber ist, ich fühle, dass ich nicht mehr wie einst brüllen und kämpfen kann, ich fühle, dass es mich nach Ruhe verlangt. Noch eine letzte Schlacht werde ich gegen den Feind schlagen, der uns vielleicht schon morgen angreifen wird, dann werde ich Mompracem Lebewohl sagen und weit fortgehen, um mit dieser Frau, die ich liebe und die meine Gattin werden wird, zu leben. Wollt Ihr die Unternehmungen des Tigers fortführen? Ich lasse euch meine Schiffe und meine Kanonen. Wenn ihr mir aber in meine neue Heimat folgen wollt, so werde ich euch stets als meine Söhne betrachten."

Die Piraten, zutiefst bestürzt über diese unerwartete Enthüllung, antworteten nicht, aber über ihre vom Schießpulver dunkel verfärbten und vom Meerwind gegerbten Gesichter sah man Tränen rinnen.

„Ihr weint!", rief Sandokan tief bewegt. „Oh ja, ich verstehe euch, meine Tapferen, aber glaubt ihr, ich leide nicht bei dem Gedanken, meine Insel und mein Meer vielleicht niemals wiederzusehen, meine Macht zu verlieren und wieder in Dunkelheit zu versinken, nachdem ich so hell erstrahlte und zu solchem Ruhm kam, sei es auch ein schrecklicher, finsterer Ruhm? Aber das Schicksal will es so und ich neige mein Haupt und werde fortan nur noch der Perle von Labuan gehören."

„Kapitän, mein Kapitän!", rief Giro-Batol, der wie ein Kind weinte. „Bleibt bei uns, verlasst unsere Insel nicht.

Wir werden sie gegen alle und jeden verteidigen, wir werden Männer anheuern, wir werden, wenn Ihr es wollt, Labuan, Varauni und Sarawak zerstören, damit niemand mehr es wagt, das Glück der Perle von Labuan zu bedrohen."

„Mylady!", rief Juioko. „Bleibt auch Ihr, wir werden Euch gegen jedermann verteidigen, unsere Körper werden die Schilde sein, die Euch vor den Attacken des Feindes schützen, und wenn Ihr es wollt, werden wir ein neues Reich erobern, um Euch einen Thron zu geben."

Ein wahrer Gefühlstumult brach unter den Piraten aus. Die jüngeren flehten, die älteren weinten.

„Bleibt, Mylady! Bleibt auf Mompracem!", schrien alle und bestürmten die junge Frau. Diese trat mit einem Mal vor die Banden und bedeutete ihnen mit einer Geste zu schweigen.

„Sandokan", sagte sie mit fester Stimme. „Wenn ich dir sagte, gib deine Rachefeldzüge auf und die Piraterie, und ich werde die schwachen Bande, die mich noch mit meinen Landsleuten verbinden, durchtrennen und diese Insel zu meiner Heimat machen, würdest du einwilligen?"

„Du, Marianna ... auf meiner Insel bleiben?"

„Willst du?"

„Ja, und ich schwöre dir, dass ich nicht mehr zu den Waffen greifen werde, außer zur Verteidigung meines eigenen Bodens."

„So soll Mompracem meine Heimat sein und hier werde ich bleiben!"

Hunderte von Waffen erhoben sich und kreuzten sich vor der Brust der jungen Frau, die in Sandokans Arme gesunken war, und wie ein Mann riefen die Piraten:

„Es lebe die Königin von Mompracem! Wehe dem, der sie anrührt! ..."

Kapitel 27

Mompracem unter Beschuss

A m nächsten Tag schienen die Piraten von Mompracem wie in einem wilden Rausch.

Sie waren keine Männer mehr, sondern Titanen, die mit übermenschlichen Kräften daran arbeiteten, ihre Insel wehrhaft zu machen, von der sie nun, da die Perle von Labuan geschworen hatte, dort zu bleiben, nicht mehr weichen wollten.

Eifrig machten sie sich um die Geschütze herum zu schaffen, hoben neue Gräben aus, hämmerten emsig aus den Felsen große Brocken zur Verstärkung der Wehrtürme, füllten Schanzkörbe und stellten sie vor den Kanonen auf, fällten Bäume, um neue Palisaden zu errichten, bauten neue Befestigungen, die sie mit den Geschützen der *Proas* bestückten, hoben Fallgruben aus, gruben Stollen, füllten Gräben mit Bergen von Dornen und legten auf den Grund Eisenspitzen, die mit dem giftigen Saft der *Upas* getränkt waren, gossen Kanonenkugeln, füllten die Pulverfässer, luden die Waffen.

Die Königin von Mompracem, schön, bezaubernd, schimmernd vor Gold und Perlen, war bei ihnen, ermunterte sie mit Worten und mit ihrem Lächeln.

Allen voran arbeitete Sandokan mit fieberhaftem, beinahe tollwütigem Eifer. Er lief hin, wo immer er gebraucht wurde, half seinen Männern, die Geschütze aufzustellen, zertrümmerte Felsen, um Material zu gewinnen und lenkte allerorten die Befestigungsarbeiten, wobei er tatkräftig von Yanez unterstützt wurde, der seine gewohnte Ruhe verloren zu haben schien.

Der Anblick des Kanonenbootes, das immer noch in Sichtweite der Insel kreuzte und die Arbeiten auskundschaftete, war für die Piraten Antrieb genug, denn sie waren nun davon überzeugt, dass das Schiff auf ein mächtiges Geschwader wartete, um die Festung des Tigers unter Beschuss zu nehmen.

Gegen Mittag kam eine Reihe Piraten in das Dorf, die am Vorabend mit drei *Proas* hinausgesegelt waren, und die Nachrichten, die sie mitbrachten, waren beunruhigend. Am Morgen hatten sie ein offenbar spanisches Kanonenboot gesichtet, das in östliche Richtung fuhr, aber vor der Westküste war kein feindliches Schiff aufgetaucht.

„Ich fürchte einen Großangriff", sagte Sandokan zu Yanez. „Die Engländer werden nicht allein kommen, um mich anzugreifen, du wirst sehen."

„Ob sie sich mit den Spaniern und den Holländern verbündet haben?"

„Ja, Yanez, mein Herz sagt mir, dass ich mich nicht täusche."

„Sie werden sich an uns die Zähne ausbeißen. Unsere Siedlung ist jetzt uneinnehmbar."

„Mag sein, Yanez, lass uns hoffen. Jedenfalls sind für den Fall einer Niederlage die *Proas* bereit in See zu stechen."

Sie machten sich wieder an die Arbeit, während einige Piraten sich in die Eingeborenendörfer im Innern der Insel begaben, um dort die tapfersten Männer zu rekrutieren.

Am Abend war das Dorf für den Kampf gerüstet und hatte einen wahrlich beeindruckenden Befestigungsring vorzuweisen.

Drei Reihen von Befestigungsanlagen, eine wehrhafter als die andere, waren in einem Halbkreis angelegt, der das gesamte Dorf abschirmte.

Hohe Palisaden und breite Gräben machten eine Erstürmung dieser Befestigungen beinahe unmöglich. Sechsundvierzig Kanonen mit einem Kaliber von 12, 18 und einige sogar von 24 Pfund befanden sich auf dem zentralen Befestigungsturm, ein halbes Dutzend Mörser und sechzig Donnerbüchsen verteidigten die befestigte Siedlung, bereit, Kugeln, Granaten und Gewehrsalven gegen die feindlichen Schiffe zu schleudern.

In der Nacht ließ Sandokan die *Proas* entmasten und alles, was sich darauf befand, an Land bringen, dann versenkte er sie in der Bucht, damit der Feind sich ihrer nicht bemächtigen oder sie zerstören konnte, und schickte eine Reihe Boote aus, die die Bewegungen des Kanonenbootes beobachten sollten, das sich aber nicht von der Stelle bewegte.

In der Morgendämmerung wurden Sandokan, Marianna und Yanez, die seit einigen Stunden in der großen Hütte schliefen, jäh durch einen großen Lärm geweckt.

„Der Feind! Der Feind!", ertönten Schreie aus dem Dorf.

Sie stürzten aus der Hütte heraus und liefen an den Rand der großen Klippe.

Dort war der Feind, etwa sechs oder sieben Meilen von der Insel entfernt, und näherte sich langsam und in Schlachtformation. Bei diesem Anblick erschienen tiefe Falten auf Sandokans Stirn und Yanez' Miene verfinsterte sich.

„Das ist ja eine wahre Flotte", murmelte er. „Wie konnten die Hunde von Engländern so viele Kräfte um sich versammeln?"

„Labuan hat einen ganzen Truppenverband gegen uns ausgeschickt", sagte Sandokan. „Schau, dort sind englische Schiffe, holländische, spanische und sogar einige *Proas* von diesem Schurken, dem Sultan von Varauni, selbst ein Pirat, der eifersüchtig auf meine Macht ist."

Und genauso war es. Das feindliche Geschwader setzte sich zusammen aus drei großen Kreuzern unter englischer Fahne, zwei schwer bewaffneten holländischen Korvetten, vier spanischen Kanonenbooten und einem Kutter sowie acht *Proas* aus dem Sultanat Varauni.

Alles in allem durften sie wohl über einhundertfünfzig oder einhundertsechzig Kanonen und eintausendfünfhundert Männer verfügen.

„Beim Zeus, es sind viele!", rief Yanez aus. „Aber wir sind tapfer und unsere Festung ist stark."

„Wirst du siegen, Sandokan?", fragte Marianna mit bebender Stimme.

„Das hoffe ich, meine Liebe", erwiderte der Pirat. „Meine Männer sind mutig und kühn."

„Ich habe Angst, Sandokan."

„Wovor?"

„Davor, dass eine Kugel dich töten könnte."

„Der gute Geist, der mich seit vielen Jahren behütet, wird mich heute, da ich für dich kämpfe, nicht verlassen. Komm, Marianna, jede Minute ist kostbar."

Sie stiegen die Treppe hinunter und gingen in das Dorf, wo die Piraten sich bereits an den Geschützen postiert hatten, bereit, sich mit ungeheurem Mut in die titanische Schlacht zu stürzen. Zweihundert Eingeborene, die zwar keinen Hieb parieren, aber Arkebusen und Kanonen bedienen konnten, eine Kunst, die sie schnell von ihren Meistern gelernt hatten, waren gekommen und hatten die ihnen von den Anführern der Piraten zugewiesenen Posten eingenommen.

„Gut", sagte Yanez. „Wir werden dem Angriff mit dreihundertfünfzig Männern begegnen können."

Sandokan rief sechs seiner tapfersten Männer herbei und vertraute ihnen Marianna an, damit sie sie in den Wald brachten, wo sie keiner Gefahr ausgesetzt war.

„Geh, meine Liebste", sagte er und drückte sie an sein Herz. „Wenn ich siege, wirst du die Königin von Mompracem sein und wenn das Schicksal will, dass ich unterliege, werden wir fliehen und unser Glück andernorts suchen."

„Ah! Sandokan, ich habe Angst!", rief die junge Frau und brach in Tränen aus.

„Ich werde zu dir zurückkehren, meine Liebste, hab keine Angst. Auch in dieser Schlacht werden die Kugeln den Tiger von Malaysia verschonen."

Er küsste sie auf die Stirn, dann lief er zu den Befestigungen und rief mit donnernder Stimme:

„Auf, Tigerchen, der Tiger ist bei euch! Der Feind ist stark, aber wir sind immer noch die Tiger des wilden Mompracem!"

Ein einstimmiger Ruf war die Antwort:

„Es lebe Sandokan! Es lebe unsere Königin! ..."

Die feindliche Flotte war sechs Meilen vor der Insel zum Stillstand gekommen, Boote legten von den Schiffen ab und brachten Offiziere hierhin und dorthin.

Augenscheinlich wurde auf dem Kreuzer, der die Kommandoflagge gehisst hatte, Kriegsrat gehalten. Um zehn begannen die Schiffe und *Proas,* immer noch in Schlachtformation, sich in Richtung der Bucht in Bewegung zu setzen.

„Tiger von Mompracem!", rief Sandokan, der aufrecht auf dem zentralen Befestigungsturm, hinter einer 24-Pfünder-Kanone stand.

„Denkt daran, dass ihr die Perle von Labuan verteidigt und daran, dass die Männer, die kommen, um uns anzugreifen, jene sind, die an den Küsten von Labuan eure Gefährten ermordeten!"

„Rache! Blut!", schrien die Piraten.

In diesem Augenblick feuerte das Kanonenboot, das bereits seit zwei Tagen die Insel auskundschaftete, seine Kanone ab und durch einen seltsamen Zufall traf das Geschoss die Piratenflagge, die oben auf dem großen Befestigungsturm wehte.

Sandokan zuckte zusammen und ein tiefer Schmerz war in seinem Gesicht zu lesen.

„Du wirst siegen, feindliche Flotte!", rief er mit trauriger Stimme aus. „Mein Herz sagt es mir."

Immer näher kam die Flotte und hielt sich in einer Linie, in deren Mitte sich der große Kreuzer, umgeben von den *Proas* des Sultans von Varauni, befand.

Sandokan wartete, bis sie nur noch tausend Schritte entfernt waren, dann erhob er den Krummsäbel und rief mit donnernder Stimme:

„An eure Geschütze, Tigerchen! Ich halte euch nicht länger zurück: Fegt diese Hochmütigen von meinem Meer! Feuer! ..."

Beim Kommando des Tigers zuckten überall entlang der Türme, Befestigungen und Wälle Blitze auf und vereinigten sich zu einer einzigen Detonation, die bis hin zu den Romades-Inseln zu hören war. Es war, als flöge das gesamte Dorf in die Luft und bis hin zum Meer bebte die Erde. Dichte Rauchschwaden umgaben die Geschütze, wuchsen beständig mit den weiteren Salven, die wütend eine auf die andere folgten, und breiteten sich nach rechts und nach links aus, bis dorthin, wo die Donnerbüchsen feuerten.

Das Geschwader, wenn auch hart drangsaliert von diesem fulminanten Geschosshagel, ließ nicht lange mit einer Antwort auf sich warten. Die Kreuzer, die Korvetten, die Kanonenboote und die *Proas,* in dichten Rauch gehüllt, schleuderten Kugeln und Granaten gegen die Verteidigungsanlagen, während eine große Schar geschickter Schützen ein heftiges Musketenfeuer eröffnete, das zwar den Befestigungen nichts anhaben konnte, den Geschützmännern von Mompracem jedoch arg zusetzte.

Hüben wie drüben ging kaum ein Schuss daneben, man wetteiferte in Schnelligkeit und Präzision, entschlossen, sich erst aus der Ferne und dann aus der Nähe gegenseitig zu vernichten.

Die Flotte war überlegen, was Geschützmündungen und die Zahl der Männer anging, und hatte zudem den Vorteil, beweglich zu sein und dem feindlichen Feuer ausweichen zu können, aber trotz alledem konnte sie nicht die Oberhand gewinnen.

Es war eine wahre Freude dieses Dorf zu sehen, das von einer Handvoll tapferer Recken verteidigt wurde, das von allen Seiten her Feuer spuckte und Schuss mit Schuss vergolt, das eine Flut von Kugeln und Granaten, einen Orkan an Geschossen hinausschleuderte, der die Seiten der Schiffe zertrümmerte, die Takelagen zerschoss und die Mannschaften in Stücke riss. Es hatte Eisen für alle, brüllte lauter als die Kanonen der Flotte, strafte die Vorwitzigen, die herausfordernd bis auf wenige hundert Meter an die berüchtigte Küste herankamen, zwang die Wagemutigeren zum Rückzug, die versuchten, Soldaten an Land zu setzen, und ließ das Meer bis auf drei Meilen hinaus erbeben.

Sandokan stand mit feurigem Blick inmitten seiner tapferen Bande, aufrecht hinter einer großen 24-Pfünder-Kanone, die aus ihrem rauchenden Schlund riesige Geschosse schleuderte, und rief immer wieder:

„Feuer, meine Recken! Fegt sie vom Meer, zerschmettert die Schiffe, die gekommen sind, unsere Königin zu rauben!"

Seine Stimme verhallte nicht ungehört. Die Piraten, die inmitten des dichten Kugelhages, der die Palisaden zerschlug, die Wälle durchbohrte und die Befestigungen zerstörte, eine bemerkenswerte Kaltblütigkeit bewahrten, richteten unerschrocken ihre Geschütze aus und trieben sich gegenseitig mit lautem Geschrei an.

Eine *Proa* des Sultans wurde in Brand gesetzt und in die Luft gejagt, als sie den dreisten Versuch unternahm, zu Füßen der großen Klippe zu landen. Ihre Wrackteile flogen bis an die ersten Palisaden des Dorfes heran und die sieben oder acht Männer, die der Explosion entgangen waren, wurden mit einem Geschosshagel niedergestreckt.

Ein spanisches Kanonenboot, das versuchte, sich der Küste zu nähern, um seine Männer an Land zu setzen, verlor all seine Masten und strandete vor der Siedlung, da seine Maschine explodiert war. Nicht einer seiner Männer kam davon.

„Kommt nur an Land!", schrie Sandokan. „Kommt und messt euch mit den Tigern von Mompracem, wenn ihr es wagt. Ihr seid Knaben und wir sind Riesen!"

Es war offensichtlich, dass, solange die Befestigungen standhielten und die Munition nicht ausging, es keinem Schiff gelingen würde, sich der Küste dieser furchterregenden Insel zu nähern. Zum Unglück für die Piraten traf jedoch gegen sechs am Nachmittag, als die schwer angeschlagene Flottille sich bereits zum Rückzug anschickte, in den Gewässern vor der Insel eine unerwartete Verstärkung ein, die von den Mannschaften an Bord mit lautem Hurrageschrei begrüßt wurde.

Sie bestand aus zwei weiteren englischen Kreuzern und einer großen holländischen Korvette, auf die mit kurzem Abstand eine mit zahlreichen Geschützen bestückte Schonerbrigg folgte.

Beim Anblick dieser neuen Feinde erblassten Sandokan und Yanez. Sie begriffen, dass der Fall der Festung nur noch eine Frage von Stunden war, aber dennoch verloren sie nicht den Mut, sondern richteten einen Teil ihrer Kanonen auf die neu eingetroffenen Schiffe.

Das nunmehr verstärkte Geschwader schöpfte neue Kraft, näherte sich der befestigten Siedlung und nahm die bereits arg beschädigten Verteidigungsanlagen wütend unter Beschuss. Hunderte von Granaten regneten auf die Wälle, die Befestigungen, die Wehrtürme und das Dorf herab, heftige Explosionen rissen die Verteidigungsanlagen nieder, zerschmetterten die Palisaden, drangen in die Schießscharten. Binnen einer Stunde lag der erste Befestigungsring in Schutt und Asche. Sechzehn Kanonen waren nicht mehr zu gebrauchen und ein Dutzend Donnerbüchsen lagen in einem Berg von Trümmern und Leichen.

Sandokan versuchte einen letzten Schlag. Er richtete das Feuer seiner Kanonen allein auf das Kommandoschiff und überließ es den Donnerbüchsen, das Feuer der anderen Schiffe zu erwidern. Zwanzig Minuten lang hielt der Kreuzer dem Hagel der Geschosse stand, die von allen Seiten auf ihn einprasselten, seine Takelage in Stücke schlugen und seine Männer töteten, dann riss eine Granate von 21 Kilogramm, die Giro-Batol mit einem Mörser auf ihn abfeuerte, ein riesiges Leck in seinen Bug. Das Schiff neigte sich zur Seite und begann rasch zu sinken. Die anderen Schiffe wandten ihre Aufmerksamkeit der Rettung der Schiffbrüchigen zu und zahlreiche Boote kreuzten in den Wellen, von denen jedoch nur wenige den Geschossen der Piraten entgingen. Der Kreuzer sank innerhalb von drei Minuten und riss die Männer mit sich, die sich noch an Deck befanden.

Für einige Minuten stellte das Geschwader das Feuer ein, aber nur, um es dann noch heftiger als zuvor wieder aufzunehmen, und kam bis auf vierhundert Meter an die Insel heran. Binnen einer Stunde hatte der schwere Beschuss die Geschütze zur Rechten wie zur Linken zum Schweigen gebracht und die Piraten waren gezwungen, sich hinter den zweiten Verteidigungsring zurückzuziehen, und dann hinter den dritten, der auch bereits zur Hälfte zerstört war. Einzig der große Mittelturm, der am besten mit Geschützen ausgerüstet und auch am massivsten war, stand noch und hatte keine größeren Schäden davongetragen.

Sandokan wurde nicht müde, seine Männer anzutreiben, aber dennoch sah er, dass der Augenblick des Rückzugs nicht mehr fern war. Eine halbe Stunde später explodierte mit unglaublicher Gewalt ein Pulverfass, brachte die bereits beschädigten Schanzen zum Einsturz und begrub zwölf Piraten und zwanzig Eingeborene unter den Trümmern. Noch ein weiterer Versuch wurde unternommen, den Vormarsch des Feindes aufzuhalten, indem man das Feuer auf einen anderen Kreuzer konzentrierte, aber es gab zu wenige Kanonen, da viele bereits getroffen oder gar zerstört waren. Um sieben Uhr zehn stürzte auch der große Turm ein und begrub zahlreiche Männer und die größten Geschütze unter sich.

„Sandokan!", rief Yanez und eilte zu dem Piraten, der gerade seine Kanone ausrichtete. „Die Stellung ist verloren."

„Ja, so ist es", erwiderte der Tiger mit erstickter Stimme. „Gib den Befehl zum Rückzug, sonst ist es zu spät."

Sandokan warf einen verzweifelten Blick auf die Trümmer, aus denen nur noch sechzehn Kanonen und zwanzig Donnerbüchsen feuerten, und dann auf das Geschwader, das die Boote zu Wasser ließ, um seine Männer an Land zu bringen. Eine *Proa* hatte bereits zu Füßen der großen Klippe den Anker geworfen und die Mannschaft bereitete sich darauf vor, in Stellung zu gehen.

Das Spiel war unwiederbringlich verloren. In wenigen Minuten würden die Angreifer, zahlenmäßig um das Dreißig- oder Vierzigfache überlegen, an Land gehen, um mit den Bajonetten gegen die geschwächten Schützengräben vorzurücken und die letzten Verteidiger niederzumachen. Eine Verzögerung von wenigen Minuten konnte ihnen zum Verhängnis werden und die Flucht in Richtung der Westküste gefährden.

Sandokan rief all seine Männer zu sich, um jenes Wort auszusprechen, das noch niemals zuvor über seine Lippen gekommen war, und befahl den Rückzug.

In dem Augenblick, als die Tigerchen des gefallenen Mompracem sich mit Tränen in den Augen und gepeinigten Herzen in die Wälder retteten und die Eingeborenen in alle Richtungen flohen, ging der Feind an Land und stürmte mit gefällten Bajonetten wütend auf die Verschanzungen zu, hinter denen er den Gegner noch vorzufinden glaubte.

Der Stern von Mompracem war auf immer erloschen!

Kapitel 28

Auf See

Die Piraten, nur noch siebzig an der Zahl und der größte Teil von ihnen verwundet, aber immer noch bluthungrig, immer noch bereit, den Kampf jederzeit wieder aufzunehmen, immer noch nach Rache dürstend, traten unter der Führung ihrer tapferen Führer, des Tigers von Malaysia und Yanez, die auf wunderbare Weise dem Eisen und Blei des Feindes entgangen waren, den Rückzug an.

Obwohl Sandokan auf immer seine Macht verloren hatte, seine Insel, sein Meer, alles, bewahrte er bei diesem Rückzug eine bewundernswerte Ruhe. Zweifellos tröstete es ihn, der ja das baldige Ende der Piraterie hatte kommen sehen und sich mit dem Gedanken vertraut gemacht hatte, von diesem Meer weit fortzugehen, zu wissen, dass ihm in all diesem Unglück dennoch seine geliebte Perle von Labuan blieb.

Nichtsdestotrotz waren in seinem Gesicht die Zeichen einer tiefen Bewegtheit zu lesen, die er vergeblich zu verbergen suchte. Die Piraten beschleunigten ihre Schritte und hatten bald die Ufer eines ausgetrockneten Flusses erreicht, wo sie auf Marianna und die sechs Männer, die zu ihrer Bewachung abgestellt waren, trafen.

Die junge Frau stürzte sich in Sandokans Arme und drückte ihn zärtlich an sich.

„Gott sei gedankt", sagte sie. „Du kehrst lebend zu mir zurück."

„Lebend ja, aber besiegt", erwiderte er betrübt.

„So will es das Schicksal, mein Held."

„Lass uns aufbrechen, Marianna, der Feind ist nicht weit. Auf, meine Tigerchen, wir wollen uns nicht von den Siegern einholen lassen. Vielleicht steht uns noch eine weitere schreckliche Schlacht bevor."

In der Ferne ertönte das Triumphgeschrei der Sieger und ein heller Schein war zu sehen, ein sicheres Zeichen, dass das Dorf in Brand gesteckt worden war.

Sandokan ließ Marianna auf einem Pferd aufsitzen, das man am Tag zuvor dort hingeführt hatte, und der kleine Trupp setzte sich rasch in Bewegung, um zur Westküste zu gelangen, ehe der Feind Gelegenheit hatte, ihnen den Rückzug abzuschneiden.

Um elf am Abend erreichten sie ein kleines Dorf an der Küste, vor dem die drei *Proas* vor Anker lagen.

„Rasch, gehen wir an Bord", sagte Sandokan. „Jede Minute ist kostbar."

„Werden sie uns angreifen?", fragte Marianna.

„Vielleicht, aber mein Krummsäbel wird dich beschützen und meine Brust wird dir ein Schild sein gegen die Hiebe der Verfluchten, die mich durch ihre Überzahl besiegten."

Er lief zum Strand hinunter und beobachtete aufmerksam das Meer, das schwarz wie Tinte dalag.

„Ich sehe nirgends ein Signallicht", sagte er zu Marianna. „Vielleicht werden wir meine arme Insel unbehelligt verlassen können."

Er seufzte tief und fuhr sich mit der Hand über die Stirn, auf der dicke Schweißperlen standen.

„Gehen wir an Bord", sagte er.

Mit Tränen in den Augen gingen die Piraten an Bord, dreißig bezogen Posten auf der kleinsten der *Proas,* die anderen verteilten sich auf Sandokans Schiff und auf das von Yanez befehligte, das die gewaltigen Schätze ihres Anführers geladen hatte.

In dem Augenblick, als sie die Anker lichteten, fuhr Sandokan sich plötzlich mit den Händen ans Herz, so als sei in seiner Brust etwas zerbrochen.

„Mein Liebster", sagte Marianna und legte die Arme um ihn.

„Ah!", rief er mit dumpfem Schmerz aus. „Mir ist, als müsste mein Herz zerreißen."

„Du betrauerst den Verlust deiner Macht, Sandokan, und den Verlust deiner Insel."

„Das ist wahr, meine Liebste."

„Vielleicht wirst du sie eines Tages wiedergewinnen und wir kehren hierher zurück."

„Nein, für den Tiger von Malaysia ist alles zu Ende. Und ich fühle, dass ich nicht mehr derselbe Mann bin wie einst."

Er senkte den Kopf auf die Brust und man hörte etwas, das wie ein leises Schluchzen klang, dann aber hob er den Kopf entschlossen wieder und rief mit donnernder Stimme:

„Wir stechen in See! ..."

Die drei Schiffe machten die Leinen los, entfernten sich von der Insel und trugen die letzten Überlebenden jener furchterregenden Bande, die zwölf Jahre lang das malaiische Meer mit Angst und Schrecken überzogen hatte, mit sich hinfort.

Sechs Meilen waren sie bereits gesegelt, als sich an Bord der Schiffe wütendes Geheul erhob. Inmitten der Dunkelheit waren plötzlich zwei leuchtende Punkte aufgetaucht, die sich mit dumpfem Grollen auf die kleine Flotte zubewegten.

„Die Kreuzer! ...", rief eine Stimme. „Achtung, Freunde! ..."

Sandokan, der im Heck saß und unverwandt auf die Insel starrte, die allmählich in der Dunkelheit verschwand, sprang auf und stieß ein wahres Gebrüll aus.

„Wieder der Feind!", schrie er mit unbeschreiblicher Stimme und drückte das Mädchen, das bei ihm stand, fest an sich. „Oh ihr Verfluchten, selbst auf dem Meer verfolgt ihr mich? Tigerchen, die Löwen kommen auf uns zu. Auf mit euch und zu den Waffen!"

Mehr brauchte es nicht, um die Piraten anzufeuern, die es nach Rache dürstete und die sich schon der Hoffnung hingaben, in einem verzweifelten Kampf die verlorene Insel zurückerobern zu können. Alle schwangen ihre Waffen, bereit auf den Befehl ihrer Anführer hin zum Entern anzusetzen.

„Marianna", sagte Sandokan an die junge Frau gewandt, die mit Entsetzen auf die beiden leuchtenden Punkte blickte, die in der Dunkelheit funkelten. „Geh hinunter in deine Kabine, mein Herz."

„Großer Gott, wir sind verloren!", flüsterte sie.

„Noch nicht. Die Tiger von Mompracem dürstet nach Blut."

„Vielleicht sind es zwei mächtige Kreuzer, Sandokan?"

„Und wenn sie tausend Männer an Bord hätten, wir werden sie entern."

„Stürz dich nicht in ein weiteres Gefecht, mein tapferer Freund. Vielleicht haben die beiden Schiffe uns noch nicht entdeckt und man könnte sie täuschen."

„Das ist wahr, Lady Marianna", sagte einer der malaiischen Anführer. „Sie suchen nach uns, da bin ich sicher, aber ich bezweifle sehr, dass sie uns bereits gesehen haben. Die Nacht ist finster und wir haben keinerlei Licht an Bord, daher ist es unmöglich, dass sie unsere Gegenwart bereits bemerkt haben. Seid besonnen, Tiger von Malaysia. Wenn wir eine weitere Schlacht vermeiden können, haben wir alles zu gewinnen."

„So sei es", erwiderte Sandokan, nachdem er einige Augenblicke nachgedacht hatte. „Für den Augenblick werde ich den Zorn bezähmen, der in meinem Herzen brennt, und werde versuchen, ihnen auszuweichen, aber wehe ihnen, wenn sie mir auf der neuen Route folgen! ... Ich bin zu allem entschlossen und werde sie angreifen."

„Gefährden wir nicht unnütz die letzten Tiger von Mompracem", sagte der malaiische Anführer. „Wir wollen vorerst besonnen bleiben."

Die Dunkelheit begünstigte ihren Rückzug.

Auf den Befehl von Sandokan hin drehte die *Proa* ab und segelte in Richtung der Südküste der Insel, wo es eine Bucht gab, die groß genug war, eine kleine Flotte aufzunehmen. Die beiden anderen Schiffe beeilten sich, ihrerseits das Manöver durchzuführen, denn sie hatten gleich begriffen, was der Tiger von Malaysia plante.

Der Wind stand günstig, er wehte aus Nordost und war recht frisch, so dass es den *Proas* möglich sein würde, die Bucht vor Sonnenaufgang zu erreichen.

„Haben die beiden Schiffe ihren Kurs geändert?", fragte Marianna, die ängstlich auf das Meer hinausblickte.

„Das lässt sich noch nicht sagen", erwiderte Sandokan, der auf die Bordkante gestiegen war, um die beiden Leuchtpunkte besser beobachten zu können.

„Mir scheint, sie bleiben auf dem offenen Meer. Ist es so, Sandokan, oder täusche ich mich vielleicht?"

„Du täuschst dich, Marianna", erwiderte der Pirat nach einer kleinen Weile. „Auch die beiden leuchtenden Punkte haben die Richtung geändert."

„Kommen sie auf uns zu?"

„Es scheint so."

„Können wir ihnen nicht entkommen?", fragte die junge Frau beklommen.

„Wie sollen wir gegen ihre Maschinen ankommen? Der Wind ist noch zu schwach, als dass unsere Schiffe es an

Geschwindigkeit mit den Dampfern aufnehmen könnten. Aber wer weiß, der Morgen ist nicht mehr weit und bei Sonnenaufgang frischt der Wind in dieser Gegend auf."

„Sandokan!"

„Marianna."

„Ich habe eine schlimme Vorahnung."

„Fürchte dich nicht, mein Mädchen. Die Tiger von Mompracem sind bereit, für dich zu sterben."

„Ich weiß, Sandokan, aber um dich habe ich Angst."

„Um mich!", rief der Pirat voller Stolz aus. „Ich fürchte die beiden Leoparden nicht, die nach uns suchen, um uns ein weiteres Gefecht zu liefern. Der Tiger ist zwar besiegt worden, aber er ist noch nicht gebändigt!"

„Was, wenn dich eine Kugel trifft? Großer Gott! Welch ein schrecklicher Gedanke, mein tapferer Sandokan!"

„Die Nacht ist finster und kein Licht scheint an Bord unserer Schiffe und ..."

Eine Stimme, die von der zweiten *Proa* herüber rief, schnitt ihm das Wort ab.

„He, Bruder!"

„Was gibt es, Yanez?", fragte Sandokan, der die Stimme des Portugiesen erkannt hatte.

„Mir scheint, die beiden Dampfer bereiten sich darauf vor, uns den Weg abzuschneiden. Die Signallichter haben von rotes auf grünes Licht gewechselt, was bedeutet, dass die Schiffe ihren Kurs geändert haben."

„Dann haben die Engländer unsere Gegenwart bemerkt."

„Das befürchte ich, Sandokan."

„Was rätst du mir, soll ich tun?"

„Aufs Meer hinausfahren und den Versuch wagen, zwischen den Feinden hindurchzusegeln. Schau: Sie trennen sich voneinander, um uns in die Zange zu nehmen."

Der Portugiese hatte sich nicht getäuscht.

Die beiden feindlichen Schiffe, die seit einer Weile scheinbar eigenartige Manöver durchführten, hatten sich plötzlich voneinander entfernt. Während das eine sich in Richtung der nördlichen Küste Mompracems bewegte, steuerte das andere geschwind auf die südliche zu. An ihrer Absicht bestand nun kein Zweifel mehr. Sie wollten sich zwischen den Seglern und der Küste positionieren und sie so daran hindern, Zuflucht in einem Meerbusen oder einer Bucht zu suchen, und sie dazu zwingen, hinauszusegeln, um sie dann auf dem offenen Meer anzugreifen. Sandokan hatte das erkannt und stieß einen zornigen Schrei aus.

„Ah!", rief er. „Ihr wollt ein Gefecht? Nun gut, ihr sollt es haben!"

„Noch nicht, Bruder!", rief Yanez, der am Bug seines Schiffes stand. „Lass uns hinausfahren und versuchen, zwischen den Gegnern hindurchzusegeln."

„Sie werden uns einholen, Yanez. Der Wind ist noch zu schwach."

„Lass es uns versuchen, Sandokan. He! An die Schoten mit euch, wir drehen nach Westen ab! Die Kanoniere auf ihre Posten!"

Wenige Augenblicke später hatten die drei Segler ihren Kurs geändert und hielten sich nun hart nach Westen.

Als hätten sie das gewagte Manöver bemerkt, änderten auch die beiden großen Schiffe beinahe augenblicklich die Richtung und fuhren wieder aufs Meer hinaus. Sicherlich wollten sie die drei *Proas* zwischen sich bringen, ehe diese irgendeine andere Insel ansteuern konnten.

Sandokan und Yanez aber hielten diesen Richtungswechsel für einen reinen Zufall und änderten ihren Kurs nicht, sondern befahlen sogar ihren Mannschaften, einige Stagsegel zu setzen, um noch schneller voranzukommen.

Zwanzig Minuten lang segelten die drei *Proas* weiter voran und versuchten, den Klauen der beiden Kriegsschiffe zu entkommen, die sich einander immer weiter annäherten.

Die Piraten ließen die Signallichter nicht aus den Augen und versuchten die Manöver der Feinde zu ergründen. Gleichzeitig hielten sie sich bereit, auf Befehl ihrer Anführer die Kanonen und Gewehre sprechen zu lassen. Mit einigen Wenden waren sie bereits ein gutes Stück vorangekommen, als sie sahen, wie die Signallichter wiederum die Richtung änderten.

Einen Augenblick später hörte man Yanez rufen:

„He! Seht ihr nicht, dass sie Jagd auf uns machen?"

„Ah! Schurken!", schrie Sandokan außer sich. „Selbst auf dem Meer greift ihr mich an? Wir haben genügend Eisen und Blei für euch alle!"

„Wir sind verloren, nicht wahr, Sandokan?", fragte Marianna und klammerte sich an den Piraten.

„Noch nicht, mein Mädchen", erwiderte der Tiger. „Rasch, geh in deine Kabine. In wenigen Minuten werden die Kugeln auf das Deck meiner *Proa* hageln."

„Ich will an deiner Seite bleiben, mein Tapferer. Wenn du stirbst, will auch ich an deiner Seite sterben."

„Nein, Marianna. Wenn du in meiner Nähe bist, würde mir die Kühnheit fehlen und ich wäre zu ängstlich. Ich muss frei sein, wieder der Tiger von Malaysia zu werden."

„Lass uns wenigstens warten, bis die Schiffe uns erreicht haben. Vielleicht haben sie uns noch nicht entdeckt."

„Sie kommen mit Volldampf auf uns zu, meine Liebste. Ich kann sie bereits sehen."

„Sind es mächtige Schiffe?"

„Eine Korvette und ein Kanonenboot."

„Du kannst sie nicht besiegen."

„Wir sind tapfere Männer und werden das größere Schiff angreifen. Geh jetzt in deine Kabine."

„Ich habe Angst, Sandokan!", rief die junge Frau schluchzend.

„Fürchte dich nicht. Die Tiger von Mompracem werden mit dem Mut der Verzweiflung kämpfen."

In diesem Augenblick ertönte auf dem Meer Kanonendonner. Eine Kugel flog mit rauem Zischen über die *Proa* hinweg, genau zwischen zweien ihrer Segel hindurch.

„Hörst du?", fragte Sandokan. „Sie haben uns entdeckt und bereiten sich auf den Angriff vor. Schau doch! Beide bewegen sich gleichzeitig auf uns zu, um uns zu rammen."

Und wirklich kamen die beiden feindlichen Schiffe mit Volldampf näher, so als beabsichtigten sie, geradewegs in die drei kleinen Segelschiffe hineinzufahren. Die Korvette holte alles aus ihrer Maschine heraus und bewegte sich, rötliche Rauchwolken und Schlacke spuckend, auf Sandokans *Proa* zu, während das Kanonenboot versuchte, sich gegen das von Yanez befehligte Schiff zu werfen.

„Geh in deine Kabine!", rief Sandokan, als die Korvette eine zweite Kanonensalve feuerte. „Hier wird es Tote geben."

Er nahm die junge Frau in seine kräftigen Arme und trug sie in die Kabine.

Im gleichen Augenblick fegte ein Geschosshagel über das Schiff, prasselte gegen den Rumpf und in die Masten.

Marianna klammerte sich verzweifelt an Sandokan.

„Bleib bei mir, mein Tapferer", flehte sie mit tränenerstickter Stimme. „Geh nicht von meiner Seite! Ich habe Angst, Sandokan!"

Der Pirat schob sie mit sanftem Nachdruck von sich.

„Fürchte nicht um mich", sagte er. „Lass mich die letzte Schlacht kämpfen, lass mich noch einmal das Donnern der Geschütze hören. Lass mich noch einmal die Tiger von Mompracem zum Sieg führen."

„Ich habe böse Vorahnungen, Sandokan. Lass mich in deiner Nähe bleiben. Ich werde dich gegen die Waffen meiner Landsleute verteidigen!"

„Ich werde meine Feinde schon allein aufs Meer zurückjagen."

Vom Meer her erklang wütender Kanonendonner. An Deck hörte man das wilde Gebrüll der Tiger von Mompracem und das Stöhnen der ersten Verwundeten.

Sandokan löste sich aus den Armen der jungen Frau, stürzte zur Treppe und schrie:

„Vorwärts meine tapferen Recken! Der Tiger von Mompracem ist bei euch!"

Auf beiden Seiten wurde der Kampf heftiger. Das Kanonenboot hatte die *Proa* des Portugiesen angegriffen und versucht, sie zu entern, hatte aber den Kürzeren gezogen. Zu sehr hatten ihm Yanez' Geschütze bereits zugesetzt, die seine Räder zertrümmert, seine Seiten durchbohrt und sogar seinen Mast zu Fall gebracht hatten.

Hier bestand kein Zweifel, an wen der Sieg gehen würde, aber da war noch die Korvette, ein mächtiges Schiff mit vielen Geschützen und einer sehr zahlreichen Mannschaft. Sie hatte sich auf die beiden *Proas* von Sandokan gestürzt, sie mit Eisen überschüttet und unter den Piraten ein Blutbad angerichtet.

Das Erscheinen des Tigers von Malaysia flößte den Kämpfenden neuen Mut ein, die angesichts des unablässigen Feuers bereits ein Gefühl der Machtlosigkeit überkommen hatte.

Der außergewöhnliche Mann stürzte an eine der Kanonen und schrie grimmig:

„Vorwärts, meine Recken! Den Tiger von Malaysia dürstet nach Blut! Lasst uns das Meer zerteilen und die Hunde, die uns herausfordern, hineinwerfen! ..."

Seine Anwesenheit vermochte jedoch nicht, den Ausgang des erbitterten Gefechts noch zu ändern. Wenn auch keiner seiner Schüsse fehlging und er einen Hagel an Geschossen auf die Bordwände der Korvette abfeuerte, so regneten auch auf sein Schiff unablässig Kugeln und Granaten herab, brachten die Masten zu Fall und rissen seine Männer in Stücke.

Es war unmöglich, solch einem wütenden Beschuss standzuhalten. In wenigen Minuten würden die beiden unseligen *Proas* nur noch ein paar kahlgefegte Pontons sein. Nur der Portugiese machte dem Kanonenboot erfolgreich den Sieg streitig, indem er eine verheerende Breitseite nach der anderen darauf abfeuerte.

Mit einem Blick erfasste Sandokan den Ernst der Lage.

Als er sah, dass auf der anderen *Proa* kein Mast mehr stand und sie im Begriff war zu sinken, legte er längsseits an und holte die Überlebenden an Bord seines eigenen Schiffes. Dann zog er seinen Krummsäbel und schrie:

„Auf, Tigerchen! ... Fertig machen zum Entern! ..."

Die Verzweiflung ließ die Kräfte der Piraten um das Hundertfache wachsen.

Gleichzeitig feuerten sie die beiden Kanonen und die Donnerbüchsen ab, um die Gewehrschützen von der feindlichen Bordwand zu fegen, dann warfen die dreißig Tapferen die Enterhaken.

„Hab keine Angst, Marianna!", rief Sandokan noch ein letztes Mal, als er hörte, wie die junge Frau flehentlich nach ihm rief. Dann, während Yanez, der das Glück auf seiner Seite hatte, eine Granate in das Pulvermagazin des Kanonenboots feuerte und es in die Luft sprengte, setzte er an der Spitze seiner Tapferen zum Entern an und stürzte wie ein verwundeter Stier an Deck des feindlichen Schiffes.

„Macht Platz!", donnerte er und ließ seinen Krummsäbel kreisen. „Ich bin der Tiger! ..."

Gefolgt von seinen Männern warf er sich auf die Matrosen, die mit erhobenen Äxten herbeiliefen, und drängte sie bis in Heck zurück, aber vom Bug her stürmte eine weitere Flut von Männern heran, angeführt von einem Offizier, den Sandokan sogleich erkannte.

„Ah! Du bist's, Baronet!", schrie der Tiger und stürzte ihm entgegen.

„Wo ist Marianna?", fragte der Offizier mit zornerstickter Stimme.

„Dort ist sie", erwiderte Sandokan. „Hol sie dir!"

Mit einem Hieb seines Krummsäbels streckte er ihn nieder, dann warf er sich auf ihn und bohrte ihm den *Kris* ins Herz, aber im gleichen Moment stürzte er selbst, von der Rückseite einer Axt am Schädel getroffen, auf das Deck des Schiffes nieder ...

Kapitel 29

Die Gefangenen

Als er wieder zu sich kam, immer noch benommen von dem schweren Schlag auf den Kopf, befand er sich nicht als ein freier Mann an Deck seines eigenen Schiffes, sondern in Ketten im Laderaum der Korvette.

Zunächst glaubte er sich in den Fängen eines schrecklichen Traums, aber der hämmernde Schmerz in seinem Kopf, mehrere Wunden, die von Bajonettspitzen herrührten, und vor allem die Ketten um seine Handgelenke sagten ihm bald, dass es Wirklichkeit war. Er erhob sich, zerrte zornig an den Eisen und blickte ein wenig verwirrt um sich, so als zweifle er noch, ob er sich nicht doch auf seinem eigenen Schiff befand, dann brach aus seiner Kehle ein Schrei hervor, der Schrei eines verwundeten Raubtiers.

„Gefangen! ...", rief er, knirschte mit den Zähnen und versuchte, sich aus den Ketten zu winden. „Was ist geschehen? ... Haben uns die Engländer ein weiteres Mal besiegt? ... Tod und Verdammnis! ... Welch ein schreckliches Erwachen! Und Marianna? ... Was ist mit dem armen Mädchen geschehen? Vielleicht ist sie tot! ..."

Bei diesem Gedanken krampfte sich sein Herz schmerzlich zusammen.

„Marianna!", schrie er und zerrte wieder an den Ketten, „Mein Mädchen, wo bist du? ... Yanez! ... Juioko! ... Tigerchen! ... Keiner antwortet! ... So seid ihr alle tot? ... Das ist unmöglich, entweder träume ich oder ich bin verrückt! ..."

In diesem Augenblick spürte dieser Mann, der das Gefühl niemals zuvor gekannt hatte, was Angst bedeutet.

Er fühlte, wie sich ein Nebel auf seinen Verstand legte und blickte bestürzt umher.

„Tot! ... Alle tot! ...", rief er gequält aus. „Ich allein habe das Blutbad überlebt, und nur damit man mich womöglich nach Labuan verschleppt! ... Marianna! ... Yanez, mein treuer Freund! ... Juioko! ... Auch du, mein Tapferer, bist dem Eisen und Blei der Schlächter zum Opfer gefallen! ... Es wäre besser, auch ich wäre tot und mit meinem Schiff auf den tiefen Grund des Meeres hinabgesunken. Oh Gott, welch ein schreckliches Unglück! ..."

Dann warf er sich, in einem Anfall von Verzweiflung oder Tollheit, gegen das Zwischendeck, rasselte heftig mit den Ketten und schrie:

„Tötet mich! ... Tötet mich! ... Der Tiger von Malaysia kann nicht weiterleben! ..."

Plötzlich hielt er inne, denn er hörte eine Stimme, die rief:

„Der Tiger von Malaysia! ... So lebt der Kapitän noch?"

Sandokan blickte sich um.

An einem Haken hing eine Laterne, die das Zwischendeck nur spärlich beleuchtete, aber ihr Licht reichte aus, um eine Gestalt auszumachen. Zunächst erkannte Sandokan nur Fässer, aber dann, als er genauer schaute, entdeckte er eine menschliche Gestalt, die am unteren Fuß des Großmasts kauerte.

„Wer seid Ihr?", rief er.

„Wer spricht da über den Tiger von Malaysia?", fragte statt einer Antwort die gleiche Stimme wie zuvor. Sandokan fuhr zusammen, dann zuckte ein freudiges Blitzen in seinen Augen. Er kannte diese Stimme.

„Ist hier einer von meinen Männern?", fragte er. „Juioko, bist du es?"

„Juioko! ... Man kennt mich? Dann bin ich also nicht tot! ..."

Der Mann erhob sich, wobei seine Ketten gespenstisch rasselten, und kam näher.

„Juioko! ...", rief Sandokan aus.

„Der Kapitän!", rief der andere.

Dann stürzte er vorwärts, fiel zu Füßen des Tigers von Malaysia nieder und sagte immer wieder:

„Der Kapitän! ... Mein Kapitän! ... Und ich beweinte schon seinen Tod! ..."

Dieser weitere Gefangene war der Kommandant der dritten *Proa,* ein tapferer *Dayak,* der wegen seines Mutes und seines seemännischen Geschicks allergrößtes Ansehen unter den Banden von Mompracem genoss. Er war von großem Wuchs und wohlproportioniertem Körperbau, so wie es die Bornesen, die das Inland bevölkern, gemeinhin sind, mit großen klugen Augen und goldgelber Hautfarbe. Wie seine Landsmänner trug er sein Haar lang und seine Arme und Beine zierten eine große Zahl Ringe aus Kupfer und Messing.

Als er sich dem Tiger von Malaysia gegenüber sah, lachte und weinte der gute Mann zugleich.

„Ihr lebt! ... Ihr lebt noch! ...", rief er aus. „Oh, welch ein Glück! ... Wenigstens Ihr seid dem Blutbad entgangen."

„Dem Blutbad! ...", rief Sandokan. „So sind all die Tapferen, die ich zum Entern dieses Schiffes trieb, tot? ..."

„Oh weh! ... Ja, alle", erwiderte der *Dayak* mit gebrochener Stimme.

„Und Marianna? Ist sie mit der *Proa* untergegangen? Sag es mir, Juioko, sag es mir!"

„Nein, sie lebt."

„Sie lebt! ... Mein Mädchen lebt! ...", rief Sandokan außer sich vor Freude. „Weißt du es sicher?"

„Ja, mein Kapitän. Ihr wart bereits gefallen, aber ich und vier weitere Gefährten kämpften noch, als das Mädchen mit dem goldenen Haar an Deck des Schiffes gebracht wurde."

„Von wem?"

„Von den Engländern, Kapitän. Das Mädchen war, wohl beängstigt durch das Wasser, das in ihre Kabine eindrang, ans Oberdeck gestiegen und rief mit lauter Stimme Euren Namen. Einige Matrosen, die sie erblickt hatten, ließen eilig eine Schaluppe zu Wasser, um sie herüberzuholen. Hätten sie nur wenige Minuten später gehandelt, dann wäre das Mädchen in dem Strudel der sinkenden *Proa* untergegangen."

„Und sie lebt noch?"

„Ja, Kapitän. Sie rief immer noch Euren Namen, als man sie an Deck brachte."

„Oh, verflucht! ... Und ich konnte ihr nicht zu Hilfe eilen."

„Wir haben es versucht, Kapitän. Wir waren nur zu viert und umgeben von mehr als fünfzig Männern, die uns aufforderten, uns zu ergeben, dennoch warfen wir uns auf die Matrosen, die die Königin von Mompracem brachten. Wir waren zu wenige, um noch weiterzukämpfen. Ich wurde niedergestreckt, mit Füßen getreten, gefesselt und hierher geschleift."

„Und die anderen?"

„Sie fanden den Tod, nachdem sie noch unter denen, die sie umringten, ein Blutbad angerichtet hatten."

„Und Marianna befindet sich an Bord dieses Schiffes?"

„Ja, Tiger von Malaysia."

„Sie wurde nicht auf das Kanonenboot hinüber gebracht?"

„Ich denke, das Kanonenboot segelt jetzt wohl unter Wasser", sagte Juioko.

„Was willst du damit sagen?"

„Dass es versenkt wurde."

„Von Yanez?"

„Ja, Kapitän."

„Dann lebt Yanez noch."

„Kurz bevor man mich hierher schleifte, sah ich seine *Proa* weit entfernt mit vollen Segeln davonjagen. Während der Schlacht hatte er das Kanonenboot außer Gefecht gesetzt, seine Räder zerschmettert und es dann in Brand gesteckt. Ich sah, wie die Flammen über dem Meer aufstiegen und wenig später hörte ich einen fernen Donner. Das muss das Pulvermagazin gewesen sein, das in die Luft flog."

„Und von den Unsrigen ist keiner entkommen?"

„Keiner, Kapitän", sagte Juioko und seufzte.

„Alle tot!", murmelte Sandokan mit dumpfem Schmerz und vergrub sein Gesicht in den Händen. „Und du hast Singal fallen sehen, den ältesten und tapfersten Helden der Piraterie?"

„Er war an meiner Seite, als er, von der Kugel einer Donnerbüchse in die Brust getroffen, zu Boden stürzte."

„Und Sangau, der Löwe der Romades?"

„Ich sah, wie er ins Meer stürzte, sein Schädel von Geschosssplittern zerfetzt."

„Welch ein Blutvergießen! ... Die armen Gefährten! ... Ah! ... Ein düsteres Verhängnis schwebte über den letzten Tigern von Mompracem!"

Sandokan schwieg und versank in schmerzlichen Gedanken. Wenn er auch noch so sehr an seine Kraft glaubte, so verzagte er doch angesichts dieses großen Unglücks, das ihm den Verlust seiner Insel eingebracht hatte, den Tod beinahe all der tapferen Recken, die ihm in hunderte von Schlachten gefolgt waren, und zuletzt auch den Verlust des geliebten Mädchens.

Aber bei solch einem Mann konnte die Mutlosigkeit nicht von Dauer von sein. Es waren keine zehn Minuten vergangen, da sah Juioko ihn mit funkelnden Augen aufspringen.

„Sag mir", fragte er an den *Dayak* gewandt, „glaubst du, dass Yanez uns folgt?"

„Ich bin davon überzeugt, mein Kapitän. Der Herr Yanez wird uns im Unglück nicht allein lassen."

„Darauf hoffe auch ich", sagte Sandokan.

„Ein anderer Mann an seiner Stelle hätte meine unglückliche Lage ausgenützt und sich mit den enormen Schätzen, die sich auf seiner *Proa* befinden, davongemacht, aber er wird das nicht tun. Er liebte mich zu sehr, um mich nun zu betrügen."

„Worauf wollt Ihr hinaus, Kapitän?"

„Wir werden fliehen."

Der *Dayak* sah ihn erstaunt an und fragte sich in seinem Herzen, ob der Tiger von Malaysia den Verstand verloren hatte.

„Fliehen! ...", rief er aus. „Und wie? Wir haben nicht einmal eine Waffe und zudem liegen wir in Ketten."

„Ich weiß ein Mittel, damit man uns ins Meer wirft."

„Ich verstehe Euch nicht, Kapitän. Wer soll uns ins Wasser werfen?"

„Wenn ein Mann an Bord eines Schiffes stirbt, was geschieht dann mit ihm?"

„Man legt ihn mit einer Kanonenkugel in eine Hängematte und schickt ihn dorthin, wo er den Fischen Gesellschaft leisten kann."

„Und mit uns wird man es ebenso machen", sagte Sandokan.

„Wollt Ihr Euch das Leben nehmen?"

„Ja, aber so, dass ich wieder lebendig werden kann."

„Hm! ... Ich weiß nicht recht, Tiger von Malaysia."

„Ich sage dir, dass wir lebendig und frei auf dem offenen Meer wieder erwachen werden."

„Wenn Ihr es sagt, so muss ich Euch glauben."

„Alles hängt von Yanez ab."

„Er muss noch weit sein."

„Aber wenn er die Korvette verfolgt, wird er uns früher oder später auflesen."

„Und dann?"

„Dann kehren wir nach Mompracem zurück, oder segeln nach Labuan, um Marianna zu befreien."

„Ich frage mich, ob ich das alles nur träume."

„Zweifelst du an dem, was ich sage?"

„Ein wenig, das muss ich zugeben, mein Kapitän. Ich denke, wir besitzen nicht einmal mehr einen *Kris.*"

„Den werden wir nicht brauchen."

„Und wir liegen in Ketten."

„In Ketten!", rief Sandokan. „Der Tiger von Malaysia kann die Ketten sprengen, die ihn gefangen halten! Kommt zu mir, meine Kräfte ... Schau! ..."

Mit ungestümer Kraft verdrehte er die Kettenglieder, dann riss er sie mit einem gewaltigen Ruck auseinander und warf die Kette weit von sich.

„Der Tiger ist frei! ...", schrie er.

Im gleichen Augenblick öffnete sich die Decksluke und die Treppe knarrte unter den Schritten einiger Männer.

„Sie kommen! ...", rief der *Dayak.*

„Ich werde sie alle zerschmettern!", brüllte Sandokan, von dem ein furchtbarer Zorn Besitz ergriffen hatte.

Auf dem Boden sah er eine zerbrochene Kurbel liegen. Er nahm sie auf und schickte sich an, auf die Treppe zuzustürmen, aber der *Dayak* hielt ihn eilig zurück.

„Wollt Ihr, dass sie Euch umbringen, Kapitän?", sagte er. „Bedenkt, dass an Deck weitere zweihundert Männer sind, und sie sind bewaffnet."

„Das ist wahr", erwiderte Sandokan und warf die Kurbel fort. „Der Tiger ist gebändigt!"

Drei Männer näherten sich ihnen. Einer von ihnen war ein Kapitänleutnant, vermutlich der Kommandant der Korvette, die anderen beiden Seemänner. Auf ein Zeichen ihres Anführers pflanzten die beiden letzteren die Bajonette auf und richteten ihre Karabiner auf die beiden Piraten.

Ein verächtliches Lächeln erschien auf den Lippen des Tigers von Malaysia.

„Fürchtet ihr Euch?", fragte er. „Oder seid Ihr, Herr Kapitänleutnant, heruntergekommen, um mir diese beiden bewaffneten Männer vorzuführen? ... Ich mache Euch darauf aufmerksam, dass ihre Gewehre mich nicht erzittern lassen, Ihr hättet also auf dieses lächerliche Schauspiel verzichten können."

„Ich weiß, dass der Tiger von Malaysia keine Angst kennt", erwiderte der Kapitänleutnant. „Ich habe lediglich Vorsichtsmaßnahmen getroffen."

„Aber ich bin unbewaffnet, mein Herr."

„Und von den Ketten befreit, wie mir scheint."

„Ich bin kein Mann, der es lange mit Ketten an den Handgelenken aushält."

„In der Tat, Eure Kräfte sind beeindruckend, mein Herr."

„Lasst das Geplauder, mein Herr, und sagt mir, was Ihr wollt."

„Man hat mich hergeschickt, um nachzusehen, ob Ihr der Pflege bedürft."

„Ich bin nicht verwundet, mein Herr."

„Aber Ihr habt einen Schlag auf den Schädel bekommen."

„Den mein Turban hinlänglich abgewehrt hat."

„Welch ein Mann!", rief der Kapitänleutnant mit aufrichtiger Bewunderung aus.

„Seid Ihr fertig?"

„Noch nicht, Tiger von Malaysia."

„Also, was wollt Ihr?"

„Eine Frau hat mich hergeschickt."

„Marianna?", rief Sandokan.

„Ja, Lady Guillonk", erwiderte der Kapitänleutnant.

„So ist es wahr, sie lebt?", fragte Sandokan und das Blut stieg ihm ins Gesicht.

„Ja, Tiger von Malaysia. Ich rettete sie in dem Augenblick, als Eure *Proa* im Begriff war, zu sinken."

„Oh! ... Erzählt mir von ihr, ich bitte Euch! ..."

„Zu welchem Zweck? Ich würde Euch raten, sie zu vergessen, mein Herr."

„Sie vergessen!", rief Sandokan. „Oh! ... Niemals! ..."

„Lady Guillonk ist für Euch verloren. Welche Hoffnungen könnt Ihr jetzt noch hegen? ..."

„Das ist wahr", murmelte Sandokan und seufzte. „Ich bin ein zum Tode verurteilter Mann, ist es so?"

Der Kapitänleutnant antwortete nicht, aber sein Schweigen kam einer Bestätigung gleich.

„So stand es geschrieben", sagte Sandokan nach einer kleinen Weile. Meine Siege sollten mir einen unehrenhaften Tod eintragen. Wohin bringt Ihr mich?"

„Nach Labuan."

„Und Ihr werdet mich hängen?"

Auch diesmal schwieg der Kapitänleutnant.

„Ihr könnte es mir geradeheraus sagen", sagte Sandokan. „Der Tiger von Malaysia hat noch niemals vor dem Tode gezittert."

„Das weiß ich. Ihr habt ihn in hunderten von Entermanövern herausgefordert und alle wissen, dass Ihr der mu-
tigste Mann auf Borneo seid."

„Dann sagt mir alles."

„Ihr irrt Euch nicht, man wird Euch hängen."

„Ich hätte den Soldatentod vorgezogen."

„Eine Erschießung also."

„Ja", erwiderte Sandokan.

„Ich hingegen hätte Euch das Leben geschenkt und
Euch ein Kommando im indischen Heer übertragen", sag-
te der Kapitänleutnant. „Männer, so kühn und mutig wie
Ihr, sind heutzutage selten."

„Ich danke Euch für Eure guten Absichten, aber sie werden mich nicht vor dem Tode bewahren."

„Leider nicht, mein Herr. Aber was will man machen? Meine Landsleute bewundern zwar Eure außergewöhnliche
Tapferkeit, aber sie fürchten Euch auch und könnten nicht
ruhig leben, selbst wenn Ihr weit fort von hier wäret."

„Und doch, Kapitänleutnant, stand ich, als ich angegriffen wurde, im Begriff, dem Piratenleben und Mompracem
Lebewohl zu sagen. Ich wollte weit fort gehen von diesem Meer, nicht weil ich Eure Landsleute fürchtete, denn
hätte ich gewollt, ich hätte auf meiner Insel tausende von
Piraten versammeln und hunderte von *Proas* rüsten können, sondern allein weil ich mich, von Marianna in Ketten gelegt, nach so vielen blutigen Schlachten nach einem
ruhigen Leben an der Seite der geliebten Frau sehnte. Es
war nicht der Wille des Schicksals, dass ich diesen schönen Traum verwirklichen kann, und so sei es. Tötet mich
nur: Ich werde wie ein starker Mann sterben."

„So liebt Ihr Lady Guillonk nicht mehr?"

„Ob ich sie liebe!", rief Sandokan beinahe gequält aus.
„Ihr könnt Euch nicht vorstellen, welche Leidenschaft die-

ses Mädchen in meinem Herzen geweckt hat. Hört mir zu: Bietet mir Mompracem auf der einen und Marianna auf der anderen Seite und ich werde das erste für das zweite aufgeben. Bietet mir die Freiheit unter der Bedingung, dieses Mädchen niemals wiederzusehen, und ich werde sie ausschlagen. Was soll ich Euch noch mehr sagen? Seht! Ich bin entwaffnet und beinahe allein, aber wenn ich nur die geringste Hoffnung hätte, Marianna retten zu können, dann würde ich mich zu allem imstande fühlen, selbst, die Seitenwände dieses Dampfers aufzureißen und euch alle auf den Grund des Meeres zu schicken!"

„Wir sind zahlreicher als Ihr denkt", sagte der Kapitänleutnant mit einem ungläubigen Lächeln. „Wir wissen, wie tapfer Ihr seid und wozu Ihr fähig wäret und haben daher unsere Vorkehrungen getroffen. Versucht also nichts, es wäre vergebens, Ihr seid machtlos. Eine Gewehrkugel kann auch den mutigsten Mann der Welt töten."

„Ich zöge sie dem Tod vor, der mich auf Labuan erwartet", erwiderte Sandokan mit finsterer Verzweiflung.

„Ich glaube Euch, Tiger von Malaysia."

„Aber noch sind wir nicht auf Labuan und bevor wir dort ankommen, könnte noch einiges geschehen."

„Was meint Ihr damit?", fragte der Kapitänleutnant und sah ihn ein wenig besorgt an. „Würdet Ihr daran denken, Euch das Leben zu nehmen?"

„Was würde es Euch kümmern? Ob ich auf die eine oder andere Art sterbe, das Ergebnis wäre dasselbe."

„Vielleicht würde ich Euch nicht daran hindern", sagte der Kapitänleutnant. „Ich muss Euch gestehen, dass ich es sehr bedauern würde, Euch hängen zu sehen."

Sandokan schwieg einen Moment und sah dem Kapitänleutnant fest in die Augen, so als zweifle er an der Wahrheit dieser Worte, dann fragte er:

„Ihr würdet mich nicht davon abhalten, mir das Leben zu nehmen?"

„Nein", erwiderte der Kapitänleutnant. „Einem solch tapferen Mann wie Euch würde ich diesen Gefallen nicht verwehren."

„Dann betrachtet mich als einen toten Mann."

„Ich werde Euch jedoch nicht die Mittel an die Hand geben, Eurem Leben ein Ende zu setzen."

„Ich habe alles was ich benötige."

„Ein Gift vielleicht?"

„Von vernichtender Wirkung. Bevor ich jedoch ins Jenseits hinübergehe, möchte ich Euch um einen Gefallen bitten."

„Einem sterbenden Mann soll man keine Bitte abschlagen."

„Ich möchte Marianna ein letztes Mal sehen."

Der Kapitänleutnant schwieg.

„Ich bitte Euch darum", drängte Sandokan.

„Ich erhielt, für den Fall, dass ich das Glück hätte, Euch gefangen zu nehmen, den Befehl, Euch voneinander getrennt zu halten. Außerdem denke ich, es wäre besser für Euch und für Lady Marianna, wenn ich ein Euch ein Wiedersehen verwehre. Warum sie zum Weinen bringen?"

„Ihr schlagt es mir als eine besonders ausgeklügelte Grausamkeit aus? Ich hätte nicht gedacht, dass ein stolzer Seemann zu einem Folterknecht werden könnte."

Der Kapitänleutnant erblasste.

„Ihr schwöre Euch, dass man mir den Befehl gab", sagte er. „Ich bedaure, dass Ihr an meinem Wort zweifelt."

„Vergebt mir", sagte Sandokan.

„Ich hege keinen Groll und um Euch zu beweisen, dass ich noch niemals Hass für einen tapferen Mann, wie Ihr es seid, empfunden habe, verspreche ich Euch, Lady Guillonk zu Euch zu führen. Ich werdet Ihr jedoch großen Schmerz bereiten, Ihr werdet sehen."

„Ich werde kein Wort über den Freitod verlieren."

„Was wollt Ihr ihr also sagen?"

„Ich habe an einem geheimen Ort gewaltige Schätze verborgen, von denen niemand etwas weiß."

„Und die sollen ihr gehören."

„Ja, damit sie darüber verfügen kann, wie es ihr gefällt. Kapitänleutnant, wann werde ich sie sehen?"

„Noch vor dem Abend."

„Danke, mein Herr."

„Ihr müsst jedoch schwören, zu ihr nicht von Eurem Freitod zu sprechen."

„Ihr habt mein Wort. Aber glaubt mir, es ist grausam, sterben zu müssen, jetzt, wo ich wähnte, das Glück an der Seite meines geliebten Mädchens genießen zu können."

„Ich glaube Euch."

„Besser wäre ich mit meiner *Proa* auf hoher See untergegangen. Zumindest wäre ich dann in den Armen meiner Verlobten in die Tiefen des Meeres hinabgesunken."

„Wohin wart Ihr unterwegs als unsere Schiffe Euch angriffen?"

„Fort, weit fort, vielleicht nach Indien oder auf irgendeine Insel des großen Ozeans. Aber es ist vorbei. Möge sich mein Schicksal erfüllen."

„Lebt wohl, Tiger von Malaysia", sagte der Kapitänleutnant.

„Ich zähle auf Euer Versprechen."

„In wenigen Stunden werdet Ihr Lady Marianna wiedersehen."

Der Kapitänleutnant rief die Soldaten zu sich, die unterdessen Juioko von den Ketten befreit hatten, und stieg langsam zurück an Deck. Sandokan sah ihm nach, mit vor der Brust verschränkten Armen und einem sonderbarem Lächeln auf den Lippen.

„Hat er Euch gute Neuigkeiten gebracht?", fragte Juioko und kam näher.

„Heute Nacht werden wir frei sein", erwiderte Sandokan.

„Was, wenn die Flucht misslingt?"

„Dann werden wir die Seiten dieses Schiffes aufreißen und alle sterben. Wir, aber auch sie. Aber lass uns hoffen: Marianna wird uns helfen."

Kapitel 30

Die Flucht

Nachdem der Kapitänleutnant gegangen war, setzte Sandokan sich auf die letzte Stufe der Treppe, nahm den Kopf zwischen die Hände und versank tief in Gedanken.

Ein großer Schmerz spiegelte sich in seinen Gesichtszügen. Hätte er vermocht zu weinen, seine Wangen wären reichlich von Tränen benetzt gewesen.

Juioko hatte sich in einiger Entfernung zusammengekauert und betrachtete seinen Anführer voller Besorgnis. Da er sah, dass der in Gedanken versunken war, wagte er es nicht, ihm Fragen über seine weiteren Pläne zu stellen.

Es waren etwa fünfzehn oder zwanzig Minuten vergangen, als die Decksluke sich wiederum öffnete. Als Sandokan bemerkte, dass von oben ein Lichtstrahl hereinfiel, sprang er auf und sah die Treppe hinauf.

Eine Frau stieg rasch herunter. Es war das Mädchen mit dem goldenen Haar, blass, ja bleich wie der Tod, und tränenüberströmt. Der Kapitänleutnant geleitete sie, hielt jedoch seine Rechte am Knauf einer Pistole, die er sich in den Gürtel gesteckt hatte. Mit einem Schrei sprang Sandokan auf, eilte seiner Verlobten entgegen und drückte sie stürmisch an seine Brust.

„Meine Liebste!", rief er und zog sie mit sich in den entgegengesetzten Teil des Laderaums, während der Kommandant sich mit verschränkten Armen und finsterer Stirn auf der Mitte der Treppe niederließ. „Endlich sehe ich dich wieder!"

„Sandokan", flüsterte sie und brach in Schluchzen aus. „Ich glaubte, ich würde dich niemals wiedersehen! ..."

„Nur Mut, Marianna, weine nicht, du Grausame, trockne die Tränen, die mich so quälen."

„Mir bricht das Herz, mein tapferer Freund. Ah! Ich will nicht, dass du stirbst, ich will nicht, dass sie dich von mir trennen. Ich werde dich gegen alle verteidigen, ich werde dich befreien, ich will, dass du wieder mein bist."

„Dein! ...", rief Sandokan und stieß einen tiefen Seufzer aus. „Ja, ich werde wieder der Deine sein."

„Aber wann?"

„Weißt du nicht, mein unglückliches Mädchen, dass sie mich nach Labuan bringen, um mich zu töten?"

„Aber ich werde dich retten."

„Ja, vielleicht, wenn du mir hilfst."

„Du hast also einen Plan!", rief sie außer sich vor Freude.

„Ja, wenn Gott mir beisteht. Hör mir zu, meine Liebste."

Er warf einen argwöhnischen Blick auf den Kapitänleutnant, der sich aber nicht von seinem Posten fortbewegt hatte, dann zog er die junge Frau so weit fort wie möglich und sagte:

„Ich plane zu fliehen und glaube, es könnte gelingen, aber du kannst nicht mit mir kommen."

„Warum nicht, Sandokan? Denkst du, ich sei nicht fähig, dir zu folgen? Fürchtest du vielleicht, dass mir der Mut fehlt, um Gefahren ins Auge zu sehen? Ich bin stark und ich fürchte mich vor niemandem mehr. Wenn du willst, werde ich deine Wachen erdolchen oder, wenn es nötig ist, dieses Schiff mit allen Männern in die Luft sprengen."

„Es ist nicht möglich, Marianna. Mein Blut gäbe ich her, wenn ich dich mit mir nehmen könnte, aber ich kann es nicht. Ich brauche deine Hilfe, um zu fliehen, sonst wird alles vergeblich sein. Aber ich schwöre dir, dass du nicht mehr lange unter deinen Landsleuten bleiben wirst, müsste ich auch mit meinen enormen Schätzen ein Heer anheuern und es gegen Labuan führen."

Marianna barg ihr Gesicht in den Händen und heiße Tränen bedeckten ihr schönes Gesicht.

„Hier bleiben, ohne dich", flüsterte sie voller Qual.

„Es muss sein, mein armes Mädchen. Hör mir zu."

Von seiner Brust nahm er ein winzig kleines Döschen, öffnete es und zeigte Marianna ein paar rötliche Pastillen, die einen äußerst beißenden Geruch verströmten.

„Siehst du diese Kügelchen?", fragte er. „Sie enthalten ein starkes, aber nicht tödliches Gift, das die Eigenschaft hat, das Leben eines kräftigen Mannes für sechs Stunden zu unterbrechen. Es führt zu einem tiefen Schlaf, der genau aussieht wie der Tod und den besten Arzt täuschen kann."

„Und was willst du tun?"

„Ich und Juioko werden jeder eine davon schlucken, man wird denken, wir seien tot und uns ins Meer werfen, aber dann werden wir in Freiheit auf dem offenen Meer ins Leben zurückkehren."

„Aber werdet ihr nicht ertrinken?"

„Nein, und hier zähle ich auf dich."

„Was soll ich tun? Sprich, befiehl, Sandokan, ich bin zu allem bereit, um dich in Freiheit zu sehen."

Der Pirat zog seine Uhr hervor. „Jetzt ist es sechs", sagte er. „In einer Stunde werden mein Gefährte und ich die Kügelchen schlucken und einen lauten Schrei ausstoßen. Du merkst dir auf deiner Uhr ganz genau die Sekunde, in der du den Schrei hörst und wartest, bis genau sechs Stunden und zwei Sekunden vergangen sind, bevor du uns ins Meer werfen lässt. Sorge dafür, dass wir ohne Hängematte und Kugeln an den Füßen sind, und versuche, irgendeinen Schwimmkörper ins Meer zu werfen, der uns später nützlich sein wird, und, wenn möglich, verstecke unter unseren Kleidern eine Waffe. Hast du alles gut verstanden?"

„Ich habe mir alles genau eingeprägt, Sandokan. Aber wohin wirst du gehen?"

„Ich bin sicher, dass Yanez uns folgt und uns aufsammeln wird. Dann werde ich Waffen und Piraten finden und kommen, dich zu befreien, müsste ich auch Labuan mit Eisen und Feuer überziehen und seine Einwohner töten."

Er hielt inne und grub sich die Nägel ins Fleisch.

„Verflucht sei der Tag, an dem ich mich der Tiger von Malaysia nannte, verflucht sei der Tag, an dem ich zum Rächer und Piraten wurde und den Hass der Völker heraufbeschwor, der sich nun wie ein böser Geist zwischen mich und dieses göttliche Mädchen stellt! ... Wäre ich niemals der blutdürstige Mann gewesen, dann läge ich nicht in Ketten an Bord dieses Schiffes, würde nicht zum Galgen geschleift und würde nicht von dieser Frau getrennt, die ich so unermesslich liebe!"

„Sandokan! ... Sprich nicht so."

„Du hast Recht, Perle von Labuan. Lass mich dich ein letztes Mal betrachten", sagte er dann, als er sah, dass der Kapitänleutnant aufgestanden war und näher kam.

Er hob Mariannas blonden Schopf und bedeckte ihr Gesicht mit wilden Küssen.

„Oh, wie ich dich liebe, erhabenes Wesen! ...", rief er außer sich. „Und doch müssen wir uns trennen."

Er unterdrückte ein Seufzen und wischte rasch eine Träne fort, die seine braune Wange hinunterrann.

„Geh, Marianna, geh!", sagte er heftig. „Wenn du bleibst, würde ich noch weinen wie ein Kind."

„Sandokan! ... Sandokan! ..."

Der Pirat barg sein Gesicht in den Händen und trat zwei Schritte zurück.

„Ah! Sandokan!", rief Marianna voller Qual.

Sie wollte auf ihn zueilen, aber die Kräfte versagten ihr und sie sank in die Arme des Kapitänleutnants, der hinzugetreten war.

„Geht!", schrie der Tiger von Malaysia, wandte sich ab und verbarg sein Gesicht. Als er sich schließlich umdrehte, hatte sich die Decksluke bereits wieder geschlossen.

„Alles ist zu Ende!", rief er betrübt. „Mir bleibt nur noch der tiefe Schlaf in den Wellen des malaiischen Meeres. Oh könnte ich eines Tages, die, die ich so sehr liebe, wieder glücklich sehen! ..."

Er sank zu Füßen der Treppe nieder, vergrub das Gesicht in den Händen und rührte sich beinahe eine ganze Stunde nicht mehr. Schließlich riss Juioko ihn aus seiner dumpfen Verzweiflung.

„Kapitän", sagte er. „Nur Mut, wir wollen noch nicht verzweifeln."

Sandokan erhob sich mit entschlossener Geste.

„Lass uns fliehen."

„Ich kann mir nichts Besseres denken."

„Auf mein Zeichen schlucken wir das Gift."

„Ich bin bereit."

Er zog die Uhr hervor.

„Es ist jetzt zwei Minuten vor sieben", sagte er. „In sechs Stunden werden wir auf dem offenen Meer wieder zu uns kommen."

Er schloss die Augen und schluckte das Kügelchen. Juioko tat es ihm gleich. Bald darauf wanden sich die beiden Männer plötzlich unter heftigen Krämpfen, stürzten zu Boden und stießen zwei gellende Schreie aus ...

Die Schreie waren, trotz des Schnaufens der Maschine und dem lärmenden Rauschen der Fluten, die durch die mächtigen Räder aufgewühlt wurden, von allen an Deck zu hören, auch von Marianna, die bereits, von tausenderlei Ängsten gequält, darauf wartete.

Der Kapitänleutnant stürzte, gefolgt von einigen Offizieren und dem Schiffsarzt, hinunter in den Laderaum. Am Fuß der Treppe stieß er gegen die beiden vermeintlichen Leichname.

„Sie sind tot", sagte er. „Was ich befürchtete, ist eingetroffen."

Der Arzt untersuchte sie, aber der gute Mann konnte nichts anderes mehr tun, als den Tod der beiden Gefangenen festzustellen.

Während die Seemänner sie aufhoben, stieg der Kapitänleutnant zurück an Deck und trat zu Marianna, die backbord an der Bordwand stand und übermenschliche Kraft aufbringen musste, um den Schmerz, der sie verzehrte, zu unterdrücken.

„Mylady", sprach er. „Ein Unglück ist dem Tiger und seinem Gefährten zugestoßen."

„Ich habe es geahnt ... Sie sind tot."

„So ist es, Mylady."

„Mein Herr", sagte sie mit gebrochener aber dennoch entschlossener Stimme. „Lebend gehörten sie Euch, tot gehören sie mir."

„Ich lasse Euch freie Hand, nach Eurem Belieben mit ihnen zu verfahren, aber ich möchte Euch einen Rat geben."

„Welchen?"

„Lasst Sie ins Meer werfen, ehe der Kreuzer Labuan erreicht. Es wäre möglich, dass Euer Onkel Sandokan hängen lässt, selbst wenn er tot ist."

„Ich nehme Euren Rat an. Lasst die beiden Leichname ins Heck bringen, ich will mit ihnen allein sein."

Der Kapitänleutnant verneigte sich und gab die nötigen Befehle, damit die Wünsche der jungen Lady ausgeführt wurden.

Wenig später wurden die beiden Piraten auf zwei Holzbretter gelegt und ins Heck getragen, von wo aus sie ins Meer geworfen werden sollten.

Marianna kniete neben dem reglosen Sandokan nieder und betrachtete stumm seine Gesichtszüge, die zwar durch die starke Wirkung des Betäubungsmittels verzerrt, aber dennoch von jenem männlichen Stolz erfüllt waren, der Furcht und Respekt einflößte.

Sie wartete, bis die Dunkelheit hereingebrochen war und niemand sie beachtete, dann zog sie aus ihrem Mieder zwei Dolche hervor und versteckte sie unter den Kleidern der beiden Piraten.

„So könnt ihr euch zumindest verteidigen, meine Tapferen", flüsterte sie tief bewegt.

Dann setzte sie sich zu ihren Füßen nieder, nahm die Uhr zu Hand und zählte mit unbeschreiblicher Geduld Stunde um Stunde, Minute um Minute, Sekunde um Sekunde.

Um zwanzig Minuten vor eins erhob sie sich, blass aber entschlossen. Sie ging zur Backbordseite hinüber, nahm unbeobachtet zwei Rettungsringe und warf sie ins Meer, dann ging sie ins Vorschiff und blieb vor dem Kapitänleutnant stehen, der sie anscheinend bereits erwartete.

„Mein Herr", sagte sie. „Der letzte Wille des Tigers von Malaysia möge vollzogen werden."

Auf Befehl des Kapitänleutnants begaben sich vier Matrosen ins Heck und hoben die Bretter, auf denen die beiden Leichname ruhten, auf die Bordkante.

„Noch nicht!", rief Marianna und brach in Tränen aus.

Sie ging zu Sandokan und legte ihre Lippen auf die seinen. Bei der Berührung spürte sie eine leichte Wärme und ein kaum wahrnehmbares Beben. Wenn sie noch einen Augenblick zögerte, war alles verloren. Rasch trat sie zurück und rief mit erstickter Stimme:

„Lasst los!"

Die Matrosen hoben die beiden Bretter an, die beiden Piraten glitten ins Meer hinab und verschwanden in den schwarzen Fluten, während das Schiff sich rasch entfernte und die unglückliche junge Frau in Richtung der Küste der verfluchten Insel davontrug.

Kapitel 31

Yanez

D er leblose Zustand sollte, wie Sandokan gesagt hatte, sechs Stunden andauern, keine Sekunde mehr
und keine Sekunde weniger, und genau so verhielt es sich
wohl, denn kaum waren die beiden Piraten untergetaucht,
als sie plötzlich im vollen Besitz ihrer Kräfte wieder zu
sich kamen.

Sie stießen sich kräftig mit den Füßen ab, um an die
Oberfläche zu gelangen, und blickten sich sogleich in alle
Richtungen um. Weniger als eine Kabellänge entfernt sa-
hen sie den Kreuzer, der sich mit halber Kraft in östliche
Richtung entfernte.

Sandokans erste Regung war, ihm sogleich zu folgen,
während Juioko, immer noch ganz benommen von dieser
seltsamen und für ihn unerklärlichen Wiederauferste-
hung, zögerlich das Weite suchte.

Der Tiger hielt jedoch gleich wieder inne, ließ sich von
den Wellen treiben und starrte unverwandt auf das Schiff,
das ihm das unglückliche Mädchen entführte. Ein dumpfer Schrei stieg in seiner Brust auf und erstarb auf seinen verzerrten Lippen.

„Verloren!", rief er mit schmerzerstickter Stimme.

In einer Anwandlung von Tollheit nahm er die Verfolgung
auf und grub sich zornig ein Stück weit durch die Wellen,
dann hielt er ein, den Blick immer noch auf den Dampfer
geheftet, der allmählich in der Dunkelheit verschwand.

„Du fliehst, grausames Schiff und trägst die Hälfte meines Herzens mit dir fort, aber sei der Ozean auch noch
so groß, eines Tages werde ich dich einholen und deine
Seiten aufreißen!"

Voller Zorn schwamm er zurück durch die Fluten und erreichte Juioko, der ängstlich auf ihn wartete.

„Lass uns aufbrechen", sagte er mit erstickter Stimme. „Alles ist zu Ende."

„Nur Mut, Kapitän, wir werden sie retten und vielleicht eher als Ihr denkt."

„Sei still! ... Rühre nicht an eine Wunde, die noch blutet."

„Wir wollen den Herrn Yanez suchen, Kapitän."

„Ja, suchen wir ihn, denn er allein kann uns retten."

In tiefste Dunkelheit versunken erstreckte sich vor ihnen das weite malaiische Meer, keine Insel, wo sie an Land gehen konnten, kein Segel oder Licht, das die Anwesenheit eines freundlichen oder feindlichen Schiffes anzeigte. Rings um sich her sahen sie nur schäumende Wellen, die getrieben vom nächtlichen Wind tosend aufeinander schlugen.

Um ihre äußerst wertvollen Kräfte in dem heftigen Wellenschlag nicht übermäßig zu erschöpfen, bewegten sich die beiden Schwimmer nur langsam voran, blieben dicht beieinander und suchten begierig mit ihren Blicken die dunkle Oberfläche nach einem Segel ab.

Dann und wann hielt Sandokan an und wandte sich nach Osten, so als suche er dort noch die Signallichter des Dampfers, und setzte dann seinen Weg unter tiefem Seufzen fort.

Sie waren bereits eine gute Meile vorangekommen und begannen, sich ihrer Kleider zu entledigen, um freier in ihren Bewegungen zu sein, als Juioko gegen etwas stieß, das bei der Berührung nachgab.

„Ein Hai!", rief er mit Schaudern und erhob seinen Dolch.

„Wo?", fragte Sandokan.

„Ah ... nein, es ist kein Hai", entgegnete der *Dayak*. „Ich glaube, es ist eine Boje."

„Es ist ein Rettungsring, den Marianna für uns ausgeworfen hat!", rief Sandokan aus. „Ah! Göttliches Mädchen! ..."

„Hoffen wir, dass es nicht nur einer ist."

„Lass uns suchen, mein Freund."

Sie schwammen ringsumher, suchten überall, und fanden nach wenigen Minuten den zweiten, der sich nicht allzu weit vom ersten entfernt hatte.

„Das ist wirklich ein unverhofftes Glück", sagte Juioko erfreut. „In welche Richtung sollen wir uns halten?"

„Die Korvette kam von Nordwesten her, daher denke ich, dass wir in dieser Richtung auf Yanez treffen könnten."

„Werden wir ihn finden?"

„Das hoffe ich", erwiderte Sandokan.

„Allerdings werden wir viele Stunde benötigen. Der Wind ist schwach und die *Proa* von Herrn Yanez wird nicht schnell vorankommen."

„Was macht das schon? Um ihn zu finden, würde ich auch vierundzwanzig Stunden im Wasser zubringen", sagte Sandokan.

„Denkt Ihr nicht an Haie, Kapitän? Ihr wisst doch, dass es in diesem Meer sehr viele von diesen furchterregenden Tieren gibt."

Sandokan schauderte unwillkürlich und sah beunruhigt umher.

„Im Augenblick kann ich weder einen Schwanz noch eine Flosse sehen", sagte er dann. „Wir wollen hoffen, dass die Haie uns in Ruhe lassen. Komm, wir wollen uns in nordwestliche Richtung halten. Dort werden wir, sollten wir Yanez nicht finden, irgendwann auf Mompracem oder die Felsen, die sich in südliche Richtung erstrecken, treffen."

Sie rückten näher zusammen, um sich im Falle von Gefahr besser verteidigen zu können und begannen in die gewählte Richtung zu schwimmen, wobei sie versuchten, sich ihre Kräfte gut einzuteilen, da sie wussten, dass das Land noch sehr weit entfernt war.

Auch wenn die beiden zu allem entschlossen waren, so stahl sich doch die Angst in ihre Herzen, plötzlich von einem Hai überrascht zu werden, und besonders den *Dayak* ergriff schließlich eine wahre Panik. Dann und wann hielt er inne und sah über die Schulter zurück, weil er glaubte, hinter sich Schwanzschlagen und heiseren Atem zu hören, und instinktiv zog er die Beine an den Körper aus Angst, er könnte die furchterregenden Zähne dieser Tiger der Meere zu spüren bekommen.

„Noch niemals habe ich mich gefürchtet", sagte er. „An mehr als fünfzig Entermanövern habe ich teilgenommen, mit meiner eigenen Hand zahlreiche Feinde erschlagen, mich sogar mit den großen Affen von Borneo und den Tigern des *Dschungels* gemessen, und doch zittere ich nun als hätte ich Fieber. Der Gedanke, mich plötzlich einem von diesen schrecklichen Haifischen gegenüberzusehen, lässt mir das Blut in den Adern gefrieren. Kapitän, seht ihr etwas?"

„Nein, nichts", erwiderte Sandokan jedes Mal ruhig.

„Und ich dachte, ich hätte gerade jetzt hinter mir einen heiseren Atem gehört."

„Das macht die Angst. Ich habe nichts gehört."

„Und dieses dumpfe Schlagen?"

„Das ist die Bewegung meiner Füße."

„Meine Zähne klappern wie die eines Pferdes im Galopp."

„Bleib ruhig, Juioko. Wir sind mit guten Dolchen bewaffnet."

„Und wenn die Haie unter Wasser an uns herankommen?"

„Dann tauchen auch wir hinunter und werden ihnen entschlossen entgegentreten."

„Und keine Spur von Herrn Yanez! ..."

„Er muss noch recht weit sein."

„Ob wir ihn treffen werden, Kapitän?"

„Das hoffe ich. Yanez liebt mich zu sehr, um mich meinem Schicksal zu überlassen. Mein Herz sagt mir, dass er die Korvette verfolgte."

„Aber es ist nichts von ihm zu sehen."

„Hab Geduld, Juioko. Bald wird der Wind auffrischen und die *Proa* dahinfliegen lassen."

„Aber mit dem Wind werden auch große Wellen kommen."

„Davor fürchten wir uns nicht."

So schwammen sie noch eine halbe Stunde weiter, blieben dicht beieinander, suchten mit den Augen beständig den Horizont ab und blickten ringsumher, aus Angst die gefürchteten Haie könnten auftauchen. Dann machten sie plötzlich Halt und sahen einander an.

„Hast du gehört?", fragte Sandokan.

„Ja", entgegnete der *Dayak*.

„Das war das Pfeifen eines Dampfers, nicht wahr?"

„Ja, Kapitän."

„Halt still! ..."

Er stützte sich auf die Schultern des *Dayak* und stieß sich kräftig ab, so dass er zur Hälfte aus dem Wasser auftauchte. Er blickte nach Norden und sah zwei leuchtende Punkte, die in einer Entfernung von zwei oder drei Meilen über das Meer wanderten.

„Ein Schiff kommt auf uns zu", sagte er ein wenig aufgeregt.

„Dann können wir uns aufsammeln lassen", entgegnete Juioko.

„Wir wissen nicht, welcher Nation es angehört und ob es ein Handelsschiff oder ein Kriegsschiff ist."

„Woher kommt es?"

„Aus Norden."

„Das ist eine gefährliche Route, mein Kapitän."

„Das denke ich auch. Es könnte ein Schiff sein, das am Beschuss von Mompracem beteiligt war und auf der Suche nach Yanez' *Proa* ist."

„Dann lassen wir es ziehen, ohne uns aufnehmen zu lassen?"

„Die Freiheit ist zu kostbar, um sie noch einmal zu verlieren, Juioko. Wenn wir nochmals in Gefangenschaft geraten, wird uns niemand mehr retten, und ich müsste für immer die Hoffnung aufgeben, Marianna wiederzusehen."

„Es könnte ja auch ein Handelsschiff sein."

„Wir befinden uns nicht auf der Route solcher Schiffe. Vielleicht können wir irgendetwas erkennen."

Wieder stützte er sich auf Juiokos Schultern und blickte aufmerksam voraus. Da die Nacht nicht sehr finster war, konnte er das Schiff, das auf sie zukam, gut erkennen.

„Keinen Laut, Juioko!", rief er und ließ sich zurück ins Wasser gleiten. „Es ist ein Kriegsschiff, da bin ich sicher."

„Ist es groß?"

„Ich glaube, es ist ein Kreuzer."

„Vielleicht ein englischer?"

„Ich zweifle nicht daran, welcher Nation es angehört."

„Lassen wir es vorüberziehen?"

„Wir können rein gar nichts tun. Mach dich bereit, unterzutauchen, denn das Schiff wird ganz in unserer Nähe vorbeifahren. Rasch, lassen wir die Rettungsringe los und halten uns bereit."

Der Kreuzer, zumindest hielt Sandokan ihn für einen solchen und wahrscheinlich zu Recht, kam rasch näher und verursachte durch seine Räder zu beiden Seiten einen hohen Wellenschlag. Er hielt sich immer noch in südlicher Richtung, musste also in nächster Nähe an den beiden Piraten vorbeikommen. Sobald er nur noch einhundertfünfzig Meter entfernt war, tauchten Sandokan und Juioko unter und schwammen unter Wasser weiter. Als sie kurz an die Oberfläche kamen, um ein wenig Luft zu schnappen, hörten sie eine Stimme rufen:

„Ich könnte schwören, ich hätte Backbord zwei Köpfe gesehen. Wenn ich nicht sicher wüsste, dass uns achtern ein Hammerhai folgt, würde ich eine Schaluppe zu Wasser lassen."

Bei diesen Worten tauchten Sandokan und Juioko eilig wieder unter, blieben aber nicht lange unter Wasser. Zu ihrem Glück sahen sie, als sie wieder auftauchten, wie der Dampfer sich rasch in südliche Richtung entfernte. Sie befanden sich inmitten seines weißlich schäumenden Kielwassers. Die von den Rädern erzeugten Wogen warfen sie wild nach rechts und nach links, hoben sie hoch und stürzten sie wieder hinab in die Wellentäler.

„Vorsicht, Kapitän!", schrie der *Dayak*. „In diesen Gewässern befindet sich ein Hammerhai. Habt Ihr den Seemann gehört?"

„Ja", erwiderte Sandokan. „Halte deinen Dolch bereit."

„Ob er uns angreifen wird?"

„Das befürchte ich, mein armer Juioko. Solche Untiere sehen zwar schlecht, haben aber einen bemerkenswerten Geruchssinn. Der Verfluchte war nicht hinter dem Schiff her, das versichere ich dir."

„Ich habe Angst, Kapitän", sagte der *Dayak,* der im Wasser umherzappelte wie der Teufel im Weihwasserbecken.

„Bleib ruhig. Bisher kann ich ihn nicht entdecken."

„Er kann unter Wasser an uns herankommen."

„Vielleicht können wir hören, wenn er kommt."

„Und die Rettungsringe?"

„Sie sind vor uns. Mit zwei Armzügen können wir sie erreichen."

„Ich wage nicht, mich zu rühren, Kapitän."

Der Ärmste war nun von solchem Entsetzen gepackt, dass seine Glieder ihm beinahe den Dienst versagten.

„Juioko, verliere jetzt nicht den Kopf", sagte Sandokan. „Wenn du deine Beine retten willst, darfst du nicht wie betäubt dort verharren. Halte dich am Rettungsring fest und zieh deinen Dolch."

Der *Dayak* beruhigte sich ein wenig, gehorchte und erreichte den Ring, der mitten im Schaum des Kielwassers schaukelte.

„Jetzt wollen wir sehen, ob wir diesen Hammerhai entdecken können", sagte Sandokan. „Vielleicht können wir ihm entkommen."

Zum dritten Mal stütze er sich auf Juiokos Schultern, schnellte aus dem Wasser und warf einen raschen Blick ringsumher.

Dort, inmitten des schneeweißen Schaums, sah er plötzlich eine Art riesigen Hammer aus dem Wasser auftauchen.

„Wir müssen wachsam sein", sagte er zu Juioko. „Er ist nur fünfzig oder sechzig Meter von uns entfernt."

„Er ist nicht weiter dem Schiff gefolgt?", fragte der *Dayak* mit klappernden Zähnen.

„Er hat Menschenfleisch gewittert", erwiderte Sandokan.

„Ob er kommt?"

„Das werden wir bald wissen. Beweg dich nicht und halte deinen Dolch gut fest."

Sie rückten dicht zusammen, rührten sich nicht und bangten dem Ausgang dieses Abenteuers entgegen.

Die Zygaena, auch Hammerhaie, *balance fish* oder Waagefische genannt, sind äußerst gefährliche Gegner. Sie gehören zur Gattung der Haie, haben aber ein ganz anderes Aussehen, denn ihr Kopf ist geformt wie ein Hammer. Ihr Maul steht jedoch dem ihrer Artgenossen in nichts nach, weder was dessen Größe noch was die Kraft des Gebisses betrifft. Sie kennen keine Furcht, haben eine Vorliebe für Menschenfleisch, und wenn sie die Gegenwart eines Schwimmers bemerken, zögern sie nicht, ihn anzugreifen und in zwei Teile zu zerreißen. Aber sie haben auch Schwierigkeiten, ihre Beute zu ergreifen, da ihr Maul unmittelbar oberhalb ihres Bauches sitzt, so dass sie sich, wenn sie zubeißen wollen, auf den Rücken drehen müssen.

Einige Minuten lang verhielten sich Sandokan und der *Dayak* ganz still und lauschten aufmerksam. Da sie aber nichts hörten, traten sie vorsichtig den Rückzug an.

Sie hatten bereits fünfzig oder sechzig Meter zurückgelegt, als plötzlich ganz in ihrer Nähe der widerwärtige Kopf des Hammerhais auftauchte. Das Ungeheuer stierte die beiden Schwimmer mit seinen hässlich gelblichen Augen an, dann stieß es ein heiseres Röcheln aus, das wie das Grollen eines weit entfernten Donners klang. Einige Augenblicke verharrte es reglos und ließ sich von den Wellen treiben, dann plötzlich stürzte es vorwärts und schnellte gewaltig durch die Fluten voran.

„Kapitän! ...", schrie Juioko.

Der Tiger von Malaysia, der allmählich die Geduld verlor, brach den Rückzug ab, stieß stattdessen den Rettungsring ärgerlich von sich, klemmte sich den Dolch zwischen die Zähne und schwamm entschlossen auf den Hai zu.

„Auch du rückst uns zuleibe! ...", schrie er. „Wir wollen sehen, ob der Tiger der Meere stärker ist als der Tiger von Malaysia! ..."

„Tut das nicht, Kapitän", flehte Juioko.

„Das muss ein Ende haben", erwiderte Sandokan zornig. „Und nun zu uns beiden, verfluchter Hai! ..."

Der Hammerhai, wohl abgeschreckt durch die Schreie und Sandokans entschlossenes Gebaren, hielt unvermittelt inne, peitschte noch einmal das Wasser zur Rechten und zur Linken auf und tauchte dann ab.

„Jetzt wird er von unten kommen, Kapitän!", schrie der *Dayak*.

Doch er täuschte sich. Wenige Augenblicke später tauchte der Hai wieder an der Oberfläche auf, ging aber, entgegen seinen wilden Instinkten, nicht erneut zum Angriff über, sondern drehte ab und schwamm mit den Wellen des Kielwassers spielend davon.

Sandokan und Juioko verharrten noch eine Weile reglos und verfolgten mit ihren Blicken den Hai. Als sie sahen, dass er ihnen, zumindest für den Augenblick, keine Beachtung mehr schenkte, setzten sie ihren Rückzug in nordwestliche Richtung fort.

Die Gefahr war jedoch noch nicht vorüber, denn auch wenn der Hammerhai sich weiter im Kielwasser tummelte, ließ er sie nicht aus den Augen. Mit kräftigen Schlägen seiner Schwanzflosse schoss er immer wieder weit aus dem Wasser in die Höhe, um zu sehen, wohin sie sich bewegten, und holte dann mit wenigen Zügen den Abstand wieder auf, so dass er immer fünfzig oder sechzig Meter von ihnen entfernt blieb. Vermutlich wartete er auf einen günstigen Moment, um erneut anzugreifen.

Und tatsächlich sah kurz darauf Juioko, der sich etwas weiter hinten befand, wie der Hai lärmend näher kam,

den Kopf hin und her warf und kräftig mit der Schwanzflosse schlug.

Er beschrieb einen weiten Kreis um die beiden Schwimmer herum, dann zog er, mal über und mal unter der Wasseroberfläche schwimmend, immer enger werdende Kreise.

„Gebt Acht, Kapitän!", schrie Juioko.

„Ich bin bereit, ihn zu empfangen", erwiderte Sandokan.

„Und ich bin bereit, Euch zu helfen."

„Du hast keine Angst mehr?"

„Die Hoffnung besteht."

„Lass den Rettungsring nicht los, bevor ich das Zeichen
gebe. Lass uns versuchen, den Kreis zu durchbrechen."

Mit der Linken den Rettungsring umklammernd und mit
der Rechten ihre Dolche, traten die beiden Piraten den
Rückzug an, wobei sie den Hai nicht aus den Augen ließen.

Der ließ nicht von ihnen ab, sondern schwamm in immer engeren Kreisen um sie herum, peitschte mit seiner
kräftigen Schwanzflosse mächtige Wellen auf und zeigte
seine spitzen Zähne, deren Weiß in der Dunkelheit un-
heimlich schimmerte.

Dann plötzlich sprang er mit einem gewaltigen Satz beinahe ganz aus dem Wasser heraus und stürzte auf Sandokan zu, der ihm näher war.

Der Tiger von Malaysia hatte den Rettungsring losge-
lassen und tauchte eilig unter, während Juioko, dem die
unmittelbar drohende Gefahr neuen Mut verliehen hatte,
sich mit erhobenem Dolch nach vorne warf.

Als der Hammerhai sah, dass Sandokan unter der Wasseroberfläche verschwand, entging er Juiokos Angriff mit
einem mächtigen Schlag seiner Schwanzflosse und tauchte ebenfalls.

Sandokan erwartete ihn. Kaum sah er ihn auf sich zukommen, da stürzte er ihm entgegen, packte ihn bei ei-

ner der Rückenflossen und schlitzte ihm mit einem gewaltigen Dolchstoß den Bauch auf.

Der riesige Fisch, vielleicht bereits auf den Tod verwundet, befreite sich mit einer ruckartigen Drehung aus dem Griff des Gegners, der gerade noch einmal zustechen wollte, und kam zurück an die Oberfläche.

Dort erblickte er unmittelbar vor sich den *Dayak* und drehte sich auf den Rücken, um ihn in Stücke zu reißen. Aber auch Sandokan war wieder aufgetaucht.

Der Dolch, der ihn bereits zuvor verwundet hatte, traf den Hai diesmal mitten in den Schädel, und mit solcher Macht, dass die Klinge darin steckenblieb.

„Nimm dies auch noch!", brüllte der *Dayak* und attackierte ihn mit Dolchhieben.

Diesmal verschwand der Hammerhai endgültig unter Wasser und hinterließ an der Oberfläche eine große Blutlache, die sich rasch ausbreitete.

„Ich glaube, der kehrt nicht wieder an die Oberfläche zurück", sagte Sandokan. „Was meinst du, Juioko?"

Der *Dayak* antwortete nicht. Auf den Rettungsring gestützt versuchte er, aus dem Wasser zu kommen, um weiter sehen zu können.

„Was suchst du?", fragte Sandokan.

„Dort ... seht nur ... in nordwestlicher Richtung!", schrie Juioko. „Bei Allah! ... Ich sehe einen großen Schatten ... ein Segelschiff!"

„Vielleicht Yanez?", rief Sandokan erregt.

„Es ist zu dunkel, um es genau zu erkennen, aber ich fühle, wie mein Herz pocht, Kapitän."

„Lass mich auf deine Schultern steigen."

Der *Dayak* schwamm heran, Sandokan stützte sich auf ihn und sprang um mehr als zur Hälfte aus den Wellen.

„Was seht Ihr, Kapitän?"

„Es ist eine *Proa!* ... Ach, wäre er es wirklich! ... Verflucht! ...“

„Warum flucht Ihr?“

„Es sind drei Schiffe, die dort näher kommen.“

„Seid Ihr sicher?“

„Ganz sicher.“

„Ob Yanez Verstärkung gefunden hat?“

„Das ist unmöglich!“

„Was sollen wir also tun? Wir schwimmen bereits seit drei Stunden und ich muss gestehen, dass ich ein wenig erschöpft bin.“

„Ich verstehe dich: Freund oder Feind, wir wollen uns aufnehmen lassen. Ruf um Hilfe.“

Juioko sammelte seine Kräfte und rief mit donnernder Stimme:

„Heda! ... auf dem Schiff! ... Zu Hilfe! ...“

Einen Augenblick später ertönte über dem Meer ein Gewehrschuss und eine Stimme rief:

„Wer ruft? ...“

„Schiffbrüchige!“

„Wartet!“

Bald sahen sie, wie die drei Schiffe den Kurs änderten und dank des frischen Windes rasch näher kamen.

„Wo seid ihr?“, fragte dieselbe Stimme wie zuvor.

„Dreht bei!“, rief Sandokan.

Es folgte eine kurze Stille, dann rief eine andere Stimme:

„Beim Zeus! ... Täusche ich mich oder ist er es? ... Wer seid Ihr?“

Sandokan stieß sich noch einmal kräftig ab, kam zur Hälfte aus dem Wasser heraus und schrie:

„Yanez! ... Yanez! ... Ich bin es, der Tiger von Malaysia! ...“

Von Bord der drei Schiffe erklang ein einstimmiger Ruf:
„Es lebe der Kapitän! ... Es lebe der Tiger! ...“

Die erste *Proa* war bereits ganz nahe. Die beiden Schwimmer ergriffen ein Tau, das man für sie herunter geworfen hatte und kletterten mit der Schnelligkeit zweier Vierhänder daran hinauf.

Ein Mann stürzte auf Sandokan zu und drückte ihn ganz außer sich an seine Brust.

„Ah! Mein armer Bruder! ...“, rief er. „Ich glaubte, ich würde dich niemals wiedersehen! ...“

Sandokan umarmte den guten Portugiesen während die Mannschaften immer noch riefen:

„Es lebe der Tiger! ...“

„Komm mit in meine Kabine“, sagte Yanez. „Du musst mir so vieles erzählen, ich brenne darauf, alles zu erfahren.“

Sandokan folgte ihm wortlos und sie stiegen in die Kabine hinab, während die Schiffe mit vollen Segeln ihren Weg fortsetzten.

Der Portugiese entkorkte eine Flasche Gin und reichte sie Sandokan, der ein Glas nach dem anderen leerte.

„Also, erzähl, wie kommt es, dass ich dich aus dem Meer fische, wo ich doch glaubte, du seist gefangen oder tot an Bord jenes Dampfers, den ich seit vierundzwanzig Stunden hartnäckig verfolge?“

„Ah! Du hast den Kreuzer verfolgt? Ich hatte es vermutet.“

„Beim Zeus! Ich habe drei Schiffe und einhundertzwanzig Männer, und da soll ich ihn nicht verfolgen?“

„Aber woher hast du so viele Männer?“

„Weißt du, wer die beiden Schiffe befehligt, die mir folgen?“

„Nein, bestimmt nicht.“

„Paranoa und Maratua."

„Dann sind sie doch nicht in dem Sturm gesunken, der uns bei Labuan ereilte?"

„Nein, wie du siehst. Maratua wurde in Richtung der Insel Pulo Gaya getrieben und Paranoa suchte Zuflucht in der Bucht von Ambon. Dort blieben sie viele Tage, um die schlimmen Schäden, die ihre Schiffe davongetragen hatten, auszubessern, dann segelten sie wieder nach Labuan, wo sie aufeinander trafen. Als sie uns in der kleinen Bucht nicht vorfanden, segelten sie zurück nach Mompracem. Ich traf gestern Abend auf sie, sie waren auf dem Weg nach Indien, weil sie vermuteten, wir hätten uns dorthin aufgemacht."

„Sind sie auf Mompracem an Land gegangen? Wer hält meine Insel jetzt besetzt?"

„Niemand, denn die Engländer haben sie wieder verlassen, nachdem sie unser Dorf angezündet und die letzten Befestigungen gesprengt hatten."

„Umso besser", murmelte Sandokan und seufzte.

„Und nun zu dir, was ist dir widerfahren? Ich sah, wie du dabei warst, den Dampfer zu entern, während ich das Kanonenboot mit meinen Geschützen zerstörte, dann hörte ich das Siegesgeheul der Engländer, dann nichts mehr. Ich floh, um wenigstens die Schätze an Bord zu retten, aber dann folgte ich der Route des Kreuzers in der Hoffnung, ihn einzuholen und zu entern."

„Ich fiel an Deck des feindlichen Schiffes, halb erschlagen von einem Axthieb, und wurde zusammen mit Juioko gefangen genommen. Die Pastillen, die ich, wie du weißt, immer bei mir trage, retteten mich."

„Ich verstehe", sagte Yanez und brach in Gelächter aus. „Sie warfen euch ins Meer, weil sie glaubten, ihr seid tot. Und Marianna, was ist mit ihr geschehen?"

„Sie ist Gefangene an Bord des Kreuzers", erwiderte Sandokan finster.

„Wer befehligte den Dampfer?"

„Der Baronet, aber ich tötete ihn im Kampfgetümmel."

„Das hatte ich vermutet. Beim Bacchus! Welch böses Ende hat dein armer Rivale genommen. Was willst du jetzt tun?"

„Was würdest du tun?"

„Ich würde den Dampfer verfolgen und ihn entern."

„Genau das wollte ich dir vorschlagen."

„Weißt du, wohin das Schiff fährt?"

„Nein, aber mir schien, dass es unterwegs zu den Drei Inseln war, als ich es verließ."

„Was kann es dort wollen? Da steckt etwas dahinter, mein Bruder. War es schnell unterwegs?"

„Es machte acht Knoten in der Stunde."

„Wie groß mag sein Vorsprung auf uns sein?"

„Vielleicht dreißig Meilen."

„Dann können wir es einholen, wenn der Wind günstig bleibt. Aber ..."

Er hielt inne, da er an Deck ungewöhnliche Bewegungen und laute Rufe vernahm.

„Was geht da vor sich?", fragte er.

„Ob sie den Kreuzer gesichtet haben?"

„Lass uns hinaufgehen, mein Bruder."

Eilig verließen sie die Kabine und stiegen hinauf an Deck. Gerade waren einige Männer dabei, ein metallenes Kistchen aus dem Wasser zu ziehen, das ein Pirat im ersten Licht des Morgens wenige dutzend Meter Steuerbord entdeckt hatte.

„Oho! ...", rief Yanez. „Was mag das bedeuten? Ob ein wertvolles Papier darin ist? Das sieht mir nicht wie eine gewöhnliche Schatulle aus."

„Wir folgen immer noch der Route des Dampfers, nicht wahr?", fragte Sandokan, der, ohne dass er recht wusste warum, eine heftige Unruhe verspürte.

„Ja, das tun wir", erwiderte der Portugiese.

„Ah! Vielleicht ist es ..."

„Was?"

Statt einer Antwort zückte Sandokan seinen *Kris* und erbrach mit einer geschickten Bewegung die Schatulle. In ihrem Inneren war bald ein Stück Papier zu sehen, das zwar ein wenig feucht war, auf dem aber dennoch deutlich einige Zeilen in einer feinen und anmutigen Handschrift zu erkennen waren.

„Yanez! ... Yanez! ...", stammelte Sandokan mit bebender Stimme.

„Lies vor, mein Bruder, lies!"

„Mir scheint, ich bin blind geworden! ..."

Der Portugiese nahm ihm das Papier aus der Hand und las:

Zu Hilfe! Man bringt mich zu den Drei Inseln, wo mein Onkel mich erwartet, um mich nach Sarawak zu bringen.

Marianna.

Als er die Worte hörte, schrie Sandokan auf wie ein verwundetes Tier. Er hob die Arme, vergrub seine Hände in den Haaren, zog wütend daran, und taumelte wie von einer Kugel getroffen.

„Verloren! ... Verloren! ... Der Lord! ...", rief er aus.

Yanez und die Piraten hatten sich um ihn geschart und betrachteten ihn besorgt und voller Mitgefühl. Es war, als litten sie die gleichen Qualen, die das Herz des Unglücklichen in Stücke rissen.

„Sandokan!", rief der Portugiese. „Wir werden sie retten, ich schwöre es dir, müssten wir auch das Schiff des Lords

entern oder Sarawak und seinen Gouverneur James Brooke angreifen."

Der Tiger, gerade noch niedergeschmettert von grau-
samstem Schmerz, sprang mit veränderter Miene und blitzenden Augen auf.

„Tiger von Mompracem!", rief er mit donnernder Stimme. „Wir müssen unsere Feinde vernichten und unsere
Königin retten. Auf zu den Drei Inseln! ..."

„Rache! ...", schrien die Piraten. „Tod den Engländern!
Es lebe unsere Königin!"

Wenige Augenblicke später wendeten die drei *Proas*
und nahmen Kurs auf die Drei Inseln.

Kapitel 32

Das letzte Gefecht des Tigers

Nachdem sie ihren Kurs geändert hatten, begaben sich die Piraten fieberhaft an die Arbeit, um sich auf das Gefecht vorzubereiten, das zweifellos ein furchtbares und vielleicht auch das letzte sein würde, das sie gegen den verhassten Feind führten.

Sie luden die Kanonen, stellten die Donnerbüchsen auf, öffneten die Pulverfässer, türmten in Bug und Heck Berge von Kugeln und Granaten auf, entfernten die unnötigen Taue und verstärkten die wichtigsten, errichteten behelfsmäßige Barrikaden und legten die Enterhaken bereit. Sogar Gefäße mit alkoholischen Getränken wurden an Deck gebracht, um ihren Inhalt an Deck des feindlichen Schiffes auszugießen und anzuzünden.

Sandokan ermunterte sie mit Gesten und Worten und versprach allen, jenes Schiff auf den Grund des Meeres zu schicken, das ihn in Ketten gelegt, das die tapfersten Helden der Piraterie vernichtet und seine Verlobte entführt hatte.

„Ja, ich werde den Verfluchten vernichten, ich werde ihn in Brand stecken!", rief er. „Gebe Gott, dass ich noch rechtzeitig komme, um den Lord daran zu hindern, sie mir zu rauben."

„Wenn es nötig ist, werden wir auch den Lord angreifen", sagte Yanez. „Wer könnte dem Angriff von einhundertzwanzig Tigern von Mompracem widerstehen?"

„Aber was, wenn wir zu spät kommen und der Lord bereits an Bord eines schnelleren Schiffes nach Sarawak abgesegelt ist?"

„Dann werden wir ihn in der Stadt von James Brooke einholen. Was mir eher Sorgen bereitet ist, wie wir den

Kreuzer, der jetzt bereits bei den Drei Inseln vor Anker liegen dürfte, in unsere Gewalt bringen sollen. Man müsste ihn überraschen, aber ... Ah! ... wie konnten wir so vergesslich sein! ..."

„Was meinst du?"

Sandokan, erinnerst du dich, was Lord James vorhatte, als wir ihn auf dem Weg nach Victoria angriffen?"

„Ja", murmelte Sandokan, der fühlte, wie sich seine Nackenhaare aufstellten. „Großer Gott! ... Du meinst, dass der Kommandant ...?"

„Den Befehl erhalten haben könnte, Marianna zu töten, damit sie nicht in unsere Hände fällt."

„Das ist unmöglich! ... Unmöglich! ..."

„Ich sage dir, dass ich um deine Verlobte bange."

„Was sollen wir also tun?", fragte Sandokan verzagt.

Yanez antwortete nicht. Er schien tief in Gedanken versunken.

Aber plötzlich schlug er sich heftig mit der Hand auf die Stirn und rief:

„Ich hab's! ..."

„Sprich, beeil dich, Bruder. Wenn du einen Plan hast, lass mich ihn hören."

„Um zu verhindern, dass ein Unglück geschieht, müsste einer von uns im Augenblick des Angriffs in Mariannas Nähe sein, um sie zu beschützen."

„Das stimmt, aber wie soll das geschehen?"

„Hier ist mein Plan. Du weißt doch, dass sich in dem Geschwader, das uns auf Mompracem überfiel, auch *Proas* aus dem Sultanat Borneo befanden."

„Ich habe es nicht vergessen."

Ich verkleide mich als Offizier des Sultanats, hisse die Fahne von Varauni und gehe an Bord des Kreuzers, wo ich mich als Gesandter von Lord James ausgebe."

„Sehr gut."

„Ich werde dem Kommandanten sagen, dass ich Lady Marianna einen Brief zu überbringen habe und sobald ich in ihrer Kabine bin, werde ich mich dort mit ihr verbarrikadieren. Beim ersten Pfiff, den ich ausstoße, werdet ihr an Bord springen und den Kampf beginnen."

„Ah! Yanez!", rief Sandokan und drückte ihn an seine Brust. „Wie viel werde ich dir verdanken, wenn es gelingt."

„Es wird gelingen, Sandokan, wenn wir nur vor dem Lord eintreffen."

In diesem Augenblick ertönte an Deck der Ruf:

„Die Drei Inseln! ..."

Eilig liefen Sandokan und Yanez an Deck. In einer Entfernung von sieben oder acht Meilen waren die angekündigten Inseln aufgetaucht. Alle Piraten ließen ihre Blicke über die Felsmassen wandern und suchten aufgeregt nach dem Kreuzer.

„Da ist er!", rief ein *Dayak*. „Ich sehe Rauch dort hinten."

„Ja", bestätigte Sandokan und Feuer loderte in seinen Augen. „Eine schwarze Rauchfahne steigt dort hinter der Klippe auf. Dort liegt der Kreuzer! ..."

„Wir wollen geordnet vorgehen und den Angriff vorbereiten", sagte Yanez. „Paranoa, bring weitere vierzig Männer an Bord unserer *Proa*."

Die Umschiffung wurde sogleich vorgenommen und die Mannschaft, jetzt siebzig Mann stark, versammelte sich um Sandokan, der das Wort an sie richten wollte.

„Tigerchen von Mompracem", sagte er mit jenem Tonfall, der diese Männer in seinen Bann zog und ihnen übermenschlichen Mut einflößte.

„Der Wettkampf, den wir heraufbeschwören, wird schrecklich werden, denn wir müssen gegen eine Mannschaft kämpfen, die zahlreicher ist als wir und wohl gerüstet, aber bedenkt, es wird die letzte Schlacht sein wird, die ihr unter der Führung des Tigers von Malaysia kämpft, und es wird das letzte Mal sein, dass ihr jenen gegenüberstehen werdet, die unsere Macht zerstörten und unsere Insel, unsere frei gewählte Heimat, überfielen. Wenn ich das Zeichen gebe, werdet ihr mit der bewährten Tapferkeit der Tiger von Mompracem an Deck des Schiffes stürmen: Ich will es so!"

„Wir werden sie alle vernichten!", riefen die Piraten und schwangen wild ihre Waffen. „Befehlt, Tiger!"

„Dort, auf jenem verfluchten Schiff, das wir angreifen werden, befindet sich die Königin von Mompracem. Ich will, dass sie wieder mein wird, dass sie wieder frei ist!"

„Wir werden sie befreien oder alle sterben!"

„Danke, meine Freunde. Und nun geht auf eure Gefechtsposten und hisst an den Masten die Banner des Sultanats."

Nachdem die Flaggen aufgezogen waren, segelten die drei *Proas* in Richtung der ersten Insel, genauer gesagt, in Richtung einer kleinen Bucht, an deren Ende man undeutlich eine schwarze Masse erkannte, über der eine Rauchfahne wehte.

„Yanez", sagte Sandokan. „Mach dich bereit, denn in einer Stunde werden wir die Bucht erreichen."

„Das ist schnell getan", erwiderte der Portugiese und verschwand unter Deck.

Mit gerefften Segeln und dem großen Banner des Sultanats Varauni an der Spitze des Großmasts setzten die *Proas* unterdessen ihren Weg fort. Die Kanonen und Donnerbüchsen waren gerüstet und die Piraten hatten ihre Waffen bei der Hand, bereit zum Entern zu stürmen.

Sandokan stand im Bug und starrte unentwegt den Kreuzer, der von Minute zu Minute deutlicher zu erkennen war und der augenscheinlich vor Anker lag, auch wenn seine Maschine noch lief. Man hätte denken können, der außergewöhnliche Pirat versuche, kraft seines Blickes seine geliebte Marianna zu entdecken. Dann und wann hob sich seine breite Brust mit einem tiefen Seufzer, seine Stirn verfinsterte sich und seine Hände krampften sich ungeduldig um das Heft seines Krummsäbels. Dann wanderte sein Blick, in dem ein wildes Feuer loderte, über das Meer, das die Drei Inseln umgab, so als halte er nach etwas Ausschau. Zweifellos fürchtete er, in der Hitze der Schlacht in seinem Rücken vom Lord überrascht zu werden.

Die Schiffsuhr zeigte Mittag als die drei *Proas* den Eingang der Bucht erreichten.

Genau in ihrer Mitte lag der Kreuzer vor Anker. Oben am Besanmast wehte die englische Fahne und an der Spitze des Großmasts der lange Kriegswimpel. An Deck liefen zahlreiche Männer umher.

Als die Piraten sahen, dass er in Reichweite ihrer Kanonen war, stürzten sie wie ein Mann an die Geschütze, aber Sandokan hielt sie mit einer Geste zurück.

„Noch nicht", sagte er. „Yanez! ..."

Als ein Offizier des Sultans von Varauni verkleidet kam der Portugiese herauf, in einer großen grünen Uniformjacke, weiten Hosen und mit einem großen Turban auf dem Kopf. In der Hand hielt er einen Brief.

„Was ist das für ein Papier?", fragte Sandokan.

„Es ist der Brief, den ich Lady Marianna überbringen werde."

„Und was hast du geschrieben?"

„Dass wir bereit stehen und dass sie sich nicht verraten soll."

„Du musst ihn ihr aber selbst übergeben, wenn du dich mit ihr in der Kabine verbarrikadieren willst."

„Ich werde ihn nicht aus der Hand geben, da kannst du gewiss sein, Bruder."

„Was, wenn der Kommandant dich zur Lady begleitet?"

„Wenn ich sehe, dass die Sache zu verwickelt wird, werde ich ihn töten", sagte Yanez kühl.

„Du setzt einiges aufs Spiel, Yanez."

„Mein Leben, meinst du wohl, aber ich hoffe doch, dass es mir unversehrt erhalten bleibt. Auf, versteck dich und überlass mir für einige Minuten das Kommando über die Schiffe, und ihr, Tigerchen, setzt ein wenig christlichere Mienen auf und denkt daran, wir sind die getreuen Untertanen des großen Halunken, der sich Sultan von Borneo nennt."

Er drückte Sandokans Hände, rückte seinen Turban zurecht und rief:

„Auf zur Bucht! ..."

Kühn segelte sein Schiff, dicht gefolgt von den beiden anderen, in den kleinen Meerbusen hinein und auf den Kreuzer zu.

„Woher kommt ihr?", fragte ein Wachposten.

„Borneo und Varauni", erwiderte Yanez. „Wir bringen wichtige Nachricht aus Victoria. He, Paranoa, lass den kleinen Anker werfen und Kette geben und ihr anderen, herunter mit den Fendern und gebt Acht auf die Räder! ..."

Bevor die Wachen den Mund aufmachen konnten, um der *Proa* zu untersagen, längsseits anzulegen, war das Manöver bereits durchgeführt. Das Schiff stieß unterhalb des Steuerbordankers an und heftete sich wie angenagelt an den Kreuzer.

„Wo ist der Kommandant?", fragte Yanez die Wachposten.

„Rückt von unserem Schiff ab", sagte einer der Soldaten.

„Ach, zum Teufel mit den Vorschriften", erwiderte Yanez. „Beim Zeus! Fürchtet ihr, dass meine Schiffe das eurige versenken könnten? Macht, beeilt euch und ruft mir den Kommandanten her, dem ich Befehle zu überbringen habe."

Gerade kam der Kapitänleutnant mit seinen Offizieren an Deck. Er ging an die Bugwand und als er sah, dass Yanez ihm einen Brief zeigte, hieß er seine Männer, die Leiter herabzulassen.

„Nur Mut", raunte Yanez den Piraten zu, die den Dampfer mit grimmigen Blicken betrachteten.

Dann schaute er rasch zurück ins Heck, wo sein Blick den blitzenden Augen Sandokans begegnete, der sich unter einer Plane, die man über die Schiffsluke geworfen hatte, verborgen hielt.

Ehe er sich's versah, befand sich der gute Portugiese schon an Deck des Dampfers. Er fühlte, wie eine große Furcht ihn beschlich, aber sein Gesicht verriet seinen aufgewühlten Gemütszustand nicht.

„Kapitän", sagte er und vollführte eine elegante Verbeugung. „Ich habe Lady Marianna Guillonk einen Brief zu überbringen."

„Woher kommt Ihr?"

„Aus Labuan."

„Was treibt der Lord?"

„Er war gerade dabei, ein Schiff zu rüsten, um zu Euch zu stoßen."

„Gab er Euch keinen Brief für mich?"

„Nein, Kommandant."

„Das ist seltsam. Gebt mir den Brief, damit ich ihn Lady Marianna übergebe."

„Verzeiht, Kommandant, aber ich muss ihn persönlich übergeben", erwiderte Yanez kühn.

„Dann kommt."

Yanez fühlte, wie das Blut in seinen Adern stockte.

„Wenn Marianna nur eine falsche Geste macht, bin ich verloren", murmelte er.

Er warf einen Blick ins Heck und sah zehn oder zwölf Piraten, die in die Rahen hinaufgeklettert waren, und ebenso viele drängten sich an der Leiter. Sie schienen kurz davor, sich auf die englischen Seemänner zu stürzen, die sie ihrerseits mit neugierigen Blicken betrachteten.

Er folgte dem Kapitän und gemeinsam stiegen sie die Treppe hinunter, die unter das Heck führte. Der arme Portugiese fühlte, wie ihm die Haare zu Berge standen, als der Kapitän an eine Türe klopfte und Lady Marianna rief:

„Tretet ein."

„Ein Bote Eures Onkels Lord James Guillonk", sagte der Kapitän und ging hinein.

Marianna stand in der Mitte der Kabine, blass, aber aufrecht und stolz. Als sie Yanez erblickte, fuhr sie unwillkürlich zusammen, aber kein Laut kam über ihre Lippen. Sie hatte alles verstanden. Sie nahm den Brief entgegen, öffnete ihn ohne jede Regung und las ihn mit bewundernswerter Ruhe.

Plötzlich trat Yanez, der leichenblass geworden war, an eines der Backbordfenster und rief:

„Kapitän, ich sehe einen Dampfer, der auf uns zukommt."

Der Kommandant stürzte in Richtung des kleinen Fensters, um sich mit seinen eigenen Augen zu überzeugen. Wie der Blitz war Yanez bei ihm und ließ mit aller Macht das Heft seines *Kris* auf seinen Schädel niedersausen. Schwer getroffen stürzte der Kapitän zu Boden und gab keinen Laut mehr von sich.

Lady Marianna konnte einen erschreckten Aufschrei nicht unterdrücken.

„Still, meine Schwester!", sagte Yanez, der dabei war, den armen Kommandanten zu knebeln und zu fesseln. „Sollte ich ihn getötet haben, so wird Gott mir vergeben."

„Wo ist Sandokan?"

„Er hält sich zum Gefecht bereit. Helft mir, diesen Raum zu verbarrikadieren, Schwesterchen."

Er schob einen schweren Schrank vor die Tür, hinter dem er Truhen, Regale und Tische auftürmte.

„Was wird geschehen?", fragte Marianna.

„Das werdet Ihr gleich erfahren, Schwesterchen", erwiderte Yanez, zog seinen Krummsäbel und nahm die Pistolen zur Hand. Er stellte sich an das kleine Fenster und stieß einen schrillen Pfiff aus.

„Achtung, Schwesterchen", sagte er dann und stellte sich mit den Pistolen in der Hand an die Türe. In diesem Augenblick ertönte an Deck ein furchtbares Gebrüll.

„Blut! ... Blut! ... Es lebe der Tiger von Malaysia! ..."

Darauf folgten Gewehrsalven und Pistolenschüsse, ein unbeschreibliches Geschrei, Flüche, flehentliches Rufen, Stöhnen, Jammern, wütendes Gerassel von Eisen, Getrampel und Getrappel und der dumpfe Aufprall zu Boden stürzender Körper.

„Yanez!", rief Marianna, die totenbleich geworden war.

„Vorwärts, bei allen Göttern und Blitzen!", schrie der Portugiese. „Es lebe der Tiger von Malaysia! ..."

Plötzlich waren Schritte zu hören, die eilig die Treppe hinunter kamen und einige Stimmen, die riefen:

„Kapitän! ... Kapitän! ..."

Yanez stemmte sich gegen die Barrikaden und Marianna tat es ihm gleich.

„Tausend Takel! ... Öffnet die Tür, Kapitän!", schrie jemand.

„Es lebe der Tiger von Malaysia!", antwortete Yanez mit donnernder Stimme.

Draußen hörte man Flüche und wütendes Gebrüll, dann erschütterte ein heftiger Stoß die Türe.

„Yanez!", rief die junge Frau.

„Habt keine Angst", sagte der Portugiese.

Drei weitere Stöße hoben die Tür aus den Angeln und eine Axt schlug einen breiten Spalt in das Holz. Der Lauf eines Gewehres wurde hindurch gesteckt, aber Yanez sprang wie der Blitz herbei, schlug ihn nach oben und feuerte eine Pistole auf die Öffnung ab. Man hörte, wie ein Körper schwer zu Boden fiel und die Schritte der anderen Männer, die eilig die Treppe wieder hinaufstürmten und schrien:

„Verrat! ... Verrat! ..."

An Deck des Schiffes tobte der Kampf weiter, noch lauter als zuvor ertönte das Geschrei und vermengte sich mit Gewehrsalven und Pistolenschüssen. Dann und wann war inmitten dieses Getöses die donnernde Stimme des Tigers von Malaysia zu hören, der seine Banden zum Angriff trieb.

Marianna war auf die Knie gesunken und Yanez, begierig zu wissen, wie die Dinge dort draußen standen, machte sich daran, die Möbel fortzuschieben.

Plötzlich hörte man einige Stimmen rufen:

„Feuer! ... Rette sich wer kann! ..."

Der Portugiese erbleichte.

„Blitz und Donner!", rief er aus.

Mit verzweifelter Kraft schob er die Barrikaden beiseite, durchtrennte mit einem Hieb seines Krummsäbels die Fesseln des armen Kommandanten, nahm Marianna in seine Arme und lief hinaus. Dichte Rauchwolken drangen in den Gang hinein und weiter hinten sah man Flammen aus den Offizierskammern schlagen.

Mit dem Krummsäbel zwischen den Zähnen erschien Yanez an Deck.

Die Schlacht neigte sich ihrem Ende zu. Der Tiger von Malaysia stürmte gerade wie rasend gegen das Bugkastell vor, auf dem sich dreißig oder vierzig Engländer verschanzt hatten.

„Feuer!", schrie Yanez.

Bei diesem Schrei sprangen die Engländer, die ohnehin sahen, dass sie verloren waren, Hals über Kopf ins Meer hinab. Mit unwiderstehlicher Kraft warf Sandokan die Männer zurück, die ihn von allen Seiten umringten, und drehte sich zu Yanez herum.

„Marianna!", rief er und nahm die junge Frau in die Arme. „Mein! ... Endlich mein! ..."

„Ja, dein, und diesmal für immer!"

Im gleichen Augenblick erklang vom offenen Meer her der Donner einer Kanone.

Sandokan brüllte laut vor Zorn:

„Der Lord! ... Alle Mann an Bord der *Proas!* ..."

Sandokan, Marianna, Yanez, und die Piraten, die das Gefecht überlebt hatten, verließen den Dampfer, der mittlerweile brannte wie ein Bündel trockenes Holz, nahmen die Verwundeten mit und eilten zurück an Bord ihrer Schiffe.

Im Handumdrehen waren die Segel gesetzt, die Piraten eilten an die Ruder und geschwind verließen die drei *Proas* die Bucht in Richtung des offenen Meeres.

Sandokan zog Marianna mit sich zum Bug und wies mit der Spitze seines Krummsäbels auf eine kleine Brigantine, die in einer Entfernung von etwa siebenhundert Schritten auf die Bucht zuhielt.

Im Bug des Schiffes, am Klüverbaum, war ein Mann zu erkennen.

„Siehst du ihn, Marianna?", fragte Sandokan.

Die junge Frau stieß einen Schrei aus und bedeckte ihr Gesicht mit den Händen.

„Mein Onkel! ...", stammelte sie.

„Schau ihn dir ein letztes Mal an ..."

„Ah! Sandokan ..."

„Blitz und Donner! ... Er ist es!", rief Yanez aus.

Er entriss einem Malaien den Karabiner und legte auf den Lord an, aber Sandokan drückte den Lauf der Waffe herunter.

„Er ist für mich unantastbar", sagte er finster.

Die Brigantine kam rasch näher und versuchte, den drei *Proas* den Weg abzuschneiden, aber dazu war es bereits zu spät. Der Wind trieb die schnellen Schiffe in östliche Richtung davon.

„Schießt auf die Elenden!", hörte man den Lord schreien.

Ein Kanonenschuss ertönte und die Kugel riss die Piratenflagge herunter, die Yanez hatte hissen lassen.

Sandokan legte die rechte Hand auf sein Herz und seine Miene wurde noch finsterer.

„Lebewohl Piratenleben, Lebewohl Tiger von Malaysia!", flüsterte er voller Schmerz. Er löste sich brüsk von Marianna, beugte sich über die Heckkanone und richtete sie in die Ferne. Die Brigantine feuerte unterdessen aus allen Rohren und überzog die drei Schiffe mit einem wahren Geschosshagel. Sandokan rührte sich nicht, nahm immer noch sein Ziel ins Visier. Dann plötzlich erhob er sich und legte die Lunte an. Die Kanone spuckte dröhnend Feuer und einen Augenblick später stürzte der Fockmast der Brigantine, am Fuß getroffen, ins Meer und zerschlug die Bordwand.

„Da sieh ... sieh!", rief Sandokan. „Und jetzt versuche, mir zu folgen! ..."

Die Brigantine hatte jäh beigedreht, feuerte aber weiterhin ihre Kanonen ab.

Sandokan nahm Marianna, zog sie mit sich ins Heck und zeigte sie dem Lord, der wie toll geworden im Bug seines Schiffes stand und brüllte.

„Sieh meine Gattin!", rief er.

Dann trat er langsam zurück, mit finsterer Stirn und düsterem Blick, die Lippen zusammengepresst, die Fäuste geballt, und sagte leise:

„Yanez, Kurs auf Java! ..."

Er taumelte, drehte sich zweimal um die eigene Achse, dann fiel er in die Arme seiner geliebten Marianna, und dieser Mann, der in seinem Leben noch niemals geweint hatte, schluchzte und flüsterte:

„Das ist das Ende des Tigers! ..."